COMMON MASTER PRESS+

沙丘

-4-

GOD EMPEROR OF DUNE
神帝

法蘭克·赫伯特—著　劉未央—譯

FRANK HERBERT

1

下文摘自哈迪・貝諾托的演說，說明在拉科斯星的達艾斯巴拉特考古發掘成果：

今天上午，我很榮幸可以向各位宣布，我們發現了一處令人驚異的倉庫遺址，內部有庫藏，包括大量刻印於利讀聯晶紙上的文獻原稿。更重要的是，我將自豪地提出理由說明我們的發現均屬真實，告訴各位為什麼我們相信這批文獻正是雷托二世，即神帝的日記原始文件。

首先，讓我們回顧一下那件名為《失竊的日記》的歷史珍品。數百年來，這幾卷眾所周知的古文獻提供了極有價值的參考，讓我們得以了解祖先。正如諸位所知，《失竊的日記》是由宇航公會所破譯，而當初所用的金鑰也在解譯新出土的文獻派上用場。公會金鑰的歷史有多麼悠久已不存在爭議，此外，單憑金鑰就能解譯這批文獻。

其次，新出土的文獻由真正古代製造的伊克斯思錄機所印製。《失竊的日記》已經確實證明了雷托二世正是採用該設備記錄自己對歷史的觀察。

再次，我們認為與出土珍品同樣擁有非凡預示意義的，是倉庫本身。這批日記的貯藏室無疑是由伊克斯人所建，技術原始，卻巧奪天工，必定會提供我們進一步新線索，了解所謂「離散時代」的那段歷史。不出所料，這座倉庫是隱形的，埋藏的位置之深，遠甚於神話和「口述史」留下的暗示。倉庫釋放輻射，同時也吸收輻射，以模擬周遭環境的自然特徵。這種機械擬態本身不足為奇，但令我們工程師驚訝的是，用上的竟然是最初階、純然原始的機械技術。

我看到有幾位來賓跟我們當時一樣興奮。我們相信這是史上第一個伊克斯球體，這種無現空間後來催生出一系列類似的設備。如果這不是第一個，我們認為也必定是首批之一，具體呈現出和第一個球體相同的原理。

為滿足各位顯而易見的好奇心，過一會兒我們將帶大家去倉庫遺址簡短參觀。只有一個要求，請大家在現場保持安靜，因為我們的工程師及其他專業人員還沒有完成解謎工作。

解謎工作和我要說的第四點有關，很可能是這批出土文物中最重要的部分。我懷著難以表達的激動心情向各位宣布遺址中的另一項發現——有一段真實口述錄音，標記為雷托二世以其父保羅—摩阿迪巴的嗓音所留下的。這些錄音都載於古代微泡系統上。貝尼・潔瑟睿德檔案館存有經過鑑定的神帝錄音資料，所以我們已向女修會送交了一份錄音樣本，並正式申請比對測試。我們有極大把握，錄音會通過鑑定。

現在，請諸位注意一下入場時領取的文獻節譯本。我想藉此機會對分量過重表示歉意，我已經聽到有人為此開起了玩笑。我們用的是普通紙，自然是為了節約成本。原始文獻以非常微小的字元刻印，要放大很多倍才能看清。事實上，重印一卷利讀聯晶紙的原稿內容，要消耗四十多卷大家手裡的這種普通紙。

投影準備——好。我們把原稿一小部分內容投在了諸位左邊的一面銀幕上，摘自第一卷第一頁。譯文投影在右邊的幾面銀幕上。請大家關注譯文中內在的證據、堆砌的韻文辭藻，還有文義。我們能從文風辨認出作者始終如一的人格。我們認為作者只能是這樣一個人：他能直接體驗到祖先的記憶，並致力於將先人的非凡經驗流傳於世，讓常人也能讀懂。

現在請看看內容的實際含意。文中提到的情況與某位人士的史實完全相符，我們相信也唯有他才能留下這樣的紀錄。

接下來還要帶給諸位一個驚喜。今天我擅作主張邀請著名詩人里貝斯·弗里布，請他登臺為大家朗誦第一頁的一小段譯文。我們認為，這些文字即使經過轉譯，在大聲朗讀時依然會呈現不一樣的特質。我們希望將這批文獻中已發現的非凡之處分享給大家。

各位先生女士，有請里貝斯·弗里布！

里貝斯·弗里布的朗誦：

我向你鄭重宣告，我就是命運之書。

問題為我之敵手，因我的問題會爆炸！無數答案像受驚的鳥群般騰空而起，遮蔽住我無法迴避的記憶組成之天幕。然而沒有一個答案夠格解惑。

一踏進我的過去構成的恐怖疆域，即見閃閃稜鏡。我成了封在盒子裡的燧石碎片。盒子旋轉，震動。謎團的風暴將我拋來擲去。而當盒子開啟，我就會回到當前，彷彿身處荒野的陌生人。

慢慢地（我是說，慢慢地），我想起了我的名字。

但並非認清了我自己！

這個擁有我名字的人，亦即第二個以「雷托」為名的人，發現心裡還存有其他聲音、其他名字和其他地方。哦，我向你許諾（就像我得到過的許諾），我只單單回應一個名字。假如你呼喚一聲「雷托」，我會回應。是苦難讓這一切成為現實，此外還有一個原因，那就是：

我掌握回憶的絲縷！

這些悉數歸我所有。我且來描繪一個主題，比如……那些命喪劍下的人，那淋漓鮮血、聲聲悲鳴、痛苦扭曲的面孔，每一幅畫面都完整無缺。

為人母的喜悅，還有分娩的床榻，我想也屬於我。幼兒一抹抹微笑、下一代甜美的細語，小兒首次蹣跚學步，少年初嘗勝果與我分享……種種經歷紛至沓來，前仆後繼，最終，除了千篇一律的重複，我眼中幾無他物。

「讓一切保持完整。」我警告自己。

誰能否認這些經歷的價值，否認以學習的眼光去觀察每一個新瞬間的價值？

啊，但那些都是過去。

你不明白嗎？

僅僅是過去！

2

今晨，在一個已消亡的星球，我在一片牧馬平原邊緣的圓頂帳篷裡呱呱墜地。明天我將誕生在另一個地方，成為另一個人。我還沒有想好。不過這個早晨——啊，這個人生！當我的雙眼學會聚焦，我看到陽光灑在被踩亂的青草上，我看到精力旺盛的牧民正忙著生活中那些甜蜜的活動。去哪裡了……哦，那股十足活力到哪裡去了？

——《失竊的日記》

• • •

禁林裡，有三人呈一縱列穿過片片月影向北疾奔，首尾相距近半公里，殿後的那人只領先緊追的狄狼不到一百公尺。一聲聲飢渴的嗥叫和喘息清晰可聞，這些野獸每次見到獵物總是如此。

一號月亮快要升上中天了，照得森林一片明亮。這裡是厄拉科斯星的高緯區，但夏季日間的暑熱還未散盡，依然暖洋洋的。從「最後之漠」沙厲爾颳來的夜風帶著松香味，捲起腳下腐葉層的潮氣。由沙厲爾另一頭的凱恩斯海時而吹來一陣微風，攜著絲絲鹹腥味拂過這條逃亡之路。

殿後的人名叫烏洛特，似乎遭到了命運的捉弄，因為「烏洛特」在弗瑞曼語中恰好意為「親愛的掉隊者」。他身材矮小，體質易胖，在針對這次冒險任務的預備訓練中，他比別人多了一項節食的任務。為了這次的亡命奔逃，他已經瘦下來不少，可臉蛋還是圓圓的，一對大大的褐色眼睛流露出因長期肥胖而產生的自卑感。

烏洛特顯然跑不太遠了。他喘息粗重，上氣不接下氣，還不時腳步蹣跚。但他沒有向同伴呼救，他知道他們幫不上忙。每個人都立過相同的誓約，心裡明白能藉以自衛的只有傳統美德和弗瑞曼式忠誠，儘管弗瑞曼人曾有的一切現在都成了文化遺產，淪為示範區弗瑞曼人死記硬背的教條，但美德與忠誠仍然真切。

正是弗瑞曼式忠誠讓烏洛特明知厄運難逃卻仍然一聲不吭。這是古老才能的完美展示，令人惋惜的是，這些奔逃者只能從書本和「口述史」的傳說中了解傳統美德。

狄狼逼近烏洛特，龐大的灰影幾乎達到成人的肩高。牠們在飢渴的驅策下一路飛奔哭嚎，腦袋高揚，眼睛直勾勾盯著暴露在月光下的獵物。

烏洛特左腳在樹根上絆了一下，險些摔倒。這讓他振作起了一點精神。他開始一波衝刺，和緊追的猛獸多拉開了約一個狼身的距離。他奮力擺動兩臂，張大嘴直喘粗氣。

狄狼沒有加速。牠們銀灰色的身影在森林裡濃郁的草木氣味中輕快地穿行。牠們知道贏定了，這是一種熟悉的感覺。

烏洛特又絆了一下，還好扶住一棵小樹才沒摔倒。他繼續氣喘吁吁地逃命，但兩條腿已經不聽使喚發起抖，再也沒有衝刺的氣力了。

一匹個頭高大的母狼躥到烏洛特左側，再一個內切，躍過他的去路。尖利的巨齒撕裂了烏洛特的肩膀，他晃了一下，沒有摔倒。樹林的氣味又多了一股刺鼻的血腥味。一匹稍小的公狼叼住了烏洛特的右臂，這下他終於慘叫著跌倒在地。群狼猛撲上去，尖叫聲戛然而止。

狄狼並未停下來大快朵頤，而是繼續追捕。牠們用鼻子嗅探地面，嗅探空氣中飄移的渦流，搜尋著前面兩個逃跑者的熱蹤跡。

下一個奔逃者叫庫泰格，這是一個厄拉科斯星上歷史久遠又光榮的名字，可上溯至沙丘時代。他有一個祖先在泰布穴地掌管亡者蒸餾器，但那段歷史已經湮沒了三千多年，許多人不再相信了。庫泰格邁著大步奔跑，他身形高瘦，似乎很適合這種步伐，長長的黑髮披散在一張鷹臉之後。他和同伴一樣身穿黑色密織棉跑步服，凸顯出臀部與健碩大腿的肌肉律動以及節奏穩定的深呼吸。只是他的步速明顯不如平常水準，顯露出方才滑下人造懸崖時弄傷了右膝，那道高牆圍護著聳立於沙厲爾的神帝之堡。

庫泰格聽到烏洛特的尖叫聲，之後突然的沉寂令他一陣揪心，接著又響起狄狼追獵時發出的嚎叫。他竭力不去想像又一個戰友遭雷托護衛獸殘殺的畫面，但慘狀還是不由自主地映現在腦海裡。庫泰格心中詛咒暴君，不過並未浪費一口氣息罵出聲。他還有救，只要跑到艾德侯河就安全了。庫泰格知道自己在戰友們眼裡一直是個保守派，連希歐娜也這麼認為。他從小就精省體力，總保留到能發揮最大效用時，動用體能時則像個守財奴似的精打細算。

庫泰格強忍膝傷，加快了速度。他知道那條河不遠了。傷口已經從劇痛變成了一團烈火，不斷燒灼整條腿甚至半邊身軀。他清楚知道自己忍耐的極限。他還估算著希歐娜快到河邊了，希歐娜是他們之中跑得最快的一個，那個密封包就背在她身上，包裡裝著他們從沙厲爾堡壘偷出來的東西。庫泰格邊跑邊把心思集中到那個背包。

保護好背包，希歐娜！用這個毀掉他！

狄狼的飢嚎刺入了庫泰格的意識。牠們追得太緊，他知道逃不掉了。

但必須讓希歐娜逃掉！

他壯起膽子往後瞥一眼，只見其中一匹狼正從側面包抄過來。這種攻擊策略立刻引起他的警覺。就在牠飛撲過來時，庫泰格也往前一跳，躲到一棵樹後，既把自己與狼群隔開，又閃到了高高躍起的那匹狼的腹下，他趁機用雙手抓住狼的一條後腿，順勢將狼身如連枷般揮舞起來，打散了狼群的隊形。他發現狄狼並沒有想像中那麼重，對情況的轉變幾乎滿意起來。他像跳迴旋舞的修士那樣揮動那活武器，打中撲來的對手，擊碎了兩匹狼的頭蓋骨。但他的防守無法滴水不漏，一匹瘦公狼從背後撲上來，把庫泰格撞向一棵樹，武器脫手了。

「快跑！」他高喊一聲。

狼群慢慢逼近，庫泰格張口撕咬瘦公狼的喉嚨，拚盡每一分力氣，孤注一擲猛噬下去。狼血噴濺在臉上，糊住了眼睛。他不辨方向，往地面一個翻滾，隨手又抓起一匹狼。一部分狄狼嚎叫著團團亂轉，往外散開，有的甚至攻擊起受傷的同類，但大多數狄狼依然緊緊盯著獵物。最終，森森利齒從左右兩邊扯開了庫泰格的咽喉。

希歐娜也聽到了烏洛特的慘叫，經過片刻明顯的沉寂之後，狄狼追獵的嗥叫聲再度響起。她怒火中燒，覺得快要氣炸了。烏洛特擅長分析，往往能從局部洞見全貌，所以才被延攬進這次冒險任務。正是烏洛特從工具包裡掏出一枚總不離身的放大鏡，細細察看與帝堡平面圖一起發現的那兩卷古怪文件。

「我覺得這是密文。」烏洛特說。

拉迪（可憐的拉迪是小隊中最先犧牲的）說：「再多我們就背不動了。丟掉吧。」

烏洛特反對道：「無關緊要的東西不會這麼保密。」

庫泰格支持拉迪。「我們是來拿帝堡平面圖的，現在已經到手了。那些東西太重了。」

但希歐娜贊同烏洛特。「我來背。」

爭論就此結束。

可憐的烏洛特。

他們都知道他是隊裡最不能跑的人。烏洛特做什麼都慢吞吞，但無可否認，他腦袋靈光。

烏洛特很可靠。

這個可靠的傢伙已經不在了。

希歐娜克制住怒火，反倒用這股精神加快步伐。月光下一棵棵樹木疾速掠過。她彷彿跑進了時間凝滯的虛空之中，除了自己的動作，除了為這動作而受過訓練的身體，世上別無一物。

男人都覺得她跑起來很美。希歐娜心裡有數。她把深色的長髮緊緊綁起，免得在風裡張牙舞爪。她曾罵庫泰格笨蛋，因為他不肯綁頭髮。

庫泰格在哪裡？

她的頭髮跟庫泰格不一樣，是深棕色，絕非他那種烏黑色，雖然有時不太容易區分。基因遺傳偶爾會發生返祖現象，她的相貌就肖似某位逝世許久的先人：線條柔和的鵝蛋臉、豐滿的嘴唇、機警的眼睛、小巧的鼻子。身材因長年跑步而偏瘦，但還是對周遭男性散發出強大的性吸引力。

庫泰格在哪裡？

狼群安靜了，這讓她高度警戒起來。牠們逮到拉迪之前也是這樣，賽度斯遇害前同樣如此。

她告訴自己這種安靜也可能意謂其他狀況。庫泰格也是個安靜的人……而且強壯。那處傷口似乎對他並無大礙。

希歐娜開始感到胸痛，憑藉長期跑步訓練的經驗，她知道快要喘不過氣了。在薄薄的黑色跑步服裡面，汗水沿著身體直往下淌。那批珍貴資料高高地馱在背上，背包是密封的，待會渡河時不怕滲水。她想到了包裡摺疊好的帝堡平面圖。

雷托會把他那堆香料藏在哪裡呢？

一定在帝堡裡的某個地方。一定是。圖紙上會有線索。要是能找到貝尼．潔瑟睿德、宇航公會以及其他所有人夢寐以求的美藍極香料，這次任務冒的風險也就值了。

還有那兩卷加密文件。庫泰格有一點說得對，利讀聯晶紙很重。但她的興奮之情不亞於烏洛特。一行行密文中間肯定隱藏著重要資訊。

狼群追奔的飢嗥聲再一次在後面的林子裡響起。

快跑，庫泰格！快跑！

現在，透過前方樹叢已能看見一片寬闊的長條形空地橫在艾德侯河畔。再往前，她還瞥見了水面上泛起的月光。

快跑，庫泰格！

她期盼聽到庫泰格的聲音，任何聲音。開跑時是十一個人，現在只剩他們倆了。九個人為這次冒險付出了生命：拉迪、愛琳、烏洛特、賽度斯、伊尼內格、歐內茂、胡切、梅瑪和歐拉。

希歐娜在心裡回想他們的名字，每唸一個便默禱，不是對暴君雷托，而是對往昔的眾神祈禱，特別是沙胡羅。

我向生息於沙中的神祇沙胡羅祈禱。

轉眼來到森林盡頭，她踏上了沿河那片草已刈平、月輝遍灑的空地。隔著一道狹長的卵石灘，就是她迫不及待要見的那條河。河灘銀亮，水流滑順如油。

身後樹叢中傳來一聲怒吼，驚得她差點一個踉蹌。她聽出那是庫泰格的呼喊，蓋過了狂野的狼嗥。庫泰格沒有叫她的名字，只喊出兩個字，卻包含了無數話語——是攸關生死的訊息。

「快跑！」

狼群一陣狂嚎，像是陷入了騷亂，然而庫泰格再也沒發出聲音，於是她能想像庫泰格把畢生最後一點力氣用在什麼地方了。

他拖住這些畜生好讓我逃走。

她遵從庫泰格的遺言，衝到河邊，縱身躍入水中。跑得熱烘烘的身體突遇冰冷的河水，她瞬間動彈不得。她掙扎著浮起，奮力划水、換氣。那個珍貴的背包漂在河面，敲在她後腦勺上。

這一段艾德侯河不寬，最多五十公尺。河流沒有按雷托的工程師設計的那樣走直線，而是自行彎成一道平滑的大弧形，河床沙土坑坑窪窪，盛長的蘆葦和青草將根莖分布在灘邊，形成一道道斜岸。希歐娜稍感寬心，她知道狄狼受過訓練，會在岸邊止步。牠們的勢力範圍是預先劃定好的，這一頭以艾德侯河為界，另一頭不超過沙厲爾漠的高牆。不過她還是潛游了最後幾公尺，在一處河邊陡岸的陰影中浮出水面，這才轉頭回望。

群狼在對岸排成一列，只有一匹下到河邊。牠身體前傾，前足幾乎踩進了水流中。希歐娜聽到了牠的哀嚎。

希歐娜知道這匹狼看見了她，毫無疑問。狄狼以目力敏銳出名，為強化這些森林守衛的視力基因，雷托在牠們身上混入了銳目獵犬的血統。她擔心這一次狄狼會不會打破規矩。牠們是依賴視覺的捕食者，一旦河邊那匹狼真的下水，其餘的可能會跟從。希歐娜屏住呼吸。她感到筋疲力盡，他們已經跑了近三十公里，後半程更是遭到狄狼步步緊逼。

河邊的那匹狼又吼了一聲，向後一躍歸了隊。牠們似乎接到無聲的信號，轉身邁開大步，悠悠地返回了森林。

希歐娜很清楚牠們會去哪裡。人人都知道狄狼有權享用在禁林裡捕獲的任何獵物，這就是狄狼——沙厲爾護衛獸在禁林中巡邏的目的。

「血債血償，雷托。」她小聲說，嗓音低沉，宛如河水拂過身後的蘆葦沙沙作響，「烏洛特、庫泰格，還有其他人的命，這些都是要還的。血債血償。」

她輕輕浮起，順水漂流，直到雙腳觸到狹灘的斜坡。疲倦拖著她的身體下沉，她慢慢爬上岸，停下來檢查背包裡的物品，是乾的，密封口沒破。她就著月光凝視片刻，又抬起頭望向對岸那座森林。

這就是我們付出的代價。十位摯友。

她眼裡淚光閃爍，不過她有著古弗瑞曼人的生理特徵，淚腺不發達。這次渡河奔襲，在狄狼巡守北界時直穿禁林，越過「最後之漠」沙厲爾，翻過帝堡高牆——整個行動就像一場夢……即便是如她預期會有的狼口逃生過程，畢竟那些護衛獸絕對會靜候著截住入侵者的去路，也是如此……這一切恍若夢境。都過去了。

我逃出來了。

她把東西裝回密封包，重新繫緊在背上。

我突破了你的防線，雷托。

希歐娜想起那兩卷加密文件。那些密文的字裡行間隱藏著能幫她復仇的資訊，對此她很有把握。

我要摧毀你，雷托！

她沒說「我們要摧毀你！」，那不是希歐娜的作風。她要單槍匹馬地做。

她轉身大步跨過沿河除淨草木的一長條空地，向果園走去。一面走一面反覆起誓，最後還按弗瑞曼人的老規矩喊出了自己的全名：「詛咒你的是希歐娜·伊本·福阿德·阿塞耶法·亞崔迪，雷托。每一滴血都要你償還！」

3

下文摘自達艾斯巴拉特所發現的古文獻（哈迪・貝諾托譯）：

我生為雷托・亞崔迪二世，從呱呱墜地至錄印這些文字為止已歷經三千多個標準年。我父親是保羅—摩阿迪巴。母親是他的弗瑞曼配偶荃妮。外祖母是法蘿拉，著名的弗瑞曼草藥醫生。祖母是潔西嘉，貝尼・潔瑟睿德育種計畫的產物，該計畫旨在尋覓擁有女修會聖母之能力的男性。外祖父是列特—凱恩斯，領導厄拉科斯生態改造的行星生態學家。祖父就是「那位」亞崔迪人，亞特柔斯氏族的後裔，族譜能一路上溯至希臘遠祖[1]。

夠了，這些家譜！

我祖父像許許多多希臘英雄那樣，在試圖刺殺死敵弗拉迪米爾・哈肯能男爵時丟掉了性命。如今這兩位都不太舒適地存留在我的祖先記憶裡。就算我父親也不太好過。我做了他不敢做的事，現在他的幽魂不得不與我一同承擔後果。

黃金之路要求我這麼做。什麼是黃金之路？你會問。那是人類的生存之路，不多不少，僅此而已。身為預知者我們責無旁貸，因為我們能洞悉人類未來的陷阱。

為了生存。

你有什麼感受，是小喜小悲，抑或即便是大喜大悲，我們都很少放在眼裡。我父親擁有這種能力，而我的能力更強。我們能一次次看穿時間之幕。

厄拉科斯星作為我統治跨星系帝國的大本營，已與舊時的沙丘星不可同日而語。當年沙漠遍布整個星球，而今只剩下我那片小小的沙厲爾了。再也沒有巨型沙蟲自由出沒，製造美藍極香料了。香料！沙丘星就是以出產美藍極而聞名的，是唯一的香料產地。多麼神奇的物質！從來沒有一個實驗室能夠合成製造，這是人類發現過最珍貴的曠世珍寶。

沒有美藍極來觸發宇航領航員的線性預知力，人們就只能像蝸牛爬行一樣橫越秒差距級的空間；沒有美藍極，貝尼．潔瑟睿德將無法培養真言師和聖母；沒有美藍極的抗衰老功效，人的壽命也將退回到久遠前的長度，頂多一百來年。如今，宇航公會和貝尼．潔瑟睿德分別儲存了一批香料，各大氏族的殘脈也有少許存貨。除此之外，就是我手裡人人垂涎的巨量庫藏了。他們多想把我洗劫一番啊！可是他們沒那個膽量。他們知道，我寧可把香料統統銷毀，也不會乖乖交出來。

相反，他們一個個卑躬屈膝地過來求賜美藍極。該賞的，我少量發送；該罰的，我切斷供應。他們對此恨之入骨。

我告訴他們，這是我的權力。這是我的禮物。

我倚仗香料締造了「和平」。人們已經享受了三千多年的「雷托和平」，這是一種強力維持的穩定，在我即位之前，人類對此的認識極短暫。為免世人遺忘，請再次從這些卷冊中研讀「雷托和平」，從我的日記之中。

這些紀錄始於我登基那一年，當時我初嘗蛻變之痛，但尚可稱作人類，甚至未脫人形。我接受（而

1 亞特柔斯氏族：希臘神話中邁錫尼國王亞特柔斯及其家族，家世顯赫，但亞特柔斯與眾兄弟為爭權而引發多次親子、兄弟相殺的人倫悲劇。亞特柔斯之子即為邁錫尼國王阿伽門農。——編注

我父親拒絕）的這層沙鱒皮膚既令我力量倍增，又讓我具備了抵抗傳統攻擊和抗衰老的實質能力——這層皮膚包裹著一具仍可辨認的人形軀殼：雙腿、雙臂、一張鑲嵌在沙鱒捲起皮褶裡的人臉。

啊，那張臉！至今依然歸我所有，是我展示給全宇宙的僅剩的人皮。而我其餘部分的肉體一直披覆著那些相互糾纏的微細深沙沙鱒載體，有朝一日牠們都能變成巨型沙蟲。

牠們會變的……終有那麼一天。

我常常思索我的最終蛻變，那近似死亡的一瞬。我知道發生的方式，但不清楚具體何時、涉及何人。這是我唯一無法預知的事情。我只知道黃金之路是在繼續延伸還是已然終結。在我錄印這些文字時，黃金之路仍在延伸，至少對於這一點我還滿意。

沙鱒的纖毛鑽入我的肉身，將我身體的水分鎖入其胞囊壁內，對此我已不再有感覺。我們現在幾乎融為一體，牠們是我的皮膚，而我是這個整體的動力源……大部分時候如此。

至於此處提及的「整體」，你可以在腦海中勾勒出一個龐然大物。我處於所謂準沙蟲階段，體長七公尺左右，直徑兩公尺多，一道道橫稜幾乎布滿全身；一端頂著我那張亞崔迪臉，與常人身高相當，稍往下就是雙臂和雙手（仍頗具人類的形狀）。腿和腳呢？哎，萎縮殆盡，變成鰭足了，沒錯，而且沿身體往下移。我的總體重接近舊制的五公噸。之所以列出這些資料，是因為我知道將來會有歷史意義。

我是如何扛著這身重擔四處活動的？主要依靠帝輿，由伊克斯人所製。吃驚嗎？大家對伊克斯人向來又恨又怕，跟他們一比，連我都算沒那麼糟，畢竟俗話說寧可跟熟悉的魔鬼打交道。而且誰知道伊克斯人會製造或發明出什麼東西來呢？誰知道？

我是不知道。並不都知道。

但我頗同情伊克斯人。他們對自己的技術、科學和機器是那麼有信心。我同情他們，因為我和伊克斯人都相信雙方能理解彼此（不論哪一方面）。他們為我製造了大量設備，並認為我因此心存感激。你們讀的這些文字正是由一臺名為思錄機的伊克斯設備印製的。當我以特定模式思考時，思錄機隨即啟動。我只需保持這種思考模式，文字便能自動印在僅一個分子厚的利讀聯晶紙上。有時我會用耐久性稍差的載體複製一些內容。希歐娜從我這裡偷走的就是其中兩卷副本。

難道她不迷人嗎，我的希歐娜？當你逐漸了解她對我的重要意義時，你甚至可能懷疑我是否真的會聽任她命喪那片森林。這一點毋庸置疑。死亡純屬私事，我很少干涉。對於像希歐娜這樣必須經歷考驗的人，更是從不干涉。無論她什麼時候死去，我都會袖手旁觀。畢竟，我還能重新培養一名候選人，以我的時間概念來衡量，無非是一眨眼的工夫。

然而，我還是被她迷住了。我觀察在森林裡穿行的她，我透過伊克斯設備注視她，疑惑自己為何沒能預見這次冒險行動。希歐娜不愧是……希歐娜。這就是我沒有下令阻止狼群的原因，插手的話就錯了。狄狼只是我實現意志的工具，而我的意志就是成為有史以來最強大的掠食者。

——《雷托二世日記》

4

以下簡短對話據信摘自一份名為「維爾貝克殘篇」的手稿。普遍認為作者是希歐娜・亞崔迪。對話雙方為希歐娜本人與其父莫尼奧，後者是雷托二世的總管兼首席副手（根據所有史籍記載）。所附日期表明當時希歐娜還是青少年，莫尼奧前往魚言士學校宿舍探望女兒時的對話。該校位於奧恩節慶城，是所在星球（現名拉科斯）的一個主要人口中心。據手稿鑑定檔分析，莫尼奧祕密探訪，是為了告誡她勿玩火自焚。

希歐娜：你是怎麼在他手下活了這麼久的，父親？他會殺身邊人，沒人不知道。
莫尼奧：不！妳錯了。他一個人也沒殺過。
希歐娜：你沒必要替他撒謊。
莫尼奧：我說的是實話。他不殺人。
希歐娜：那你怎麼解釋那些全天下都知道的死亡事件？
莫尼奧：殺人的是蟲子。蟲子是神。雷托活在神體之內，但他不殺人。
希歐娜：那你是怎麼活下來的？
莫尼奧：我能認出蟲子。我能從他臉上和動作看出來。我知道沙胡羅什麼時候快要現形了。
希歐娜：他不是沙胡羅！

莫尼奧：哎，弗瑞曼時代人們就是這樣稱呼蟲子的。
希歐娜：我讀過這方面資料。他並不是沙漠之神。
莫尼奧：閉嘴，傻丫頭！這些事妳又知道什麼了。
希歐娜：我知道你是懦夫。
莫尼奧：妳知道得太少了。妳從來沒有站在我的位置，從他的眼神和手部動作看見過蟲子。
希歐娜：蟲子快現形的時候你怎麼辦？
莫尼奧：我會離開。
希歐娜：這還真精明啊。我們可以肯定，他已經殺了九個鄧肯．艾德侯。
莫尼奧：我跟妳說了，他沒殺過任何人！
希歐娜：有差別嗎？雷托也好蟲子也好，他們現在是一體。
莫尼奧：但他們兩個是獨立的存在——一個是雷托皇帝，另一個是沙蟲神。
希歐娜：你瘋了！
莫尼奧：也許吧。但我的確在事奉神。

5

我是史上最孜孜不倦觀察人類的人。我的觀察結合了內部與外部的感知。過去與現在會無規律地疊映在我心中。而且，隨著肉體持續蛻變，我的感知能力變得愈發神奇，彷彿以近距離感知世間萬物。我的聽覺與視覺無比敏銳，嗅覺也極為敏感，能察覺並分辨濃度僅為百萬分之三的費洛蒙。我心中有數，也驗證過。在我的感知範圍內你幾乎無可隱藏。我想，你要是知道我單憑嗅覺就能發現什麼，一定會瞠目結舌的。你的費洛蒙告訴我你正在幹什麼，或打算幹什麼。還有你的手勢和姿態也在洩密！我曾在厄拉欽恩花了半天凝視坐在長凳上的一個老人，他是史帝加耐巴的第五代後裔，這層關係連他自己都不知情。我仔細研究他頸項的角度、下巴底下鬆垂的皮肉、乾裂的嘴唇、鼻孔周圍的溼氣、耳後的毛孔，還有從古式蒸餾服兜帽下鑽出的灰髮絲。他絲毫沒發覺有人在窺視。哈！換作史帝加只要一兩秒就會警覺。這個老人只是在等人，一直沒等到，最終站起身蹣跚離去。久坐之後，他的步履十分僵硬。我知道我再也不會見到這具血肉之軀了。他瀕臨死亡，體內的水分無疑將浪費掉。當然，這已不再重要。

——《失竊的日記》

• • •

雷托正等候現任鄧肯・艾德侯抵達的這個空間，他認為是全宇宙最有趣的地方。以大部分人類的標準衡量，此處都是一個龐大的空間，四周環繞著精心構建的地下墓窖群，上方則是帝堡。這座大殿猶如輪轂，一間間高三十公尺、寬二十公尺的側廳像輪輻般擴散開去，雷托的帝輿則安放在大殿中心。大殿是一間直徑四百公尺的穹頂圓廳，最高點離地面一百公尺，就在他頭頂正上方。

他覺得殿堂的大小能讓自己心安。

正午剛過，但大殿裡僅有的亮光來自隨機飄動的幾盞懸浮燈球，光線調為暗橙色。微弱的光線照不進側廳深處，但雷托憑記憶知道那裡每一樣東西的準確位置——水、遺骸和骨灰，有祖先的，也有沙丘時代以來亞崔迪先人的，一個不漏都供在那裡。另外還存放了幾箱美藍極，預備在情勢萬分危急時作為掩護，好讓人誤以為這就是他的全部庫藏。

雷托清楚鄧肯求見的原因。艾德侯聽說忒萊素人正在製造另一個鄧肯，也就是再度按神帝要求的規格製造甦亡人。這個鄧肯擔心自己在服役近六十年後被取代，這種事總讓一個個鄧肯生出謀反之心。前陣子有一名宇航公會使節謁見雷托，警告他伊克斯人私下交給這個鄧肯一把雷射槍。

雷托暗自發笑。凡是遇上可能對自己那一丁點香料配給造成威脅的事情，宇航公會都會大驚小怪。這世上只剩下雷托一人與過去那些曾造出美藍極的沙蟲有關聯，一想到這點，他們就嚇得瑟瑟發抖。

萬一我死在沒有水的地方，就不會有香料了——永遠不會再有。

宇航公會怕的就是這個。他們的歷史學家兼會計師確信雷托坐擁全宇宙最大份的美藍極庫存，因此宇航公會幾乎和盟友一樣可靠。

雷托一邊等，一邊按貝尼·潔瑟睿德的傳統訓練方法做手部和指部運動。這雙手是他的驕傲。他的手覆有灰色的沙鱒皮膜，大拇指可與修長的四指對握，基本上靈活度與常人無異。而由腿腳退化而成的鰭足卻沒什麼用，與其說他感到羞恥，不如說感到不便。他能以閃電般的速度爬行、翻滾和騰躍，但不小心壓到鰭足就會疼痛。

鄧肯被什麼耽擱了？

雷托想像那男人正透過窗戶遙望沙厲爾平緩起伏的天際線，內心還在掙扎。今天熱氣蒸騰，進入地下墓殿前，雷托看到西南方出現了海市蜃樓。熱空氣閃爍，映射出沙漠遠方顛倒的鏡像：一隊示範區弗瑞曼人正費力走過一處供遊客開眼界的穴地景點。

地下墓殿裡很涼爽，一直如此，燈光也總是昏昏暗暗的。輻射狀側廳是一條條往上或往下傾斜的黑暗隧道，坡度平緩，以方便帝輿行駛。有的隧道穿過假牆還要向外延伸許多公里，這是雷托利用伊克斯裝備為自己挖掘的補給通道和暗道。

雷托思忖著即將開始的會面，心中不由得冒出一絲緊張。他覺得很有意思，眾所周知，他很享受這種情緒。雷托覺得自己對現任鄧肯的好感一直在自然而然地增強，他抱有很大期望，希望此人能活著結束會面。有時候他們能做到。這個鄧肯幾乎不可能發起致命攻擊，但也得視偶然的機緣而定，「偶然」確實存在。雷托曾試圖向某個前任鄧肯解釋清楚……就在這間大殿裡。

「你也許會覺得奇怪，憑我擁有的能力，竟然還提運氣和偶然。」雷托當時說。

那個鄧肯怒氣沖沖。「沒有什麼偶然，你絕不會留下任何漏洞！我了解你！」

「你想得太天真了！偶然是宇宙的本質。」

「那不是偶然！是惡作劇。你專搞惡作劇！」

「對極了，鄧肯！惡作劇會帶來最深沉的樂趣。我們正是在跟惡作劇打交道時激發創造力。」

「你根本不再是人了！」哎，那個鄧肯已經怒不可遏。

這句痛斥讓雷托感到不快，就像眼裡進了一粒沙。就算不快已經是他僅存的情緒中最接近憤怒的一種，他也不會放過，他總是不可抑制地緊緊抓住殘存的人性自我。

「你的人生已經變得老套無聊了。」雷托回擊道。

就在此時，那個鄧肯從制服袍子的暗褶裡掏出一枚小炸彈。多麼令人意外！

雷托酷愛意外，即便是凶險的意外。

這就是我沒有預見到的事！他早就對鄧肯這麼說過了。鄧肯因為必須完全自行承擔決定，而尷尬地站在那裡猶豫起來。

「這個能要你的命。」鄧肯說。

「抱歉，鄧肯。會讓我受點輕傷，僅此而已。」

「但你說你沒有預見到！」鄧肯尖聲叫道。

「鄧肯啊鄧肯，對我來說百分之百的預見才相當於死亡，死亡有多無聊實在是難以形容。」

最後一刻，鄧肯想把炸彈扔到一旁，但火藥不穩定，太早引爆。那個鄧肯就這麼死了。唉，好吧——反正忒萊素人的再生箱裡總還備著一個。

飄在雷托頭頂上的一個燈球開始閃爍。他興奮起來。莫尼奧傳來信號了！盡忠職守的莫尼奧提醒神帝鄧肯已經進入地下墓殿了。

大殿西北方兩個側廳之間的載人升降機開門了。現任鄧肯邁步向前，從這個距離看，只是個小小的人形，但雷托連再小的細節也能分辨得一清二楚——制服肘部的一道皺褶表明他剛才手托下巴靠在什麼地方。沒錯，下巴上還殘留著手壓出的痕跡。鄧肯的氣味來得更快：他的腎上腺素已經飆升。

鄧肯愈走愈近，雷托一言不發，細細觀察。雖然服役這麼多年，他邁步時依然散發年輕朝氣，這歸功於攝取了微量美藍極。他身穿老式亞崔迪黑制服，左胸佩有金色鷹徽。這是一個有趣的聲明：「本人為『老』亞崔迪氏族的榮耀效力！」他顴骨高聳，五官如岩石般稜角分明，那頭黑髮依舊像用卡拉庫大尾綿羊的長毛做成的帽子。

忒萊素人真擅長製造甦亡人。雷托想。

這個鄧肯帶著一個深棕色纖維編織的扁公事包。他已用了這個公事包許多年，通常裝著為報告提供佐證的材料，今天卻因額外的重量而顯得鼓脹。

伊克斯雷射槍。

艾德侯前進時一直盯著雷托的臉龐。令他不安的是，這張臉依然具有亞崔迪氏族的特徵，臉龐瘦削，徹底湛藍的香料藍眼會讓神經質的人覺得受到冒犯。這張臉深埋在風帽似的灰色沙鱒皮膚內，艾德侯清楚，在本能的作用下，這頂皮兜帽能瞬間往前翻護住臉部——快如眨眼的「眨臉」。粉紅色的臉孔嵌在灰色輪廓裡，這張臉很難讓人不感到猥褻，在旁人眼裡，那是被異類捕獲的已迷失的些許人性。

艾德侯在距離帝輿僅六步遠處停下，他不想隱瞞自己在憤怒中所作的決定，甚至不去想雷托是否已得知雷射槍一事。這個帝國偏離亞崔迪人的傳統道德觀太遠了，已經變成了毫無人性的毀滅力量，在前進的道路上碾壓無辜受害者。這一切必須結束！

「我想跟您談談希歐娜還有其他事。」艾德侯說。他把公事包放在方便抽出雷射槍的地方。

「說吧。」雷托的話音裡充滿厭倦。

「只有希歐娜一個人逃走了，不過她還有一幫叛黨同夥。」

「你竟然以為我不知道嗎！」

「我知道您在罔顧危險姑息叛黨！但我不知道她偷走的那包是什麼東西。」

「哦，那個啊。她偷了帝堡的完整平面圖。」

此刻皇家衛隊指揮官的身分在艾德侯心中占了上風，這個維安漏洞令他震驚異常。

「您就讓她帶著東西跑了？」

「不，是你。」

這句指責逼得艾德侯退縮了些。漸漸地，最近才下決定的謀刺意念又抬頭了。

「她拿到的就這些嗎？」艾德侯問。

「我有兩卷日記副本和平面圖放在一起，都被偷走了。」

艾德侯觀察著雷托不動聲色的面孔。「日記裡寫了什麼？有時您說是日誌，有時又說是歷史。」

「兩者都沒錯。你還可以稱它為教科書。」

「日記丟了您會擔心嗎？」

雷托擺出一個微笑，艾德侯當作否定的回答。艾德侯把手伸進那個扁公事包，一絲緊張瞬間襲過雷托全身。武器還是報告？雷托清楚，雖然自己的要害部位都具備強大的耐熱能力，但仍有一部分肉體會受到雷射槍的傷害，尤其是臉部。

艾德侯從公事包裡抽出一份報告，他還沒開始唸，雷托就已看出了端倪。艾德侯正在尋求答案，而不是提供情報。他想為自己選擇的行動找到正當的理由。

「我們發現羯地主星存在崇拜厄莉婭的異教。」艾德侯說。

艾德侯彙報詳情的過程中雷托一直保持沉默。真無聊。雷托任由思緒飄蕩。這些年來，對於膜拜他已故姑母的人民，雷托只視為偶爾出現的消遣，但鄧肯們總認為其中暗藏威脅。

艾德侯唸完了。不可否認，他手下的密探行事周密。周密得令人厭煩。

「無非是伊西斯[2]崇拜死灰復燃而已。」雷托說，「我的男女祭司會做些事來壓制這個異教和信徒。」

艾德侯搖搖頭，似乎在回答內心的一個聲音。

「貝尼．潔瑟睿德對這個異教知情。」他說。

說到這裡，雷托才開始有了興趣。

「我接管了女修會的育種計畫，她們從來沒有原諒我。」他說。

「這跟育種沒關係。」

雷托忍住了笑意。這群鄧肯一向對育種的話題很敏感，儘管他們自己有時也會充當種男。

「這樣啊。」雷托說，「嗯，貝尼．潔瑟睿德的人都頗瘋癲，但瘋狂造成的混亂是醞釀意外的溫床，而意外可能很有價值。」

「我看不出有什麼價值。」

「你認為女修會是異教的幕後操縱者嗎？」雷托問。

「我認為是。」

「說來聽聽。」

「她們曾經有個聖殿，叫『晶刃匕聖殿』。」

「是嗎？」

「她們的祭司長稱作『潔西嘉之光守護者』。這不就說明了問題嗎？」

「很妙！」雷托不打算掩飾自己的興致了。

「妙在哪裡？」

「她們把我的祖母和姑母合併成一個女神了。」

艾德侯慢慢搖著頭，表示不明白。

雷托讓自己稍停一停，比一眨眼的工夫還要短。他心裡的祖母不是很贊成羯地主星的異教，他不得不先把她的記憶和本體阻擋到旁。

「你覺得這個異教有什麼企圖？」雷托問。

「很明顯。這是在宗教上另立山頭，圖謀損害您的權威。」

「想得太簡單了。你要怎麼形容貝尼．潔瑟睿德都行，但她們可不是傻瓜。」

艾德侯等著聽解釋。

「她們想要更多香料！」雷托說，「更多聖母。」

「所以她們騷擾您，讓您花錢消災。」

「我對你很失望，鄧肯。」

艾德侯抬頭盯著雷托沒吭聲。雷托做了個嘆氣的動作，對於他現在的身體，嘆氣已不屬於自然行為，而是一個複雜的動作。通常鄧肯們都會更聰明，雷托認為這一位是因為心懷鬼胎才不夠機靈。

「她們選擇羯地主星當作根據地，」雷托問，「這說明什麼？」

「那裡曾經是哈肯能氏族的大本營，不過都是古時候的事了。」

「你妹妹死在那裡，死在哈肯能氏族手裡。你把哈肯能氏族跟羯地主星聯想在一起是對的。剛才你為什麼沒有提到這一點？」

2 伊西斯：古埃及信仰中最廣受崇拜的女性神祇。——編注

「我覺得這不重要。」

雷托抿緊嘴唇。提到妹妹讓這個鄧肯心煩意亂。他理智上清楚，自己只不過是一系列再生肉體的最新一代，是在忒萊素再生箱裡由原型細胞培育出來的產物。但這個鄧肯無法擺脫隨著生命復甦的記憶，他知道是亞崔迪氏族把自己從哈肯能氏族的奴役下解救出來的。

不管我變成什麼，終究還是亞崔迪家的人。雷托想。

「您想說什麼？」艾德侯問。

雷托認為此時有必要提高嗓門。他大聲喝道：「哈肯能氏族曾經囤積過香料！」

艾德侯後退一步。

雷托放低聲音，繼續說：「羯地主星上藏著一批美藍極。女修會想打著宗教活動的幌子來挖這批存貨。」

艾德侯一陣尷尬。答案一說出口，便覺顯而易見。

而我卻視而不見。他想。

雷托那聲喝叱又把他喚回了皇家衛隊指揮官的身分。艾德侯了解帝國極度簡化的經濟規則：不允許放貸圖利，只可現金交易。唯一一種貨幣以雷托神帝的「風帽臉」為肖像。貨幣發行完全以香料為本位，而香料儘管價格高昂，卻仍在不斷升值。一個手提包的香料，價值抵得上一顆星球。

「控制貨幣和法庭，其餘的留給賤民。」雷托想。這是老雅各・布魯姆說的，雷托能聽見這個老頭在他心裡幸災樂禍地咯咯笑。「這個世界變化不大，雅各。」

艾德侯深吸一口氣。「應該立即通知信仰局。」

雷托沒有作聲。

艾德侯認為這是示意自己繼續，便接著唸報告，但雷托僅投入了一小部分注意力，就像啟用了一套錄製艾德侯言行的監控電路，只有偶爾信號增強了，才會引發一句內心的評論：

現在他想談忒萊素人了。

這個話題對你很危險，鄧肯。

不過這也使雷托獲得新的思考方向。

狡猾的忒萊素人一直在利用原型細胞為我製造鄧肯。他們的行為觸犯宗教禁忌，這一點我們雙方都清楚。我不允許人工干預人類遺傳。但忒萊素人知道我在衛隊指揮官這一職位上是多麼器重鄧肯。我認為他們猜不到這件事還具有娛樂價值。在原先是山的地方，現在流著以艾德侯命名的河，一想到這個我也覺得好笑。那座山已經不復存在了，我們開山採石，建造圍住沙厲爾的高牆。

當然，忒萊素人也清楚，有時我會把鄧肯用於自己的育種計畫。鄧肯們會帶來外部血統的優勢……而且遠不止於此。每一把火都必須有對應的防火閘。

我原本想安排這一位跟希歐娜配種，現在看來要泡湯了。

哈！他說希望我「鎮壓」忒萊素人。為什麼他不直接發問呢？「您打算把我替換掉嗎？」

我都忍不住要告訴他了。

艾德侯再一次把手伸進那個扁公事包。思路活躍的雷托一刻也沒有放鬆監視。

是雷射槍還是其他報告？是其他報告。

這個鄧肯一直很小心警覺。他不但要確認我對他的圖謀一無所知，還要蒐集更多不值得效忠於我的「證據」。他舉棋不定很久了，他的個性就是這樣。我明白告訴他太多次，我不會運用預知力去預測自己何時脫離這具古老軀殼。但他半信半疑，他一向是個懷疑論者。

廣大深邃的大殿吸走他的聲音。要不是我嗅覺敏銳，他因恐懼而散發的化學物質就要被這裡的溼氣掩蓋住了。我對他的聲音聽而不聞。這個鄧肯變得多麼煩人。他在複述歷史，希歐娜的反叛史，等等一定會針對她最近這次的刺激冒險警告我。

「這次謀反不尋常。」他說。

這句話把我拉了回來！傻瓜。所有謀反都是尋常的，也都無聊至極，都是一個模子裡刻出來的。造反的動力不外乎腎上腺素成癮再加上個人的權力欲膨脹。所有造反的人都稱得上是不願承認身分的貴族。正因如此，我才能輕鬆讓他們改弦易轍。

為什麼鄧肯們從來不肯聽我這套？眼前這個鄧肯也和我爭論過。這是我們最早的衝突之一，就發生在這座地下墓殿裡。

「對激進分子永遠不要放棄主動權，這是執政之術。」他當時這樣說。

陳腔濫調。每一代都會冒出激進分子，但你不能採取預防手段，在他眼裡這就成了「放棄主動權」。他希望對激進分子採取粉碎、鎮壓、控制和預防措施。警察思維與軍人思維幾無分別，他就是一個活生生的例子。

我告訴他：「只有當你試圖鎮壓激進分子時，他們才會變得可怕。你必須充分表明你會充分利用他們提供的東西。」

「他們太危險了。他們太危險！」他覺得話多說幾遍就能成真理。

我以自己的方式一步步慢慢引導他，而他甚至也做出了傾聽的樣子。

「這是他們的弱點，鄧肯。激進分子總愛把問題兩極化——非白即黑，非善即惡，非我即他。他們用這種方法解決複雜問題，勢必走上一條混亂之路。用你的話來說，執政之術，應該是對亂局的掌控。」

「沒有人對付得了所有的意外。」

「意外？誰跟你說意外了？混亂不是意外，反而內含可以預測的特質。首先，混亂會消滅秩序而增強極端的力量。」

「這不正是激進分子要達到的目的嗎？他們不就是想搗亂，趁機取得主控權嗎？」

「他們自以為這樣。事實上，他們在培養新的極端分子和激進分子，他們不過是在走老路。」

「要是有激進分子也看透了這種錯綜複雜的狀況，然後反過來對付您，怎麼辦？」

「那種人就不叫激進分子了，而是爭奪領導權的對手。」

「那您該怎麼辦？」

「招降或者消滅。從最簡單基本的程度來看，這就是領導權鬥爭的起源。」

「好吧，那麼救世主呢？」

「例如我父親嗎？」

鄧肯不喜歡這個問題。他知道就某種非常特殊的角度來說，我就是我父親。他知道我能以我父親的嗓音和人格說話，那些記憶都是準確無誤的，未經竄改，也無法忽視。

他不情願地答道：「嗯……如果您這麼想的話。」

「鄧肯，我就是每一個救世主的集合體，所以我很清楚。從來沒有真正無私的反叛者，都是偽君子而已──他們有的意識到自己是偽君子，有的沒有意識到，本質都一樣。」

這句話在我的祖先記憶裡引起一陣譁然。其中有些人堅守信念，認為他們握有解決所有人類問題的鑰匙，而且只有他們才有。好吧，在這一點上他們和我很像。即使我對他們直言，若抱著這種想法，失敗已近在眼前，但我還是會同情他們。

然而我不得不把他們都封鎖掉。把心思放在他們身上一點意義也沒有。他們現在只是一些尖酸的諫客……就像站在我面前的這位鄧肯，手裡拿著雷射槍……

偉大的冥神啊！我恍神被他抓了個正著。他手持雷射槍，直指我的臉。

「你，鄧肯？連你也背叛我了嗎？」

連你也有份嗎，布魯圖？[3]

雷托的每一根神經都繃緊了，他感覺身體在抽搐。沙蟲的肉體有自己的意志。

艾德侯挖苦道：「告訴我，雷托，我得償還多少筆忠誠債？」

雷托聽出了弦外之音：「我被複製多少次了？」鄧肯們總是想知道答案。每個鄧肯都要提這個問題，但任何回答他們都不滿意。他們不相信。

雷托用他最傷感的摩阿迪巴嗓音問道：「能得到我的賞識，你不感到自豪嗎，鄧肯？難道你從沒想過，我這麼多世紀以來總是想要你隨侍在側，到底看重你哪一點嗎？」

「你把我當成超級傻瓜了！」

「鄧肯！」

摩阿迪巴光火的聲音總能鎮住艾德侯。儘管艾德侯知道雷托運用起魅音來比史上任何一個貝尼·潔瑟睿德都厲害，但不出所料，他依然會聽命於這個聲音。雷射槍在他手中顫抖起來。

這就夠了。雷托一個飛滾，從帝輿上騰身而起。艾德侯從沒看過他以這個動作離開帝輿，連想都沒想過。對於雷托而言，只需滿足兩個條件就能辦到：一是蟲體察覺到重大威脅，二是放鬆對蟲體的控制。接下來就會出現這種不由自主的動作，速度之快往往令雷托自己都大吃一驚。

他最擔心的是雷射槍。雷射槍會造成嚴重的擦傷，不過很少有人了解準沙蟲軀體的抗熱能力。

雷托翻滾著撞倒艾德侯，雷射槍開火，但打偏了。由腿腳退化成的某隻無用的鰭足驟然向意識射來一陣不舒服的感覺。在那一秒，雷托只感覺得到疼痛。但蟲體仍能自由活動，在本能驅使之下，狂亂地一陣撲騰。雷托聽到骨骼碎裂的聲音。艾德侯的手抽搐了一下，把雷射槍遠遠甩在地上。

雷托從艾德侯身上滾下來，準備再發起一輪攻擊，然而已經沒有必要了。受傷的鰭足還在傳遞疼痛信號，他感覺到鰭尖被燒掉了。沙鱒皮膚封住了傷口，痛覺也已舒緩成不舒服的發脹。

艾德侯微微一動。他已身負致命傷，這點幾無疑問。他的胸膛明顯被壓扁了，連呼吸都要忍受莫大的痛苦，但他還是睜眼朝上瞪著雷托。

*壽命有限的凡人是多麼執著啊！*雷托想。

「希歐娜。」艾德侯喘著氣說。

雷托眼見這條生命離他而去。

有意思，雷托想，*這個鄧肯有沒有可能跟希歐娜……不！這個鄧肯一向對希歐娜的愚蠢嗤之以鼻。*

雷托爬上帝輿。好險哪。他可以肯定，這個鄧肯瞄準的是腦子。雷托一直清楚自己的手足容易受傷，但他沒讓任何人知道，那曾稱作腦子的東西已經不再和他的臉相連，甚至大小形態也都與人類不同，變成了分布於整個軀體的網狀節點。他沒告訴任何人，僅僅在日記中吐露。

3 *Et tu, Brute?* 普遍認為是羅馬共和國時期的政治家與獨裁者凱撒最廣為人知的遺言。當凱撒遭逢元老院成員暗殺，眼見養子布魯圖也參與陰謀而出此感嘆。——編注

6

哦，我見過的那些地貌！那些人！弗瑞曼人的輾轉遷徙，還有其他的一切。甚至能經由神話回溯到大地女神特拉。哦，一個個從觀星與陰謀中看見的經驗教訓，一次次遷徙與潰逃，一個個跑得腿疼肺疼的夜晚，在宇宙微塵上，我們守護著自己轉瞬即逝的占有物。我告訴你，我們是一個奇蹟，對此我的記憶確知無疑。

——《失竊的日記》

• • •

在小牆桌旁工作的那名女子體型太龐大，她身下的那把椅子又過於窄小。外頭是早晨過了一半的白晝，然而在奧恩城地下深處的這間沒有窗戶的房間裡，只有一盞燈球高懸在角落。燈光已調成暖黃色，但未能驅散這房間的灰色調。四周牆面和天花板鋪設著一塊塊規格統一的暗灰色矩形金屬嵌板。

除此之外，房裡的家具只剩一件，是一張窄小的簡易床，薄薄的床板上蓋著一條不起眼的灰毛毯。顯然，這裡的家具都不是為此人而設計的。

她穿著一件深藍色連身睡袍，上半身弓在桌板上，寬闊的肩膀把睡袍撐得緊繃。燈球照著她的金色短髮和右臉，凸顯出方方的下巴。她用粗大的手指仔細敲著桌面上一個薄鍵盤，下巴隨著口中默唸語句而上下移動。出於敬畏，她操作起機器來一臉恭順，敬畏與極度的興奮不由自主地交織，即使她早就對機器駕輕就熟，情緒也未因此稍減。

牆面上有個矩形空洞，是桌板翻平後出現的，內藏一面螢幕。隨著她打字輸入，螢幕上顯示出相應的文字。

「希歐娜繼續從事活動，想以暴力襲擊您的聖體。」她寫道，「希歐娜還是死抱著她公然宣稱的企圖不放。她今天告訴我，要將竊得的書冊副本交給幾個對您無忠誠可言的組織，包括貝尼．潔瑟睿德、宇航公會和伊克斯人。她說書冊記錄著您的密文，有了這意外贈禮，她正向其他勢力求助以解譯您的聖言。

「陛下，我不知道這些書冊隱藏著什麼大祕密；然而，倘使其中含有任何威脅到您聖體的內容，懇請您解除我對希歐娜所發之效忠誓言。我不明白您為何令我立下此誓，但我不敢稍有違抗。

「您永遠的忠僕，奈拉。」

奈拉往後一靠，回顧已寫下的詞句，椅子一陣吱嘎亂響。厚實的隔音材料讓房間幾乎陷入一片死寂，只有奈拉輕微的呼吸聲和遠處的機械振動聲，後者與其說是透過空氣，不如說是透過地板傳過來的。

奈拉盯著螢幕上的文字。這份密報將只由神帝過目，不僅要求毫無保留的真實，還必須奉上深切的坦白，這讓她筋疲力竭。現在，她點點頭，敲了一個按鍵將文字加密，準備傳輸。她低頭默默祈禱，隨後收桌入牆。她知道如此操作之後密報就發送出去了。神帝親自在她頭部植入了一個實體裝置，令她發誓保密，並告誡說將來某一天可能會透過這個顱內裝置跟她說話。他還沒這樣做過。她懷疑裝置是伊克斯人製造的，看樣子有點像。但這件事是神帝親自做的，她願意不去理會那究竟是不是電腦、是不是觸犯大公約的禁令。

「不得造出具人類思維的機器！」

奈拉打了個冷顫。她站起來，把椅子搬到通常所在的床邊位置。薄薄的藍袍子緊緊撐在她那沉重而強壯的身軀上。從她謹慎的動作可以看出，這是一個長期訓練以保持體魄強健的人。她在床邊轉身，仔細察看桌板收起的地方。那塊矩形灰色嵌板與其他嵌板毫無二致。牆縫裡沒有一絲線頭或毛髮，不存在任何可能洩密的蛛絲馬跡。

奈拉深吸一口氣提振精神，走出這房間唯一一扇門，進入一條灰色走廊。相隔頗遠的白色燈球灑下昏暗的光線。機械振動聲更響了。她向左拐，幾分鐘後在一間稍大的房間和希歐娜會合。房內中央有張桌子，上面整齊地擺放著從帝堡盜來的東西。在兩盞銀色燈球下，希歐娜坐在桌前，身旁站著一個名叫托普利的助手。

奈拉不得不佩服希歐娜；至於托普利，這個一無是處的男人只配得到毫不掩飾的嫌棄。他是個神經質的胖子，鼓凸的綠眼睛，獅子鼻，薄嘴唇，下巴上有個凹坑，說起話來高八度。

「看這裡，奈拉！瞧瞧希歐娜發現了什麼，就夾在這兩本冊子的書頁裡。」

奈拉關上這間房僅有的一扇門，並上了鎖。

「你話太多了，托普利。」奈拉說，「真是個大嘴巴。你怎麼知道走廊裡只有我一個人？」

托普利臉色發白，面露慍色。

「恐怕她說得有理，」希歐娜說，「不然我怎麼會想把這個發現告訴奈拉？」

「你什麼事都信得過她！」

希歐娜轉向奈拉。「知道我為什麼信任妳嗎，奈拉？」她語氣平直，不帶感情。

一陣恐懼襲上心頭，奈拉強自鎮定下來。希歐娜發現她的祕密了嗎？

我辜負陛下了嗎？

「妳不回答我的問題嗎？」希歐娜問。

「妳有不信任我的理由嗎？」奈拉反問。

「這個理由不充分。」希歐娜說，「世上沒有盡善盡美的東西，不論是人還是機器。」

「但妳的確信任我，為什麼呢？」

「因為妳向來言行一致，這是個了不起的特質。比方說，你不喜歡托普利，就從不掩飾。」

奈拉瞥了瞥托普利，托普利乾咳了一聲。

「我不信任他。」奈拉說。

這句話衝口而出，說完她才意識到自己不喜歡托普利的真正原因：他會為了一己私利背叛任何人。

他發現我了嗎？

托普利依然板著臉，說：「我不想待在這裡任由妳侮辱。」他正想離開，希歐娜舉手一攔，他又遲疑了。

「我們說弗瑞曼人的舊語言，而且立誓忠於彼此，但把我們拴在一起的並不是這些。」希歐娜說，「凡事取決於行動，我只看重這個。明白嗎，你們倆？」

托普利不假思索地點頭，奈拉卻直搖頭。

希歐娜對她笑了笑。「妳不是每次都認同我的決定，對嗎，奈拉？」

「是的。」她硬擠出這個回答。

「妳從來不掩飾自己的反對意見，卻又一味服從我，為什麼？」

「我發的誓內容就是如此。」

「但我說過這不夠。」

奈拉知道自己在出汗，也知道出汗會暴露她的祕密，但她動彈不得。我該怎麼辦？我對神帝發誓要服從希歐娜，但我不能這麼說。

「妳必須回答我的問題。」希歐娜說，「這是命令。」

奈拉屏住呼吸。這是她最怕碰上的難題，毫無迴旋餘地。她心中默禱，接著低聲說道：「我對神起誓要服從妳。」

希歐娜拍手大笑。

「我就知道！」

托普利竊笑。

「閉嘴，托普利。」希歐娜說，「我在教你一課。你什麼都不信，連自己都不信。」

「可是我……」

「我說閉嘴！奈拉有信仰。我有信仰。就是這個把我們拴在一起的，信仰。」

托普利大吃一驚。「信仰？你信仰……」

「不是信神帝，你這個傻瓜！我們相信會有一個更強大的力量來跟蟲子暴君算總帳，我們就是這股更強大的力量。」

奈拉顫抖著吸了一口氣。

「沒關係，奈拉。」希歐娜說，「我不管支撐妳的是什麼，只要妳有信仰就行。」

奈拉勉強微笑，繼而由衷地露齒而笑。陛下的智慧讓她受到前所未有的激勵。我就算說真話，也只會對我的神有好處！

「讓妳看看我在冊子裡發現了什麼。」希歐娜說。她指了指擺在桌面上的一些普通紙張。「夾在書頁裡的。」

奈拉繞過桌子，低下頭看。

「先是這個。」希歐娜捏起一樣奈拉沒留意的東西。那是一縷細細的……貌似是……

「一朵花？」奈拉問。

「就夾在兩頁紙之間。紙上寫了這些。」

希歐娜俯下身去唸道：「一縷珈尼瑪的髮絲和她帶給我的一朵琉璃苣花朵。」

希歐娜抬頭望著奈拉說道：「看來咱們的神帝還挺多愁善感。這個弱點我倒是沒想到。」

「珈尼瑪？」奈拉問。

「他妹妹！別忘了『口述史』。」

「哦……哦，對，〈珈尼瑪禱文〉。」

「好，聽這個。」希歐娜拿起另一張紙開始朗讀。

「沙灘蒼白如亡者臉靨，

碧浪上雲朵倒影漣漣。

我站在黑暗潮溼的邊界。

冰冷的水沫洗淨腳趾。

我聞到漂流木的輕煙。」

希歐娜又抬眼看奈拉。「這些文字歸在『聽聞珈尼死訊而作』的標題下。妳怎麼看？」

「他……他愛他的妹妹。」

「是的！他有愛一個人的能力。哦，沒錯！可讓我們逮著了。」

7

有時我會沉迷探險，那種唯我獨享的探險。我以記憶為軸線，向內沿途跋涉。如同學童記述假日旅行，我也會選定一個主題作為目標。就定為……有智慧的女性吧！我回游到祖先的海洋中，我是深海裡一條有翼巨魚，張開意識的大口肆意捕撈！有時……有時我會捕獲史書曾記載的人物，重新體驗此人的人生之時，我還要譏笑傳記中一定少不了的學院式浮誇辭藻。這真是專屬於我的愉悅！

——《失竊的日記》

・・・

莫尼奧帶著沉重而又無奈的心情進入地下墓殿。眼前的責任無法逃避。神帝需要一小段時間來哀悼又失去一個鄧肯……但生活還得繼續……繼續……繼續……

伊克斯人製作的升降機很可靠，悄無聲息地向下滑行。有一次，只有那麼一次，神帝對著他的總管大聲喊道：「莫尼奧！有時候我覺得你是伊克斯人製造出來的！」

莫尼奧感覺升降機已停，梯門打開，他的目光穿過地下墓殿，看到帝輿上那個模糊的巨大身形。莫尼奧看不出雷托是否注意到他來了，便嘆了口氣，向這個回音陣陣的陰暗空間走去，開始了這段漫長的步行。帝輿附近躺著一具屍體。這種感覺不需用上「既視感」一詞加以描繪，就只是熟悉的場景而已。

莫尼奧剛上任的時候，雷托曾說：「你不喜歡這個地方，莫尼奧。我看得出來。」

「是的，陛下。」

莫尼奧略略回溯一下記憶，聽見了自己在不成熟的歲月裡發出的聲音。接著是神帝的聲音：

「陵墓讓你不自在，莫尼奧。而我認為這裡是無窮的力量之源。」

莫尼奧想起自己當時急著要脫離這個話題。「是的，陛下。」

雷托卻不想就此結束：「我只有幾個祖先供奉在這裡。摩阿迪巴的水在這裡；珈尼和哈克．阿拉達當然也在這裡，不過他們不是我的祖先。不，如果說我的祖先真有陵墓，那就是我。這裡主要安置鄧肯們和我的育種計畫的產物，有朝一日也是你的歸宿。」

莫尼奧發現回憶讓自己放慢了腳步。他嘆口氣，稍稍加快速度。雷托有時會很不耐煩，但現在仍未顯露任何跡象。不過即使雷托沒有任何動靜，莫尼奧仍知道自己的一舉一動都逃不過他的法眼。

雷托閉眼躺著，用其他感官測量莫尼奧在地下墓殿的行走距離，關於希歐娜的思考占據了他整個腦袋。

希歐娜一心跟我作對，他想。不須奈拉的密報證實，我都清楚明白。希歐娜是很有活力的女人，她散發的旺盛生命力讓我充滿愉快的幻想。只要一想到這股蓬勃的生命力，我就心醉神迷。這是我活下去的動力，也讓我的一切作為有了正當理由……甚至可以解釋為什麼這個蠢鄧肯橫屍在我面前。

雷托憑聽覺判斷，莫尼奧離帝輿還有一大半路要走。他的腳步愈來愈慢，隨後又加快了步伐。

雷托思考著。莫尼奧生下這個女兒，對我來說是多麼珍貴的禮物啊。希歐娜朝氣蓬勃，不可多得。她是新生一代，而我卻集陳舊腐朽之大成，是十惡不赦之徒、流離失所之輩的收容所。一切已湮滅的過往化作歷史碎片，被截留之後就成了我。從未有人想像過，烏合之眾能聚湊成如此龐大的規模。

雷托向內在的那些生命炫耀他的過往，讓那些人好好看看地下墓殿發生的事。

這些細節全都歸我所有！

可是希歐娜……希歐娜就像一塊乾淨的石板，也許能寫上偉大的歷史。

我無微不至地守護這塊光潔的石板。我還在清洗它、做準備。

鄧肯喊她的名字有什麼用意？

莫尼奧離帝輿愈來愈近，有點猶豫，但心中無比警覺。雷托當然醒著吧。

莫尼奧在屍體不遠處止住腳步，雷托睜眼朝下望去，發現總管是個很有趣的觀察對象。莫尼奧穿著一件亞崔迪白制服，沒戴標示身分的徽記，這是一個暗示：人人對他的臉龐幾乎和對雷托的一樣熟悉，這就足以作為他的徽記了。莫尼奧耐心等待，他五官扁平，表情沒有變化，濃密的沙色頭髮仔細梳成中分，灰眼睛深處流露出一股率直的神情，顯露出他對自己的強大力量心中有數。這種眼神只在謁見神帝時會收斂起來，有時甚至完全不會顯露。他一看也不看地板上那具死屍。

雷托依然默不作聲，莫尼奧清了清嗓子，說：「我很難過，陛下。」

真機靈！雷托想。他知道我對這群鄧肯的死真心感到惋惜。莫尼奧看過他們的檔案，也見證過太多次他們的死亡。他知道只有十九個鄧肯死於一般定義的自然死因。

「他帶了一把伊克斯雷射槍。」雷托說。

莫尼奧的目光直接轉向左側地板上的那把槍，表示他剛才已經看見了。他把視線轉回雷托，從頭至尾打量這具龐大的軀體。

「您受傷了嗎，陛下？」

「不礙事。」

「但他傷到您了。」

「那些鰭足對我沒用，兩百年內就會完全消失。」

「我會親自處理鄧肯的屍體，陛下。」莫尼奧說，「有沒有……」

「我身上有一小塊被他燒成了灰，就讓灰燼隨風吹散吧，這個地方最適合安放灰燼。」

「遵命，陛下。」

「處理屍體前，先解除雷射槍的功能，好好收著，我要讓伊克斯大使看看。至於那個警告我們的宇航公會代表，賞他個人十克香料。哦——還要提醒我們駐羯地主星的女祭司，那裡藏有一批美藍極庫存，可能是以前哈肯能氏族非法囤積的。」

「如果找到這批貨，您打算怎麼處理，陛下？」

「撥出一點給忒萊素人當作提供新甦亡人的酬勞，其餘收入地下墓殿的庫房。」

「陛下。」莫尼奧點頭領命，動作的幅度小於鞠躬。他與雷托眼神對上。

雷托微微一笑。他想：我們倆都知道，不開誠布公談談我們最關心的那件事，莫尼奧就不會離開。

「我看過關於希歐娜的報告了。」莫尼奧說。

雷托的笑意更濃了。這種時候莫尼奧真是令人愉快。他的話意味深長，包含許多無須言明的內容。他的言行在在都以雙方心照不宣的方式明白表示：毫無疑問一切盡在他的監視之下。現在，他自然要關心一下女兒，但他希望澄清他對神帝的關切始終擺在第一位。莫尼奧自己的成長之路有過相似的經歷，因此他很清楚希歐娜目前實際上命懸一線。

「她不是我創造出來的嗎，莫尼奧？」雷托問道，「她的血統和養育條件不是由我控制的嗎？」

「她是我的獨生女，唯一的孩子，陛下。」

「在某些方面她讓我想起哈克．阿拉達。」雷托說，「她身上好像沒多少珈尼的影子，這一點說不通。也許她返祖返到女修會的育種計畫裡去了。」

「您為什麼這麼說，陛下？」

雷托陷入沉思。有必要讓莫尼奧知道他女兒的特殊情況嗎？希歐娜有時會從預象中消失。黃金之路還在，但希歐娜不見了。然而……她並沒有預知力。她是個獨一無二的現象……倘若她能倖存下來……雷托決定不拿多餘的資訊去影響莫尼奧的辦事效率。

「別忘了你自己的過去。」雷托說。

「的確如此，陛下！她很有潛力，比我那時要多得多，但這也使她成了危險分子。」

「她不會聽你的。」雷托說。

「是的，但我在叛黨裡頭安插了一個臥底。」

就是托普利。雷托想。

無須動用預知力就能知道莫尼奧一定會安插臥底。自從希歐娜的母親去世，雷托對莫尼奧的行事方式摸得愈來愈準了。奈拉已對托普利產生懷疑。現在，莫尼奧坦白承認自己的憂慮及所採取的行動，希望換取女兒平安。

多遺憾哪，他和那個女人只生了這麼一個孩子。

「想一想，在類似的情況下，我是怎麼對待你的。」雷托說，「你和我一樣清楚黃金之路需要什麼。」

「但我那時候既年輕又愚蠢，陛下。」

「年輕而魯莽，但絕不愚蠢。」

聽到這句讚美，莫尼奧乾巴巴地笑了一下，他愈來愈相信自己已經猜到雷托的真實意圖了。可是，危機重重！

雷托的話進一步讓他的想法更堅定：「你知道我多麼喜歡意外。」

雷托想，沒錯，莫尼奧知道。希歐娜帶給我意外，同時也在提醒我什麼是最可怕的——就是可能會毀掉黃金之路的重複與無聊。看看吧，無聊是如何讓我險些被鄧肯所害！透過希歐娜這個對比，我看到了自己心底的恐懼。莫尼奧對我的擔心不無道理。

「我的臥底會繼續監視她新加入的同夥，陛下。」莫尼奧說，「我不喜歡這幫人。」

「她的同夥？很久以前我自己也有這樣的同夥。」

「叛黨嗎，陛下？您嗎？」莫尼奧真心感到意外了。

「你看不出我曾經是叛黨的盟友嗎？」

「可是陛下……」

「過去我們走錯路的次數也許超出你的想像！」

「好的，陛下。」莫尼奧尷尬之餘還是感到好奇。他知道鄧肯死後神帝有時會變得嘮叨。「您一定目睹過很多叛亂，陛下。」

雷托不由得陷入了回憶。

「啊，莫尼奧，」他咕噥道，「我在祖先的迷宮裡轉來轉去，腦子裡有數不清的地方、數不清的事情我再也不想見到第二次。」

「我能想像您的內心之旅，陛下。」

「不，你想像不了。我見過的人和星球實在太多，即使在想像中也失去了意義。哦，我走過的那些地形。想想那些異星的道路，從太空望去蜿蜒得像花體字一樣印在了我心裡。還有那些飽受侵蝕的峽谷、峭壁、星系，都讓我深刻地體認到自己不過是一粒微塵。」

「不，陛下。您絕對不是。」

「我比微塵還不如！那些人，他們那些毫無用處的社會，一遍遍在我眼前閃過，他們的胡言亂語讓我厭煩透頂，你聽見了嗎？」

「我不想惹陛下生氣。」莫尼奧溫順地說。

「你沒惹我生氣。有時你會讓我不快，頂多就這樣。你無法想像我都看到了什麼……哈里發、馬吉德、拉卡、王公、霸夏、國王、皇帝、首腦、總統……我全都見過。還有那些封建領主，一個不漏。他們全都是小法老。」

「請原諒我自以為是，陛下。」

「該死的羅馬人！」雷托喊道。

他在跟心裡的祖先說話：「該死的羅馬人！」

他們的笑聲把他趕出了內心的角鬥場。

「我不明白，陛下。」莫尼奧大膽問道。

「是的，你不明白。羅馬人傳播法老病，就像種地的農民播撒下一季糧食的種子——凱薩、神聖羅馬皇帝、沙皇、英白拉多、卡斯里……帕拉多……都是該死的法老們！」

「對這些稱號我所知不多，陛下。」

「我也許是這一大串的最後一個，莫尼奧。為此祈禱吧。」

「謹遵聖命。」

雷托低頭注視。「我們是神話終結者，你和我，莫尼奧。這是我們共同的夢想。我站在奧林匹斯神的高度向你斷言，政府是一個大眾神話。如果神話死了，政府也就死了。」

「您教導過我這件事，陛下。」

「我的朋友，製造出我們眼前這個夢的，是人肉機器，也就是軍隊。」

莫尼奧清了清喉嚨。

雷托從這個小動作看出總管不耐煩了。

莫尼奧了解軍隊。他明白把軍隊當作主要統治工具無異於痴人說夢。

雷托一直沒開口。莫尼奧走了幾步，從地下墓殿冰冷的地板上撿起雷射槍，動手關閉功能。

雷托望著他，心想，這小小的一幕不正蘊含著軍隊神話的精華嗎？軍隊會促進科技發展，因為在短視近利的人眼裡，機器的力量太顯而易見了。

那把雷射槍不過是個機器，一切機器終將過時或遭到淘汰。然而軍隊依然把這類東西奉若神明——既出於痴迷也源於恐懼。看看大家有多怕伊克斯人吧！軍隊深知自己如同稚嫩生疏的魔法師學徒，能釋放科技，卻再也不能把魔法塞回瓶子裡。

我教給他們另一種魔法。

雷托對心裡的人群說：

「看見沒有？莫尼奧讓那件致命器械失效了。這裡切斷連接，那裡壓碎個小囊。」

雷托吸了吸鼻子。他聞到防鏽油裡酯類成分的氣味，比莫尼奧的汗味更濃烈。

雷托繼續對內心說：「但精靈並沒有死。科技孕育出無政府狀態。這類工具會被隨意散布，從而誘發暴力。製造和使用野蠻毀滅性武器的能力，無可避免地會落入人數愈來愈少的群體手裡，直到最後群體變成了個體。」

莫尼奧走回雷托下方，右手輕鬆地握著那把已失靈的雷射槍。「帕雷拉星和丹星上有場議論，在吵該不該針對這類東西再打一場聖戰。」

莫尼奧舉起雷射槍微微一笑，表明他知道這類空洞夢想所隱含的悖論。

雷托閉上眼睛。心裡的人群本想爭論一番，但全被他封鎖擋開了。他想：聖戰製造軍隊。巴特勒聖戰的目標是消除宇宙中模仿人類思維的機器。巴特勒信徒在所到之處留下軍隊，但伊克斯人仍在製造可疑的設備……為此我真感謝他們。什麼叫清理門戶？動機就是破壞，任何工具都可以用。

「這種事會發生過。」他咕噥道。

「陛下？」

雷托睜開眼。「我要去塔樓，」他說，「得花點時間哀悼我的鄧肯。」

「新鄧肯已經往這裡出發了。」莫尼奧說。

8

這是我記載的編年史，至少橫跨四千年，在此提請第一位接觸到此文書之人注意。你雖然是我伊克斯倉庫所藏之啟示錄的首位讀者，但勿以此為榮。你將發現其中飽含痛苦。我從來不願窺探四千年之後的事，少數幾次瞥視實屬必要，只是為了確認黃金之路是否仍繼續延伸。因此，我不確定這些日記記載之事對你所處的時代有何意義。我只知道這些日記已遭湮沒，其中所記載之事件也無疑長期被已竄改的歷史所掩蓋。我可以明確告訴你，預見未來的能力會讓人變得無聊。甚至連被人奉若神明，也會變得極度無聊，我就曾有如此經歷。我想過不只一次，與神聖並存的無聊是足以催生自由意志的絕佳理由。

——達艾斯巴拉特倉庫銘文

•••

我是鄧肯．艾德侯。

他想搞清楚的事幾乎只有這一件。他不喜歡忒萊素人的解釋，也就是他們的說辭。不過忒萊素人總是讓人害怕。既信不過，又害怕。

他們用一艘宇航公會小型航艦將他載到這顆星球。日冕發出的綠色微光沿地平線劃出一條黃昏線，航艦降落時進入陰影區。這座星艦降落場跟他記憶中的那些一點也不像。這一座更大，四周環繞著古怪的建築。

「你們確定這是沙丘星？」他問。

「厄拉科斯星。」陪同他的忒萊素人糾正道。

他們駕駛密封地行車將他火速送往一棟建築物。他們稱這座城市為「奧恩」，「恩」字聽上去帶著奇怪的鼻音轉調。忒萊素人把他留在一間長寬高均約三公尺的房間裡，看不見燈球，但充滿溫暖的黃光。

我是甦亡人。他對自己說。

這件事讓他震驚，但又不得不信。明知道自己已經死了，卻發現還活著，就是鐵證。忒萊素人從他的屍體提取細胞，在某個再生箱裡培養出未完全體。在未完全體成長為軀體的初期階段，他感覺這東西像是自己血肉做成的不明生物。

他低頭看看，自己穿著一身刺激皮膚的深棕色粗布衣褲，腳蹬一雙涼鞋。除了一具身體，這些就是他們給予的一切了，忒萊素人之吝嗇可見一斑。

房裡沒有家具。他們讓他從唯一一扇門進房，門內側沒裝把手。他抬頭望望天花板，又轉頭看看牆壁和門。儘管這個地方空無一物，但他還是覺得自己正受監視。

「帝國衛隊的女兵會接待你的。」說完他們對彼此詭異一笑就離開了。

帝國衛隊的女兵？

陪同他來的忒萊素人熱愛展示自己的變形能力到了變態的程度。他永遠不知道下一分鐘他們那極富可塑性的肉體會變出什麼新花樣來。

可惡的幻臉人！

他們了解關於他的一切，當然知道他對變形者有多麼反感。

他能相信幻臉人什麼事？幾乎沒有。他們說過值得相信的話嗎？

我的名字。我知道我的名字。

他有自己的記憶。他們把身分意識輸入進他腦中。甦亡人本身理當無法恢復原身的意識，是忒萊素人幫他完成了這一步，他只能相信，因為他了解這套運作流程。

他知道，忒萊素會先製出一具完全成形的成年甦亡人，只有肉體而沒有姓名和記憶──這是一張擦淨原有內容的羊皮紙，他們想寫什麼幾乎就能寫上什麼。

「你是甦亡人。」他們說。很長一段時間這是他唯一的名字。他們把他當成可任意調教的嬰孩，在訓練中要他去殺一個人，此人酷似他侍奉並愛戴的保羅──摩阿迪巴，艾德侯現在懷疑那也是一具甦亡人。倘若果真如此，他們是怎麼得到原型細胞的呢？

艾德侯細胞裡的某些東西非常抗拒殺死亞崔迪家的人。他發現自己一手握刀站著，面前被綁住的假保羅正瞪著他，眼神裡憤怒與恐懼交織。

記憶一下子湧入了他的意識。他想起甦亡人這回事，也想起鄧肯．艾德侯。

我是鄧肯．艾德侯，亞崔迪氏族的劍術大師。

他站在這間充斥黃光的房間裡，緊緊抓住這個記憶。

在沙丘星沙漠地下的穴地裡，我為了保護保羅和他母親而死。我已經回到了這顆星球，但沙丘星已不復存在。而今只有厄拉科斯星。

他讀過忒萊素人提供的簡史，但不相信。三千五百多年？誰會相信經過這麼長時間他的肉體還能存在？只是……忒萊素人就能辦到。他又不得不相信自己的感覺。

「以前有許多個你曾存在。」他的教官曾說。

「有幾個？」

「雷托皇帝會提供資訊給你。」

雷托皇帝？

弌萊素人的歷史書上說這位雷托皇帝是雷托二世，亦即艾德侯忠心耿耿侍奉過的那位雷托公爵的孫子。然而這位二世（如史書所言）已經變成了某樣東西……這種蛻變過於離奇，艾德侯不指望自己能夠理解。

一個人類怎麼會慢慢變成沙蟲？任何能思考的生物又怎麼可能活上三千多年？即便把香料的抗衰老功效放大到極限，也不可能維持這麼長的壽命。

雷托二世，神帝？

弌萊素人的歷史不可信！

艾德侯想起有一個奇怪的孩子——實際上該說是雙胞胎：雷托和珈尼瑪，保羅的孩子，荃妮的孩子，這對子女讓她難產而死。據弌萊素人的歷史記載，珈尼瑪的壽命相對正常，而神帝雷托卻一直一直一直活下去……

「他是個暴君。」艾德侯的教官是這麼說的，「他命令我們用再生箱製造你，好為他效命。我們不知道你的前任發生了什麼。」

所以我人就在這了。

艾德侯再次環視空空蕩蕩的四壁和天花板。

有微弱的說話聲侵入他的意識，他朝門口望去。聲音悶悶的，不過有至少一人聽起來是女性。

帝國衛隊的女兵？

房門朝內打開，鉸鏈沒發出一絲聲音，兩名女子入內。他首先注意到其中一人戴著面罩，那是形狀不定的錫巴斯兜帽，因吸光而呈純黑色。他知道，這個女人能透過兜帽清晰地看見自己，但她的相貌絕不會暴露絲毫，即使借助最精密的透視儀器也無濟於事。這個兜帽說明伊克斯人或他們的後繼者還在帝國活動。兩名女子都穿著深藍色的連身軍服，左胸佩戴綴有紅穗帶的亞崔迪鷹徽。

兩人關上門，面朝艾德侯。艾德侯觀察著她倆。

蒙面女子的身材強壯結實，舉手投足間帶有狂熱尚武之人表面上那副小心謹慎的模樣。另一名女子優雅而苗條，一對杏眼，臉部線條分明、骨架凸出。艾德侯覺得在哪裡見過她，卻又想不起來。兩人腰間別著刀鞘，鞘內插有針型刀，從她倆的動作觀察，應該都是擅用這種武器的高手。

苗條的那人先開口了。

「我叫露莉。請允許我第一個稱呼您指揮官。我的同袍不能透露名字，這是雷托皇帝的命令。您可以叫她『朋友』。」

「指揮官？」他問。

「這是陛下的旨意，由您領導皇家衛隊。」露莉說。

「這樣嗎？我們去找他談談。」

「哦，不！」露莉明顯嚇了一跳，「在適當的時候陛下會召見您的。現在陛下希望您在我們的安排下能感到舒適和愉快。」

「我必須服從嗎？」

露莉沒答話，只是不解地搖了搖頭。

「我是奴隸嗎？」

露莉鬆了口氣，露出笑容。「絕對不是。只是陛下目前要務纏身，要擠出時間來才能接見您。陛下派我們來是因為他關心他的鄧肯．艾德侯。您在骯髒的忒萊素人手裡度過很長時間了。」

骯髒的忒萊素人。艾德侯思索了一下。

至少這一點沒有變。

不過露莉的解釋提到了一個不尋常的指稱，倒是令他頗為關切。

「他的鄧肯．艾德侯？」

「難道您不是一位亞崔迪勇士嗎？」露莉反問。

她擊中了他的要害。艾德侯點點頭，偏頭看向神祕的蒙面女子。

「妳為什麼蒙面？」

「我侍奉雷托皇帝之事必須保密。」她說。是悅耳的女低音，但艾德侯懷疑這嗓音也被錫巴斯兜帽改變過了。

「那妳來這裡幹嘛？」

「陛下派我來查看骯髒的忒萊素人是否對您動過手腳。」

艾德侯突然覺得喉嚨發乾，費勁地嚥了嚥唾沫。在宇航公會航艦上他數次覺得疑慮：假如忒萊素人能訓練甦亡人去謀殺摯友，那他們還會在這具再生肉體的腦子裡植入什麼東西呢？

「看來您也曾想過。」蒙面女子說。

「妳是晶算師嗎？」艾德侯問。

「哦，不！」露莉插進來，「陛下不允許訓練晶算師。」

艾德侯瞥了露莉一眼，又轉向蒙面女子。不允許有晶算師。弌萊素人的歷史沒提到這個有趣的事實。雷托為什麼禁止晶算師？將人腦訓練成超級電腦顯然是有用武之地的。弌萊素人向他斷言大公約依然有效，電腦仍是違禁品。當然，她倆應該知道亞崔迪氏族自己也曾雇用晶算師。

「您怎麼想？」蒙面女問道，「骯髒的弌萊素人對您的腦子動過手腳嗎？」

「我想……沒有。」

「但您也不太肯定？」

「是的。」

「別擔心，艾德侯指揮官。」她說，「我們有辦法確認，萬一有問題，也有辦法解決。骯髒的弌萊素人只試過一次，他們也為那次犯錯付出了高昂的代價。」

「那我就放心了。雷托皇帝有什麼要對我說的嗎？」

露莉朗聲說道：「陛下讓我們明確轉告您，他一如既往地敬愛您，正如亞崔迪氏族一直敬愛您那樣。」顯然，這句話讓她自己充滿了敬畏。

艾德侯稍感放鬆。作為一名亞崔迪氏族培養的優秀老兵，他在這次會面中很快掌握了若干情況。這兩人都受過嚴格訓練，已經達到盲從的程度。如果錫巴斯兜帽足以掩蓋蒙面女子的個人特徵，那說明體格與她相仿的人比比皆是。這一切暗示著雷托身邊危機四伏，依然缺不了密探這種見不得光的老行業以及挖空心思設計出來的武器裝備。

露莉瞧瞧她的同袍。「妳覺得如何，『朋友』？」

「可以把他帶到帝堡去。」蒙面女子說，「這裡不好，弌萊素人來過。」

「最好洗個熱水澡，再換身衣服。」艾德侯說。

露莉還盯著「朋友」。「妳確定？」

「陛下的英明不容置疑。」蒙面女答道。

艾德侯不喜歡「朋友」的語氣透出來的狂熱，不過她也流露出亞崔迪人特有的剛直，這又讓艾德侯感到心安。對外人和敵人他們或許會顯得憤世嫉俗又殘酷，但對自己人他們既公正又忠誠。最重要的是，亞崔迪人忠於自己。

而我是他們中的一員，艾德侯想。可是前任的那個我發生了什麼？他可以肯定面前兩人不會回答這個問題。

但雷托會。

「我們可以走了嗎？」他問，「得趕緊洗掉骯髒的忒萊素人留在我身上的臭味。」

露莉朝他露齒一笑。

「來，我會親自服侍您洗浴。」

9

敵人讓你強大。

盟友使你衰弱。

我這樣說是為了幫助你理解，為何明知帝國內正集結起一股以摧毀我為唯一目標的強大力量，而我卻一味姑息。讀了這些文字你也許能充分知道這段歷史，但我懷疑你是否理解其中真諦。

——《失竊的日記》

• • •

希歐娜覺得，作為義軍例會開場白的「展示」儀式長得沒完沒了。她坐在前排四下張望，偏不瞧托普利一眼。托普利離她只有幾步遠，正在主持儀式。這個房間位於奧恩城的工程地道內，他們第一次使用，不過跟以前的會議室差別不大，完全可以視為標準模型。

義軍會議室——B級。她默想。

這個房間名義上的正式用途是儲藏室，固定式燈球除了單調而耀眼的白光，無法調成其他顏色。空間長約三十步，寬度略小。要到這裡，必須先穿過一連串相似房間構成的迷宮；其中有一間堆放著摺疊硬椅，以方便住小宿舍的工程人員取用。現在，希歐娜四周有十九個戰友就坐在這些椅子上，還有幾把空椅子是為遲來者預留的。

會議時間定在夜班與早班交接前後，在這時段，與會人員出入工程地道不太會引人注意。大部分義軍成員假扮成能源工人，身穿灰色的拋棄式薄衣褲。希歐娜等少數幾人穿著設備巡檢員的綠色制服。

房間裡，托普利單調的聲音始終沒有間斷。主持儀式時他從不拔高音調。事實上，希歐娜不得不承認他相當精於此道，尤其擅長歡迎新成員。不過自從奈拉坦承她不信任此人，希歐娜看托普利的眼光就變了。奈拉會說出一針見血的率直言詞，揭穿別人的假面具。在那次衝突之後，希歐娜對托普利也有了進一步了解。

希歐娜最終還是扭頭望向他。銀色的冷光未能掩蓋托普利蒼白的膚色。他在儀式中展示一把仿製晶刃匕，是向示範區弗瑞曼人私下購買的違禁品。一見托普利手裡的匕首，希歐娜就回想起那次交易。點子是托普利出的，她當時認為這主意不錯。兩人在黃昏時分出了奧恩城，托普利帶她來到約定的交易地點，是市郊的一間破房子。他們一直等到晚上，因為示範區弗瑞曼人只能趁著夜色掩護外出活動。若無神帝的特許，弗瑞曼人不可以擅離穴地區。

就在她打算放棄的時候，那個弗瑞曼人從暗夜裡閃了進來，有個同伴留在後面守門。陋室裡一面潮溼的牆壁底下擱著粗糙的長凳，托普利和希歐娜就坐在上面。斑駁剝落的泥牆上釘著一根棍子，上面插著昏黃的火把，是屋裡唯一的光源。

弗瑞曼人張口第一句話就讓希歐娜心生疑慮。

「你們帶錢了嗎？」

他進門時托普利和希歐娜都站起身。托普利似乎不介意這個問題，他拍了拍長袍底下的錢袋，錢幣叮噹作響。

「就在這裡。」

這個弗瑞曼人身形削瘦，四肢僵硬，佝僂著背，披著仿製的老式弗瑞曼長袍，裡面是一件閃閃發亮的衣服，可能是他們自製的蒸餾服。長袍兜帽戴在頭上，藏起了面孔。火把投下的陰影在他臉上不停舞動。

他看看托普利，又瞧瞧希歐娜，從長袍底下取出一件用布裹著的物品。

「按原樣仿造，只不過是塑膠的，」他說，「連冷掉的油脂都切不動。」

他從裹布裡將匕首抽出舉起。

希歐娜只在博物館裡見過晶刃匕，另一次是在家庭檔案室收藏的古代珍稀錄影中看過影像，現在她發現自己意外受這件仿製品吸引，覺得受到原始力量影響，把這個舉著塑膠刀、窮酸不堪的示範區弗瑞曼人想像成昔日真正的弗瑞曼人，他手握之物也驀地變成一把刀刃銀亮的晶刃匕，在昏黃的陰影中微微閃光。

「我保證用來仿造的原始模型是貨真價實的晶刃匕。」弗瑞曼人說。他把聲音壓低，缺乏抑揚頓挫的語調中帶著威脅的意味。

希歐娜聽出來了，一串柔和的母音中流露出他的惡意，她立刻警惕起來。

「如果你告密，我們會把你像蝨子一樣揪出來。」她說。

托普利驚愕地瞥了她一眼。

弗瑞曼人似乎整個人皺縮了起來。手裡的匕首顫抖，但他的短手指仍向內蜷曲握緊刀把，好像扼在誰的喉嚨上。

「小姐，告密嗎？哦，不。我們只是覺得這件仿製品要價太低了。雖說做工差點，可是不管是做或賣，我們都要冒極大的風險。」

希歐娜瞪著他，想起「口述史」裡一句弗瑞曼老話：「一旦你有了生意人的心，買賣就會占據你的全部生活。」

「你要多少？」她問。

他報了個數字，比原先開的價翻了一倍。

托普利倒吸一口氣。

希歐娜看看托普利。「你有那麼多錢嗎？」

「差一些，但我們談好是……」

「把你帶來的都給他，全部。」希歐娜說。

「全部？」

「我不是說了嗎？錢袋裡每個銅板都給他。」她轉向示範區弗瑞曼人：「你收下。」這不是個問句，老人聽得很明白。他用布裹好匕首，遞給她。

托普利嘟嘟囔囔，交出了錢袋。

希歐娜對示範區弗瑞曼人正色說：「我們知道你的名字。你叫泰沙，在托諾村當加倫的副手。你有一顆做生意的頭腦，這讓我震驚，看看弗瑞曼人都成什麼樣了。」

「小姐，我們都要生活。」他抗議。

「你連活著都算不上。」她說，「滾吧！」

泰沙把錢袋貼在胸前，轉身匆匆離去。

看著托普利在例會儀式上揮動這把仿製晶刃匕，希歐娜又因那晚的場景心裡翻騰。她想，我們並不比泰沙強，仿製品還不如沒有。儀式即將結束時，托普利興奮地將那把可笑的匕首舉在頭頂揮舞。

希歐娜不再看他，轉頭注視坐在左側另一頭的奈拉。奈拉這邊看看，那邊瞧瞧，她特別注意後排那些新招募的骨幹分子。奈拉並不輕信他人。潤滑油的氣味隨著一陣輕微的氣流飄來，希歐娜皺了皺鼻子。奧恩城地下深處總是飄散危險的機械味！她聞了一下。還有這房間！她不喜歡這個集會地點，這裡適合設陷阱，衛兵可以先封鎖外側走廊，再派全副武裝人員進來搜查。他們的義舉隨隨便便就能在這裡畫上句號。讓希歐娜倍感不安的是，這個房間是托普利選定的。

*這是烏洛特犯下的極少數錯誤之一。*她想。正是可憐的烏洛特生前批准托普利加入義軍。

「托普利是市政服務部門的小職員。」當時烏洛特解釋：「要找地方開會或存放武器，他有很多管道。」

托普利的儀式已接近尾聲。他把匕首收進華麗的盒子，放在腳邊的地板。

「我以我的面孔起誓。」他說著將一邊側臉轉向在座者，隨後再換另一邊，「這就是我的面孔，無論在哪裡你們都能認出我，清楚知道我是你們中的一分子。」

*愚蠢的儀式。*希歐娜心想。

但她不敢打破成規。這時托普利從口袋裡掏出黑薄紗面罩戴上，希歐娜照做。在座的人全都依此行事，房裡一陣忙碌。大部分人事先接過通知，知道托普利請來一位特別來賓。希歐娜將面罩的繫繩在頸後綁緊。她迫不及待要會會此人。

托普利走向唯一一扇房門。所有人都起身摺疊椅子，集中靠在對門的牆邊，房裡響起一片劈啪聲。托普利見希歐娜打了個手勢，便敲了三下門，停頓兩拍，再敲四下。

房門打開，一個穿著深棕色官員背心制服的高個男人閃了進來。他沒戴面罩，所有人都能看清他的面孔，一張神色倨傲的瘦臉，小嘴，瘦尖鼻，一對深棕色眼睛深嵌在濃眉下方。在場大多數人都認得這張臉。

「朋友們，」托普利說，「這位是艾約．科巴特，伊克斯大使。」

「前大使。」科巴特糾正道，嗓音粗啞且非常克制。他找了個地方背牆而立，朝著一屋子蒙面人說：「今天神帝已下令將我逐出厄拉科斯。」

「為什麼？」

希歐娜不顧禮節脫口就問。

科巴特猛一轉頭，旋即將目光聚焦在她戴了面罩的臉上。「有人企圖行刺神帝。神帝追查凶器，查到了我頭上。」

希歐娜的戰友在她與前大使之間讓出一塊空地，說明她在人群中頗有威信。

「那他為什麼沒有殺你？」她問。

「我認為他想表明我這個人不值一殺。另外，他還要利用我向伊克斯傳遞訊息。」

「什麼訊息？」希歐娜穿過面前的空地，停在距科巴特一兩步外。科巴特打量她的身體，她能感覺到他本能的男性欲望。

「妳是莫尼奧的女兒。」他說。

無聲的緊張氣氛在整個房間瀰漫開來。為什麼他要挑明自己認出了她？這裡他還認出了誰？科巴特看上去不傻。為什麼要這樣做？

「奧恩城裡沒人不熟悉妳的體型、嗓音和舉止。」他說，「妳戴面罩很可笑。」

她從頭上扯下面罩，笑說：「我同意。現在回答我的問題。」

她聽到奈拉跨前幾步貼近自己左側，奈拉挑選的兩名助手也跟了上來。

希歐娜看出科巴特突然意識到，倘若沒有給出令她滿意的回答，他將性命難保。他的聲音並未失去自制，只是放緩了語速，而且更加字斟句酌。

「神帝對我說，他知道伊克斯和宇航公會之間有一紙協議。我們正在研製一種機械放大器……用來增強宇航公會的領航能力。目前這種能力只能靠香料維持。」

「在這房間裡我們叫他蟲子。」希歐娜說，「你們那種伊克斯機器能幹什麼？」

「妳知道公會領航員需要香料才能『看見』安全航線嗎？」

「你們要用機器來取代領航員？」

「可能可以。」

「關於這機器，你要帶給自己人什麼訊息？」

「我要告訴他們，專案可以繼續，但必須每天向他遞交進度報告。」

她搖搖頭。「他不需要這種報告！這是一條愚蠢的訊息。」

科巴特吞了吞口水，不再掩飾緊張。

「宇航公會和女修會對我們的研究很感興趣。」他說，「他們都有份。」

希歐娜點了點頭。「而且他們的門票錢是向伊克斯人提供香料。」

科巴特怒視著她。「這個專案耗資巨大，我們需要香料來做領航員比較試驗。」

「這是謊言和欺詐。」她說，「你們的設備永遠不會成功，這一點蟲子很清楚。」

「妳怎麼敢懷疑我們……」

「住口！我剛說的話才是真正的訊息。蟲子要讓你們伊克斯人繼續欺騙宇航公會和貝尼・潔瑟睿德。他覺得開心。」

「機器能成功！」科巴特堅持。

她只笑了笑。「是誰要殺蟲子？」

「鄧肯．艾德侯。」

奈拉倒抽一口涼氣。其他人有的皺眉，有的屏息，紛紛露出吃驚的神色。

「艾德侯死了？」希歐娜問。

「我猜是的，但神……嗯，蟲子拒絕證實。」

「你猜測的根據是？」

「忒萊素人又送了一個艾德侯甦亡人過來。」

「我明白了。」

希歐娜轉身朝奈拉做了個手勢，奈拉便走到房間一側取了個扁平的包裹回來交給希歐娜，包裹外包著一層市集店主用的粉色包裝紙。

「這就是讓我們保守祕密的價碼，」希歐娜說著將包裹遞向科巴特，「也是我允許托普利今晚帶你過來的原因。」

科巴特接過包裹，但仍盯著她的臉。

「保守祕密？」他問。

「我們承諾不會向宇航公會和女修會揭發你們的欺詐行為。」

「我們沒有欺詐……」

「別傻了！」

科巴特乾嚥了一下。她的意圖很明確：不論是真是假，只要義軍四處散布這種說法，到時候自然會有人信。用托普利的話來說，這是「常理」。

希歐娜瞥了一眼科巴特身後的托普利。沒有人是出於「常理」而加入義軍的。托普利沒意識到他的「常理」也許會出賣他嗎？她把目光轉回科巴特。

「包裹裡是什麼？」他問。

希歐娜從他話音裡聽出，他其實已經知道答案了。

「是我打算送到伊克斯的東西，由你幫我帶過去。這是我們從蟲子堡壘裡得來的兩卷書冊的副本。」

科巴特低頭看著手裡的包裹，顯然很想甩掉這東西。私會叛黨使他陷入了意料之外的險境。他惱怒地瞪了托普利一眼，似乎在說：「為什麼不早點提醒我？」

「這……」他看向希歐娜，清了清嗓子，「這些……書裡寫了什麼？」

「也許得由你們的人來回答。我們猜測是蟲子的語錄，但讀不懂密文。」

「妳憑什麼認為我們……」

「這是你們伊克斯人的拿手好戲。」

「要是我們破譯不了呢？」

她聳聳肩。「我們不會怪你們。但是，如果你們將這些書冊用在其他目的，或者在成功破譯之後沒有如實彙報……」

「誰能肯定我們……」

「我們不會把希望全賭在你們身上，其他組織也會拿到副本。相信女修會和宇航公會都會毫不猶豫地著手破譯。」

科巴特將包裹往腋下一夾。

「妳憑什麼認為神……蟲子對你的計畫……甚至這個會議都不知情？」

「我認為諸如此類的許多事情他都知情，或許他還知道是誰拿了這些書。我父親相信他擁有真正的預知力。」

「妳父親相信『口述史』！」

「這裡人人都相信。在重大問題上『口述史』與『正史』並不衝突。」

「那蟲子為什麼沒有對妳採取行動？」

她指了指科巴特腋下的包裹。「也許答案就藏在這裡。」

「你們也好，這些密文也好，也許都對他不構成真正的危險！」科巴特沒有掩飾自己的怒氣。他不喜歡被逼著作決定。

「可能吧。說說你為什麼提到『口述史』。」

科巴特又一次聽出了她語氣中的威脅。

「『口述史』說蟲子不具備人類的情感。」

「不是這個原因。」她說，「再給你一次機會。」

奈拉朝科巴特逼近兩步。

「來……來這裡之前，有人叫我重溫一遍『口述史』，說妳的人……」他聳了聳肩。

「說我們吟誦它？」

「是的。」

「誰告訴你的？」

科巴特嚥了口唾沫，怯生生地扭頭望了一眼托普利，再轉向希歐娜。

「托普利？」希歐娜問。

「我認為這能幫助他了解我們。」托普利說。

「而且你把首領的名字也透露給他了。」希歐娜說。

「這個他早就知道了！」托普利的聲音又升到了高八度。

「他叫你重溫『口述史』的哪些特定內容？」希歐娜問。

「嗯……亞崔迪家系。」

「所以你自認為了解大夥加入義軍的原因了。」

「他怎樣對待亞崔迪家系中的每一個人，『口述史』都說得明明白白！」科巴特說。

「他先放給我們一小段繩子，再把我們吊上去？」希歐娜問。她聽上去似乎不為所動。

「他對妳父親就是這樣。」科巴特說。

「現在他又讓我玩反叛遊戲？」

「我只是個信使。」科巴特說，「妳殺了我的話，誰幫妳傳信？」

「還有幫蟲子傳信。」希歐娜說。

科巴特沒答腔。

「我認為你不理解『口述史』。」希歐娜說，「我還認為你不太了解蟲子，也不懂他的訊息。」

科巴特氣得滿面通紅。「妳憑哪一點不會走其他所有亞崔迪氏族成員的老路，去當唯命是從的……」科巴特突然止住話頭，意識到怒火已經讓他口不擇言了。

「蟲子核心圈子的新成員，」希歐娜說，「就像那些鄧肯．艾德侯？」

她轉過身看向奈拉。那兩名助手——阿努克和陶，一下子警覺起來，但奈拉依然不動聲色。

希歐娜對奈拉點了一下頭。

阿努克和陶依照計畫上前幾步堵住房門。奈拉繞到托普利身邊站定。

「這……這是在幹嘛？」托普利問。

「我們希望前大使能坦誠相告一切重要事項。」希歐娜說，「我們要聽完整的訊息。」

托普利顫抖起來。科巴特額頭沁出冷汗。他瞥了瞥托普利，重又望向希歐娜。那一瞥猶如拉開一層面紗，讓希歐娜窺清了兩人的真實關係。

她莞爾一笑。這只不過證實了她已經掌握的情況。

科巴特現在一動不動。

「你可以開始了。」希歐娜說。

「我……開始什麼……」

「蟲子要你帶一條私密訊息給你主子。我想聽聽。」

「他……他想加長帝輿。」

「說明他預計自己的身體還會變長。其他呢？」

「我們要向他供應大量利讀聯晶紙。」

「做什麼用？」

「他對自己的要求從不解釋。」

「他好像禁止別人使用這東西。」她說。

科巴特憤憤地說：「他從來不禁止自己使用任何東西！」

「你們為他製作過違禁的玩意兒嗎？」

「我不知道。」

他在撒謊，她想，但決定不去追究。在蟲子的鎧甲上又找到一條裂縫，這已經夠了。

「你的繼任者是誰？」希歐娜問。

「他們正要派馬爾基的侄女來。」科巴特說，「妳可能還記得他……」

「我們記得馬爾基。」她說，「為什麼讓他侄女當新任大使？」

「我不知道。但這個任命是在神……蟲子開除我之前就定下來的。」

「她叫什麼？」

「赫薇．諾里。」

「我們會培養赫薇．諾里的。」希歐娜說，「而你不值得培養。這位赫薇．諾里也許有些與眾不同。你什麼時候回伊克斯？」

「過完節就走，坐宇航公會第一班船。」

「你跟你主子怎麼說？」

「說什麼？」

「我的訊息！」

「他們會照你說的去做。」

「我知道。科巴特前大使，你可以走了。」

科巴特匆忙離去，差點撞上守門的助手。托普利想跟上，但被奈拉抓住手臂而動彈不得。托普利畏畏縮縮地瞥了奈拉強壯的身軀一眼，又看了看希歐娜。希歐娜等科巴特離開，門關上之後，才開口說話。

「蟲子的訊息不單單是傳給伊克斯人的，也是給我們的。」她說，「這是蟲子向我們下的戰帖，而且定好了戰鬥規則。」

托普利試圖從奈拉手中掙脫。「妳幹嘛……」

「托普利！」希歐娜說，「我這裡也有條口信要你帶一下。叫我父親去報告蟲子，就說我們接戰了。」奈拉鬆開他的手臂。托普利揉著她剛才緊握之處。「妳肯定不會以為……」

「趁你還走得了，快走。永遠不准回來。」希歐娜說。

「妳不會是懷疑……」

「我叫你滾！你太沒大腦，托普利。我大部分日子是在魚言士學校度過的，我學過怎麼辨認沒大腦的人。」

「科巴特馬上就要離開了。這並不妨礙……」

「他不但認識我，還知道我從帝堡偷了什麼！可他沒料到我會讓他帶包裹回伊克斯。我從你的行為看得出來，蟲子希望我把那些書冊送到伊克斯去！」

托普利一步步從希歐娜跟前退往門口。阿努克和陶讓出路來，打開門。希歐娜的聲音在他身後響起。

「別狡辯是蟲子把我和包裹的事透露給科巴特的！蟲子不會發沒腦子的訊息。把我的話傳給他！」

10

有人說我沒有良知，他們是多麼虛偽，甚至連自己都不敢坦然面對。我代表自古以來絕無僅有的良知。正如美酒會留下木桶的芳香，我也保有首代先祖的本質，那就是良知的種子。我的神聖即來源於此。我是神，因為唯有我才真正了解自己的遺傳！

——《失竊的日記》

‧‧‧

伊克斯星諸審問官於大王宮召見雷托皇帝宮廷大使候選人，雙方的質詢與答辯紀錄如下：

審問官：妳表示要向我們陳述雷托皇帝的行為動機。請講。

赫薇‧諾里：諸位的正式分析報告並不能解答我接下來要提出的問題。

審問官：什麼問題？

赫薇‧諾里：我自問，是什麼因素驅使雷托皇帝接受這駭人聽聞的蛻變和沙蟲身軀，並聽任人性喪失？諸位僅僅提到他是為了權力和長生。

審問官：這些理由還不夠嗎？

赫薇‧諾里：諸位也可捫心自問，是否有人願意為了如此微不足道的回報而付出那樣的代價？

審問官：那麼以妳無可估量的智慧，請告訴我們為什麼雷托皇帝甘願蛻變為蟲。
赫薇．諾里：他擁有預知未來的能力，在場各位應該沒有人懷疑吧？
審問官：這就對了！這能力還不足以當作蛻變的回報嗎？
赫薇．諾里：但他早就擁有預知力了，正如過去他父親那樣。不！我認為他之所以孤注一擲選擇這條路，是因為他已經預見，只有如此犧牲才能避免我們的未來發生某些事情。
審問官：只有他才能從人類未來中預見的那件特別的事又是什麼？
赫薇．諾里：我不知道，但我建議展開調查。
審問官：妳把暴君美化成無私的公僕了！
赫薇．諾里：無私不就是他們亞崔迪氏族的明顯特質嗎？
審問官：官方歷史希望我們這樣相信。
赫薇．諾里：「口述史」也印證了這一點。
審問官：妳認為蟲子暴君還有哪些優良特質？
赫薇．諾里：朋友，你說「優良」特質嗎？
審問官：那就特質，可以了吧？
赫薇．諾里：我叔叔馬爾基常說雷托皇帝對自己選拔的共事者非常寬容。
審問官：而其他共事者都無緣無故被他處決了。
赫薇．諾里：我認為並非無緣無故，我叔叔馬爾基有推論出一部分罪名。
審問官：舉個例子來聽聽。
赫薇．諾里：以蠢笨的手段威脅他的人身安全。

審問官：「蠢笨」的手段是吧！

赫薇．諾里：而且他不能容忍自以為是。想一想那些遭到處決的歷史學家和他們被銷毀的著作。

審問官：他想掩蓋真相！

赫薇．諾里：他對我叔叔馬爾基說，他們竄改歷史。請注意！誰能比他更了解歷史？我們都知道他總在心裡跟誰交談。

審問官：有什麼證據證明他所有的祖先都活在他心裡？

赫薇．諾里：我不想參與無意義的爭論。我只想說，根據我叔叔馬爾基的判斷以及他提出的相關理由，我相信這一點。

審問官：我們讀過妳叔叔的報告，卻得出了不同的結論。馬爾基是在偏袒蟲子。

赫薇．諾里：我叔叔認為他是全帝國手腕最高明的外交家，也是一個演說大師，而且在你知道的任何領域都是專家。

審問官：妳叔叔沒有提過蟲子的殘暴嗎？

赫薇．諾里：我叔叔認為他極有教養。

審問官：我問他是否殘暴。

赫薇．諾里：他確實有殘暴的一面。

審問官：妳叔叔怕他。

赫薇．諾里：雷托皇帝身上絕無絲毫天真之氣。只有在他扮天真時，我叔叔才會怕他。這才是我叔叔說的內容。

審問官：他是這樣說沒錯。

赫薇．諾里：不止這些！馬爾基還說：「人類的天賦和多樣性給雷托皇帝帶來驚喜。他是我最投合的夥伴。」

審問官：以妳無與倫比的智慧，妳怎麼詮釋妳叔叔的話？

赫薇．諾里：請別挖苦我！

審問官：妳多心了，我們是想獲得啟發。

赫薇．諾里：馬爾基的這些話，加上他在信裡跟我談到的其他許多事情，都表明雷托皇帝一直在尋覓新鮮、獨創的事物，同時他對這類事物潛藏的破壞力又很戒慎。這是我叔叔的觀點。

審問官：對於妳和妳叔叔的觀點，還有什麼需要補充的嗎？

赫薇．諾里：沒有了。很抱歉浪費了諸位的時間。

審問官：妳沒有浪費我們的時間。現在批准由妳擔任已知宇宙之神帝即雷托皇帝的宮廷大使。

11

你要記住，我只需向內心索求，就能掌握有史以來任何一門知識。在面對戰爭心理問題時，我便從中汲取力量。倘若你從未聽過受傷者與瀕死者的悲號，那麼你還不了解戰爭。我聽過太多這樣的悲號，乃至於在耳畔揮之不去。我自己就曾在戰鬥結束後大聲呼喊。每一個時代我都被攻擊到遍體鱗傷——來自拳頭、棍棒和石塊，來自鑲貝殼的木棒和青銅劍，來自釘頭錘和加農炮，來自箭矢和雷射槍，來自原子塵無聲的窒息，來自讓舌頭發黑、肺部積水的生化攻擊，來自瞬間噴湧的烈焰和悄然奪命的慢性毒藥……還有更多傷勢我不願一一道來！以上都是我親眼所見、親身所感的切膚之痛。有人竟敢質疑我的所作所為，我要對他們說：這些記憶使我別無選擇。我並非懦夫，我曾經也是人。

——《失竊的日記》

•••

在衛星氣象控制系統忙於對付越洋海風的溫暖季節，沙厲爾邊緣地帶常在入夜時分迎來降雨。莫尼奧在帝堡周邊例行巡視，被一場陣雨淋了個正著，他躲入帝堡之前夜幕已降臨。南門有個魚言士守衛幫他脫下打溼的斗篷，她身形健壯，四方大臉，符合雷托遴選衛兵的喜好。

「那些該死的氣象控制系統可得改進改進了。」她說著遞上溼漉漉的斗篷。

莫尼奧向她略一點頭，登上通往自己寓所的樓梯。魚言士衛兵全都知道神帝怕潮，但誰也不及莫尼奧區分得這麼仔細。

厭惡水的是蟲子，莫尼奧想，沙胡羅渴望回到沙丘星。

進入地下墓殿前，莫尼奧在寓所裡把身體擦乾，又換了套乾燥的衣褲，沒必要招惹蟲子。他馬上要跟雷托進行一場不能受干擾的談話，詳細討論即將來臨的奧恩節慶城之旅。

升降機下行時，莫尼奧倚著一面牆閉上眼睛。疲憊如潮水般席捲而來，他知道自己已經連續多天睡眠不足，而且緊張的日子暫時還看不到盡頭。他羨慕雷托不用睡覺，神帝一個月裡似乎只需靜養數小時就夠了。

地下墓殿的氣味和升降機停止時的震動把莫尼奧從打盹中喚醒。他睜開眼，望向大殿正中帝輿上的神帝。莫尼奧定一定神，踏上這趟熟悉的長距離步行，走向那個令人生畏的存在。不出所料，雷托看起來很警覺，起碼這是個好兆頭。

雷托聽到升降機下來的聲音，還眼見莫尼奧驚醒過來。他看起來很疲乏，這一點可以理解。奧恩之行迫在眉睫，雜七雜八的事務又讓他應接不暇，包括招待異星賓客、籌備魚言士儀式、接待新任大使、指揮帝國衛隊換崗、安排官員們的退休和任命，還要設法讓鄧肯．艾德侯的新甦亡人融入帝國機器的運行。與日俱增的瑣務壓在莫尼奧身上，畢竟歲月不饒人哪。

雷托思忖，讓我算算，我們從奧恩城返回後的那個星期，莫尼奧將年滿一百一十八歲。

若服用香料，他的壽命可以延長數倍，但他不肯。雷托很清楚箇中緣由，莫尼奧已經邁入人類渴望長眠的詭異人生階段了。他之所以還在世間逗留，只是為了親眼見到希歐娜進入皇家機構就職，當上帝國魚言士協會的下一任會長。

我的女神們。馬爾基過去經常這樣稱呼魚言士。

莫尼奧還知道雷托有意安排希歐娜與某個鄧肯育種。是時候了。

莫尼奧停在距帝輿兩步遠處，抬頭望向雷托。他眼裡有些神色讓雷托想起地球時代的異教祭司，在熟悉的神龕前做一番討巧的祈禱，他們往往也會流露出這副神情。

「陛下，您已經觀察新來的鄧肯很長時間了。」莫尼奧說，「忒萊素人對他的細胞或腦子動過手腳嗎？」

「他是乾淨的。」

莫尼奧呼出一口長氣，連身子都搖晃了一下，但並沒有如釋重負的感覺。

「你反對用他當種男？」雷托問。

「一想到他既是我的祖先，又要生育我的孫輩，就覺得彆扭。」

「但他給了我一個機會，利用古代的生命形態與我育種計畫的現有產物雜交出新一代混血兒。上一次類似的混血育種已經是希歐娜二十一代之前的事了。」

「我看不出其中的道理。在您的衛隊裡，那群鄧肯總是行動最遲緩、警覺性最差的人。」

「我的目的不是按分離律培育優良後代，莫尼奧。你覺得我不清楚那些支配了育種計畫的法則會如何影響演進圖譜嗎？」

「我看過您的血緣系譜，陛下。」

「那你應該知道我一直在追蹤和剔除隱性基因。我只重視關鍵的顯性基因。」

「陛下，還有基因突變吧？」莫尼奧的聲音裡透著一絲狡黠，引得雷托定睛細看他。

「我們不討論這個問題，莫尼奧。」

雷托眼看著莫尼奧縮回他那具謹言慎行的保護殼裡。

他對我的情緒真是敏感到了極點，雷托想。我確信他具備我的一部分能力，只不過是無意識地發揮作用。他提出這個問題，表示他甚至可能已察覺我們在希歐娜身上取得的進展。

雷托試探道：「很明顯，你還不清楚我想藉由育種計畫實現什麼目標。」

莫尼奧精神為之一振。「陛下，您發現我想探究育種計畫背後的規則了。」

「長遠來看，任何法則都是暫時的，莫尼奧。受規則束縛的創造力並不存在。」

「但是陛下，您親口提到育種計畫有法則可循。」

「我剛才是怎麼說的，莫尼奧？想為創造活動尋找規則，就像企圖分離意識與肉體。」

「但某些東西的確在逐漸進化，陛下。我從自己身上察覺到了！」

他從自己身上察覺了！親愛的莫尼奧。他快悟出來了。

「你為什麼總在尋找完全屬於延伸解讀的答案呢，莫尼奧？」

「我聽您提過『轉變式演化』，陛下。血緣系譜上有這麼一個標籤。但跟意外有什麼……」

「莫尼奧！每一次意外都會改變規則。」

「陛下，您沒有考慮過改良人種嗎？」

「我是掠食者，莫尼奧。」

雷托低頭瞪著他，心想：如果我現在說出那個關鍵字，他能懂嗎？也許……

「掠……」莫尼奧一頓，搖了搖頭。他想他知道這個詞的含意，但詞彙本身讓他震驚。神帝是在開玩笑嗎？

「陛下，您說掠食者嗎？」

「掠食者能改良種群。」

「怎麼會呢，陛下？您並不恨我們。」

「你讓我失望，莫尼奧。掠食者不恨獵物。」

「掠食者殺戮獵物，陛下。」

「我也殺戮，但我不恨。獵物能充飢解渴，獵物是好東西。」

莫尼奧抬眼觀察雷托埋在灰色皮兜帽裡的面孔。

難道我沒注意到蟲子現形了？莫尼奧暗想。

莫尼奧戰戰兢兢地尋找蛛絲馬跡。那具龐大的身軀沒有顫動，目光沒有失焦，多餘的鰭足也沒有扭動。

「您渴望的目標是什麼，陛下？」莫尼奧壯膽問道。

「我渴望人類能夠作出真正意義上的長期決策。你知道這種能力的關鍵是什麼嗎，莫尼奧？」

「您說過很多次，陛下，就是改變心智的能力。」

「改變，沒錯。那你知道我說的『長期』是什麼意思嗎？」

「對於您，必然是以千年來計量的，陛下。」

「莫尼奧，相對於無限，就算我那幾千年也不過是一眨眼的工夫。」

「但您的視角一定跟我不一樣，陛下。」

「從無限的角度而言，任何有限度的長期都是短期。」

「陛下，那世上就根本不存在規則了嗎？」莫尼奧的話音裡隱約帶著點歇斯底里。

雷托用微笑來緩解他的緊張。「也許有一條規則。為了短期而下的決策總是不適合長期使用。」

莫尼奧沮喪地搖了搖頭。「可是，陛下，您的視角是……」

「任何壽命有限的觀察者，總有時間用盡的一天。封閉系統是不存在的。就算是我，也無非是在延長有限的界域而已。」

莫尼奧的視線突然從雷托臉上移開，轉向遠處的陵墓廊道。有一天我也將長眠於此。黃金之路會延伸下去，但我的生命已經終結。當然，這並不重要。只有雷托感知的黃金之路持續不斷地延伸下去，那才是至關重要的。他看向雷托，但沒有直視那對全藍色眼睛。這龐大的軀體裡真的潛伏著掠食者嗎？

「你不明白掠食者的作用。」雷托說。

這句話讓莫尼奧大吃一驚，感覺自己彷彿被讀了心。他抬眼與雷托對視。

「理智告訴你，即便是我也終有一死。」雷托說，「但你並不相信。」

「我怎麼能相信自己永遠見不到的事情？」

莫尼奧從未感到如此孤獨和恐懼。神帝在幹什麼？我是下來討論出行細節的……再打探他對希歐娜有何打算。他在耍我嗎？

「我們談談希歐娜吧。」雷托說。

又是讀心術！

「陛下，您什麼時候要考驗她？」這個問題一直停留在莫尼奧舌尖上，現在終於問出口，他又害怕起來。

「快了。」

「請原諒我，陛下，但您一定能理解我有多擔心獨生女的安危。」

「別人都挺過了考驗，莫尼奧，包括你。」

莫尼奧深吸一口氣，回想自己如何在外力引導下感知到黃金之路。

「家母幫我打過底子，但希歐娜沒有母親。」

「她有魚言士。她還有你。」

「難免會有意外，陛下。」

莫尼奧兩眼含淚。

雷托別過頭不看他，心想：他在忠君和愛女之間進退兩難。這種護犢之情多讓人心酸哪。難道他看不出全人類就是我唯一的孩子嗎？

雷托將注意力轉回莫尼奧處，說：「你的觀察是對的，即使在我的宇宙裡也會發生意外。你從這點沒有領悟出什麼嗎？」

「陛下，就這一次，您能否……」

「莫尼奧！你肯定不希望我把權力授予一個無能的領導吧。」

莫尼奧退後一步。「是的，陛下，當然不希望。」

「那就相信希歐娜的力量。」

莫尼奧挺起肩膀。「我會盡責而為。」

「必須喚起希歐娜身為亞崔迪氏族一員的責任感了。」

「該當如此，陛下。」

「莫尼奧，這不就是我們的義務嗎？」

「無可否認，陛下。您什麼時候要把她引介給新鄧肯？」

「通過考驗之後。」

莫尼奧低頭看著地下墓殿冷冰冰的地板。

雷托想，他三番五次盯著地板，能看到什麼？是帝輿千年來留下的轍印嗎？啊，不——他凝望的是地下深處，他即將於此安息的那個財富與祕密王國。

莫尼奧再次抬眼望向雷托的面孔。「希望她喜歡與鄧肯相伴，陛下。」

「放心吧。忒萊素人交給我的鄧肯沒有絲毫走樣。」

「那我就放心了，陛下。」

「他的基因對女性很有吸引力，這一點你肯定注意到了。」

「我確實有觀察到這點，陛下。」

「他那溫柔而敏銳的眼神、稜角分明的五官和黑山羊毛般的頭髮，能徹底融化女人的心。」

「是的，正如陛下所說。」

「你知道他現在跟魚言士在一起嗎？」

「有人向我彙報過，陛下。」

雷托笑了笑。自然有人向莫尼奧彙報。「不久之後她們就會帶他來首次謁見神帝。」

「我親自檢查過召見廳了，陛下。一切都已備妥。」

「有時候我覺得你想讓我變得沒用，莫尼奧。留點小事給我做吧。」

莫尼奧竭力抑制逐漸襲來的恐懼感，他躬身後退。「是的，陛下，但有些事我責無旁貸。」

他轉身匆匆離去。直到升降機升起，莫尼奧才意識到自己在雷托允他退下之前便已離開。

他一定知道我有多累。他會原諒我的。

12

你內心所思，你的神無不知曉。今天，你的靈魂足為自己的清算人。我不需要見證人。你沒有聆聽你的靈魂，反去聽從你的憤恨與暴怒。

——雷托皇帝致言一懺悔者，「口述史」

• • •

以下為雷托皇帝治下第三五〇八年的帝國狀況評估報告，摘自「維爾貝克刪節本」。原始文件藏於貝尼．潔瑟睿德女修會的聖殿檔案館。經對照顯示，所刪內容不減損該報告本質上的準確性。

以本聖團及其永存之女修會的名義，茲聲明本報告經認定為真實可信，且具備載入「聖殿編年史」的價值。

綺諾伊和陶索蔻兩位女修已從厄拉科斯星安全返回，她們的報告解開了一宗年代久遠的懸案，即雷托皇帝治下第二一一六年於帝堡失蹤的九名歷史學家確實遭到處決。報告稱，九人均於致昏之後，在本身發表的書籍所燃火堆中焚身而亡。此情狀與當時帝國上下的傳言完全相符。據判斷，該說法出自雷托皇帝本人。

綺諾伊和陶索蔻帶回的一份手寫見證筆錄記載了以下情節：當時有其他史學家向雷托皇帝求問九

人下落，雷托皇帝答道：

「他們因虛言妄語而自取滅亡。但無心之過不會引我震怒，你等不必畏懼。我並不愛製造烈士。烈士常在人類事務上散播戲劇性事件，而戲劇性正是我的一個掠食目標。唯有堆砌謊言、且以此為傲者該驚懼顫慄。退下，此事不得再提。」

這份手寫筆錄的內在證據顯示記錄人是二一一六年任雷托皇帝總管的艾考尼克。

請注意雷托皇帝使用了「掠食」一詞。有鑑於聖母賽婭克薩的相關觀點，認為神帝在自然意義上視自身為掠食者，此一現象尤其值得深思。

在雷托皇帝偶一為之的出行中，綺諾伊女修應邀與魚言士一同隨行。其間她奉召與帝輿並行，在小跑中與雷托皇帝有一場對話。交談內容彙報如下：

雷托皇帝說：「走在這條皇家大道上，我有時會感覺自己好像正在城牆上抵禦入侵者。」

綺諾伊女修說：「這裡不會有人襲擊您，陛下。」

雷托皇帝說：「妳們貝尼．潔瑟睿德就從四面八方圍攻我。甚至現在，妳還在想辦法收買我的魚言士。」

綺諾伊女修表示自己本已做好了赴死的準備，但神帝只是煞住帝輿，目光越過她，看了看自己的扈從。她說扈從們立即止步，原地待命，恭敬地與神帝保持一段距離，她們訓練有素，對神帝絕對服從。

雷托皇帝說：「我手下有一批人會向我提供各方面的情報。不要否認我的指控。」

綺諾伊女修說：「我不否認。」

雷托皇帝看著她說：「別擔心妳的性命。我還期望妳把我的話傳到聖殿去。」

綺諾伊女修稱，她能看出雷托皇帝已掌握自己的所有情況，包括她肩負什麼使命、她接受過專門的口述記錄訓練，以及其他的一切。「他就像聖母。」她說，「在他面前我什麼都瞞不住。」

接下來雷托皇帝命令她：「朝我的節慶城望過去，告訴我妳見到了什麼。」

綺諾伊女修望向奧恩城，說道：「我看見了遠處的城市，在晨曦中顯得很美。右側是您的森林，鬱鬱蔥蔥，我能花上一整天去描述。城市的左側和四周是您僕役的房子和花園。一些人家看起來很富有，還有一些看似很貧窮。」

雷托皇帝說：「我們已經把這片景觀弄亂了！樹木凌亂不堪，還有房子、花園……這樣的景觀不可能出現讓妳欣喜若狂的未知事物。」

因先前雷托皇帝曾保證她性命無憂，綺諾伊女修大膽問道：「陛下果真希望看到未知事物嗎？」

雷托皇帝說：「身處這樣的景觀之中不會有外在的精神自由。妳看不出來嗎？這裡沒有與人共用的開放空間。一切都是封閉的——房門、門閂、門鎖！」

綺諾伊女修問：「人類不再需要任何隱私和保護了嗎？」

雷托皇帝說：「回去告訴其他女修，我要重現外在的景觀。像這樣的景觀只能使人轉向內心去尋找任何可能存在的精神自由，但大部分人類並不具備如此強大的力量。」

綺諾伊女修說：「我會如實複述陛下所言。」

雷托皇帝說：「務必如此。再通知妳的貝尼．潔瑟睿德姊妹，她們應該最清楚為獲取特殊稟賦而進行育種的危險性，還有尋求特定遺傳目標的危險性。」

綺諾伊女修認為，這明顯是指雷托皇帝之父保羅．亞崔迪。請別忘記，我們的育種計畫提早一代培育出了奎薩茲．哈德拉赫。保羅．亞崔迪在成為弗瑞曼人領袖摩阿迪巴的過程中，擺脫了我們的控制，毋庸置疑，這是集聖母之力及其他能力於一身的男性。人類依然在為這些能力付出慘重代價。如雷托皇帝所言：

「妳們得到了意料之外的結果。那就是我，一張無法捉摸的鬼牌。而我得到了希歐娜。」

雷托皇帝拒絕解釋他為何提到莫尼奧總管之女希歐娜。此事目前已在調查中。

聖殿關切之其他事宜，我方調查人員提供相關資訊如下：

魚言士

雷托皇帝的女子軍團已選出參加厄拉科斯十年慶的代表。每支星球駐軍將各派三名代表。（名單詳見附表。）按慣例，入選者中無成年男性，甚至魚言士軍官的配偶亦無資格參與。本報告期內魚言士配偶名單幾無變化。我們增補了若干新人，凡有宗譜資訊者均已列出。請注意僅有兩人標上了星號，是鄧肯．艾德侯甦亡人的後裔。關於我們猜測雷托皇帝在育種計畫中使用甦亡人的事，尚無新情況可補充。

本期間我們努力促成魚言士與貝尼．潔瑟睿德結盟，但均未成功。雷托皇帝繼續擴大某些駐軍的規模。他仍在強化魚言士的非軍事性任務，同時弱化軍事性任務。此舉結果符合預期，即增強了當地民眾對魚言士駐軍的敬慕與感恩之心。（規模已擴大的駐軍詳見附表。編者按：與我方有關的僅限貝尼．潔瑟睿德、伊克斯人和忒萊素人的母星駐軍。駐宇航公會監察人員數量未增加。）

祭司

除附錄所列少數自然死亡與人事異動之外，無重大變化。受命主持宗教儀式的魚言士軍官及魚言士的配偶依然少之又少，其權力也遭削弱，因為厄拉科斯星要求他們在採取任何重要行動之前均須請示。聖母賽婭克薩等人認為，魚言士的宗教職能正在逐漸向外移交。

育種計畫

雷托皇帝僅提及希歐娜但未予解釋，還提及我們在他父親身上所遭遇的失敗。除此之外，對於雷托皇帝的育種計畫，我方的長期監視活動尚無其他重要發現。有證據表明雷托皇帝的計畫存在一定的隨機性，他言語中對遺傳目標所表明的態度亦可視作進一步的證明，但我們不能肯定他是否對綺諾伊女修吐露真言。需提請諸位注意，他曾屢屢說謊或無預警大幅更改計畫。

雷托皇帝仍然禁止我們參與他的育種計畫。他安插在本地魚言士駐軍中的監察人員依然嚴密監視著我方安排的生育活動，凡未經其認可的均遭「剔除」。在本報告期內，我們在這項極嚴厲的監管措施下維持現有聖母人數。我方的抗議沒有得到答覆，綺諾伊女修直截了當地向雷托皇帝發問，他的回答是：

「妳們要知足感恩。」

我們在這句話裡確切地讀出了警告之意，因此已向雷托皇帝遞交了一封措辭得體的致謝函。

財務狀況

聖殿仍然維持必要的清償能力，但保存措施不可鬆懈。事實上，為預防清償能力減弱，下一報告期將實施若干新措施，其中包括削減儀式上的美藍極用量，及提高我方常規服務的收費。接下來四個報告期，我們擬將大氏族女性成員的學費提高一倍。諸位現在當就漲價計畫準備相應的辯解理由以應對質疑。

我方曾申請增加美藍極配額，雷托皇帝已拒絕且未給出理由。

我方與鉅貿聯會的關係依然基礎牢固。鉅貿聯會已在上一報告期啟動「星寶石」專案並為此組建了區域同業聯盟，我方為此專案貢獻諮詢和談判能力，且已獲得可觀回報。該專案持續創造的利潤應能彌補我方在羯地主星的投資損失且有盈餘。該筆投資已作為壞帳沖銷。

大氏族

三十一個前大氏族在本報告期內均蒙受了經濟災難。其中僅六家設法守住了小氏族地位。（詳見附表。）過去千年來已顯露的總體趨勢仍在延續，即昔日的大氏族正在逐漸式微。需注意，免於滅頂之災的六個氏族均為鉅貿聯會的巨額投資者，其中五家對「星寶石」專案涉入頗深；另外一家則持有多樣化投資組合，包括巨額投資卡樂丹的古董鯨皮業務。

（本期內我方以減少鯨皮存貨為代價，將龐迪米儲備增加了近一倍。此決策的依據將在下一期回顧。）

家庭生活

如我方調查人員在過去兩千年裡的觀察，家庭生活的同質化現象依然呈現有增無減的態勢。例外者應如諸位所料，包括：宇航公會、魚言士、皇家官員、忒萊素變形幻臉人（他們幾經努力卻仍無生育能力），當然，還有我們自己。

值得注意的是，無論哪個星球，民眾的家庭狀況都日漸趨同，這種現象不應視為巧合。據我們觀察，雷托皇帝的龐大規劃已初露端倪。誠然，如今條件最差的家庭也能豐衣足食，但日常生活氛圍已變得愈來愈死氣沉沉。

另需提請諸位注意，約八代人之前，我們曾向聖殿彙報過雷托皇帝的一句陳述：

「我是帝國內僅存的奇觀。」

聖母賽婭克薩針對這種趨勢提出了理論上的解釋，我們許多人亦逐漸接受。聖母賽婭克薩依據「水力專制」這一概念來闡釋雷托皇帝的動機。正如諸位所知，民眾生活只有普遍完全依賴某種物質或條件，且這種物質或條件又被相對少數的中央集權勢力所控制，才有所謂「水力專制」生存的土壤。「水力專制」的概念起源於引流灌溉技術的應用：該技術可促進區域人口增長，當人群的生活所需到了完全倚靠此水源供給的程度，「水力專制」便應運而生。只要切斷水源，即可導致民眾大批死亡。

這現象頻頻出現在人類歷史進程中，不限於水資源和耕地作物，還涉及石油、煤炭等通過管線或其他配送系統控制的碳氫燃料。曾有一段時期，如迷宮般廣為分布的電線是輸送電力的唯一管道，因此連這種能源也淪為「水力專制」的工具。

聖母賽婭克薩提出，雷托皇帝正在打造一個空前依賴美藍極的帝國。值得注意的是，我們可以把衰老稱為一種疾病，而美藍極就是對症良藥，儘管只能緩解病情而無法根治。聖母賽婭克薩還提出，雷托皇帝甚至會散播一種唯有美藍極才能抑制的新病症。這種猜測雖看似牽強，但也不能完全排除。更有悖常理之事也曾發生過，我們不應忽視梅毒在人類早期歷史中所扮演的角色。

運輸體系和宇航公會

厄拉科斯星過去獨有的三態運輸體系（步行靠懸浮貨板載運重物，航空運輸靠撲翼機，星際運輸靠宇航公會運輸艦）開始在愈來愈多的帝國星球盛行。伊克斯星是一個主要的例外。

我們認為，之所以出現上述現象，部分原因是各星漸退化為一成不變的靜態生活型態，還有部分原因是，源自厄拉科斯星的運輸體系自然會成為各星競相效仿的樣板。伊克斯式事物所招致的普遍反感亦協助趨勢形成，影響力不可低估。另外，魚言士為了減輕維護社會秩序的工作量，也在積極推廣這套運輸體系。

這一趨勢對宇航公會的影響，在於領航員完全依賴美藍極。有鑑於此，我們正密切關注宇航公會與伊克斯人的合作，他們在研發能替代領航員預知力的機械。若失去美藍極，又沒有其他預測巨型運輸艦航線的方法，每一次超光速航行都可能變成一場災難。儘管我們對此合作並不十分樂觀，但成功的可能性總是存在的，在條件允許時我們會提交相關報告。

神帝

除體長略有增加外，關於雷托皇帝的身體特徵，我們幾乎未注意到其他變化。雷托皇帝厭水的傳聞尚未得到證實，但在沙丘時代，水確實曾用作攔阻沙蟲的屏障，弗瑞曼人也曾用「致命之水」殺死小沙蟲來製造狂歡時服用的香料萃取物，這兩點在我們的檔案裡均有據可查。

大量證據顯示雷托皇帝加強了對伊克斯星的監視，很可能是因為宇航公會與伊克斯人的合作專案若成功必將削弱他對帝國的統治。

他與伊克斯星仍保持業務往來，主要是訂購帝輿的更換配件。

忒萊素人向雷托皇帝交付了鄧肯．艾德侯的新甦亡人，故可確認前任甦亡人已經死亡，但死因尚不可知。請注意，以前確有跡象表明雷托皇帝曾親手殺死若干甦亡人。

有愈來愈多證據顯示雷托皇帝在使用電腦。倘若他的確違反自己頒布的禁律以及巴特勒聖戰禁令，那麼我們就能憑藉已掌握的證據向他施壓，甚至可能迫使他接受我方醞釀已久的某些合作項目。奪回育種計畫的自主權依然是我方極度關切的問題。我們將繼續展開調查，但應牢記以下警告：

正如先前每一份報告所述，我們必須論及雷托皇帝的預知力。毫無疑問，遠勝任何祖先的預知力仍是他實施政治控制的主要依靠。

我們不會與這股力量對抗！

我們相信，他能極早便預知我方實行的每一項重要行動。因此，我方應採取如下行為準則：我們絕不有意威脅他的人身安全；他的宏大計畫中，凡是我們可辨認看出的部分，也絕不有意破壞。我們採用一如既往的措辭：

「只要我們對您有威脅，還請通知，我們會停止。」

以及：

「請與我們分享您的宏大計畫，我們或能效力。」

本期內他未就這兩個問題給予新的答覆。

伊克斯人

除了宇航公會與伊克斯人的合作專案之外，幾乎沒有重要事項需要報告。伊克斯人將向雷托皇帝宮廷派駐名叫赫薇．諾里的新任大使，她是馬爾基的侄女，而咸認馬爾基曾是神帝的好友。繼任大使為何敲定赫薇．諾里原因不明，但有少量證據顯示生育此人有特殊用意，也許正是為了培養伊克斯人的宮廷代表。我們有根據相信馬爾基也是體現官方意志的基因設計產物。

我們將繼續展開調查。

示範區弗瑞曼人

這批由榮耀一時的勇士退化而來的遺民，會繼續充當我們打探厄拉科斯星的可靠情報來源。這也是我們下一報告期的一項主要預算支出，因為他們愈來愈常要求報酬，而我們不敢反對。

有趣的是，儘管他們的生活與祖先幾無相似之處，但他們施行的弗瑞曼宗教儀式及模仿古弗瑞曼人行為方式的能力，均無可挑剔。我們將此歸功於魚言士對弗瑞曼訓練的影響。

忒萊素人

我們不指望鄧肯．艾德侯的新甦亡人會帶來任何意外。忒萊素人曾嘗試竄改原型的細胞特性和心智，至今仍在承受雷托皇帝的嚴厲懲罰。

忒萊素人日前派遣特使再度勸誘我方攜手合作，冠冕堂皇的目標是創建一個不需要男性的純女性社會。基於種種顯而易見的原因，尤其是我們認為忒萊素人的一切都不值得信任，故按慣例婉拒了這項提議。我方參加十年慶的使節團會向雷托皇帝詳細彙報此事。

聖母賽婭克薩、伊托芭、瑪穆盧特、艾克奈柯絲克、阿克莉　謹上

13

聽起來也許很奇怪，你在我日記中讀到的那種激烈鬥爭，有時在當事人看來卻是無影無形的。當事人能目睹多少，相當程度上取決於其隱密心靈的夢境。我一向對夢境如何形成有濃厚的興趣，不亞於我熱中研究行為的形成。這份日記的字裡行間充斥著與人類自我觀點的心理掙扎——在這場棋逢對手的角力中，腳下的潛意識之井還會湧出源自我們最黑暗歷史的動機，我們不但要被迫接受由此釀成的現實，更須與之抗爭。這隻九頭怪物總是攻擊你的盲點。因此，我祈禱，當你步我後塵走過黃金之路時，不再僅是隨著無聲音樂起舞的稚童。

——《失竊的日記》

• • •

奈拉邁著穩定而沉重的腳步沿螺旋梯而上，目標是帝堡南塔頂層的神帝覲見廳。每次繞到塔樓的西南面，眼前都橫著從窄窗射來的數道充滿微塵的金色光柱。她知道旋梯盤繞的豎井裡裝有一部伊克斯升降機，尺寸足以將主人龐大的身軀載至頂樓，容納她相對較小的身形自然不在話下，但她對於自己必須爬樓梯並無怨言。

敞開的窄窗送來陣陣微風，她聞到飛沙挾帶的那股燧石燃燒味。斜射的陽光照亮了嵌在內牆石材中的紅色礦物顆粒，如紅寶石般熠熠生輝。她不時透過窄窗瞥一眼沙丘，卻不曾停下來欣賞四周的景致。

「妳具備勇士的堅忍，奈拉。」主人曾對她說。

一想起這句話，奈拉頓時心生暖意。

塔樓內，雷托的目光正跟隨奈拉繞著升降機井攀登長長的旋梯。一種伊克斯裝置將她的活動影像縮小到四分之一，投射在雷托正前方的三維成像區。

她的動作真是一板一眼哪。他想。

他清楚，這種一板一眼來自她那顆激情充溢而又思維簡單的頭腦。

她身穿魚言士藍軍服，外披罩袍，胸口未佩鷹徽。雷托命令她私下覲見時路程中須戴兜帽，一過塔底崗哨，她就掀開了錫巴斯兜帽。她結實強壯的身軀與衛隊裡許多同袍相仿，但她的容貌和雷托記憶中任何人都不像——四方臉上，一張大嘴乍看似乎寬及耳根，其實是嘴角的深紋帶來的錯覺。她有一對淺綠色眼睛和一頭舊象牙色短髮。前額讓臉型更顯方正，幾乎沒有弧度，一對淡眉毫不起眼，因為下面那對虎目實在搶鋒頭。鼻梁筆直而低平，在快要觸及薄唇之處戛然而止。

奈拉說話時，大嘴一開一合，活像某種史前動物。鮮有外人知曉她的力量，但在魚言士軍團內卻堪稱傳奇。雷托曾見她單手托起一個重達一百公斤的男人。莫尼奧知道雷托會在魚言士中選拔密探，但當初他沒有經手奈拉調來厄拉科斯星的異動令。

雷托轉頭不再看那步履沉重的上樓影像。他的視線穿過身邊的大窗，眺望南面的沙漠。遠處岩石的顏色在他意識裡舞動起來，呈棕色、金黃色、深琥珀色。遙遠的崖壁上掛著一縷粉紅，儼然白鷺的羽翅。白鷺已經絕種，只存留在雷托的記憶中，但他能運用靈眼觀望這一長條淺粉色岩石，彷彿一隻復生的白鷺一掠而過。

他清楚，即使是奈拉，樓梯爬到現在也該累了。她終於停下來歇息，正好比四分之三塔高標記高出兩個臺階，每次都在那裡，無一例外。這種一板一眼的脾性，正是雷托把她從遙遠的賽普雷克星駐地內調回來的原因之一。

一隻沙丘鷹滑過雷托身邊的窗戶，距離塔壁僅幾個翼長。牠緊緊盯著帝堡底部的陰影。雷托知道那裡時有小動物出沒，他的目光越過沙丘鷹的飛行軌跡，隱約能望見地平線上橫亙著一列雲朵。

對於他內心的古代弗瑞曼人而言，這真是難以置信：厄拉科斯星上竟然有雲、有雨，甚至有開闊的水面。

雷托提醒在自己心裡發聲的人：將沙丘星改造成綠色厄拉科斯星的活動，自我統治之初就一直在義無反顧地推行，如今只有這最後一片沙漠倖存了——我的沙厲爾。

很少有人認知到地理對歷史的影響，雷托想。人們往往更關注歷史對地理的影響。

是誰擁有這條河流？這道蒼翠的山谷？這座半島？這顆星球？

沒人擁有。

奈拉繼續登塔，兩眼緊盯著上方階梯。雷托的思緒又轉回她身上。

在很多方面，她都是我迄今為止最得力的助手。我是她的神，她無條件崇拜我。即使我開玩笑攻擊她的信念，她也只當是考驗。她知道自己能通過任何考驗。

雷托派奈拉潛入叛黨，命令她要服從希歐娜所有事，她毫無異議。即使她偶爾心生動搖，甚至忍不住溢於言表，她仍能靠自己的思想恢復信念……嚴格來說，之前都是如此；然而最新的訊息表明，奈拉現在需要「聖尊」的幫助才能重拾內心的力量。

雷托回憶起與奈拉的第一場談話，她因急欲取悅神帝而激動顫抖。

「就算希歐娜派妳來殺我，妳也必須服從。絕不可讓她知道妳效忠於我。」

「沒人殺得了您，陛下。」

「但妳必須服從希歐娜。」

「定當如此，陛下。這是您的命令。」

「任何事都必須服從她。」

「遵命，陛下。」

又一次考驗。奈拉對我的考驗毫無異議，她把考驗只當成跳蚤叮咬。只要是她的陛下的命令，奈拉必然服從。我不能讓任何事改變這種關係。

在古代，她能成為一位傑出的夏道特，雷托想。這就是他賜給奈拉晶刃匕的原因之一，這是一把泰布穴地存留下來的真貨，曾經屬於史帝加的某個妻子。奈拉的晶刃匕總是插在長袍遮住的刀鞘中，更像是護身符而非武器。他採用原始儀式賜刀給奈拉，這儀式喚醒了自己本以為永遠埋葬了的情感，讓他頗感意外。

「此乃沙胡羅之齒。」

他伸出覆蓋著銀色皮膚的雙手，把刀遞過去。

「接下這把刀，妳將成為過去和未來的一部分。倘若玷汙這把刀，過去將拒絕給妳未來。」

奈拉接過刀，又接下刀鞘。

「取指血。」雷托命令。

奈拉依令而行。

「收刀入鞘。拔刀必見血。」

奈拉再次照做。

雷托盯著奈拉上樓的三維影像，沉浸在古老儀式的回憶裡，心中頓生感傷。若非嚴格遵照弗瑞曼人的老規矩使用，晶刃匕會變得愈來愈脆弱、無用。到奈拉生命終結時這把刀尚可維持外形不變，但壽命絕不會比奈拉長多少。

我已經拋棄了一部分過去。

真悲哀啊，昔日的夏道特變成了如今的魚言士。而一把真正的晶刃匕也淪為主人提升僕人忠誠度的工具。他知道有人認為魚言士實際上是女祭司——這是雷托對貝尼·潔瑟睿德的回應。

「他創造了另一種宗教。」貝尼·潔瑟睿德女修會說。

胡說！我並沒有創造宗教。我就是宗教！

奈拉走進塔頂聖堂，在距雷托的帝輿三步遠處站定，恭順而得體地垂下目光。

雷托仍深陷在回憶裡，他說：「看著我，女人！」

她抬起頭。

「我創造了一種神聖放蕩！」他說，「這種以我自身為基礎而創立的宗教讓我覺得噁心！」

「是，陛下。」

奈拉柔軟的臉頰上鍍了一層金光，她的綠眼睛凝視著他，沒有疑問，沒有理解，任一方都不需回應。

假使我派她去摘星星，她也會照辦，並全力以赴。她認為我又在考驗她。我真的相信她總有一天會惹我發火。

「這該死的宗教應當和我一起終結！」雷托喊道，「我為什麼要讓宗教這種危險有害的東西影響我的人民？宗教的腐壞是自內而外的——帝國如此，個人如此！全都一樣。」

「是，陛下。」

「宗教創造像妳這樣的激進分子和狂熱分子！」

「謝陛下。」

雷托的佯怒沒有持續多久，轉眼就沉入了他的記憶深處。奈拉的信念裹著堅硬的外殼，怎麼砸也留不下一個凹點。

「托普利透過莫尼奧向我報告過了。」雷托說，「談談這個托普利。」

「托普利是條蟲子。」

「妳跟叛黨不就是這麼叫我的嗎？」

「我一切聽命於陛下。」

一針見血！

「這麼說托普利不值得培養？」雷托問。

「希歐娜對他的評價很中肯，他太沒腦了。他向口風不緊的人洩密，掀了自己的底牌。科巴特一開口，希歐娜就確知托普利是臥底了。」

雷托想，人人都這麼說，連莫尼奧都不例外，托普利不是一個合格的臥底。

這種異口同聲讓雷托感到好笑。他略施小計攪混的水在自己眼裡卻清澈無比，而演員們依然在按腳本演出。

「希歐娜沒懷疑妳嗎？」雷托問。

「我有腦子。」

「知道我為什麼召見妳嗎？」

「為了考驗我的信念。」

啊，奈拉，關於考驗，妳真是無知啊。

「我需要妳對希歐娜的評價。我要從妳的表情和動作看出評價，從妳的聲音裡聽見評價。」雷托說，「她準備好了嗎？」

「魚言士需要這麼一個人，陛下。為什麼您要冒失去她的風險？」

「勉強她，絕對會讓她失去我最珍視的那部分。」雷托說，「歸順我時，她的優點必須絲毫不減。」

奈拉垂下目光。「遵命，陛下。」

雷托明白這句話的意思。對於自己不理解的事物，奈拉一律拋出這個標準回答。

「她承受得了考驗嗎，奈拉？」

「就陛下所說的考驗……」奈拉抬眼望向雷托，聳聳肩說，「我不知道，陛下。當然，她很厲害。她是唯一逃出狼口的人。但她滿腦子都是仇恨。」

「一點都不奇怪。告訴我，奈拉，她會怎麼處理從我這裡偷走的東西？」

「關於那些他們說記載了『您的聖言』的書冊，托普利沒有向您彙報過嗎？」

真奇怪，她只憑語調就能表達出引號的效果，雷托想。他簡略地說：

「不，他有說。伊克斯人拿了一份副本，不久宇航公會和女修會也都會賣力研究起來。」

「陛下，那些書冊是什麼？」

「是我對臣民說的話，我希望人們閱讀。我想知道希歐娜對她偷的帝堡圖紙說過什麼。」

「陛下，她說您帝堡的地窖裡囤積大批美藍極，那些圖紙能提供線索。」

「圖紙裡沒有線索。她會挖地道嗎？」

「她正在尋找合適的伊克斯工具。」

「伊克斯人不會給她的。」

「陛下，真的有那批香料嗎？」

「是的。」

「關於您怎麼保衛香料，有一種說法，如果有人企圖竊取您的美藍極，整個厄拉科斯星都會遭到毀滅。陛下，這是真的嗎？」

「是的。而且帝國也會土崩瓦解，無人能夠倖免——宇航公會、女修會、伊克斯人、忒萊素人，甚至魚言士，都不例外。」

她顫慄了，說道：「我絕不讓希歐娜奪取您的香料。」

「奈拉！我命令過妳，任何事都要服從希歐娜。妳效忠我的方式卻是這樣嗎？」

「陛下？」她怯於雷托的怒氣，呆呆站立，信念幾近崩塌的程度超過雷托過往曾見。這是他製造的危機，他知道必會怎樣化解。慢慢地，奈拉放鬆了。他能看見她的思想成型，彷彿在他面前排出了幾個發光的字。

終極考驗！

「妳要回到希歐娜身邊，誓死保衛她。」雷托說，「這是我安排給妳，而妳也接下的任務。為什麼選中妳、為什麼讓妳佩帶一把史帝加家族的刀，這就是原因。」

她把右手伸向藏在長袍底下的晶刃匕。

真是百試百靈啊，雷托想，一件武器能將人圈入預設的行為模式之中。

他饒有興致地盯著奈拉僵直的身軀。她的兩眼除了崇拜之外空無一物。

這是用花言巧語建立的話術專制主義……我真厭惡這東西！

「退下！」他喝道。

奈拉轉身迅速離開了「聖尊」。

這樣做值得嗎？雷托不禁疑惑起來。

不過奈拉帶來了他需要知道的情況，她重新樹立起信念，而且清晰地向雷托揭示了某種事實，某種他無法在希歐娜淡去的影像中看清的事實。奈拉的直覺是可信的。

希歐娜已經達到我期望的臨爆點了。

14

所有鄧肯總想不通我為什麼選擇女人當戰鬥部隊，其實我的魚言士在任何意義上都是一支臨時軍隊。雖然她們也有殘暴的一面，但女性的戰鬥思維與男性有巨大區別。自創世伊始，她們的行為模式就被預設為更傾向於保護生命。歷史證明她們是黃金之路最理想的守護者。我還在魚言士的訓練中用設計強化了這一點——有一段時間，她們會暫離普通日常，我替她們安排別有深意的集體生活，給她們留下綿延一生的愉快回憶。每個人都在姊妹們的陪伴下邁入成年，並準備迎接意義更為深遠的事件。在這種陪伴中分享的東西，總能讓人為投身偉大志業做好準備。懷舊的迷霧會漸漸遮蔽集體生活的真實經歷，以一段虛幻的記憶取代。這就是用現今竄改歷史的方法。同時代的人並不全都處在同一條時間長河之中。過去永遠在變，但幾乎無人覺察。

——《失竊的日記》

• • •

雷托向魚言士傳過話之後，在夜間進入地下墓殿。他覺得與新鄧肯．艾德侯的首次會面最好安排在昏暗的房間裡，讓這個甦亡人在目睹準沙蟲軀體之前，先聽一聽雷托的自我介紹。距圓形中央大殿稍遠處有一間黑岩裡鑿出來的小偏廳，符合這次會面的需求。這房間天花板很低，但大小足以容納雷托和他的帝輿。照明來自雷托控制的隱藏式燈球。房間只設一道門，分為大小兩扇，大的供帝輿出入，小的讓人行走。

雷托駕著帝輿進入這間偏廳，隨後關上大門，只開小門。他定了定神，準備受一番折磨。

無聊是個愈來愈嚴重的問題。忒萊素人的甦亡人樣板已經成了千篇一律的無聊之物。有一次，雷托曾警告忒萊素人不要再送鄧肯來了，但他們清楚在這件事上可以違背雷托的旨意。

有時候，我覺得他們這樣做只是為了抗旨！

忒萊素人如果發現一件重要的事能在其他方面保護自己，就會充分利用這件事。

有個鄧肯在，能讓我心裡的保羅．亞崔迪高興。

莫尼奥新任總管的時候，雷托曾在帝堡裡向他交代：

「忒萊素人交來的每一個鄧肯，都必須先完成細緻的準備工作，才能帶到我這裡來。我的美女們要撫慰他，還要回答他的某些問題，此事由你負責。」

「陛下，她們可以回答哪些問題？」

「她們知道。」

經過這麼多年，莫尼奧早就對整個流程一清二楚了。

雷托聽到陰暗的房間外響起莫尼奧的聲音，接著是魚言士護衛的聲音，還有新甦亡人的腳步聲，猶豫遲疑，很好分辨。

「就進這道門。」莫尼奧說，「裡面很暗，你進去後我們會關上門。一進門就站住，等陛下發言。」

「為什麼這裡面很暗？」鄧肯的話音咄咄逼人，又流露出滿腹狐疑。

「他會解釋的。」

艾德侯被推進房間，門在他身後關死。

雷托知道甦亡人看見了什麼——除了重重深影就是一片漆黑，連聲音是從哪裡發出來的都搞不清楚。像以往那樣，雷托調出了保羅—摩阿迪巴的嗓音。

「很高興又見面了，鄧肯。」

「我看不見你！」

艾德侯是戰士，是戰士就有攻擊性。雷托鬆了一口氣，這個甦亡人的確完整地複製了原型。忒萊素人用來喚醒甦亡人生前記憶的道德劇總會在他頭腦裡留下某些不確定因素。有些鄧肯相信自己確曾危及保羅—摩阿迪巴本人的性命，眼前的這位就帶著這種幻覺。

「我聽到了保羅的聲音，但我看不見他。」艾德侯說，毫不掩飾聲音流露出的受挫情緒。為什麼一位亞崔迪家的人要玩這種愚蠢的把戲？保羅肯定在很久以前就死了，而這個是雷托，他只不過是擁有復甦的保羅的記憶……還有其他許多人的記憶！——如果忒萊素人的說法可信的話。

「有人已經對你說過，你只是一長串複製人中最新的一個。」雷托說。

「我沒有那些記憶。」

雷托看得很清楚，這個鄧肯雖然擺出了戰士慣用的那套虛張聲勢的架勢，卻已難掩歇斯底里。忒萊素人該死的再生復原技術又留下了常見的意識紊亂後遺症。這個鄧肯徘徊在震驚的邊緣抵達這裡，強烈懷疑自己是不是精神錯亂了。雷托知道，現在要用最巧妙的撫慰手法才能讓這個可憐的傢伙鎮定下來，而這個過程會讓雙方的情緒都疲憊不堪。

「很多事都變了，鄧肯。」雷托說，「不過有一樣沒變。我仍然是亞崔迪家的人。」

「他們說你的身體……」

「是的，也變了。」

「該死的忒萊素人！他們想讓我殺死一個……嗯，很像你的人。我忽然想起了我是誰，那個是……那個人有可能是摩阿迪巴的甦亡人嗎？」

「那只是幻臉人的模仿而已，我可以保證。」

「他的長相還有說話的腔調是那麼像……你確定嗎？」

「只是個演員，錯不了。他活下來了嗎？」

「當然！他們就是這樣喚醒了我的記憶。他們還向我解釋了這整個該死的狀態是怎麼回事。是真的嗎？」

「是真的，鄧肯。我討厭這件事，但為了能讓你陪伴在我左右，我只能允許他們這麼做。」

那些可能會犧牲的人總是能倖存下來，雷托想。起碼能從我見過的這些鄧肯手裡撿回一條命。過去也曾有過失誤，有的鄧肯殺了假保羅而遭報廢。不過至少妥善保存著的原型細胞還多得是。

「你的身體怎麼了？」艾德侯問。

現在摩阿迪巴可以退下了。雷托恢復了平時的聲音。「我接受了一層沙鱒皮膚，此後就一直在蛻變。」

「為什麼？」

「我會在適當的時候解釋。」

「忒萊素人說你看起來像條沙蟲。」

「我的魚言士是怎麼說的？」

「她們說你是神。為什麼你叫她們魚言士？」

「來自古老的幻想。最早的女祭司在夢中跟魚交談，她們藉由這種途徑學到了寶貴的事物。」

「你是怎麼知道的？」

「我就是那些女人……也是她們之前和之後的所有人。」

雷托聽見艾德侯喉中乾嘶的聲音，接著聽他說道：「我懂為什麼房間要這麼暗了。你在給我時間適應。」

「你總是反應很快，鄧肯。」

除了你反應慢的時候。

「你已經蛻變多久了？」

「三千五百多年。」

「那麼忒萊素人說的都是實話了。」

「他們不太敢再說謊了。」

「這段時間夠長。」

「非常長。」

「忒萊素人已經……複製我許多次了嗎？」

「許多次。」

接下來該問我多少次了，鄧肯。

「我被複製過多少次了？」

「我會讓你自己去查檔案。」

這就開始了。雷托想。

這場問答似乎總能讓全體鄧肯滿意，但所有問題萬變不離其宗：

「我被複製過多少次了？」

這群鄧肯的肉體沒有區別，但同源的甦亡人不能互通記憶。

「我記得我是怎麼死的。」艾德侯說，「眼前一片哈肯能戰士的刀光劍影，大隊人馬來抓你和潔西嘉。」

雷托暫時再度使用摩阿迪巴的聲音：「當時我在場，鄧肯。」

「我是替代品，對嗎？」艾德侯問。

「是的。」雷托說。

「前一個……我……我是說，他怎麼死的？」

「凡人終有一死，鄧肯。檔案裡都有記載。」

雷托一邊耐心地等這個鄧肯開口，一邊猜想那些粉飾過的歷史能瞞他多久。

「你到底長什麼樣子？」艾德侯問，「忒萊素人說的沙蟲身體長什麼樣？」

「總有一天這身體會變成沙蟲之類的東西，現在已經蛻變得很明顯了。」

「什麼叫沙蟲之類的東西？」

「這身體會有更多的神經節，還會有意識。」

「能不能開燈？我想看看你。」

雷托發出指令打開泛光燈，房裡一下子亮起來。黑牆和燈光經過刻意安排，能把光線集中打在雷托身上，讓每個細節都暴露無遺。

艾德侯從頭至尾打量這個布滿殼面的銀灰色軀體，看到了初始狀態下的沙蟲稜節和彎彎曲曲的身子……曾是腿腳的肢體變成了兩個小凸起，長短還略有差別。他把目光移回到尚有模樣的手掌和手臂，最後抬眼注視那張膚色粉紅、狀如戴了兜帽的臉龐。這張臉滑稽地凸出在身體一端，相對於整個龐然大物幾乎可以忽略不計。

「好了，鄧肯，」雷托說，「我有警告過你。」

艾德侯默默地指了指準沙蟲軀體。

雷托代他提了那個問題：「為什麼？」

艾德侯點點頭。

「我仍然是亞崔迪家的人，鄧肯，而且我以這個名字代表的一切榮譽向你保證，我不得不這樣做。」

「怎麼可能……」

「你遲早會明白。」

艾德侯只搖了搖頭。

「真相很難一下子接受。」雷托說，「你需要先了解其他情況。相信亞崔迪家的人的話。」千百年來的經驗告訴雷托，只要喚起艾德侯心底對亞崔迪這塊招牌的忠誠，就能把他即將衝口而出的一大堆私人問題給堵住。這一招再次奏效了。

「所以我將繼續為亞崔迪氏族效力。」艾德侯說，「聽起來很熟悉，是嗎？」

「在很多方面是這樣，老朋友。」

「你也許可以叫我老朋友，但我沒辦法這麼叫你。我該怎麼效力？」

「我的魚言士沒說過嗎？」

「她們說我將指揮你的精英衛隊，衛兵都是從魚言士中選拔出來的。我不明白。一支女子軍隊？」

「我需要一位可靠的夥伴來指揮衛隊。你不同意？」

「為什麼用女人？」

「男人和女人有不同的行為模式，而女性具備極其寶貴的特質，正可堪當這一重任。」

「你沒有回答我的問題。」

「你認為她們不能勝任？」

「有些看上去是很強悍，但……」

「還有一些，啊，對你很溫柔？」

艾德侯臉紅了。

雷托覺得這是一種迷人的反應。這群鄧肯是當今極少數還會臉紅的人，這種反應不難理解，是源自鄧肯的早期訓練和個人榮譽感的產物——十足的騎士風度。

「我不明白你怎麼會相信女人能保護你。」艾德侯說。紅暈從兩頰漸漸褪去，他瞪著雷托。

「但我一直信賴她們，就像信賴你一樣——託付生命的信賴。」

「說到保護，你的敵人是誰？」

「莫尼奧和我的魚言士會告訴你最新情況。」

艾德侯左右腳換了重心，在心跳一拍之內，身體一晃。他環視小房間，但並未聚攏目光。隨後，看來突然下定了決心，他驀地轉向雷托。

「我該怎麼稱呼你？」

雷托一直在等待這個表示順服的信號。「『陛下』可以嗎？」

「是……陛下。」艾德侯直視著雷托那一對標準的弗瑞曼藍眼，「魚言士說的是真話嗎——你的……記憶包含……」

「我們都在這裡，鄧肯。」雷托用他祖父的嗓音說。

「連女人們也在，鄧肯。」這是他祖母潔西嘉的聲音。

「你熟悉他們。」雷托說，「他們也熟悉你。」

艾德侯顫抖著慢慢吸了一口氣。「我需要一點時間來習慣。」

「這也是我自己最一開始的反應。」雷托說。

艾德侯爆發出一陣大笑，連身子都顫動起來。雷托覺得一句小小的自嘲不值得這樣大驚小怪，但他沒說出口。

過了一會兒，艾德侯說：「魚言士的任務是讓我心情愉快，是吧？」

「她們做到了嗎？」

艾德侯細看雷托的臉龐，認出了亞崔迪家的人特有的面相。

「你們亞崔迪家的人一向能看透我。」艾德侯說。

「這樣說就對了。」雷托說，「你已經意識到我不單單是一個亞崔迪家的人，而是全體亞崔迪家的人。」

「保羅也說過這話。」

「的確如此！」從語氣和腔調足以聽出說話的正是摩阿迪巴。

艾德侯大喘一口氣，把目光轉向房門。

「你剝奪了我們的一部分東西。」他說，「我能感覺出來。那些女人……莫尼奧……」

我們對上你，雷托想，鄧肯總是站在人類的一邊。

艾德侯把視線轉回雷托臉上。「作為交換，你給了我們什麼？」

「涵蓋整個帝國的『雷托和平』！」

「我能看出來人人都幸福美滿！因此你需要一支私人衛隊。」

雷托微微一笑。「我的和平其實是強力維持的穩定。人類反對穩定由來已久。」

「所以你給了我們魚言士。」

「還有一套你不可能看錯的等級制度。」

「一支女子軍隊。」艾德侯囁嚅道。

「這是引誘男性的終極力量。」雷托說，「對於好鬥的男性來說，性永遠是一種壓制手段。」

「這就是她們的任務？」

「她們能抑制和疏導過度的欲望，從而減少讓人痛苦的暴力。」

「你讓她們相信你是神。我覺得不能接受。」

「神聖是一種詛咒，對我，對你，都一樣可憎！」

艾德侯皺了皺眉。他沒料到會是這個回答。

「你在玩什麼遊戲，陛下？」

「一個非常古老的遊戲，但規則是新的。」

「你定的新規則！」

「你寧可我把一切倒退回鉅貿聯會、蘭茲拉德和大氏族統治的時代嗎？」

「忒萊素人說已經沒有蘭茲拉德了。你不允許任何真正的自治存在。」

「那好，我可以把位子讓給貝尼．潔瑟睿德。或者讓給伊克斯人或忒萊素人？還是你想讓我再找一個哈肯能男爵來凌駕於整個帝國之上？只要你開口，鄧肯，我就退位！」

一個個問題代表的意義如雪崩般壓了下來，艾德侯再一次搖起了頭。

「極權假如落在錯誤的手中，」雷托說，「就會變得危險而反覆無常。」

「你的手就是正確的嗎？」

「我不能確定，但我可以告訴你，鄧肯，我對歷史上的那些掌權之手一清二楚。我了解他們。」

艾德侯轉過身，背對雷托。

雷托想，這個極度屬於人的姿勢真令人著迷，既拒不接受，又承認自己的脆弱。

雷托對著艾德侯的後背開口。

「你的反對很有道理，受我統治的民眾並不充分知情，也並非完全心甘情願。」

艾德侯向雷托半轉過身，抬頭望向他狀如戴了兜帽的臉龐，稍稍伸長脖子，盯住那對全藍色眼睛。

他在觀察我，雷托想，卻只能揣摩我的臉。

亞崔迪家的人都要學習如何讀懂臉部和身體的微妙信號，艾德侯就是箇中高手。不過可以看得出，他現在漸漸意識到這超出他的能力範圍。

艾德侯清了清嗓子。「你會要我去做的最壞的事是什麼？」

真是標準的鄧肯！雷托想。這個鄧肯很典型。艾德侯會向亞崔迪家的人效忠，向維護他誓言的人效忠，但他也暗示不會越過自己的道德底線。

「你要做的就是盡一切必要手段保護我，以及我的祕密。」

「什麼祕密？」

「關於我的弱點。」

「也就是說你並不是神？」

「極端來說，不是。」

「你的魚言士提到叛黨。」

「是有叛黨。」

「為什麼？」

「他們太年輕，我沒能讓他們相信我這條路更光明。你很難說服年輕人任何事。他們個個天生萬事通。」

「以前我從來沒聽過亞崔迪家的人會這樣譏笑年輕一代。」

「也許是因為我自己太老了——老上加老。每過去一代，我的任務就會變得更艱鉅。」

「你的任務是什麼？」

「跟著我久了你慢慢會明白的。」

「如果我辜負了你會怎樣？你的女人會幹掉我嗎？」

「我盡量不讓魚言士背負罪惡感。」

「但你會讓我背負吧？」

「假如你接受的話。」

「萬一我發現你還不如哈肯能氏族的人，我就會與你為敵。」

真是標準的鄧肯，他們衡量一切邪惡的標準就是哈肯能氏族。關於邪惡，他們真是無知啊。

雷托說：「男爵鯨吞了一個又一個星球，鄧肯。還有什麼比這更糟呢？」

「吞下整個帝國。」

「我正在孕育我的帝國。我將為它的誕生而死。」

「要是我真能相信你說的……」

「你答應擔任衛隊指揮官嗎？」

「為什麼選我？」

「你是最優秀的。」

「這是樁危險差事，我想像得出。我的那些前任就是死於這份危險差事嗎？」

「有些是。」

「真希望我有他們的記憶！」

「有了這些記憶，你就不是真正的你了。」

「但我還是想了解他們。」

「你會的。」

「這麼說亞崔迪氏族仍然需要一把快刀？」

「我們有些任務只有鄧肯・艾德侯能勝任。」

「你說……我們……」艾德侯嚥了嚥唾沫，一瞥房門，再轉回來盯著雷托的面孔。

雷托用摩阿迪巴的語氣說話，但用的是自己的嗓音。

「我們最後一次並肩攀向泰布穴地的時候，我忠於你，你也忠於我。這一點從來沒有真正改變過。」

「這是你父親。」

「這是我！」從雷托龐大的身軀厲聲喝出保羅─摩阿迪巴的聲音，總是會讓甦亡人顫慄。

艾德侯低聲說道：「你們所有人……都在一個……身體……」他沒把話講完。

雷托沒有作聲。現在是關鍵時刻。

片刻，艾德侯咧嘴露出那副人人皆知的滿不在乎的笑容。「那麼我要對最了解我的雷托一世和保羅說話。請好好任用我，因為我衷心愛戴你們。」

雷托閉上眼睛。這種話總是讓他傷感。他知道愛正是自己最致命的弱點。

莫尼奧一直在房外聽動靜，這下便來救場了。他進門問道：「陛下，要我把鄧肯．艾德侯領到他的衛隊那裡去嗎？」

「好。」雷托只能擠出這一個字。

莫尼奧握住艾德侯的手臂帶他退下。

好一個莫尼奧，雷托想，幹得好。他是那麼了解我，但我不指望他能真正懂我。

15

我了解我祖先的邪惡，因為我就是他們。這是一種極其微妙的平衡。我知道，你們這些讀者極少有人會如此評價自己的祖先。你們從來沒想過，每一個祖先都是倖存者，而若要倖存，有時非得作出殘酷的決定不可。這種行為，就是不顧慮他人的殘忍，文明人會努力抑制。然而為了抑制，你們願意付出怎樣的代價？你們能接受自身的滅絕嗎？

——《失竊的日記》

•••

在艾德侯就任魚言士指揮官的第一天清晨，他一面穿戴，一面努力擺脫噩夢的糾纏。那夢境讓他驚醒了兩次，每次他都走上陽臺凝望星空，而噩夢依然在腦海裡喧囂不止。

女人……身披黑甲，赤手空拳的女人……像盲目的暴徒般粗聲喊叫，向他衝過來……還揮舞著沾滿鮮血的雙手……她們蜂擁而至，一個個張開嘴露出可怕的尖牙！

他在這瞬間驚醒。

晨曦幾乎無法幫助他驅散噩夢的餘悸。

他們在北塔為他安排了一個住處。陽臺俯瞰一大片沙丘，盡頭是一面懸崖，崖底下隱約有個泥糊矮房組成的村落。

艾德侯一邊扣著上衣，一邊瞭望這片景觀。

為什麼雷托只用女兵？

幾名長相標緻的魚言士提議要陪新指揮官共度良宵，遭到艾德侯拒絕。

拿女色當工具不像是亞崔迪氏族的作為！

他低頭看看自己的裝束：滾金邊的黑色軍服，左胸佩有紅色鷹徽。至少這套裝扮很熟悉。但沒有軍階標誌。

「她們認得你的臉。」莫尼奧是這麼說的。

這個莫尼奧，真是個古怪的小個子。

這個想法讓艾德侯一愣。印象中莫尼奧個子其實不小。非常有自制力，沒錯，但並不比我矮。不過莫尼奧似乎把自己隔離了起來……很鎮定。

艾德侯環視房間，鬆鬆軟軟的靠墊、一堆器具收納隱藏在磨亮的棕色木牆板內，舒適得堪稱奢侈。浴室鋪著華麗的淺藍色瓷磚，設有盆浴和淋浴設施，至少可容納六人同時洗浴。整個寓所都在誘人放縱，在這些房間裡，你會放任感官沉溺於享樂的回憶之中。

「真聰明。」艾德侯自言自語。

一記輕輕的敲門聲響起，接著是一道女人的聲音：「指揮官？莫尼奧來了。」

艾德侯向外瞥了一眼，遠處的懸崖呈現出長年曝曬的顏色。

「指揮官？」聲音拔高了一點。

「請進。」艾德侯大聲應道。

莫尼奧走進來，關上門。他一身衣褲都是粉筆般的白色，讓人不得不盯著他的臉看。莫尼奧掃視了一下屋裡。

「這就是她們為你安排的地方。這群該死的女人！我猜她們是想獻殷勤，但應當更明白事理。」

「你怎麼知道我喜歡什麼？」艾德侯問。話還沒說完，他就意識到這是個愚蠢的問題。

我不是莫尼奧見過的第一個鄧肯．艾德侯。

莫尼奧只是笑了笑，聳聳肩。

「恕我無禮，指揮官。那麼你想住在這裡嗎？」

「我喜歡這裡的風景。」

「但不喜歡這些家具。」莫尼奧沒有使用疑問語氣。

「可以換掉。」艾德侯說。

「我會辦妥的。」

「我猜你是來向我說明職責的。」

「我盡量說清楚。我知道一開始每樣事情在你眼裡都顯得那麼古怪。現在的文明跟你熟悉的那個有巨大差別。」

「我能看出來。我的……前任是怎麼死的？」

莫尼奧聳了聳肩。這似乎是他的標準姿勢，不過並無謙卑之意。

「他作了個決定，但沒來得及避開這個決定帶來的後果。」莫尼奧說。

「具體一點。」

莫尼奧嘆了口氣。這群鄧肯總是這樣，太愛追根究柢。

「他死於叛亂。你想知道細節嗎？」

「對我有用嗎？」

「沒用。」

「今天我想拿到這場叛亂的完整簡報，不過請先回答我，為什麼雷托的軍隊裡沒有男人？」

「他有你。」

「你知道我指的是什麼。」

「關於軍隊，他自有一套奇怪理論。我跟他討論過許多次。在聽我解釋前你不想先用早餐嗎？」

「不能邊吃邊談嗎？」

莫尼奧轉向門口，只喊了一個字：「上！」

接下來的情景讓艾德侯看呆了。一隊年輕的魚言士應聲魚貫而入，兩個人從活動牆板後面搬出一張摺疊桌和兩把椅子，擺在陽臺上，其他人布置好兩套餐具，另有人端來早餐，包括新鮮水果、熱麵包捲、微微散發香料和咖啡因味的滾燙飲料。她們做起事來不聲不響，乾脆俐落，顯然都對這套流程習以為常了。像進來時那樣，她們又一言不發地離開。

這奇妙的表演開始還不到一分鐘，艾德侯就已經和莫尼奧面對面坐在餐桌兩頭。

「每天早上都這樣？」艾德侯問。

「只要你吩咐。」

艾德侯嘗了口飲料：美藍極咖啡。他認出了水果，是一種名叫「帕拉丹」的卡樂丹嫩瓜。我最喜歡吃的。

「你們真了解我。」艾德侯說。

莫尼奧笑了笑。「我們有經驗。現在，來聊聊你的問題吧。」

「還有雷托的奇怪理論。」

「好的。他說純男性軍隊對於平民太過危險，而平民是支撐軍力的基礎。」

「這是瘋話！沒有軍隊，就不會有……」

「我知道你的理由。但他說，史前聚落由已過生育年齡的男性行使一種篩選機制，而男性軍隊就是這種機制的殘留物。他還說，有個弔詭的事實始終一再重複：總是年長男子將年輕男子送上戰場。」

「篩選機制，是什麼意思？」

「這東西決定哪些人必須守住危險的前線，保護中間的育齡男女和幼者。決定了那些人會最早遭遇掠食者。」

「那對……平民……會有什麼危險？」

艾德侯咬了一口，發現嫩瓜熟得恰到好處。

「陛下說，當外敵不存在的時候，純男性軍隊總會把矛頭轉向自己的人民。永遠如此。」

「為了爭奪女人？」

「也許是。不過他顯然不相信原因只有這麼單純。」

「我不覺得這是個奇怪的理論。」

「還沒完。」

「還有？」

「嗯，是的。他說純男性軍隊會滋生強烈的同性戀活動。」

艾德侯瞪著對面的莫尼奧。「我從來沒……」

「當然沒有。他指的是昇華、精力轉移，還有其他那些東西。」

「其他還有什麼？」聽到男性自我形象遭到貶低，艾德侯不由得氣惱。

「青春期態度；純粹男孩子聚在一起；純惡意的玩笑；哥們兒義氣……諸如此類的東西。」

艾德侯冷冷說道：「你怎麼看？」

「我想起來——」莫尼奧看向一旁的風景，「他說過的一些事確實讓我信服。他是人類歷史上的每一個士兵。他提出要為我演示實例——他心中凍結著無數著名軍事人物的青春期。我拒絕了。我仔細讀過歷史，能認出這些特徵。」

莫尼奧轉回視線，緊盯艾德侯的眼睛。

「好好想想吧，指揮官。」

艾德侯素以坦誠面對自己為豪，這些話刺痛了他。軍隊中保留著青年期和青春期崇拜？聽起來像真的。他自己的經歷中就有這樣的例子……

莫尼奧點頭道：「受制於所謂純心理因素的同性戀者，不管是潛在的還是公開的，往往會沉湎於導致痛苦的行為——可能是受虐，也可能是施虐。陛下說這可以追溯到史前聚落的考驗行為。」

「你相信他嗎？」

「是的。」

艾德侯咬了一口瓜，卻已經嘗不出甜味。他嚥了下去，放下湯匙。

「我需要好好思考。」艾德侯說。

「這就對了。」

「你沒吃東西。」艾德侯說。

「我天沒亮就起床，已經吃過了。」莫尼奧指了指自己的盤子，「這些女人老是誘惑我。」

「她們得手過嗎？」

「偶爾。」

「你說得對，我認為他這套理論確實奇怪。還有其他說法嗎？」

「哦，他還說，擺脫了青春期同性戀心理的束縛之後，男性軍隊從本質上說無異於強姦犯。強姦往往伴隨著凶殘，那可不是為了生存。」

艾德侯沉下臉來。

莫尼奧的嘴角掠過一絲乾笑。「陛下說，在你那個時代，全靠亞崔迪氏族的紀律和道德約束才阻止了某些最糟糕的暴行發生。」

艾德侯顫抖著發出一聲長嘆。

莫尼奧往後一靠，想起神帝曾經說過：「無論我們多麼渴求真相，自我覺醒的那一刻總是不愉快的。我們對真言師沒有好感。」

「那些該死的亞崔迪家的人！」艾德侯說。

「我就是亞崔迪家的人。」莫尼奧說。

「什麼？」艾德侯驚問。

「他的育種計畫，」莫尼奧答，「忒萊素人一定提過。我是他妹妹和哈克·阿拉達的直系後裔。」

艾德侯朝他傾過身去。「那麼請告訴我，亞崔迪家的人，為什麼女兵比男兵更好？」

「女人更容易成熟。」

艾德侯不解地搖頭。

「在生理上，女性自有一種從青春期強制進入成熟期的方式。」莫尼奧說，「如陛下所言，『懷胎十月會讓你改頭換面』。」

艾德侯靠回椅背。「他懂什麼？」

莫尼奧只是盯著他看，直到艾德侯想起雷托心懷芸芸眾生——有男人，也有女人。這讓他陷入了沉思。莫尼奧見狀，回想起神帝曾評論道：「聽了你的話，他那副表情跟你的預期一模一樣。」

兩人持續相對無語，於是莫尼奧清清嗓子，開口說：「大家都知道，陛下深不可測的記憶也曾讓我啞口無言。」

「他對我們說的是實話嗎？」艾德侯問。

「我相信他。」

「但他做了那麼多……我是說，比如這個育種計畫，已經持續多久了？」

「從最一開始，也就是他從貝尼·潔瑟睿德手裡奪過育種計畫的那天起，直到現在。」

「他想幹什麼？」

「我也想知道。」

「但你是……」

「一個亞崔迪家的人，也是他的大總管，沒錯。」

「你還沒有說服我為什麼女子軍隊更好。」

「女性會讓種族延續。」

終於，艾德侯的沮喪和怒氣有了發洩目標。「我來這裡第一晚和她們幹的就是這檔子事嗎？育種？」

「有可能。魚言士不採取避孕措施。」

「他真該死！我不是牲口，讓他從一個畜欄趕到另一個畜欄，就像……就像……」

「像種馬？」

「對！」

「但陛下拒絕走忒萊素人的老路，他禁止基因手術和人工授精。」

「這跟忒萊素人有什麼……」

「他們是活生生的例子，連我都能看出來。他們的幻臉人不能生育，與其說是人類，不如說是群聚有機體。」

「其他那些……我……有當種男的嗎？」

「有一些。你有後代。」

「誰？」

「我是其中一個。」

艾德侯直視莫尼奧的眼睛，這混亂的關係突然讓他暈頭轉向。艾德侯覺得無法理解。莫尼奧明顯老得多……但我是……究竟誰的年紀更大？究竟誰是祖先誰是後人？

「有時候我自己也想不通。」莫尼奧說，「希望這句話能讓你心裡舒服些，陛下向我保證過你絕不是我的後代，在任何正常意義上都不是。不過你倒是可以成為我幾個後代的父親。」

艾德侯使勁搖頭。

「有時我覺得只有神帝本人才能理解這些事。」莫尼奧說。

「這又提起另一個議題了！」艾德侯說，「自封為神。」

「陛下說他創造了一種神聖放蕩。」

艾德侯沒料到會是這個回答。我本來預期會聽到什麼？替雷托皇帝辯解？

「神聖放蕩。」莫尼奧又說一遍。這幾個字從他舌尖吐出，帶著一種奇怪的幸災樂禍的涵義。

艾德侯審視著莫尼奧。他恨他的神帝！不……他怕神帝。但怕什麼就恨什麼不是人之常情嗎？

「你為什麼相信他？」艾德侯問。

「你是在問我有沒有和所有人信仰同樣的宗教嗎？」

「不是！他有信仰嗎？」

「我認為有。」

「為什麼？你為什麼這麼想？」

「因為他說他希望不要再製造幻臉人了。他三令五申，他治下的人們只要完成配對，就必須以傳統方式生育。」

「這跟我的問題到底有什麼關係？」

「你問我他相信什麼。我認為他相信偶然性。我認為這就是他的神。」

「那是迷信！」

「想想帝國的形勢吧，迷信需要很大的勇氣。」

艾德侯瞪著莫尼奧。「你們這些該死的亞崔迪家的人。」他咕噥道，「你們什麼都敢做！」

莫尼奧留意到艾德侯憎惡的語氣裡還摻雜著佩服。

這群鄧肯一開始都是這樣。

16

你我之間最根本的區別是什麼？你已經知道答案了，就是祖先記憶。我的祖先記憶會亮閃閃地清楚顯現；而你的卻只能以直覺或宿命之名在暗中起作用。這些記憶對你我都會產生槓桿效應，會影響我們的思想和行動。你覺得自己能不受影響？我就是伽利略，我站在這裡告訴你：「但地球的確在運行。」這種運行產生的力量強大，過去從來沒有凡夫俗子膽敢抵擋。如今我就是要挺身抵抗。

——《失竊的日記》

• • •

「那時她還是個孩子，有一次她盯著我看，記得嗎？當時希歐娜以為我沒在注意，她看著我的樣子，就像漠鷹在獵物巢穴的上空盤旋。這是你自己說的。」

雷托說著，在帝輿上將身體側轉九十度，把他狀如戴了兜帽的臉龐湊近正在帝輿旁快步疾行的莫尼奧。

天色微明，高聳的人造山脈將沙厲爾帝堡與節慶城連接起來，一條沙漠中的大道沿著山脊的方向鋪設，沙間延伸的道路如雷射光般筆直，直到眼前這處，路彎出一道大弧線，沉入階梯狀峽谷，然後跨過艾德侯河。河流在遠處喧囂奔騰，空氣中濕霧迷濛，不過雷托並未闔上位在帝輿前方的氣泡形密封艙罩。他身上屬於沙蟲的部分一接觸濕氣就說不出地難受，但屬於人類的鼻孔愛聞霧中那一縷沙漠生物的甜香。他下令全隊停止前進。

「陛下，為什麼停下來？」莫尼奧問。

雷托沒有回答。只聽帝輿發出一陣吱嘎聲，他拱起龐大的身軀，抬高腦袋，目光越過禁林，眺望右方遠處銀光粼粼的凱恩斯海。他轉向左側，那裡還有大盾壁的殘餘岩壁，在晨光中只顯現一道彎曲的矮影。此處的人造山脊抬高到近兩千公尺，將沙厲爾圈圍在內，限制了空氣中的水分。從雷托所處的高度遠眺，能看到一個缺口，那裡就是他興建奧恩節慶城的地方。

「一時興起。」雷托答。

「我們不是該過了橋再休息嗎？」莫尼奧問。

「我不是在休息。」

雷托凝視前方，前面有一連串「之」字彎，從這裡看過去只是一些扭曲的陰影；經過一座恍若橫亙在仙境中的大橋，這條大道就跨過了艾德侯河，接著爬上一段緩坡，再下坡直接通往奧恩城。現在整個城市只露出一片閃閃發光的尖頂。

「這個鄧肯看上去聽話了。」雷托說，「你跟他長談過了嗎？」

「嚴格遵照您的吩咐，陛下。」

「好。才過了四天。」雷托說，「他們通常都要更長時間才能恢復過來。」

「他已經開始忙著指揮您的衛隊了，陛下。昨夜他們又巡邏到很晚才歸營。」

「鄧肯都不喜歡在空曠的地方行走。凡是有可能用來攻擊我們的東西，他們都會顧慮重重。」

「我知道，陛下。」

雷托轉過頭來直視莫尼奧。總管身穿白制服，外披一件綠斗篷。他站在敞開的氣泡形艙罩旁邊，正是他出於職責參與此類出行時該站的位子。

「你很盡職，莫尼奧。」雷托說。

「謝陛下。」

後面的衛兵和百官都與帝輿保持著一段劃清尊卑界線的距離，大部分人甚至刻意避嫌，以免讓人誤會自己偷聽了雷托與莫尼奧的對話。但艾德侯並未如此，他撥出一部分魚言士衛兵分列在皇家大道兩側。現在他站在那裡直盯著帝輿。艾德侯身著鑲白邊的黑制服，是魚言士所贈的禮物，莫尼奧提到過。

「她們非常喜歡這個鄧肯。他很能勝任自己的職責。」

「莫尼奧，他的職責是什麼？」

「欸，保護您的人身安全啊，陛下。」

衛隊女兵一律身穿緊身綠軍服，左胸佩有紅色亞崔迪鷹徽。

「她們緊盯著他。」雷托說。

「是的。他在教她們手勢信號。他說這是亞崔迪的傳統。」

「確實沒錯。奇怪，前一個鄧肯怎麼沒這樣做？」

「陛下，如果您不知道……」

「我開玩笑的，莫尼奧。前一個鄧肯在事情無法挽回之前都沒有危機感。這一個接受我們的解釋了嗎？」

「他告訴我接受了，陛下。在為您效力這方面，他有個好開始。」

「為什麼他只佩了一把腰刀？」

「女人們說服他只有經過特殊訓練的衛兵才能帶雷射槍。」

「你小心得過頭了，莫尼奧。告訴她們，現在還遠遠沒到擔心這個鄧肯的時候。」

「遵命，陛下。」

雷托明顯感覺新任衛隊指揮官並不喜歡官員在場，他站在離他們一段距離之外。艾德侯得知他們大部分是行政官員。為了這次出遊，他們都打扮得光鮮無比，準備好好出一出鋒頭，同時也在神帝面前亮亮相。雷托知道這些人在艾德侯眼裡有多愚蠢，但他記得以前有過遠比這次更愚蠢的盛裝出行，今天算是收斂的了。

「你把他介紹給希歐娜了嗎？」雷托問。

一聽到希歐娜，莫尼奧立刻愁眉緊鎖。

「冷靜點。」雷托說，「她偷看我那時候就很討我喜歡了。」

「我感覺她很危險，陛下。有時我覺得她能看透我心底的想法。」

「這個聰明孩子明白老爸的心意。」

「我不開玩笑，陛下。」

「是的，我看得出來。你注意到鄧肯愈來愈不耐煩了嗎？」

「他們巡視過這條路，一直到離橋不遠的地方。」莫尼奧說。

「有什麼發現嗎？」

「和我發現的一樣，新出現了一群示範區弗瑞曼人。」

「又是請願？」

「請別動怒，陛下。」

雷托再次往前眺望。他不得不暴露在野外，還要為了穩定魚言士的軍心而進行這次漫長而莊嚴的出行、舉行各種必要的儀式，這一切都讓他頭疼。現在，還要再受一次請願的折磨！

艾德侯跨前幾步，在莫尼奧正後方站住。

艾德侯的動作帶著幾分威脅的含意。應該不會這麼快吧。雷托想。

「陛下，為什麼停在這裡？」艾德侯問。

「我通常要在這裡停一停。」雷托答。

的確如此。他轉頭望向仙境橋的對岸。大道蜿蜒向下出了峽谷高地，進入禁林，再穿過河邊幾片農田。雷托常常停在這裡觀看日出。今晨，雖然陽光依舊照在熟悉的景物上，但有些東西……在攪動陳年記憶。

在禁林的另一頭，皇家農園的農田向外鋪展開去。太陽在起伏的地平線上冉冉升起，金光遍灑於麥浪之上。麥田讓雷托想起沙漠，想起曾經橫亙這片土地的廣袤沙丘。

沙丘還會再次橫亙此地。

麥田不盡然是他記憶裡沙漠的那種明亮矽黃色。雷托回頭遠望四面環崖的沙厲爾，那裡是封存了過往的聖域，但顏色明顯不同。他再次眺望節慶城，照例感覺到一陣痛楚——每經歷一次痛楚，就表明他無數顆心又向那徹頭徹尾的異類轉化了一點點。

今早是什麼東西讓我想起自己丟失的人性？雷托自問。

宮廷隊伍人人都在遙望熟悉的麥田和森林，但雷托知道，只有自己依然將這片鬱鬱蔥蔥的景觀當成「拜赫爾比勒麻」——無水之海。

「鄧肯，」雷托說，「看到城市前面那塊地方了嗎？那就是塔奈茲魯夫特。」

「恐怖之地？」艾德侯掃了眼奧恩城，旋即將目光投向雷托，顯然吃了一驚。

「『拜赫爾比勒麻』，」雷托說，「已經在植被下面埋藏了三千多年。如今活在厄拉科斯星上的人，只有我們兩個親眼見過這片沙漠的原貌。」

艾德侯向奧恩城望去。「大盾壁在哪裡？」他問。

「『摩阿迪巴豁口』在那裡，就是我們建起這座城市的地方。」

「那一排小山丘，就是大盾壁？發生什麼事了？」

「搬到你腳下了。」

艾德侯抬頭瞧瞧雷托，低頭看看大道，又環視四周。

「陛下，我們可以繼續前進了嗎？」莫尼奧問。

莫尼奧心裡有個鐘滴答滴答不停在走，他是驅趕大家完成任務的揮鞭人。雷托想。還有接見貴賓等重要事宜，他感到時間緊迫。而且，他不喜歡神帝與這群鄧肯談論舊時代。

雷托忽然意識到這次停留的時間遠比以往更長。百官和衛兵剛在晨風中跑了一陣，現在都感到寒意襲身。畢竟有些人穿的華服主要是為了裝點門面而非防風禦寒。

話說回來，或許門面也是一種自保。雷托想。

「以前這裡都是沙丘。」艾德侯說。

「綿延數千公里。」雷托補充道。

莫尼奧思緒翻騰。他熟悉神帝這種深陷沉思的狀態，但今天還帶著一絲傷感，可能是受了前任鄧肯之死的刺激。雷托一傷感，有時會無意中說出重要的資訊。神帝的情緒或念頭由不得誰說三道四，但有可能會遭人利用。

必須警告希歐娜。這個傻丫頭能聽我話就好了！莫尼奧想。

她的叛逆精神遠比當年的莫尼奧強烈，強烈太多。雷托馴服了莫尼奧，讓他得知黃金之路及自己該承擔的責任，他正是為了背負責任而在育種制度下出生。然而在莫尼奧身上奏效的方法並不適用於希歐娜。莫尼奧對自己所受的訓練原本深信不疑，現在卻因為觀察到這差異而產生新的認識。

「我沒有看到明顯的路標。」艾德侯說。

「就在那裡，」雷托指出方向，「在森林的邊界。那條路通往裂岩。」

莫尼奧對他倆的談話聽而不聞。對神帝的極度崇信最終讓我順服於他。雷托永遠不停讓人覺得意外和驚奇，他的行為不可捉摸。莫尼奧瞥了一眼神帝的側影。他變成了什麼？

莫尼奧早期的一項任務是研究帝堡的祕密檔案，包括雷托的蛻變歷史。然而即使讀了雷托本人的言談紀錄，他與沙鱒的共生關係仍然是個不解之謎。如果這些檔案是真實可信的，那麼沙鱒皮膚幾乎能讓他長生不老、免受一切暴力傷害。這龐大身軀帶橫稜的核心甚至還能吸收雷射槍的射擊能量！

先是沙鱒，再變成沙蟲——正是生產美藍極的一個完整循環。這個循環就在神帝體內潛伏著……靜靜等待完成的那一天。

「前進吧。」雷托說。

莫尼奧意識到自己錯過了一些對話。他從胡思亂想中收回思緒，只見鄧肯．艾德侯正在微笑。

「過去我們稱這叫『撿羊毛』。」雷托說。

「我很抱歉，陛下。」莫尼奧說，「我剛才……」

「你剛才在『撿羊毛』，不過沒關係。」

他的心情好點了，莫尼奧想，看來我得謝謝鄧肯。

雷托在帝輿上調整好位置，使氣泡形艙罩保持半開，只留出能讓腦袋自由活動的空間。雷托驅動帝輿前行，車輪嘎吱嘎吱壓過路面上的小石子。

艾德侯靠近莫尼奧，與他並肩小跑。

「帝輿底下有懸浮球，但他還是用輪子，為什麼？」艾德侯問。

「陛下喜歡輪子，不愛用反重力裝置。」

「這東西要怎麼動？他怎麼操控？」

「你問過他嗎？」

「還沒機會。」

「這輛帝輿是伊克斯人製造的。」

「這是什麼意思？」

「據說陛下是靠特定的意念來驅動和操控這輛車的。」

「你不確定？」

「他不喜歡別人問他這類問題。」

即使對他的心腹來說，神帝也是一個謎。莫尼奧想。

「莫尼奧！」神帝呼喚。

「你最好回到衛兵那邊去。」莫尼奧示意艾德侯退後。

「我寧願在前面領頭。」艾德侯說。

「陛下不喜歡這樣！請退回去。」

莫尼奧匆忙上前湊近雷托的臉龐，同時留意到艾德侯已經後撤，穿過百官，歸入了衛隊的尾端。

雷托俯視著莫尼奧說：「我覺得你處理得很好，莫尼奧。」

「謝陛下。」

「你知道鄧肯為什麼想在前面領頭嗎？」

「當然，陛下。他理應在此護衛。」

「而且這個鄧肯有危機感。」

「我不明白，陛下。我不明白您為什麼要這樣做。」

「你的確不明白，莫尼奧。」

17

女性對於分享的理解源自家庭成員間的分享，含照顧幼者、採集和準備食物、分享愛與悲喜。悼亡儀式起源於女性。宗教原本是女性專屬，但發展到社會權力過於龐大後，就會從女性手中被強行奪走。最先研究醫藥和行醫的也是女性。兩性之間從未出現過明確的平衡，因為權力總是依附在特定的社會角色上，正如同依附於知識之上。

——《失竊的日記》

• • •

在聖母特希厄斯．愛琳．安蒂克眼裡，這個上午不啻為一場災難。不到三小時前，她與隨行的真言師馬庫斯．克蕾兒．盧懷塞爾率領使節團，從宇航公會的固定軌道式巨型運輸艦轉乘第一班小型航艦，飛抵厄拉科斯星。降落後，她們被安排在節慶城使館區最靠邊的館舍內。這裡的房間既小又不太乾淨。

「再往外一點我們就住進貧民窟了。」盧懷塞爾說。

接下來，她們又被禁止使用通信設施。不管怎麼按開關或撥動掌上型控制器，所有螢幕依然是一片空白。

安蒂克向護送她們的魚言士隊長抗議。這名隊長目光陰沉，眉毛低掛，一身肌肉壯實得像做慣粗活的人。

「我要向妳的指揮官投訴！」

「節慶期間不允許投訴。」女戰士粗聲粗氣地說。

安蒂克怒視著隊長。誰都知道，她那皺紋密布的老臉只要一露出這副表情，其他聖母見了也要懼怕三分。

女戰士只是笑笑說：「我還要傳個話。妳們覲見神帝的排序調到最末尾了。」

貝尼．潔瑟睿德使團的大部分成員都已聽說這件事，連級別最低的隨侍見習生都知道箇中含意。到那時所有香料配額都已分定，甚至一點也不剩了（願諸神保佑！）。

「我們本來是排在第三的。」安蒂克說，她的聲音在當時的情形下顯得格外溫和。

「這是神帝的諭令！」

安蒂克聽得懂魚言士的語氣：再抗議可就要動粗了。

整個上午都是災難，現在還要受魚言士的氣！

在她們這片寒酸的住宿區，靠近中央有一間非常狹小、幾無家具的屋子，安蒂克就坐在這裡靠牆的一條矮凳上。旁邊擺著簡陋低矮的小床，頂多是分配給侍祭的規格！髒兮兮的牆上綠漆已泛白，屋裡只有一盞年久失修的燈球，除了黃色無法調成其他顏色。種種跡象表明這裡一直用作儲藏室。屋內有一股霉味，黑色塑膠地板上到處都是凹坑和刮痕。

安蒂克撫平膝上黑色長袍的布料，彎身靠近低頭跪在面前的見習信使。這名信使長著一頭金髮和一雙天真無邪的眼睛，臉和脖子上掛著恐懼與興奮的汗水。她身上的棕黃色袍子已落滿灰塵，下襬沾著街上的泥土。

「妳確定嗎？百分之百確定嗎？」安蒂克柔聲安撫這個可憐的姑娘。她了解自己帶回的訊息有多重要，因而一直瑟瑟發抖。

「是的，聖母。」她依然低垂著目光。

「再說一遍。」安蒂克下令，心想：我在拖時間，其實我聽得很清楚。

信使抬起目光，直視安蒂克那對全藍眼睛，這是見習生和侍祭的規定動作。

「我按照吩咐前往伊克斯大使館與他們取得聯繫，並表達您的問候。然後問他們需不需要我傳話回來。」

「好了，好了，孩子！我知道。說重點。」

信使大喘一口氣。「接待我的人自稱奧思瓦・耶克，是代理大使，前大使的助理。」

「妳確定他不是幻臉人嗎？」

「毫無跡象，聖母。」

「好吧。我們認識這個耶克。你繼續說。」

「耶克說他們正在等待新任……」

「赫薇・諾里，新任大使，沒錯。她今天抵達。」

信使伸出舌頭潤潤嘴唇。

安蒂克在腦子裡記下一條備忘，要安排這可憐姑娘回去接受更基礎的培訓。儘管這個消息確實事關重大，信使還是應當具備更強的自制力。

「接著他讓我稍等。」信使說，「他離開房間，馬上帶了個忒萊素人回來，是個幻臉人，我確定。有明顯跡象……」

「我確定妳是對的，孩子。」安蒂克說，「現在說一下……」這時盧懷塞爾進門，打斷了安蒂克的話。

「我聽說伊克斯人和忒萊素人傳話來，這是怎麼回事？」盧懷塞爾問。

「這孩子正在複述。」安蒂克答。

「為什麼不叫我？」安蒂克抬眼看了看這位隨行真言師，心想盧懷塞爾可以算這一行的頂尖高手了，但還是對級別地位太敏感。不過盧懷塞爾還年輕，她長著一張潔西嘉風格的性感鵝蛋臉，這種基因也容易有任性的脾氣。

安蒂克輕聲說：「妳的侍祭說妳正在冥想。」

盧懷塞爾點點頭，坐到小床上，對信使說：「繼續。」

「幻臉人說他有些話要帶給聖母們。他說的是『聖母們』。」信使說。

「他知道這次來了兩個。」安蒂克說。

「人人都知道。」盧懷塞爾說。

安蒂克重又將注意力集中到信使身上。「孩子，妳現在能進入記憶入定狀態嗎？把幻臉人的話一字不差地背一遍。」

信使點點頭，臀部坐到腳跟上，兩手緊扣放上大腿。她深呼吸三次，閉上眼睛，肩膀鬆垂下來。她開始複述，聲音拉高成尖尖的鼻音。

「轉告聖母們，今夜之前帝國將無神帝。今日他抵達奧恩前，我們將發動襲擊，萬無一失。」

信使顫抖著深吸一口氣，睜開眼，仰視安蒂克。

「那個伊克斯人，耶克，叫我趕快回去報信。隨後他以那種特殊的方式觸碰我左手手背，這讓我更相信他不是……」

「耶克站在我們這邊。」安蒂克說，「把他的手語資訊告訴盧懷塞爾。」

信使看著盧懷塞爾說：「我方已被幻臉人入侵，無法行動。」

盧懷塞爾吃了一驚，正要從床上起身，安蒂克說：「我已經在門口布置了必要的守衛措施。」她看著信使，「妳可以退下了，孩子。妳的任務完成了。」

「是，聖母。」體態輕盈的信使不失優雅地站起身，但她的動作顯然表明她已聽出安蒂克的弦外之音。完成不等於勝任。

信使離開後，盧懷塞爾說：「她應該找個藉口觀察一下使館，看看有多少伊克斯人被換掉了。」

「我倒不這麼想，」安蒂克說，「這方面她表現挺好。可惜的是，她沒能從耶克那裡打聽到更詳細的情報。恐怕我們已經失去他了。」

「忒萊素人傳話給我們的目的非常明顯，毫無疑問。」盧懷塞爾說。

「他們的確企圖行刺。」安蒂克說。

「當然，蠢貨會這麼幹。但我說的是他們傳話過來的原因。」

安蒂克點頭：「他們覺得我們現在除了入夥別無選擇。」

「而且假如我們試圖警告雷托皇帝，忒萊素人會知道我方是誰去通風報信、對方的聯絡人又是誰。」

「萬一忒萊素人得手了呢？」安蒂克問。

「不可能。」

「我們不了解他們的具體計畫，只知道大致時間。」

「要是那個姑娘，那個希歐娜也有份呢？」盧懷塞爾問。

「我也想過這個問題。妳聽過宇航公會的完整報告嗎？」

「只看過摘要。這樣夠判斷嗎？」

「夠了。她參一腳的可能性很大。」

「『可能性很大』這類話盡量別說。」盧懷塞爾說，「我們不希望有人懷疑妳是晶算師。」

安蒂克乾巴巴地說：「我相信妳不會出賣我。」

「妳覺得宇航公會關於希歐娜的分析正確嗎？」盧懷塞爾問。

「我掌握的資訊還不夠。如果他們判斷得對，那她就是個非同小可的角色。」

「就像雷托皇帝的父親一樣非同小可？」

「公會領航員能躲開雷托皇帝父親的神諭之眼。」

「但躲不開雷托皇帝。」

「我仔細讀過宇航公會的完整報告。與其說她在隱藏自己和自己涉及的行動，不如說，嗯……」

「她在淡出，」她們異口同聲地說，「她從他們的視野淡出了。」

「只有她辦得到。」安蒂克說。

「她也能從雷托皇帝的視野淡出嗎？」

「他們不清楚。」

「我們敢不敢聯繫她？」

「我們敢不聯繫她嗎？」安蒂克反問。

「討論這些也許都沒意義，假如忒萊素人……安蒂克，我們至少該試試警告他。」

「我們沒有通信設備，魚言士衛兵又把守著門。我們的人只許進，不許出。」

「是不是該找個衛兵談談？」

「我也想過。但不管怎麼樣我們都可以說，當時擔心她們是幻臉人變的。」

「居然派衛兵守門。」盧懷塞爾咕噥道，「妳覺得他有可能已經知情了嗎？」

「任何事都有可能。」

「關於雷托皇帝，這是大家唯一可以確定的事。」盧懷塞爾說。

安蒂克輕嘆一口氣，從凳子上站起身。「真懷念過去的日子，香料永遠要多少有多少。」

「永遠正是另一種幻覺。」盧懷塞爾說，「希望我們已經好好吸取教訓了，不管忒萊素人今天有什麼結果。」

「不管結果如何，他們一定幹得很拙劣。」安蒂克嘟囔，「神啊！再也找不到好刺客了。」

「只有艾德侯甦亡人。」盧懷塞爾說。

「妳說什麼？」安蒂克盯著她的同伴。

「只有……」

「就是這樣！」

「甦亡人動作太慢。」盧懷塞爾說。

「可腦子不慢。」

「妳在想什麼？」

「忒萊素人有沒有可能……不，就連他們也不會那麼……」

「一個扮成艾德侯的幻臉人？」盧懷塞爾低聲問。

安蒂克默默點了點頭。

「忘掉這個念頭吧。」盧懷塞爾說，「他們不會蠢到這個地步。」

「對於忒萊素人，下這樣的定論很危險。」安蒂克說，「我們必須做好最壞的打算。叫一個魚言士衛兵進來！」

18

無止境的戰爭使任何時代的社會狀況都大同小異。人們時時刻刻都要保持抵禦外敵的警覺性。你看到了獨裁者的絕對統治。任何新事物都成了危機四伏的前線地帶：新行星、待開發的新經濟區、新思想、新設備、新來者——凡帶「新」字的一律可疑。封建制度實已根深柢固，只不過有時改用政治局或類似機構的幌子出現。世襲就是一條延續權力的路徑，有權有勢的氏族總是大權獨攬，神權君主之類的統治者手握財富分配權，而且他們清楚必須掌控繼承制度，否則權力就會漸漸煙消雲散。現在，你理解「雷托和平」了嗎？

——《失竊的日記》

• • •

「有沒有通知貝尼．潔瑟睿德接見時間變更了？」雷托問。

隊伍已進入第一道淺谷，接著就是一連串通往艾德侯河大橋的「之」字彎。上午尚未過去四分之一，太陽已讓幾個朝臣脫掉了斗篷。艾德侯與一小隊魚言士走在隊伍左側，制服上已有塵土和汗水的痕跡。隨著皇家隊伍疾行慢跑不是一項輕鬆的任務。

莫尼奧絆了一下，馬上又穩住了身子。「已經通知了，陛下。」調整時間表是麻煩事，但莫尼奧已從過往的經驗知道，節慶期間常有臨時變更計畫的情況。他一直備有應急方案。

「她們還在申請設立常駐厄拉科斯的大使館嗎？」雷托問。

「是的，陛下。我還是回那句老話。」

「一個『不』字就夠了。」雷托說，「她們已經不需要人提醒，我有多厭惡她們那股自以為是的宗教作風。」

「是，陛下。」莫尼奧與雷托保持著御前隨行所規定的最遠距離。今早雷托屬於蟲子的部分表現得很活躍——那些身體信號莫尼奧看得清清楚楚。這無疑是空氣中的水分造成的，水分似乎總會把蟲子激出來。

「宗教總是導致話術的專制主義。」雷托說，「貝尼．潔瑟睿德之前，最精於此道的是耶穌會。」

「陛下，耶穌會？」

「你學歷史的時候一定讀到過吧？」

「我不確定，陛下。是哪個年代的事？」

「沒關係。研究一下貝尼．潔瑟睿德就足以了解話術的專制主義了。但想當然耳，她們並不是打從一開始就拿這套騙自己。」

聖母的日子要不好過了，神帝打算訓誡她們一番，而她們對此深惡痛絕。可能會有大麻煩。莫尼奧心想。

「她們有什麼反應？」雷托問。

「我聽說她們很失望，但沒有窮追不捨。」

莫尼奧又想：我最好提醒她們壞消息還沒完。而且她們不能與伊克斯和忒萊素的代表團接觸。

莫尼奥搖了搖頭。這樣會逼她們搞出一些卑鄙的陰謀來。最好警告一下鄧肯。

「它會滋生自證預言，還會把種種醜行正當化。」雷托說。

「陛下，您是指……話術的專制主義？」

「正是！這玩意兒用自以為道德高尚的高牆維護邪惡，將所有對邪惡的批判都阻擋在外。」

莫尼奧始終小心翼翼地觀察雷托的身體，注意到他在下意識地扭手，龐大的體節也時有抽搐。假如蟲子在這裡現形，我該怎麼辦？莫尼奧腦門上冒出了冷汗。

「它故意扭曲概念來抹黑反對者，以此成長茁壯。」雷托說。

「這樣嗎，陛下？」

「耶穌會管這叫『鞏固權力基礎』。這就是偽善的直接根源，而矛盾的言行總是會讓偽善洩漏行蹤。他們的言行永遠不一致。」

「這方面我一定要認真研究，陛下。」

「最後，它只能依靠罪惡來統治，因為偽善會導致獵巫之類的宗教迫害，它需要代罪羔羊。」

「真可怕，陛下。」

隊伍拐過一道彎，山岩間有個缺口，恰好露出遠處的大橋。

「莫尼奧，你有仔細聽我講嗎？」

「有的，陛下。很仔細在聽。」

「我在解釋宗教用來鞏固權力基礎的手段。」

「我聽出來了，陛下。」

「那你為什麼這麼害怕？」

「談起宗教權力總讓我感到不安，陛下。」

「因為你和魚言士正是以我的名義行使這種權力嗎？」

「確實如此，陛下。」

「權力基礎是非常危險的東西，會吸引徹頭徹尾的瘋子，他們把攫取權力當成終極目標。你明白嗎？」

「明白，陛下。所以您極少批准政府職位的申請。」

「說得好，莫尼奧！」

「謝陛下。」

「每一種宗教，陰影裡都潛伏著一個托爾克馬達[4]。」雷托說，「你沒聽說過這個名字，而我知道，因為就是我叫人把他從所有紀錄裡都刪去了。」

「為什麼，陛下？」

「他太醜惡。誰反對他，他就把誰活生生綁上火刑柱。」

莫尼奧壓低聲音：「陛下，就像那些惹您生氣的歷史學家嗎？」

「你在質疑我的行為嗎，莫尼奧？」

「不，陛下！」

「好。那些歷史學家死得很平靜，沒有一個人感覺到火焰。而托爾克馬達酷愛以受火刑者的慘叫聲來取悅他的神。」

4 托馬斯．德．托爾克馬達：十五世紀天主教道明會的僧侶，西班牙宗教裁判所的第一任大法官，透過宗教審判將數千名異教徒處以火刑。——編注

「真恐怖，陛下。」

隊伍又拐過一個能看見橋的彎道。距離似乎並未縮短。

莫尼奧再次觀察神帝。蟲子部分雖未顯露更多，但已經夠明顯的了。莫尼奧能感覺到，那不可預測、殺人毫無預兆的「聖尊」散發一股威脅。

莫尼奧不寒而慄。

這番奇怪的……說教意謂什麼？莫尼奧清楚，鮮少有人能聽到神帝講這些大道理。這既是特權又是負擔，也是「雷托和平」的一個代價。一代又一代人在「雷托和平」的指揮下井然有序地向前邁進，只有帝堡裡的核心圈子才知道和平中偶爾出現的那些動盪——每當發生這類事件，就需要動用魚言士去應付預期中的暴力。

預期中！

莫尼奧向默然不語的雷托投去一瞥。神帝閉著眼，一副冥思的神情。這又是一個蟲子現身的跡象，很危險的跡象。莫尼奧不覺顫抖起來。

雷托能預測他自己那股瘋狂的暴力嗎？他對暴力的預測能力，正是讓帝國上下在敬畏與恐懼中顫慄的主因。雷托知道應該將衛兵調動到哪個地方，去鎮壓一場短命的叛亂。在叛亂實際發生前他就知道了。

光只是想一想這件事也會讓莫尼奧口乾舌燥。曾經有好幾次，莫尼奧相信神帝能讀透任何人的思考。哦，雷托還雇用密探。不時有個全身遮蓋得密密實實的身影暢通無阻地通過魚言士崗哨，登上雷托的高塔頂閣或進入地下墓殿。肯定是密探，但莫尼奧懷疑他們的作用僅僅是為雷托已經掌握的情況提供確證。

彷彿為了加深莫尼奧的恐懼，雷托開口了：「別對我的行事方式百般苦思，莫尼奧。讓領悟水到渠成。」

「我會努力的，陛下。」

「不，不要努力。另外，你有沒有宣布香料配額不變的消息？」

「還沒有，陛下。」

「延遲宣布。我改變主意了。你知道，一定還會有人行賄。」

莫尼奧嘆了口氣。他收到的賄賂已經達到了天文數字，而雷托對這一局面似乎抱著看好戲的態度。

「引蛇出洞。」他曾經說，「看看他們能給到什麼數字。你要讓他們以為你最終是能被買通的。」

這時隊伍又拐過一個能見到大橋的彎道，雷托問：「柯瑞諾氏族向你行賄過嗎？」

「是的，陛下。」

「你有沒有聽說過一個傳言，說柯瑞諾氏族總有一天會重掌大權？」

「我聽說過，陛下。」

「處死那個柯瑞諾氏族的人。交給鄧肯去辦，正好考驗他一下。」

「這麼快嗎，陛下？」

「從古至今，人們只知道美藍極能延長壽命，讓他們體會到香料也會縮短壽命。」

「如您所願，陛下。」

莫尼奧心裡清楚這句回答代表的含意。每當他心底有反對意見卻又不能表達出來，就一律這樣答覆。他也知道神帝不但理解意思，還會暗自發笑，這讓莫尼奧感到惱火。

「別對我不耐煩，莫尼奧。」雷托說。

莫尼奧抑制住心裡的怨氣。怨氣會帶來危險，叛亂分子個個滿腹怨氣。那些鄧肯在丟了小命前也都是怨氣愈來愈重。

「時間在您眼裡的意義跟我眼裡的不同，陛下。」莫尼奧說，「希望我能理解這種意義。」

「你能，但你不會去理解。」

莫尼奧聽出了話裡的指責意味，便緘口不語，改思考美藍極的問題。雷托皇帝不常談論香料，就算提起也常是為了確定或扣減配額，分發賞賜，或派魚言士接管某處新發現的庫藏。莫尼奧清楚，最大一批香料庫存藏在一個只有神帝知道的地方。在他剛進入宮廷工作時，有一次他被蒙上頭套，由神帝親自領到那個神祕的所在，莫尼奧感覺一路上通過的彎曲通道位處地底。

我摘下頭套後，我們的確身在地下。

此地讓莫尼奧充滿敬畏。這是一間從岩石裡鑿出來的龐大庫房，處處堆放著一大箱一大箱的美藍極，古色古香的燈球有金屬製的阿拉伯式蔓葉裝飾。香料在昏暗的銀輝下發著藍光，傳來一股苦苦的肉桂味，不會有錯。附近有水滴落下，他們的話語在岩壁間迴蕩。

「有一天這些全都會消失。」當時雷托皇帝這麼說。

莫尼奧吃了一驚，問道：「到時候宇航公會和貝尼．潔瑟睿德會怎麼做？」

「跟現在差不多，不過會更不擇手段。」

環視著這間龐大庫房裡的巨量美藍極存貨，莫尼奧不禁聯想起帝國的現狀——血腥暗殺，公然劫掠，間諜橫行，爾虞我詐。神帝封鎖了最壞的消息，但走漏出去的那些已經夠糟糕了。

「誘惑。」莫尼奧輕聲說。

「誘惑，的確如此。」

「未來不會有美藍極了嗎，永遠都沒有了嗎，陛下？」

「某一天，我會重返沙漠，到那時我就是香料之源。」

「陛下，您嗎？」

「而且我會製造同樣絕妙的東西——更多的沙鱒，一種多產的混種生物。」

聽到神帝語出驚人，莫尼奧顫抖地瞪著他籠罩在陰影的朦朧身影。

雷托皇帝說：「沙鱒會相互糾纏形成巨大的氣泡狀活體，將這座星球上的水分封存在地下深處，就像沙丘時代那樣。」

「陛下，您是說全部水分嗎？」

「大部分。在三百年內，沙蟲將再度統治這座星球。我向你保證，這會是一種新型沙蟲。」

「陛下，牠會是什麼樣子？」

「牠會有動物的意識，而且更聰明。人們須冒更大風險尋找香料，保存香料也更危險。」

莫尼奧抬頭看向穴頂石壁，想像力穿過山岩返抵地面。

「陛下，一切又會變成沙漠嗎？」

「河道將填滿沙子，莊稼將被沙子掩埋而窒息，樹木將被流動的大沙丘淹沒。死亡之沙將不斷蔓延，直到……直到不毛之地傳出微弱的信號。」

「什麼信號，陛下？」

「新的生命循環的信號，代表創造者降臨，沙胡羅降臨。」

「那是您嗎，陛下？」

「是的！沙丘星的巨型沙蟲將從地底深處再次現身。大地將重新變成香料和沙蟲的世界。」

「可陛下，人類會怎麼樣呢？所有的人類。」

「很多人會死。大地上的食用植物和茂盛植被都會枯死。沒有了營養，供肉的牲畜也都會死去。」

「陛下，人人都要挨餓了吧？」

「營養不良和舊時的疾病將在大地上肆虐，只有最強壯的人才能倖存下來……最強壯、最殘酷的人。」

「非得如此嗎，陛下？」

「其他可能的未來還更糟。」

「能告訴我其他可能的未來嗎，陛下？」

「到時候你自然知道。」

現在莫尼奧在晨光中緊隨神帝向奧恩城行進，他不得不承認自己的確看清了那些更邪惡的可能未來。

莫尼奧知道，自己頭腦裡的常識性知識對於帝國大部分順民而言並不那麼顯明，那些知識隱藏在「口述史」裡，也在某個瘋癲先知述說的神話與野史之中。這些先知偶爾會在某個星球上冒出來，維持一段難以長久的教主身分。

我知道魚言士遇到這種情況會怎麼做。

他還了解那些惡人，他們會坐在桌旁一面大啖珍饈，一面觀賞人類同胞飽受折磨。

直到魚言士趕來血洗一番。

「我喜歡你女兒當年盯著我看的樣子。她一點也不知道我注意到了。」雷托說。

「陛下，我很擔心她！她是我的血親，我的……」

「她也是我的血親，莫尼奧。難道我不是亞崔迪家的人嗎。你最好多擔心自己。」

莫尼奧惶恐地掃視神帝全身。蟲子的跡象太明顯了。莫尼奧又瞥了瞥後面的隊伍和前方的道路。他們正走下陡坡，如「之」字彎曲的道路切入將沙厲爾圍合起來的人造懸崖，舉目都是森森峭壁。

「希歐娜沒有冒犯我，莫尼奧。」

「但她……」

「莫尼奧！你看，這裡藏著生命中的一大祕密。感受意外，讓新事物出現，這就是我最想要的。」

「陛下，我……」

「新事物！這不就是個光芒四射、不可思議的詞嗎？」

「如您所言，陛下。」

雷托不得不提醒自己：莫尼奧是我所造之物。我一手創造了他。

「莫尼奧，你的孩子幾乎值得我付出任何代價。你反對她的同夥，但她也許會愛上其中一個。」

莫尼奧不由向後瞥了一眼衛隊裡的鄧肯．艾德侯。艾德侯瞪圓雙眼緊盯前方，似乎要趕在隊伍到達每一處彎道之前先把狀況看個清楚。他不喜歡這個高崖遍布而易遭伏擊的地方。艾德侯前一夜已派偵察兵來探路，莫尼奧知道現在仍有偵察兵潛伏在高處，但在上橋之前還要經過不少峽谷，沒有足夠人手全面布防。

「我們還有弗瑞曼人幫忙。」莫尼奧此前想寬寬他的心。

「弗瑞曼人？」艾德侯不喜歡有關示範區弗瑞曼人的種種傳言。

「一旦有人闖入這一帶，他們起碼能報個信。」莫尼奧說。

「你見過他們，然後要求他們這麼做了嗎？」

「當然。」

莫尼奧沒敢跟艾德侯提希歐娜的事。以後時間多得是，但剛才神帝說了一件令他煩心的事。計畫有變嗎？

莫尼奧將注意力轉回神帝，低聲說：「陛下，愛上同夥？但您說這個鄧肯……」

「我是說愛上，不是育種！」

莫尼奧打了個冷顫，他回想起自己也是被人安排配種，好一場忍痛割愛的……不！最好別受回憶影響！

後來……他們也有了感情，甚至真愛，只是一開始……

「你又在『撿羊毛』了，莫尼奧。」

「請恕罪，陛下，可當您說到愛……」

「你覺得我腦子裡不會有柔情？」

「不是這樣，陛下，但……」

「那你是以為我沒有愛情和生育的記憶嗎？」帝輿突然轉向莫尼奧，逼得他往旁一躲。莫尼奧看到雷托皇帝一臉怒容，頓感心驚膽戰。

「陛下，我請求您的……」

「這具身體也許從來不知道什麼叫柔情，但我擁有一切記憶！」

莫尼奧發現神帝身上的蟲子跡象愈發明顯，已經無法視而不見了。

我已命懸一線。我們都是。

莫尼奧對周遭種種聲響愈來愈警覺，帝輿的吱嘎聲、隊伍裡的咳嗽聲和低語聲、路上的腳步聲。

神帝呼出的氣息有一股肉桂味。岩壁間的空氣仍帶著清晨的寒意，四處瀰漫著來自河流的濕氣。是空氣中的水分把蟲子引出來了嗎？

「聽我說，莫尼奧，當成這關係到你的性命。」

「是，陛下。」莫尼奧低聲答道，同時清楚他的生死的確取決於自己的注意力，不僅包括聽到什麼，還包括看到什麼。

「一部分的我向來潛伏在黑暗中，不會思考。」雷托說，「但這部分會採取反應，行動起來不靠認知和邏輯。」

莫尼奧點了點頭。他死盯著神帝的臉。那對眼睛是不是已經開始失焦了？

「而我被迫站到一邊旁觀，什麼都做不了。」雷托說，「那一部分反應起來可能會要了你的命，但這不是我的選擇。你聽到了嗎？」

「我聽到了，陛下。」莫尼奧輕聲應答。

「那種事發生時是沒有選擇的！你不得不接受，只能接受。你永遠無法明白或了解它。你怎麼看？」

「我害怕未知，陛下。」

「但我不怕。告訴我為什麼！」

莫尼奧早就預期會有眼前這種危機，現在真的發生，他簡直快要欣然接受了。他知道自己的生死取決於接下來的回答。他盯著神帝，思緒飛轉。

「因為您擁有全部記憶，陛下。」

「然後？」

看來這不是完整的答案。莫尼奧搜索枯腸：「您能看見我們已知道的一切……所有這一切原本都處於——未知的狀態！對您而言，意外……意外想必只是等著您去了解的新事物？」莫尼奧意識到，這句話本該是篤定的肯定句，一出口卻變成了帶有自我保護意味的疑問句。但神帝只是微笑。

「你很睿智，我要賞賜你，莫尼奧。你想要什麼？」

莫尼奧鬆了一口氣，但其他恐懼又湧上心頭。「我能把希歐娜帶回帝堡嗎？」

「這樣一來我就要提前考驗她了。」

「必須把她跟同夥分開，陛下。」

「好吧。」

「陛下仁慈。」

「我是自私的。」

神帝偏過頭去，陷入沉默。

莫尼奧打量著眼前這具分節的軀體，發現蟲子的跡象已消退了幾分。他總算躲過一劫。接著他想起那些請願的弗瑞曼人，又擔心起來。

這是個錯誤。他們只會再次刺激神帝。我為什麼要准許他們請願？

弗瑞曼人會在前方的河岸上列隊等候，他們手裡揮舞著愚蠢的請願書。

莫尼奧不聲不響地趕著路，每邁一步擔憂便增加一分。

19

風沙吹來這裡，風沙吹往那裡。
一個富翁等在那裡，我等在這裡。

——沙胡羅之聲，「口述史」

• • •

綺諾伊女修去世後，在其遺留文件中發現以下紀錄：

遵照貝尼．潔瑟睿德信條及神帝之令，我未在報告中揭露以下內容，而是隱藏起來，留待我死後才讓人有機會覓得。雷托皇帝囑我：「將我要傳的訊息回稟妳的上級，但我的口述之言應暫時保密。如有違令，勿怪我降罪於女修會。」

在我出發前，聖母賽婭克薩曾警告我：「無論如何不可惹他對女修會動怒。」

在前述那次短程出行中，我陪跑在雷托皇帝身邊，想探聽他與聖母的相似之處。我問道：「陛下，我知道聖母如何獲得祖先和其他人的記憶。那麼您呢？」

「這是由我們基因遺傳史的設計決定的，外加香料的作用。我和我的孿生妹妹珈尼瑪在母體內已被喚醒，還沒出生，祖先記憶就呈現在我們眼前了。」

「陛下……女修會把這個叫作妖煞。」

「很恰當。」雷托皇帝說，「我們有不計其數的祖先。誰知道日後哪股力量會成為萬眾之首——是善良還是邪惡的力量？」

「陛下，您是如何馴服這股力量的？」

「我沒有馴服它，」雷托皇帝說，「但我和珈尼長期運用法老模式而得救。妳知道這種模式嗎，綺諾伊女修？」

「女修會成員都要學好歷史的，陛下。」

「不錯，但妳思考這事的觀點和我不同。」雷托皇帝說，「我說的是，政府會生一種病，希臘人先患上，後來傳給了羅馬人，羅馬人又把這病大範圍傳播開來，從此就沒有根除過。」

「陛下在給我猜謎語嗎？」

「不是謎語。我恨這件事，但它救了我們。我和珈尼與奉行法老模式的祖先結成了強大的內部聯盟，他們幫助我倆在體內長期休眠的暴民間創立了一種混合的本體。」

「我覺得這件事令人不安，陛下。」

「這很自然。」

「陛下，您為什麼告訴我這些？您以前從沒這樣向女修會成員解答過，據我所知沒有。」

「因為妳善於傾聽，綺諾伊女修，也因為妳會服從我，而且我們再也不會見面。」

雷托皇帝說了這些怪話之後，又問我：

「妳為什麼不問問我女修會口中的瘋狂暴政？」

他的態度鼓勵我壯膽說道：「陛下，對於您執行的殘酷處決，我們已有耳聞並深感擔憂。」

當時雷托皇帝做了奇怪的舉動。他在前行中閉上眼睛，說道：

「我知道妳受過訓練，能一字不差地記住親耳所聞的任何話語。現在我要對妳述說，綺諾伊女修，把妳當成我的一頁日記。牢記這些話，我不要它們佚失。」

我謹向女修會保證，下文即為雷托皇帝當時所言之內容，逐字照錄：

「我確知，等到我不再身為出現在你們周遭的有意識生物，而僅僅是沙漠裡的一個可怖造物，那時許多人回想起我，會把我視為暴君。

「很有道理。我確實殘暴。

「一個暴君——不完全是人類，也沒有瘋，只是一個暴君。但即使是一般的暴君，動機與情感也比膚淺的歷史學家貼上的標籤更為複雜；而我在他們眼裡會是一個偉大的暴君。因此，我把自己的情感和動機當作遺產留存下來，以免遭到歷史過度扭曲。歷史總是會放大一部分特徵，同時又對另一部分特徵視而不見。

「人們會努力理解我，用他們的語言描繪我。他們將追尋真相，然而真相是用語言表述的，總免不了帶上語言的模糊性。

「你們不會理解我。你們愈努力，我反而離得愈遠，直到我消失在不朽的神話裡——最終變成永生神！

「就是這樣，你懂吧。我不是領袖，連嚮導都不是。我是神。記住，我與領袖和嚮導不同。除了創世，神對萬事萬物無須承擔責任。神接受任何事，因而也不接受任何事。神必須讓人可辨認，卻又無名無姓。神不需要精神世界。我的諸多靈魂居於我的內心，招之即來。這些靈魂直接或間接教給我的東西，我都與你們分享，純為自娛自樂。這些靈魂就是我的真相之源。

「要警惕真正的真相，仁慈的女修。讓人夢寐以求的真相也會帶來危險。神話和令人安心的謊言遠比真相更容易找到，也更容易令人信服。倘若你覓得一個真相，即便是暫時的真相，你也可能被迫經歷痛苦的轉變。把你發現的真相隱藏在語言中，讓語言固有的模糊性來保護你。語言遠較無言而刺人的神諭更易為人接受。你們可以用語言齊聲唱出：

「『為何沒有人警告我？』

「『可我的確警告過你，我以前例示警，而非言語。』

「無可避免，說出口的話語總比需要的多。妳現在就在憑驚人的記憶力記錄。有朝一日我的日記會昭示於天下——屆時又要增添更多的語言。我警告你們，閱讀這些文字有其風險。語言的表象之下掩蓋著可怖事件的無言變動。最好充耳不聞！你們無須去聽，即便聽了，也無須記住。遺忘多麼讓人安心，又是多麼危險！

「語言，比如我的語言，長久以來被人視為蘊含神祕的力量。統治健忘者是有祕訣的。暴君們一直依賴神話和謊言來操縱大眾，滿足一己之利，而神話和謊言的本質就是我的真相。

「你明白嗎？我全都告訴你了，甚至包括有史以來最大的祕密，包括我用來建構人生的祕密。我用語言揭示給你：

「唯一不朽的過去無言地存在於你心中。」

隨後神帝陷入沉默。我大著膽子問道：「陛下令我記錄的話到此為止了嗎？」

「就這些了。」神帝說，他的聲音聽上去疲憊而沮喪，像在交代遺言。我想起他方才說再也不會跟我見面，我感到恐懼，但幸虧恩師教導有方，恐懼並未從我的話音裡流露出來。

「陛下，」我問，「您提到的那些日記，是寫給誰看的？」

「寫給千年後的子子孫孫，我想像中的遙遠讀者。綺諾伊女修，我把他們當成對家族充滿好奇的遠親，他們一心要挖掘只有我能複述的情節，希望讓自己的人生與歷史發生聯繫。他們希望獲得意義，也就是真相！」

「可是您警告我們遠離真相，陛下。」我說。

「的確如此！一切歷史不過是任由我擺弄的工具。哦，我積累了全部過去，我擁有每一件事實——這些事實為我所有並可隨心所欲地使用，而且，事實無須歪曲照樣可以竄改。我現在在對妳說什麼？日誌也好，日記也好，都是什麼？不過是語言而已。」

雷托皇帝再度陷入沉默。我掂量著他話裡的預兆，也思考聖母賽婭克薩的警告以及神帝先前所言。他說過我是他的信使，所以我認為自己處於他的保護之下，可以表現得比其他任何人更大膽。因此我問道：

「陛下，您說再也不會跟我見面了，這是不是意謂您將不久於人世？」

我發誓記錄屬實：當時雷托皇帝放聲大笑！接著他說：

「不，仁慈的女修，將要離世的是妳。妳活不到成為聖母的那一天。不要為此悲傷，因為妳今天出現在此地，把我要傳遞的訊息帶回女修會，並存留了我的祕語，妳的榮耀將遠遠超過聖母身分。妳會成為我的神話中不可或缺的一部分。我們的遠親向妳祈禱，要妳替他們說情！」

雷托皇帝又笑了，不過這一次沒有那麼大聲，而後變為親切的微笑。我接下的命令是必須精確描述所有情形，但我現在難以辦到；那些可怕的話從雷托皇帝口中說出之時，我反而覺得與他建立起了深厚情誼，彷彿某種有形之物躍入兩人之間，以一種語言無力形容的方式緊緊聯繫我們。直到親身體驗過，我才理解他所說的「無言的真相」。這種事確實發生了，然而我無法用言語表達。

檔案管理員附注：

由於時過境遷，發掘出的這份私密紀錄現在只能作為歷史的注腳，價值在於這是最早提及神帝祕密日記的文獻之一。如欲深入研究，可按以下副標題關鍵字檢索相關檔案：綺諾伊、聖女修昆蒂尼厄斯．維奧莉特：綺諾伊的報告，及美藍極排斥反應（醫療方面）。

（注腳：女修昆蒂尼厄斯．維奧莉特．綺諾伊於加入女修會後第五十三年去世，死因為在嘗試晉升聖母的過程中出現美藍極排斥反應。）

20

我們的祖先阿淑爾．那西爾．阿普利以無比殘暴而臭名昭著，他弒父篡位，開啟了利劍下的統治。他征服的疆域覆蓋烏爾米耶湖地區，由此挺進科馬基尼與哈布爾。阿普利之子接受舒特人、提爾人、西頓人和傑巴爾人的朝貢，連令人聞風喪膽的「暗利之子」耶戶亦俯首稱臣。由阿普利發起的征戰先讓米底亞遭兵火之災，後又席捲以色列、大馬士革、以東、亞珥拔、巴比倫和烏姆利亞斯。現在還有人記得這些人名和地名嗎？我已經給出了足夠多的線索，猜猜這一切發生在哪座星球。

——《失竊的日記》

•••

這裡的空氣彷彿凝滯不動，從山裡硬生生開鑿出來的皇家大道一路往下，通往艾德侯河大橋前面的那塊平地。大道在此右轉，離開了這座由土石堆成，一眼看不見邊際的人造巨山。莫尼奧走在帝輿旁邊，看著鋪砌路面越過窄窄的脊頂，直達近一公里遠的網狀塑鋼大橋。

右側深谷中依然流淌著艾德侯河。河流先是朝內向他偏轉過來，接著筆直往前，經過一級級小瀑布奔向禁林的遠端，岩壁在那裡已變得低矮，接近地平線。奧恩城郊區果園和菜園坐落，產物均供應本城所需。

莫尼奧邊趕路邊眺望向遠方延伸的河流，崖頂已沐浴在陽光中，而河水仍為陰影籠罩，只有一道道瀑布微微閃著銀光。

正前方，陽光慷慨地灑在通往大橋的道路上；蝕溝左右兩側的黑影有如兩支射出的利箭，指明前進的方向。冉冉升起的太陽照得路面發燙，連上方的空氣都抖顫起來，預示這將是難熬的一天。

我們能趕在最熱的時刻之前安全進城。莫尼奧想。

他的耐心總是在這裡消磨殆盡。他一面小跑一面觀察前方是否有請願的示範區弗瑞曼人。他知道，這些人就在一條沖積溝裡等候，隊伍上橋前一定會冒出來。這是他跟弗瑞曼人事先談好的條件，現在沒辦法阻止他們了，而神帝身上依然顯現出蟲子的跡象。

雷托最早聽出弗瑞曼人的動靜，而其他人誰都沒看見，也沒聽見。

「聽！」他喊。

莫尼奧立刻繃緊了神經。

雷托在帝輿上翻滾身體，將前端拱出氣泡形艙罩，注視著前方。

莫尼奧很清楚是怎麼回事。神帝的感官比隨行眾人敏銳得多，他已經察覺前方有騷動了。弗瑞曼人正在往大道上爬。莫尼奧頓了一步，落到了護衛距離的最遠端。現在他也聽見了。有碎石滾落的聲音。

在皇家隊伍前方頂多一百公尺處，幾個弗瑞曼人已經現身，大道兩側的沖積溝都有人上來。

鄧肯．艾德侯向前衝了一段又放慢速度，與莫尼奧並肩小跑。

「那些就是弗瑞曼人？」艾德侯問。

「是的。」莫尼奧答話時注意力並未離開神帝，他的龐大身軀已經放低。

示範區弗瑞曼人在大道上集結，他們脫下外袍，露出紅紫兩色的內袍。莫尼奧倒抽一口氣。這些弗瑞曼人彩袍裡面還穿著某種黑衣，盛裝打扮成朝聖者模樣。全體弗瑞曼人朝著皇家隊伍載歌載舞走來，前排幾個人揮舞著紙卷。

「請願，陛下，」領頭的人喊道，「請聽聽我們的請願！」

「鄧肯！」雷托叫道，「趕走他們！」

話音剛落，魚言士穿過百官急衝上來。艾德侯揮手讓她們往前，自己也迎頭跑向正在靠近的弗瑞曼人群。衛兵排成了一個方陣，艾德侯頂在最前。

雷托「砰」的一聲關上帝輿的氣泡形艙罩，開始加速前進，發出咆哮：「閃開！閃開！」

眼見衛隊直衝過來，帝輿也在雷托的吼聲中不斷加速，弗瑞曼人似乎打算在路中央讓出一條通道。莫尼奧不得不快跑以跟上帝輿，並留意了一下身後眾大臣的跑步聲。就在這時，他突然看到弗瑞曼人做出了計畫外的舉動。

吟唱的人群同時脫掉了朝聖袍，露出跟艾德侯身上一模一樣的黑色制服。

他們在幹什麼？莫尼奧一時摸不著頭緒。

就在他滿腹疑惑的當下，那一張張不斷逼近的面孔以幻臉人特有的方式融化了，轉瞬間每一張臉都變成了鄧肯．艾德侯的相貌。

「幻臉人！」有人尖叫。

之前那亂糟糟的場面、雜亂的腳步聲以及魚言士排出陣型時的喝令，也分散了雷托的注意力。他催動帝輿加速，縮短自己與衛隊之間的距離，同時鳴響了帝輿刺耳的警笛聲。一陣白噪音響徹雲霄，連某些受過專門訓練的魚言士都辨不清東南西北了。

請願者就是在這時脫下朝聖袍開始變成鄧肯．艾德侯的。雷托聽見有人尖叫一聲：「幻臉人！」他認出那是皇家會計部的一名官員，某個魚言士的配偶。

雷托的第一反應是開心。

衛兵和幻臉人已經短兵相接，請願者的吟唱變成了呼喊。雷托聽出那是忒萊素人在下達戰鬥指令。一隊魚言士將穿黑衣的真鄧肯重重圍在中心，執行雷托三令五申的指示——保護好甦亡人指揮官。

問題是她們怎麼從幻臉人中分辨他呢？

雷托幾乎煞停了帝輿。他看到左側的魚言士正揮舞著擊昏棍。一把把短刀反射著陽光，隨後傳來雷射槍的嗡嗡聲，雷托的祖母曾把這槍聲稱作「全宇宙最恐怖的聲音」。領頭者口中不斷爆出粗啞的呼喊聲。

雷托聽到第一聲雷射槍響就立刻作出了反應。他右轉帝輿離開路面，並將驅動力從車輪切換為懸浮器。他彷彿駕著一輛攻城撞車，掉頭直接搗入一群試圖從側翼進攻的幻臉人，接著一個急轉，撞向另一側的幻臉人。他感受到肉體與塑鋼相碰產生的強大衝擊力，還看到四濺的鮮血。他從大路駛下沖積溝，狹溝棕色的鋸齒狀邊緣從眼前飛速劃過。他向上一躍飛過河谷，降落在皇家大道旁一處居高臨下、岩石環繞的瞭望點，這才掉轉車頭，此處已遠遠超出了掌上型雷射槍的射程。

真意外啊！

他笑得上氣不接下氣，連龐大的身軀都抽搐起來了。過了一會兒，興奮之情才慢慢平復。

從此處俯瞰，大橋和戰鬥區域一覽無遺。屍體橫七豎八躺倒在路面上和兩側狹溝裡。他辨認出其中有大臣的華服、魚言士的軍服和幻臉人染血的黑色偽裝衣。倖存的大臣在後方擠作一團，魚言士則在倒地的人之間飛快穿梭，俐落地在每個刺客身上補上一刀，確保不留活口。

雷托掃視戰場尋找穿黑衣的真鄧肯。站著的人裡沒有穿這身制服的，一個也沒有！雷托克制住心頭湧起的失望，不過很快就在大臣中看到一群魚言士衛兵……裡頭還有個赤裸的人。

赤裸！

正是鄧肯！赤裸！可不！沒穿制服的鄧肯．艾德侯一定不是幻臉人。

他再次笑得顫抖。雙方都受到意外的衝擊。刺客見到這一幕會多麼震驚，這個對策顯然打得他們措手不及。

雷托驅動帝輿緩緩駛上大道，在橋上落下車輪。過橋時，一股似曾相識的感覺油然而生，他回憶起無數座橋，回憶起自己曾無數次過橋進行戰後視察。雷托抵達橋對面時，艾德侯從衛兵中脫身而出，跨過繞開地上橫陳的屍體朝他跑來。雷托煞住車，盯著眼前的裸男。鄧肯猶如古希臘送信的勇士，帶著最終戰報向統帥一路飛奔而來。這歷史的縮影懾住了雷托的記憶。

艾德侯在帝輿旁一個滑步停住。雷托打開氣泡形艙罩。

「該死的幻臉人，全部都是！」艾德侯氣喘吁吁地說。

雷托並不想掩飾自己的興致，問道：「脫衣服是誰的主意？」

「我的！但她們不讓我去戰鬥！」

莫尼奧帶著一隊衛兵跑過來。一名魚言士扔了一件衛兵的藍斗篷給艾德侯，喊道：「我們正在死人身上找一件完好的制服。」

「我把自己的撕壞了。」艾德侯解釋。

「有幻臉人逃走嗎？」莫尼奧問。

「一個都沒跑掉。」艾德侯說，「我承認你的女人很能打，但她們為什麼不讓我加入……」

「因為她們接到了保護你的命令。」雷托說，「她們總是保護最有價值的……」

「為了把我拉出戰場，她們死了四個人！」艾德侯說。

「我們總共損失了三十多人，陛下。」莫尼奧說，「傷亡還在統計。」

「有多少幻臉人？」雷托問。

「好像正好是五十個，陛下。」莫尼奧說。他說話聲音很輕，滿臉沮喪。

雷托咯咯笑起來。

「您笑什麼？」艾德侯問，「我們有三十多人……」

「忒萊素人太笨了。」雷托說，「你沒發現嗎？五百年前他們的效率和危險性都還遠遠超過今天。想想看，他們竟敢搞出這麼愚蠢的偽裝！而且沒料到你反擊得那麼聰明！」

「他們有雷射槍。」艾德侯說。

雷托扭轉龐大的前節部位，指向帝輿艙罩的頂部，靠近中央處燒出了一個星形孔洞。

「他們還打中了下面幾個地方。」雷托說，「幸好沒打壞懸浮器和輪子。」

艾德侯盯著這個洞，發現雷托的身體應該處在雷射的路徑上。

「沒有打到您嗎？」他問。

「嗯，打到了。」雷托說。

「您受傷了？」

「雷射槍傷不了我。」雷托謊稱，「以後有時間我會演示給你們看看。」

「可是我會受傷，」艾德侯說，「您的衛兵也會受傷。我們都得配一條屏蔽場腰帶。」

「帝國已經全面禁用了屏蔽場。」雷托說，「私藏屏蔽場是死罪。」

「關於屏蔽場……」莫尼奧大著膽子插話。

艾德侯以為莫尼奧想問屏蔽場是什麼，便說：「屏蔽場帶產生一個力場，能擋住任何以危險速度進入的物體。但有個大缺點：當雷射光束穿過這個力場，就相當於引爆了一顆超大核彈，攻守雙方會同歸於盡。」

莫尼奧仍舊盯著艾德侯，艾德侯點了點頭。

「我明白為什麼要禁用了。」艾德侯說，「我猜，反核武的大公約依然有效而且還在發揮作用吧？」

「在我們收繳各大氏族持有的全部核武器，並移送到安全處所之後，這份協定的作用更大了。」雷托說，「但現在沒時間討論這些問題。」

「還有一件事可以討論。」艾德侯說，「在這種開闊地方行走太危險了，我們應該……」

「這是傳統，我們要把路走完。」雷托說。

莫尼奧湊近艾德侯耳邊說：「你讓陛下心煩了。」

「可是……」

「難道你沒想過行走中的人群控制起來要容易得多嗎？」莫尼奧反問。

艾德侯猛地扭頭直視莫尼奧的眼睛，突然醒悟過來。

雷托趁著這個機會下令：「莫尼奧，確保這裡看不出遭遇過伏擊，一滴血、一片碎布都不可以留下——一絲痕跡都不能有。」

「是，陛下。」

有人圍攏過來，艾德侯聞聲回頭，只見所有倖存者，甚至包括纏著急救繃帶的傷患，都上前聽令了。

「所有人，」雷托對帝輿四周的人群說，「對這件事都不許議論一個字。讓忒萊素人去擔驚受怕吧。」

他望向艾德侯。

「鄧肯，這個區域只允許示範區弗瑞曼人自由活動，那些幻臉人是怎麼溜進來的？」

艾德侯下意識瞥了莫尼奧一眼。

「陛下，責任在我。」莫尼奧說，「是我安排弗瑞曼人在這裡請願的。我還向鄧肯．艾德侯保證他們沒有問題。」

「我想起來你提過這次請願。」雷托說。

「我以為這能為您帶來樂趣，陛下。」

「請願不能為我帶來樂趣，反而讓我心煩。在我的計畫中，有些人唯一的職責就是保留古老傳統，我特別不願意看到這些人請願。」

「陛下，只是您抱怨過太多次這類出行無聊透頂……」

「但我不是來幫別人減輕無聊的！」

「陛下？」

「示範區弗瑞曼人對傳統一無所知。他們只善於做表面文章，所以自然會感到無聊，他們的請願不外乎要搞點新花樣——這就是讓我心煩的地方。我不會允許他們改變。那麼，你是怎麼知道他們要請願的？」

「是弗瑞曼人自己提出來的。」莫尼奧說，「有個代表團……」他嚥下了後半句話，緊皺起眉頭。

「這個代表團的成員你認識嗎？」

「當然，陛下。否則我……」

「他們都死了。」艾德侯說。

莫尼奧不解地盯著他。

「你認識的那些人都遇害了，來的都是假扮的幻臉人。」艾德侯說。

「是我的疏忽。」雷托說，「我早該教會大家怎麼看穿幻臉人了。既然他們膽子已經大得開始幹蠢事，我們就要補上這一課。」

「他們怎麼會膽大妄為到如此地步？」艾德侯問。

「也許是想轉移焦點，不讓我們注意別的事。」莫尼奧說。

雷托朝莫尼奧笑了笑。儘管剛剛經歷過危險，總管的腦子還是滿管用的。由於沒能識破幻臉人冒名頂替的詭計，莫尼奧已經讓神帝失望了一次。現在，他覺得自己能否繼續幹下去，也許還得指望當初頗得神帝賞識的那些能力了。

「那麼現在我們還有點時間準備一下。」雷托說。

「轉移我們的焦點是為了掩蓋什麼？」艾德侯問。

「他們參與的另一個陰謀。」雷托說，「他們料想會因為這件事而遭到嚴懲，不過忒萊素人的核心圈子仍將安然無恙，因為有你，鄧肯。」

「他們沒打算在這裡失手。」艾德侯說。

「但他們對出現意外是有心理準備的。」莫尼奧說。

「他們仗著握有鄧肯．艾德侯的原型細胞，認定我不會消滅他們。」雷托說，「你明白嗎，鄧肯？」

「他們押對了嗎？」艾德侯問。

「差一點就錯了。」雷托說，接著又轉向莫尼奧，「我們不能把這件事的任何痕跡帶進奧恩城。換上新制服，死傷的衛兵補上新人……一切都恢復原樣。」
「也有大臣死了，陛下。」莫尼奧說。
「找人頂上！」
莫尼奧躬身道：「是，陛下。」
「給我的車子再送一頂新艙罩來！」
「遵命。」
雷托把車倒了幾步遠，掉頭朝大橋駛去，又回過頭朝艾德侯喊道：「鄧肯，走在我旁邊。」
一開始，艾德侯每個動作都顯得很不情願，他慢吞吞地離開了莫尼奧等人，接著加快步伐，趕到帝輿敞開的氣泡形艙罩旁邊，邊走邊盯著車裡的雷托。
「你有什麼煩心事，鄧肯？」雷托問。
「您真的把我當成了您的鄧肯嗎？」
「當然，就像你把我當成你的雷托那樣。」
「您為什麼沒有料到這次刺殺？」
「運用我自豪的預知力？」
「對！」
「幻臉人很久沒引起我的注意了。」雷托說。
「我想今後情況會有變化？」
「變化不大。」
「為什麼？」

「因為莫尼奧說得對，我不能讓自己分心。」

「這次刺殺真有可能得手嗎？」

「的確有可能。你知道，鄧肯，很少有人明白我的死會帶來什麼樣的災難。」

「忒萊素人還在搞什麼陰謀？」

「我認為這是個圈套，一個漂亮的圈套。他們向我發出了信號，鄧肯。」

「什麼信號？」

「我的某些臣民行動起來愈來愈孤注一擲了。」

他們下了橋，登向雷托剛才所在的瞭望點。艾德侯沉默地走著，彷佛在醞釀什麼。

來到山頂，雷托抬起目光，越過遠處的懸崖，眺望著荒蕪的沙厲爾。

在大橋對面的遇襲地點，有些扈從還在為失去親友而悲慟不已。雷托敏銳的聽覺能從中分辨出莫尼奧的聲音，他正在警告說哀痛要適可而止。帝堡裡還有其他親友，而神帝震怒的模樣大家都很清楚。

在抵達奧恩城之前，他們的眼淚會消失，臉上又將重現笑容，雷托想。他們覺得遭到了我的輕視！真有什麼要緊嗎？這只不過是短命者和短視者腦海裡一閃而過的煩惱。

沙漠的景色讓他感到欣慰。從這個角度看不見峽谷裡的河流，除非完全轉過頭望向節慶城。鄧肯在帝輿旁體貼地保持沉默。雷托的目光稍向左偏，瞥見禁林的邊緣。蓊郁的景觀一下子讓他想起昔日遍布星球的沙漠，其壯觀足以讓任何人膽戰心驚，連無法無天的沙漠漫遊者弗瑞曼人亦不例外；與之相比，如今的沙厲爾只是一小片脆弱的殘餘。

是那條河，雷托想。我只要轉身，就能看見自己做的事情。

當年保羅──摩阿迪巴在高聳的大盾壁上炸出一個缺口，為沙蟲馭者軍團打開一條通道，如今艾德侯河奔騰的人造峽谷正是這道缺口的延伸。在現今河水流經之處，摩阿迪巴曾率領弗瑞曼人衝出科里奧利沙暴，留名青史……也留下了這一切。

雷托聽到莫尼奧熟悉的腳步聲，他正費力地向瞭望點攀爬，上來後站在艾德侯身旁直喘氣。

「我們再過多久出發？」艾德侯問。

莫尼奧揮手示意他安靜，向雷托稟報：「陛下，我們收到一條奧恩城來的消息。貝尼．潔瑟睿德傳了條訊息說忒萊素人要在您上橋前行刺。」

艾德侯哼了一聲。「是不是晚了點？」

「錯不在她們，」莫尼奧說，「是魚言士衛隊長不相信她們。」

雷托的扈從慢慢聚集到瞭望點附近。有些人看上去精神恍惚，仍未從震驚中恢復。魚言士在眾人之間快速穿梭，精神奕奕。

「撤掉貝尼．潔瑟睿德使館的衛兵。」雷托說，「給她們送個信，說她們依然被排在最後覲見，但不必為此擔心。告訴她們『那在後的將要在前』。[5]她們能領會其中的暗示。」

「怎麼處理忒萊素人？」艾德侯問。

雷托依然看著莫尼奧。「嗯，忒萊素人。我們要給他們一個信號。」

「是什麼呢，陛下？」

「等我下令，不可提前，你命人當眾鞭笞並驅逐忒萊素大使。」

「陛下！」

「你不同意？」

「假如我們要保守這個祕密——」莫尼奧轉頭掃了一眼，「您怎麼解釋這次鞭刑？」

「我們不解釋。」

「一點理由都不給？」

「不給。」

「可是，陛下，流言蜚語會……」

「這只是我的自然反應，莫尼奧！讓他們感受一下我隱藏起來的那部分自我，這部分會做出什麼事，我一無所知，因為沒有溝通的管道。」

「這樣會引起巨大的恐慌，陛下。」

艾德侯爆發出一陣粗啞的大笑。他站到莫尼奧和帝輿之間。「他對這個大使算是仁慈的！換在過去，有的君王會用小火慢慢燒死這個蠢貨。」

莫尼奧從艾德侯的肩膀後探頭說：「可是，陛下，這個行動等於向忒萊素人承認您曾遇刺。」

「他們已經知道了，」雷托說，「但不會說出口。」

「因為一個刺客也沒回去……」艾德侯說。

「你明白嗎，莫尼奧？」雷托問，「當我們毫髮無傷地進入奧恩城，忒萊素人就會知道行動徹底失敗了。」

莫尼奧環視魚言士和百官，他們都出神地聽著這場對話。很少有人領教過神帝與他首席貼身侍衛之間的這種直白交談。

「陛下什麼時候下令懲罰大使？」莫尼奧問。

5　出自馬太福音二十章十六節。此章以葡萄園主招募工人的故事說明神的恩典對人同樣公平，不分先來後到。——編注

「接見時。」

雷托聽到撲翼機飛過來了，撲動翼和旋翼閃爍著陽光，定睛細看，其中一架撲翼機懸吊著一頂新的帝輿艙罩。

「把損壞的艙罩送回帝堡修好。」雷托盯著飛近的撲翼機說，「修理工問起來，就說日常維修，是被風沙刮破的。」

莫尼奧嘆了口氣。「是，一切按陛下吩咐。」

「好了，莫尼奧，打起精神來。」雷托說，「等等走在我身邊。」又轉向艾德侯交代道：「帶幾個衛兵先去探路。」

「您覺得還會有刺客嗎？」艾德侯問。

「不會有了，但這能讓衛兵有點事做。換上新制服。我不想看你穿著忒萊素人的髒衣服。」

艾德侯領命退下。

雷托示意莫尼奧靠近些，再近些。直到莫尼奧低頭探進帝輿，離雷托不足一公尺，雷托這才放低聲音說：「這件事給你上了特殊的一課，莫尼奧。」

「陛下，我知道我本該懷疑變臉……」

「跟幻臉人無關！和你女兒有關。」

「希歐娜？她怎麼會……」

「告訴她，她就像我體內的那股力量，會在我不知情的時候作出反應，只是比較弱小。正因為她，我才記得什麼是人性……什麼是愛。」

莫尼奧迷惑不解地盯著雷托。

「把話傳給她就行。」雷托說，「你不需要理解，只需要重複我的話。」

「遵命。」莫尼奧說完退了下去。

雷托合上氣泡形艙罩，等待撲翼機上的工作人員更換整體艙罩。

莫尼奧轉身掃視了一下在瞭望臺上等候的人群。他發現一個之前從未留意的東西，有些還沒從慌亂中恢復心神的人將其暴露了出來——部分大臣佩戴了一種精密的助聽裝置。他們一直在竊聽。而且這種裝置只可能來自伊克斯星。

我要警告鄧肯和衛兵，莫尼奧想。

他隱隱覺得這是腐敗的跡象。如果多數大臣和魚言士要麼確知，要麼懷疑神帝自己也向伊克斯人購買違禁設備，這種事又怎麼杜絕得了呢？

21

我開始厭惡水。促使我蛻變的沙鱒皮膚已經和沙蟲一樣敏感。莫尼奧和很多衛兵都知道水令我反感，只有莫尼奧猜到這種轉變的意義如同里程碑。我能從中感受到自身的終結，在莫尼奧看來這將是漫長的過程，但於我而言只要熬一熬很快就能過去。在沙丘時代，水分對沙鱒有強大的吸引力，這是我們共生初期的一個問題。我運用意志力抑制欲望，直至達到平衡。如今我必須避開水，因為已經不再有沙鱒，只剩下構成皮膚的半休眠生物。沒有沙鱒讓這個世界重返沙漠，沙胡羅不可能出現；大地不乾涸，沙蟲就無法進化。我是牠們唯一的希望。

——《失竊的日記》

• • •

皇家隊伍走下最後一道坡，進入節慶城界，此時下午已過半。歡迎人群簇擁在街道兩旁，最前排密密地站著維持秩序的魚言士，個個虎背熊腰，身著亞崔迪綠軍服，手裡的擊昏棍兩兩交叉。

皇家隊伍走近時，人群中爆發出一陣瘋狂的呼喊。魚言士衛兵開始吟唱：

「賽艾諾克！賽艾諾克！賽艾諾克！」

民眾並不清楚這句唱詞代表什麼意思，但隨著聲音在高樓大廈間迴蕩，一種奇特的效果產生了。人山人海的街道頓時安靜下來，只能聽見衛兵的吟唱迴蕩。人們充滿敬畏地注視著手持擊昏棍分列於皇家通道兩邊的魚言士。神帝經過時，魚言士目不轉睛地盯著他的臉龐，同時持續吟唱。

艾德侯與魚言士衛兵跟在帝輿後面，他第一次聽到這種吟詠，覺得後頸毛髮倒豎。

莫尼奧走在帝輿旁邊，目不斜視。他曾經問過雷托唱詞的含意。

「我只允許魚言士舉行一種儀式。」雷托答道。當時他們在奧恩城中央廣場地下的神帝覲見廳，莫尼奧一整天忙著接待擁入城中參加十年慶的達官貴人，已經疲態盡現了。

「陛下，這句唱詞跟儀式有什麼關係？」

「這種儀式就叫賽艾諾克——雷托慶典，可以當面表達對我的崇拜。」

「這是種古老儀式嗎，陛下？」

「是弗瑞曼人的傳統，早在他們還不是弗瑞曼人的時候就有了。但是解開慶典祕密的鑰匙已經隨著先人逝去而失傳了，現在記得這些的只有我。我出於自己的目的，以自己的模樣重新創造了這種慶典。」

「那麼示範區弗瑞曼人不會舉行這種儀式？」

「從不。這是我的儀式，而且只屬於我一個人。我永久獨享這項權利，因為我就是這種儀式。」

「這個詞很奇怪，陛下。我從來沒聽說過類似的詞。」

「它有多重含意，莫尼奧。如果我告訴你，你能守住祕密嗎？」

「謹遵聖命！」

「永遠不能把我說的透露給別人，包括魚言士。」

「我發誓，陛下。」

「很好。賽艾諾克本意是將榮譽獻給真誠的說話者，後來用於紀念以真誠之心說出口的東西。」

「可是，陛下，真誠不就是指說話者相信……絲毫不懷疑自己說的話嗎？」

「是的，但賽艾諾克還有一層含意是揭示真相之光。你不斷地將光投射於所見之物。」

「真相……是一個很含糊的詞，陛下。」

「的確如此！賽艾諾克又代表發酵，因為真相——或者你覺得自己了解真相的那份信念，都一樣——總是會在全宇宙發酵。」

「一個詞包含這麼多意思嗎？陛下。」

「還沒完！賽艾諾克也可以用來召喚祈禱，並且代表審問新喪者的記錄天使希哈婭的名字。」

「這個詞負擔太重了，陛下。」

「我們想讓詞語承受多少負擔，詞語就能承受多少負擔。只需要約定俗成。」

「陛下，為什麼我不能跟魚言士提起這些？」

「因為這個詞是專門為她們保留的。要是知道我把這個詞分享給一個男人，她們會心生怨恨。」

莫尼奧護衛著帝輿向節慶城裡行進，回憶使他不覺將雙唇緊抿成一條線。自從領教了賽艾諾克的解釋，他已聽過許多次魚言士吟唱此詞迎接神帝駕臨，甚至還自行給這個怪詞加上新意涵。

它意謂神祕和威望。它意謂權力。它授權以神的名義行動。

「賽艾諾克！賽艾諾克！賽艾諾克！」

這個詞莫尼奧聽著只覺得刺耳。

他們已經深入城內，接近中央廣場了。下午的陽光從隊伍後面斜射過來，金燦燦地灑在皇家大道上，灑在市民的盛裝上，也灑在沿路列隊的魚言士高揚的臉龐上。

艾德侯與衛兵們護在帝輿旁，隨著吟唱持續，他開始警惕起來。他向身邊的一名魚言士詢問詞彙的意思。

「這個詞不是給男人用的，」她說，「不過有時候陛下會跟某個鄧肯分享賽艾諾克。」某個鄧肯！他先前向雷托打聽過有關其他鄧肯的情況，而雷托神神祕祕岔開話題的那副樣子讓他很不是滋味。

「您很快就會明白的。」

艾德侯暫時不去注意吟唱聲，而是懷著觀光客的好奇心環顧四周。身為衛隊指揮官，艾德侯的一項準備工作就是了解奧恩城的歷史。當他得知從該城附近流過的河名叫艾德侯河，他發現自己和雷托一樣感到滑稽可笑。

當時他們在帝堡內一間通風良好、灑滿晨光的開闊大廳裡，魚言士檔案管理員已在幾張寬大的桌子上鋪好沙厲爾和奧恩城的圖紙。雷托將帝輿駛上一道斜坡，以便由上而下看清圖紙。在一張散亂著圖紙的桌子對面，艾德侯正站著研究節慶城的平面圖。

「這種城市設計不太常見。」艾德侯沉吟。

「主要功能只有一個——創造適合神帝公開亮相的條件。」

艾德侯抬頭望向帝輿上那具分節的軀體，把目光聚焦在那張狀如戴了兜帽的臉龐上。他懷疑自己到底能否習慣這個怪異的形象。

「可那每隔十年才有一次。」艾德侯說。

「你指『普享大典』，沒錯。」

「在兩次大典之間的時間，會封閉城市嗎？」

「裡面有使館、貿易商辦事處、魚言士學校、維修保養部門、博物館和圖書館。」

「他們占了多少地方？」艾德侯用指關節輕叩圖紙，「頂多十分之一？」

「比那還要少。」

艾德侯的目光在圖紙上游移，神情若有所思。

「這樣設計還有其他原因嗎，陛下？」

「主因就是滿足我本人公開亮相的需求。」

「那裡一定有辦事員、公務員，還有普通工人。他們住在哪裡？」

「大部分住在郊區。」

艾德侯指著圖紙問：「這一排排的公寓？」

「注意陽臺，鄧肯。」

「都環繞著廣場。」他低頭細看圖紙，「廣場足足有兩公里寬！」

「注意陽臺是呈階梯狀，一直延伸到這圈尖塔。塔裡住的是精英人士。」

「這樣當您進入廣場，他們都能俯瞰您？」

「你不喜歡？」

「連個能量防護盾都沒有！」

「我成了一個多麼誘人的目標！」

「您為什麼要這樣做？」

「關於奧恩城的設計，流傳著一個讓人百聽不厭的故事，是我創造和傳播的：曾經有一個民族，他們的君王必須一年一度在漆黑的夜裡穿過人群，不帶武器，不穿盔甲。這位神祕的君王行走時還要身穿發光的衣服，而在夜色掩護下的臣民只穿黑衣，也從不搜查他們是否持有武器。」

「這跟奧恩城……跟您有什麼關係？」

「嗯，顯然，假如這位君王能活著走完全程，證明他是個好君王。」

「您不搜查武器？」

「不公開搜查。」

「您覺得民眾把您當成故事裡的君王。」這不是一個問句。

「很多人是這樣。」

艾德侯盯著雷托深埋在灰色「皮兜帽」裡的臉孔。那對藍上加藍的眼睛不帶感情地回看著他。美藍極眼，艾德侯想。但雷托說他已不再服用香料。身體分泌的香料已經能滿足他的癮頭。

「你不喜歡我的神聖放蕩、我強力維持的穩定。」雷托說。

「我不喜歡您扮演神！」

「但是神統治一個帝國，就像指揮家引導交響樂團演奏。我的表演只有一個局限，那就是我只能待在厄拉科斯星。我必須在這裡指揮交響樂團。」

艾德侯搖搖頭，又去看城市平面圖。「尖塔後面的這些樓房是幹什麼用的？」

「供客人用的低一等的館舍。」

「他們看不見廣場。」

「能看見。房間裡有伊克斯設備可以投映我的影像。」

「而內圈能直接看到您本人。您怎麼走進廣場？」

「我亮相時中間會升起一座舞臺。」

「他們會歡呼嗎？」艾德侯直視雷托的眼睛。

「允許歡呼。」

「你們亞崔迪家的人總是自以為能名垂青史。」

「你用這種方式理解歡呼真是太聰明了。」

艾德侯再看城市地圖。「這裡有魚言士學校？」

「在你左手下面，沒錯。希歐娜就是被送到這所學院受教育，那一年她十歲。」

「希歐娜……我必須多了解她。」艾德侯思忖著說。

「我向你保證，絕不會有任何事妨礙你這麼做。」

艾德侯隨著皇家隊伍前行，魚言士逐漸減弱的吟唱聲讓他回過神來。前方帝輿已駛入一條長長的下坡道，通往廣場地下宮殿。仍沐浴在陽光裡的艾德侯舉頭環顧閃亮的尖頂——這是一種在圖紙上無法感受的現實。廣場彷彿環繞著一座巨型階梯看臺，陽臺上擠滿了人，個個都默默俯視這支巡行隊伍。

這些享有特權的人沒有歡呼，艾德侯想。陽臺上無聲的人群讓艾德侯心裡充滿不祥之感。

他走入下坡隧道，一過入口就看不見廣場了。愈往下，魚言士的吟唱聲就愈輕。四周的腳步聲不尋常地放大了。

現在好奇心取代了令人覺得壓抑的不祥感。艾德侯仔細觀察四周，隧道地面平坦，設有人工照明，非常寬，他估計能容納七十人並排前進。這裡沒有歡迎人群，只有一列間距頗遠的魚言士崗哨，她們沒有吟唱，只是心滿意足地盯著自己的神一駛而過。

艾德侯還記得廣場地下這個龐大建築體的平面圖——這是一座隱密的城中城，只有神帝、大臣和魚言士才能在裡面獨自行動。然而從圖紙上看不見那些粗大的立柱，也感受不到這裡警衛森嚴的開闊空間以及被眾人腳步聲和帝輿吱嘎聲打破的怪異寧靜。

艾德侯突然看了看路邊的魚言士崗哨，這才發現她們的嘴唇一直蠕動著默唸一個詞。他認出了那個詞：

「賽艾諾克。」

22

「這麼快又到節慶日了？」雷托皇帝問。

「已經過去十年了。」總管答。

想一想，以上對話是否暴露了雷托皇帝感覺不到時間流逝？

——「口述史」

• • •

在節慶儀式開始前的一對一接見環節，人們紛紛議論神帝花了超出預定長度的時間面見伊克斯新任大使，一位名叫赫薇．諾里的年輕女子。

上午過半，兩名依然洋溢著節慶首日那種興奮的魚言士為赫薇．諾里領路。廣場地下的覲見廳燈火通明，房間約五十公尺長，三十五公尺寬。牆上裝飾著弗瑞曼古掛毯，在無價的香料纖維上嵌入寶石與貴金屬，構成一幅幅光彩奪目的圖案，顏色則以古弗瑞曼人格外偏好的緋紅色為主。大廳地板大部分是透明的，用閃亮的水晶拼出充滿異域風情的魚紋。地板下流過一條澄藍的水帶，竟然離雷托很近，當然覲見廳已採取了充分的防潮措施。大廳正對房門的那頭設有一座鋪有軟墊的高臺，這就是雷托的王座。

他第一眼見到，就覺得赫薇．諾里酷似她的叔叔馬爾基，而她端莊的舉止、鎮定的步態又與馬爾基截然不同。她的皮膚同樣也是深色的，但有一張鵝蛋臉，五官端正。她用一對冷靜的棕色眼睛與雷托對視。馬爾基的頭髮是灰色的，而她的是亮棕色。

赫薇．諾里走近時，雷托感到她由內而外散發出一股平和之氣。她在雷托下方十步遠處站定。那種古雅而嫻靜的氣質不是一朝一夕可以練就的。

隨著興奮感增強，雷托發現這位新任大使暴露了伊克斯人的陰謀。他們一直在精挑細選地培育具備特定功能的人種。很遺憾，赫薇．諾里的功能是顯而易見的——魅惑神帝，尋找他鎧甲上的裂縫。

儘管如此，在面談過程中，雷托還是發覺自己打從心底喜歡有她在身邊。一套伊克斯稜鏡系統將陽光導入大廳裡雷托所在的這一頭，金燦燦地將赫薇．諾里圈在中間。神帝背後的暗影裡站著一小排魚言士侍衛——一共十二名，都是特意選擇的聾啞女子。

赫薇．諾里身著一件樸素的紫色安比爾長袍，唯一的首飾是上刻「IX」（伊克斯）符號的銀色項鍊墜飾，下襬隱隱露出一雙與長袍同色的軟涼鞋。

「妳知道，」雷托問她，「我殺過妳的一個先人嗎？」

她溫柔地笑了笑：「我叔叔馬爾基為我安排的早期訓練包含了這項資訊，陛下。」

她說話時，雷托覺察到貝尼．潔瑟睿德也插手過她的教育。她用貝尼．潔瑟睿德的方法來控制自身反應並體會對方的弦外之音。不過他看得出來，貝尼．潔瑟睿德那一套只是薄薄地覆蓋在她身上，從未滲進她純良的本性。

「有人跟妳說過我會談起這個話題。」他說。

「是的，陛下。我知道那位先人膽大妄為，竟然偷帶武器來這裡妄圖傷害您。」

「就像妳的前一任伊克斯大使。這件事妳也聽說了嗎？」

「我到了這裡才聽說的，陛下。他們都是傻瓜！您為什麼要饒恕前任大使？」

「而沒有饒恕妳的先人？」

「是的，陛下。」

「前任大使科巴特要為我傳信，所以更有價值。」

「這麼說他們對我講了實話。」她說，接著又笑了一下，「一個人不能總指望從同事和上級那裡聽到實話。」

這句回答十分坦白，雷托不禁咯咯笑起來。就在此時，他發現這個年輕女子依然擁有一顆「初生之心」——伴隨著出生的震驚而產生的第一個念頭：「我有生命了！」

「那麼妳不怪我殺過妳先人囉？」他問。

「他要行刺您！我聽說您把他壓扁了，陛下，就用您自己的身體。」

「沒錯。」

「接下來您把他的武器掉轉過來，對準自己的聖體，來證明這東西奈何您不得……那可是我們伊克斯人所能造出來性能最強的雷射槍。」

「目擊者描述得很準確。」雷托說。

他同時想：這件事說明了目擊者的可信程度！他清楚，就記錄歷史的精確度來說，自己只是把槍口對準了體節，而不是手、臉或鰭足。準沙蟲軀體具有強大的吸熱能力，他體內的「化工廠」能將熱能轉化為氧氣。

「我從來沒懷疑過這件事。」她說。

「為什麼伊克斯人要重複這種愚蠢的行為？」雷托問。

「他們沒有對我說過，陛下。也許只是科巴特的個人行為。」

「我想不是。我覺得你們的人只不過是想讓他們選中的刺客去送死。」

「要科巴特死？」

「不是，是要他們選中使用武器的那個人去死。」

「是誰，陛下？還沒人告訴過我。」

「那不重要。還記不記得你先人幹蠢事那次我說過什麼？」

「您嚴厲警告我們，倘若再有這類以下犯上的暴行，將遭到可怕的懲罰。」她垂下目光，不過雷托還是在她眼裡瞥到了一股堅定的決心。她會使出渾身解數來抑制雷托的憤怒。

「我說得很明白，要是再惹我發怒，你們誰都休想逃得過。」雷托說。

她猛地抬頭盯著雷托的臉。「是，陛下。」她現在的態度反映出內心的恐懼。

「一個也別想逃，包括你們新開拓的那塊殖民地也成不了救命稻草，那地方就在……」雷托一口氣背出了伊克斯人祕密拓建的殖民地的標準星圖座標，他們本以為此地已遠遠超出了帝國的控制範圍。

她並沒有露出訝異之色。「陛下，我想正是因為我警告過他們這件事瞞不了您，這才讓我當了大使。」

雷托更仔細地觀察起她來。*這裡現在是什麼情況？*他思忖著。她擁有敏銳的洞察力。他知道，伊克斯人以為遙遠的距離和高昂的交通成本能使新殖民地成為法外之地。但赫薇．諾里不這麼認為且提出了反對意見，而她相信，正因這一舉動，她才被她的主子任命為大使——伊克斯人的謹慎可見一斑。他們認為自己在朝中安插了一個盟友，而這個人在別人眼裡又是雷托的朋友。思路理順後，他點了點頭。在掌權之初他就明確告知伊克斯人，他已經掌握了他們的機密——他們轄下科技聯盟的核心區所在的具體位置。伊克斯人原本以為這是一個絕不可能洩漏的祕密，因為他們向宇航公會支付了巨額封口費。雷托之所以能挖出真相，自然歸功於他的預知和推理能力——還有記憶裡一眾伊克斯人的幫助。

當時雷托就警告過伊克斯人，如有謀逆行為將受到懲罰。他們大驚失色，表示自己遭到宇航公會出賣。雷托被這反應逗得哈哈大笑，此舉反倒讓伊克斯人深感不安。接著，他用冰冷的責難語氣告訴伊克斯人，他不需要間諜和告密者，也不屑於去搞政府愛幹的那些勾當。

他們不相信他是神嗎？

此後一段時間，伊克斯人對他有求必應。雷托並沒有狠命壓榨他們，提的要求都不過分，通常是具有特定用途的機器或配備某種功能的裝置。他只需列明要求，不久伊克斯人就會送來相應的高科技玩意兒。只有一次，他們在某臺機器裡暗藏凶器。雷托把送貨的伊克斯使團殺得一個不剩，連機器都沒來得及拆箱。

在雷托回憶往事的時候，赫薇·諾里一直靜靜等待，沒有流露出一絲一毫的不耐煩。

真美，他想。

他和伊克斯人打交道太久了，她的這種新姿態讓他全身舒暢。一般而言，那些激情，那些危機，那一切造就他、鼓舞他的必要因素如今都已消失殆盡。他常常覺得自己活得太久，他的時代已經過去了。然而赫薇·諾里的出現讓他意識到自己還有用，他感到愉快。雷托甚至猜測，伊克斯人研發用於放大公會領航員線性預知力的機器已經取得了部分成功。也許有一個小小的信號光點夾在一連串重大事件中，從他的眼皮底下溜過去了。他們真的能造出那種機器嗎？那將是多了不起的奇蹟啊。他刻意克制，不動用超能力探測此可能性，哪怕是最表層的探測。

我渴望意外！

雷托親切地朝赫薇笑了笑。「他們是怎麼訓練妳來引誘我的？」他問。

她眼睛眨都沒眨。「他們指導我怎麼應對各種特定的緊急情況。」她說，「我都按要求記住了，但並不打算用。」

這正中他們的下懷，雷托想。

「告訴妳的頂頭上司，」他說，「由妳充當一塊在我面前擺盪的釣餌，再合適不過了。」

她低頭道：「遵命，唯願陛下滿意。」

「妳讓我很滿意。」

他追蹤起赫薇過去的線索，放任自己稍稍刺探她不久以後的未來。赫薇顯現在一個很不穩定的未來，其走勢可能轉往多個方向。她將在偶然的機會下認識希歐娜，除非……雷托腦子裡閃過一串問題。現在有一名公會領航員正在充當伊克斯人的顧問，顯然此人已經探測到希歐娜在時間結構上所產生的擾動。這名領航員真的相信自己能阻止神帝發現他嗎？

刺探持續了數分鐘，但赫薇並未感到不安。雷托仔細觀察她，她彷彿超越了時間——恬淡平和地存在於時間之外。他從未見過一個凡夫俗子能如此鎮定自若地在他面前等候。

「赫薇，妳在哪裡出生的？」他問。

「就在伊克斯星，陛下。」

「我想知道得更具體些——房子在哪裡，地點在哪裡，父母、親戚、朋友都是誰，周圍有什麼人，在哪裡上的學，所有的一切。」

「我從來不知道父母是誰，陛下。他們說我還在襁褓中父母就死了。」

「妳相信嗎？」

「一開始……當然信。後來，我開始幻想，我甚至把馬爾基想像成父親……可是……」她搖搖頭。

「妳不喜歡妳的叔叔馬爾基嗎？」

「是的，我不喜歡。但我敬佩他。」

「跟我完全一樣。」雷托說，「那麼妳有哪些朋友，受過什麼教育？」

「我的老師都是專家，甚至還請了幾位貝尼．潔瑟睿德來訓練我的情緒控制和觀察力。馬爾基說這都是為我完成大事所做的準備。」

「妳的朋友呢？」

「我想我從來沒有真正的朋友，與我接觸的人都只是為了完成特定的教育任務。」

「有沒有人談起過，他們訓練妳是要完成什麼大事？」

「馬爾基說我的訓練目標是魅惑您，陛下。」

「妳多大年紀了，赫薇？」

「我不知道自己的確切年齡，我猜有二十六歲了。我從來沒慶祝過生日，我偶然間才知道有生日這回事，有位老師的請假理由是過生日，後來我再也沒見過那位老師。」

雷托發現自己被她的答話迷住了。據雷托觀察，她的伊克斯肉體肯定未經忒萊素人染指。她不是忒萊素人再生箱的產物。那整件事為什麼遮遮掩掩的？

「馬爾基知道妳的年齡嗎？」

「也許知道。不過我已經很多年沒見過他了。」

「從來沒有一個人說過妳幾歲嗎？」

「沒有。」

「妳覺得為什麼會這樣？」

「他們可能覺得我想知道的話自己會問。」

「妳想知道嗎？」

「想。」

「那妳為什麼不問？」

「一開始我猜哪個地方或許存著紀錄。我找過，但什麼也沒找到，所以我判斷他們不會回答我的問題。」

「關於妳自己，妳這句話已經提供了夠多資訊，赫薇，我非常滿意。我也不了解妳的身世，但我可以就妳的出生地做一次有根據的猜測。」

她專注地盯著雷托的臉，毫無做作之態。

「妳是在一臺機器裡出生的，也就是妳的長官正在為宇航公會改進的那種機器。」雷托說，「這臺機器也是孕育妳的地方，甚至馬爾基可能就是妳的父親。但那不重要。妳知道這種機器嗎，赫薇？」

「我不該知道這個，陛下，不過……」

「又有一個老師不小心洩密了？」

「是我叔叔自己。」

雷托爆出一陣大笑。「真調皮啊！」他說，「好一個調皮鬼！」

「陛下？」

「他在報復妳的長官。他不願意從我的宮廷調走，他當時對我說接任的人比白痴還不如。」

赫薇聳聳肩。「我叔叔是個複雜的人。」

「仔細聽我說，赫薇。妳在厄拉科斯星的某些聯絡人可能對妳有危險。我會盡可能保護妳，明白嗎？」

「我想我明白，陛下。」她抬起眼嚴肅地看著雷托。

「現在我要妳傳遞一條訊息給妳的長官。我很清楚他們一直在聽取一個公會領航員的意見，而且還以危險的方式與忒萊素人展開合作。轉達我的話：他們的企圖再明顯不過了。」

「陛下，我不知道……」

「我清楚他們是怎麼利用妳的，赫薇。所以，妳還可以告訴妳的長官，妳將成為我宮廷裡的終身大使。此後我不歡迎任何伊克斯人。假如妳的長官不聽我的警告，還想再來跟我鬥，我會毀了他們所有人。」

她的雙眼湧出淚水，順著臉頰汩汩流下。雷托慶幸她沒有做出雙膝跪地之類的失控舉動。

「我已經警告過他們了。」她說，「真的。我勸他們一定要服從您。」

雷托能看出來這的確是事實。

真是不可思議的尤物啊，這個赫薇．諾里，他想。她彷彿是良善的縮影，顯然這是她的伊克斯長官育種和訓練的結果，他們精心算計過她的表現會對神帝產生什麼影響。

比較了記憶裡的無數祖先之後，雷托把她看作一位理想化的女修——富有愛心和自我犧牲精神，而且無比真誠。這就是她的本性，是她藉以安身立命的倚靠。她毫不費力就可以做到坦率真誠，她也能有所保留，但那是為了防止對別人帶來痛苦。從這一點，雷托看得出，貝尼．潔瑟睿德能對她施加的最大影響也不過如此。赫薇仍然生性爽直、敏感、和藹可親。雷托幾乎察覺不出她有什麼心機。她似乎毫不掩飾心理活動，胸懷坦蕩，且善於傾聽（又一個貝尼．潔瑟睿德的特點）。她毫無誘人的媚態，而這正是她深深吸引雷托的地方。

他曾在一個類似的場合對以前某個鄧肯說：「有一件關於我的事實，雖然有些人明顯表示懷疑，但你必須明白——有時我不可避免地會產生幻覺，感覺在我這副已經面目全非的軀殼裡面，藏著一具機能完備的成年人身體。」

「具備所有機能嗎，陛下？」鄧肯問。

「所有機能！我身上已經退化的器官依然有感覺。我能感覺到雙腿，是那種不會去留意卻又實實在在的感受。我能感覺到人類腺體的搏動，其中有些其實已經永久消失了。我甚至還能感覺到生殖器官，雖然理智告訴我它早在幾百年前就退化了。」

「但您當然清楚……」

「理智無法抑制感覺。那些退化的器官仍然存在於我自己的記憶裡，也存在於我所有祖先的本體上。」

雷托看著站在面前的赫薇，雖然他很清楚自己是沒有顱骨的，昔日的腦子已經變為遍布準沙蟲軀體的龐大神經節網路，卻仍然毫無幫助，一點幫助也沒有。過去發疼的地方仍會傳來疼痛感，他依然能感覺到顱骨在發脹。

赫薇只是往他眼前一站，就喚醒了他失落的人性。他難以承受這份重擔，絕望地悲聲說道：

「妳的長官為什麼要折磨我？」

「陛下？」

「把妳派過來！」

「我不會傷害您的，陛下。」

「妳的存在就是傷害我！」

「我不知道，」她的眼淚奪眶而出，「他們從來沒告訴我他們在幹什麼。」

他鎮定下來，柔聲說道：「退下吧，赫薇。忙自己的事去，但只要我一傳妳，就必須立即回來！」

她靜靜地離開了，雷托能看出來她同樣在受折磨。毫無疑問，她為雷托犧牲的人性而深感悲傷。雷托所領悟的她也已經領悟到了：兩人本可以成為朋友、情侶、同伴，可以感受兩性之間最極致的肉體歡愉。是她的長官有意識讓她領悟的。

伊克斯人太殘酷了！他想。他們很清楚這將會給我們帶來怎樣的痛苦。

赫薇的離去讓雷托不禁回憶起她的叔叔馬爾基。馬爾基是個殘酷的人，但雷托反而很喜歡他的陪伴。馬爾基具備他那個種族的所有勤勞美德，也染上了足夠多的惡習，這讓他顯得很有人味。馬爾基在雷托的魚言士裡縱情聲色。「您的美女們」，他是這麼稱呼她們的，現在雷托只要一想到魚言士，腦海中總免不了冒出馬爾基給她們貼的標籤。

我為什麼現在想起馬爾基了？不僅僅因為赫薇。我應該問問她，她的主人將她派來時，給了她什麼指示。

雷托猶豫著是否把她召回來。

只要我問，她就會和盤托出。

神帝為什麼姑息伊克斯人？搞清楚這個問題是歷任伊克斯大使的一項使命。伊克斯人知道什麼也瞞不住神帝，背著他拓建一塊殖民地更是異想天開！他們是在試探他的底線嗎？伊克斯人懷疑雷托並非真正需要他們的工業。

我從來不隱瞞對他們的看法。我對馬爾基說：

「創新技術的人？不！在我的帝國裡，你們是違反科學禁律的罪犯！」

馬爾基笑了。

雷托惱火地責備道：「為什麼要把實驗室和工廠祕密設置在帝國疆域之外？你們瞞不了我。」

「是的，陛下。」馬爾基還在笑。

「我知道你們的企圖：放一點這樣那樣的消息到我的帝國裡來擾亂人心！引發公眾的懷疑和質疑！」

「陛下，您本人就是我們的一大客戶！」

「我不是這個意思，你很清楚，你這個惡棍！」

「正因為我是惡棍您才喜歡我的。我告訴您我們在那邊做了些什麼。」

「不用你說我也知道！」

「但有些事情人們相信，而有些事情人們是打問號的。我可以消除您的問號。」

「我沒有問號！」

這句話又引得馬爾基爆出一陣大笑。

我不得不繼續姑息他們，雷托想。伊克斯人在未知領域搞的那些創造發明早已為巴特勒聖戰所明令禁止。他們以人類思維為藍本製造機器——正是此物引燃了聖戰的毀滅與屠戮。伊克斯人就是在幹這個勾當，而雷托只能任由他們進行下去。

我是他們的買家！沒有他們提供與思維相通的思錄機，我連日記都寫不了。沒有伊克斯人，我就無法隱藏日記和印表機。

但是必須讓他們知道，他們正在玩火。

別忘了宇航公會也有份。這邊比較好處理。公會的人即使與伊克斯人合作，仍是一百個不相信他們。

假如伊克斯人的新機器研製成功，那麼宇航公會就喪失了他們在太空航行領域的壟斷地位！

23

在我隨時可查閱的蕪雜記憶中，逐漸浮出一些模式，彷彿一種我能讀懂的新語言。在我看來，促使全社會擺出防禦或攻擊姿態的警報信號恰似大聲喊話。聞及無辜者受到威脅或無助的幼者面臨危險，普通民眾都會憤而行動。莫名其妙的聲音、情景和氣味會讓你休眠已久的戒備心突然警覺起來，一旦警報拉響，你只會聽從自己的母語，因為其他任何形式的聲音都是異類。你只穿看得順眼的衣服，因為陌生的服裝都暗含威脅。這是最初級的系統回饋。這種記憶深達你的細胞。

——《失竊的日記》

• • •

在覲見廳門口候令的助理魚言士帶來了忒萊素大使杜羅．努內紐。預定的覲見時間還沒到，努內紐被點名提前召見。他步伐鎮定，帶著一副不易察覺的聽天由命的神情。

在覲見廳另一頭的高臺上，雷托沿帝輿伸展開身子靜靜等待。看著努內紐愈走愈近，雷托的記憶閃現出一幕相似的場景：一部潛望鏡如眼鏡蛇幾無痕跡地從水面浮游而過。這幅畫面讓雷托的嘴角微微泛起笑意。那就是努內紐——一個神情冷傲的男人，一個出身寒微、靠自己在忒萊素政壇上打拚出一番事業的人。他本人不是幻臉人，他把幻臉人當成私僕；幻臉人就是載著他游泳的水。沒練就一雙火眼金睛很難看清他身後的水痕。現在，這個卑劣的人在皇家大道行刺事件中留下了痕跡。

雖然時間尚早，此人還是穿齊了全套大使行頭——黑色寬鬆褲和鑲金邊的黑色涼鞋，華麗的紅色外套在頸下敞開，一眼就能看到珠光寶氣的忒萊素金紋章後面那毛茸茸的胸膛。

努內紕在規定的十步遠處停下，掃了眼環繞在雷托身後的那一隊武裝魚言士侍衛。他注視神帝並微微欠身，炯亮的灰眼睛有些忍俊不住。

這時鄧肯．艾德侯走了進來，腰部槍套內插著一把雷射槍。他站定在神帝狀如兜帽的臉龐旁邊。艾德侯現身後，努內紕不得不仔細打量他，心下很是不悅。

「我覺得變形者特別可惡。」雷托說。

「我不是變形者，陛下。」努內紕答道。他的聲音低沉而有禮，只是帶有一絲猶疑。

「但你是他們的代表，所以也夠討厭了。」雷托說。

努內紕原以為會有一番砲火隆隆的公開聲明，沒想到雷托說的都不是外交辭令，他在錯愕下大膽地提起一點——他相信這是忒萊素人的優勢。

「陛下，我們保存鄧肯．艾德侯的原始肉身，並為您提供由內而外都不走樣的甦亡人，我們始終認為……」

「鄧肯！」雷托瞥了眼鄧肯，「如果我下令，鄧肯，你願意率領一支遠征軍掃平忒萊素星嗎？」

「我很願意，陛下。」

「即使丟失你的原型細胞和全部再生箱也在所不惜？」

「那些箱子並沒有給我帶來愉快的回憶，陛下，那些細胞也不是我。」

「陛下，我們怎麼冒犯您了？」努內紕問。

雷托皺起眉頭。難道這個蠢貨真的要神帝把幻臉人最近的弒君罪行說出口嗎？

「我注意到，」雷托說，「你和你的人說我有『噁心的性癖』，而且在到處造謠。」

努內紕目瞪口呆。這個指控純粹是無中生有，完全出乎他的意料。然而努內紕意識到，即便他否認也不會有人相信，因為此話出自神帝的金口。好一個攻其不備。努內紕看著艾德侯，張口道：

「陛下，如果我們……」

「看著我！」雷托命令。

努內紕猛地抬頭望向雷托的臉孔。

「我只跟你說一遍，」雷托說，「我沒有性癖。任何性癖都沒有。」

汗珠從努內紕臉上滾落，他如困獸般極度專注地盯著雷托，最後他終於能開口說話了，嗓音裡已失去外交官的低沉與克制，只剩下動物的顫抖和恐懼。

「陛下，我……一定是有誤會……」

「住口，你這個忒萊素鼠輩！」雷托厲聲喝道，接著又說：「我是神聖沙蟲——沙胡羅的蛻變前的幼體！我是你們的神！」

「原諒我們吧，陛下。」努內紕小聲說道。

「原諒你們？」雷托心平氣和地講起了道理，「我當然原諒你們，這就是神的職責。你們的罪行已赦免，但你們的愚蠢要有一個結果。」

「陛下，要是我能……」

「住口！忒萊素人下一個十年的香料配額全部取消，一點也沒有。至於你個人，我的魚言士馬上會把你帶到廣場去。」

兩名魁梧的女侍衛上前抓住努內紕的手臂，抬頭看著雷托待命。

「帶到廣場去，」雷托說，「把他衣服剝光，鞭刑示眾，五十下。」

努內紕在侍衛手中掙扎著，臉上又驚又怒。

「陛下，我提醒你我是大使……」

「你就是一個普通犯人，應該受到一視同仁的懲罰。」雷托向侍衛點點頭，侍衛拖著努內紕往外走。

「我真希望他們殺了你！」努內紕憤怒地喊道，「我真希望……」

「誰？」雷托喝問，「你希望誰殺了我？你不知道誰也殺不了我嗎？」

侍衛把努內紕拖出覲見廳，他還在喊：「我沒有罪！我沒有罪！」抗議聲漸漸遠去。

艾德侯彎下身子湊近雷托。

「什麼事，鄧肯？」雷托問。

「陛下，這會讓所有來使都感到害怕。」

「是的，我在給他們上一堂關於責任的課程。」

「陛下？」

「參與密謀的人就像軍隊裡的士兵，會喪失個人的責任感。」

「但這會引起麻煩，陛下。我最好增派衛兵。」

「一個也不加！」

「可您會招來……」

「我會招來一些愚蠢的軍事行動。」

「這就是我……」

「鄧肯，我是導師，記住。有的課我會反覆上，以便加深大家的印象。」

「什麼課？」

「在軍事上輕舉妄動，本質上即自取滅亡。」

「陛下，我不……」

「鄧肯，想想這個愚蠢的努內紕。他就是這堂課的精華。」

「請原諒我的遲鈍，陛下，但我不明白關於軍事……」

「他們相信，只要不惜一死，就能對自己選中的敵人施暴。這是侵略者的思維。努內紕認為自己無論怎樣對待異類，都不需要承擔什麼責任。」

艾德侯看了看大門，剛才侍衛就從那裡拖走了努內紕。「他試過，失敗了，陛下。」

「但他不願受歷史的束縛，也不想付出代價。」

「在他的人民眼裡，他是愛國者。」

「那他是怎麼看待自己的，鄧肯？成就歷史的人。」

艾德侯湊得離雷托更近一些，壓低聲音說：

「您又有什麼不同呢，陛下？」

雷托輕聲笑起來。「啊，鄧肯，我多麼欣賞你的洞察力。你已經注意到我是一個徹頭徹尾的異類。你沒想過我同樣可能失敗嗎？」

「我有過這種想法。」

「就算是失敗者也可以裹上『偉大歷史』這塊遮羞布，老朋友。」

「您和努內紕在這一點上像不像呢？」

「靠武力傳播的宗教都有這種創造了『偉大歷史』的幻覺，但很少有人明白它們對人類造成的根本性危害——那種對自身行為無須負責的錯誤想法。」

「這些話很奇怪，陛下。我該怎麼理解裡頭的意義？」

「我已經講得很直白。你聽不出來嗎？」

「我有耳朵，陛下！」

「真的嗎？我沒看見。」

「在這裡，陛下。這裡，還有這裡！」艾德侯指著自己的耳朵說道。

「但它們聽不見。你沒帶耳朵來這裡，也聽不見我說的話，所以你沒有耳朵。」

「陛下，您在拿我尋開心嗎？」

「聆聽就是聆聽。已經存在的東西不可能再變成自己，因為它已經存在了。存在就是存在。」

「您這些奇怪的話……」

「只是語言罷了。我一說出來，它們就消失了。沒人聽見它們，它們也就不再存在。假如它們不再存在，也許可以再讓它們存在一次，也許那時就有人聽到了。」

「您為什麼要開我的玩笑，陛下？」

「沒有開你玩笑，只是開口說說話。我不怕得罪你，因為我知道你沒有耳朵。」

「我不明白，陛下。」

「這就是啟蒙的開始——發現我們不明白的事物。」

沒等艾德侯回答，雷托向旁邊的侍衛打了個手勢。王座後面的牆上裝有一塊控制晶板，那名侍衛在晶板前方揮了揮手，大廳中央隨即顯現努內紕受刑的三維場景。

艾德侯走下臺階湊近觀看。這是一個略帶俯視角度的廣場鏡頭，人聲鼎沸，還有人潮源源不斷地湧過來，他們都察覺好戲將開場。

努內紈被綁在一個三腳架的兩根支腳上，雙腿大大地岔開，兩臂上舉捆在一起，幾乎與三腳架的頂點一樣高。他的衣服已經從身上扯了下來，破破爛爛扔得到處都是。一個壯碩的蒙面魚言士站在旁邊，手裡握著一根臨時用伊拉迦繩做的鞭子，鞭子的一頭已散成一縷縷細絲。艾德侯覺得這名蒙面女子就是第一天接待他的「朋友」。

接到一名軍官的指示後，蒙面魚言士跨前一步，只見伊拉迦鞭劃了一道弧線，猛抽在努內紈的裸背上。

艾德侯臉部肌肉抽搐了一下。圍觀眾人紛紛倒吸一口氣。受鞭笞處立刻腫起來，努內紈卻一聲不吭。

鞭子再次落下，這次滲血了。

鞭子第三次揮擊，在努內紈的背上撕咬出更多血跡。

一股遙遠的悲哀驀地襲上雷托心頭。奈拉太有幹勁了，雷托想。這樣下去努內紈會送命的，那就麻煩了。

「鄧肯！」雷托喊。

艾德侯轉過頭來，方才他正全神貫注盯著投影場景，人群剛好爆發出一陣呼叫——在一記特別狠辣的鞭打之後。

「派個人在二十鞭後喊停。」雷托交代，「宣布神帝寬宏，特准減刑。」

艾德侯向某個侍衛抬了抬手，侍衛點點頭跑出大廳。

「過來，鄧肯。」雷托說。

他還認為剛才雷托是在拿他開玩笑，悶悶不樂地回到雷托旁邊。

「我做的一切，」雷托說，「都是在上課。」

艾德侯強忍著不回頭去看努內紕受刑的場面。那是努內紕的呻吟聲嗎？人群的呼喊刺痛著艾德侯。他抬頭直視雷托的眼睛。

「你心裡有疑問。」雷托說。

「有許多疑問，陛下。」

「說出來。」

「懲罰那個蠢貨是在上什麼課？別人問起來，我們該怎麼回答？」

「就回答，絕不允許任何人褻瀆神帝。」

「這一課是血腥的教訓，陛下。」

「在我上過的課中還不是最血腥的。」

艾德侯搖著頭，臉上滿是失望。「這樣不會有什麼好處的！」

「對極了！」

24

跋涉在祖先的記憶之中，讓我學到了很多東西。模式，啊，那些模式。偏執的自由主義者是最令我頭疼的，我不信任極端的人。隨便抓一個保守派來，你會發現他是個對未來不抱什麼希望的懷舊者；而隨便抓一個自由派來，你會發現那人是深藏不露的貴族。千真萬確！自由主義政府總會發展成貴族政權。官僚制度總是違背創始者的真實意願。「小人物」想組建的是一種能實現平等社會的政府，但一回神就發現自己突然落入了官僚貴族政權的手中。當然，所有官僚制度都遵循此一模式，但連高舉公有大旗的政權也不能免俗，那是何等的偽善。好吧，如果說模式教會了我什麼，那就是模式總會反覆出現。我的壓迫政策總體而言並不比其他人的更糟糕，至少，我會給民眾上一堂新課。

——《失竊的日記》

• • •

覲見日早已入夜，卻還沒輪到貝尼・潔瑟睿德使團面見雷托。為了讓聖母寬心，莫尼奧已向她們轉達了神帝保證接見的允諾。

莫尼奧回稟神帝：「她們期望得到厚賞。」

「我們會看到結果的，」雷托說，「此事自有分曉。現在說說你進門時鄧肯問你什麼。」

「他想知道以前您是否動用過鞭刑。」

「你怎麼回答？」

「沒有動用鞭刑的歷史紀錄，我本人也從未見過。」

「他怎麼說？」

「這不是亞崔迪家族的作風。」

「他認為我瘋了嗎？」

「他沒這麼說。」

「你們倆碰見時不只談了這些。我們這位新鄧肯還有什麼煩心事？」

「他與伊克斯大使見過面了，陛下。他覺得赫薇．諾里很有魅力。他打聽……」

「必須阻止他，莫尼奧！我要你負責阻斷鄧肯與赫薇的一切聯繫。」

「遵命。」

「切記！退下吧，安排貝尼．潔瑟睿德的女人來會面。我在人造穴地接見她們。」

「陛下，選擇在那裡接見有什麼特別意義嗎？」

「一時興起而已。出去時轉告鄧肯，他可以帶一隊衛兵在城裡巡邏，以防不測。」

雷托在人造穴地等待貝尼．潔瑟睿德使團，回顧剛才那場對話，他暗自發笑。他能想像，當心煩意亂的鄧肯．艾德侯率領一隊魚言士巡視節慶城時，民眾會是什麼反應。

猶如一見掠食者逼近就立刻閉嘴的青蛙。

在人造穴地待了一會兒，雷托發現自己的選擇是明智的。人造穴地位於奧恩城邊緣，是一座帶不規則穹頂的自由形態建築，長近一公里。人造穴地曾是示範區弗瑞曼人的第一個聚居地，現在是他們的學校，走廊及各廳堂均有警覺的魚言士往來巡邏。

雷托所在的接待廳是一個長約兩百公尺的橢圓形房間，巨型燈球浮在藍綠色隔罩內，高懸於離地約三十公尺處。仿天然石材撐起整個建築，那種暗沉沉的深淺褐色在燈光的照耀下才稍顯柔和。雷托待在大廳一頭的低矮平臺上，旁邊一扇半圓窗比他的身體還要長，他正向外面眺望。這扇窗戶距地面有四層樓高，望出去能看見古大盾壁的遺跡，崖邊幾處洞穴正是當年亞崔迪軍隊慘遭哈肯能人屠戮之地，故得以保存至今。一號月亮的寒光為峭壁的輪廓鍍上了一層銀色，崖邊閃著星星點點的火光，而昔日的弗瑞曼人是絕不敢在此點火暴露行跡的。當有人走過篝火前方時，火頭彷彿在朝雷托眨眼——那些就是示範區弗瑞曼人，這片神聖地界的合法占領者。

示範區弗瑞曼人！雷托想。

他們目光多麼短淺，思維多麼狹窄。

但我為什麼要反感呢？他們是我自己一手培養出來的。

雷托聽到了貝尼．潔瑟睿德使團的動靜。她們邊走邊吟唱，那是一種塞滿母音的低沉聲音。莫尼奧帶著一小隊侍衛在前引路。侍衛們在雷托的平臺上各就各位，莫尼奧站在地板上，略低於雷托的臉孔。他向雷托投去一瞥，轉身面向大廳中央。

十個女人排成兩列走進大廳，領頭的是兩名身著傳統黑袍的聖母。

「左邊是安蒂克，右邊是盧懷塞爾。」莫尼奧說。

聽到這兩個名字，雷托回想起莫尼奧過去曾以不安和懷疑的態度介紹過她們。莫尼奧不喜歡這些女巫。

「兩人都是真言師。」莫尼奧當時說，「安蒂克的年紀比盧懷塞爾大得多，但眾所周知盧懷塞爾是貝尼．潔瑟睿德最優秀的真言師。您會注意到安蒂克前額有一道疤，我們尚未弄清它的來歷。盧懷塞爾有一頭紅髮，以她的盛名而言，她分外年輕。」

看著聖母率隨從走近，雷托的記憶迅速翻湧起來。聖母的兜帽向前覆蓋住臉龐，跟在後面的侍從和侍祭尊敬地與聖母保持一段距離……總是如此。有些固定模式自古以來從未改變。就像是這些女人走進一個真正的穴地，接待她們的是真正的弗瑞曼人。

有些東西她們的頭腦已經意識到了，而身體卻還在排斥，他想。

雷托銳利的目光在她們的眼睛裡看到了謹慎的恭順，但她們邁著大步走在長條形大廳裡的樣子，顯然又對自己的宗教力量充滿自信。

讓雷托暗自好笑的是，貝尼．潔瑟睿德所擁有的力量僅限於他允許的範圍。對她們網開一面的理由很簡單：在他的帝國內，唯有聖母與他最相像——被困在女性祖先及傳統儀式中非直系女性本體的記憶中，然而，每一個聖母的生命確實都是某種共同體。

聖母按規矩站定在距雷托的平臺十步遠處。隨從往左右兩邊散開。

雷托喜歡用他祖母潔西嘉的嗓音和本體來接待這類使團。貝尼．潔瑟睿德對此早有心理準備，果然沒有猜錯。

「歡迎，各位女修。」他說。嗓音平和而低沉，正是潔西嘉那種掌控得宜又暗帶一絲嘲弄的女聲——女修會聖殿存有她的錄音檔案，時常播放以供研習。

就在說話的當口，雷托察覺一股殺氣。聖母從來不愛聽他用這種方式打招呼，但這一次她們的反應隱含不同以往的意味。莫尼奧同樣有所察覺。他抬起一根手指，侍衛立刻朝雷托靠近。

安蒂克先開口：「陛下，今天早上我們看到了廣場上的表演。這場鬧劇對您有什麼好處？」

這種對話基調正合妳我的心意，他想。

雷托換回自己的聲音說：「妳們暫時還討我喜歡。要改變這局面嗎？」

「陛下，」安蒂克說，「您這樣懲罰一位大使，我們感到很震驚。我們不明白這對您有什麼好處。」

「沒好處。他有犯上之罪。」

盧懷塞爾大聲說道：「這只會加深民眾的受壓迫感。」

「我在想為什麼很少有人認為貝尼・潔瑟睿德是壓迫者？」雷托問。

安蒂克對她的同伴說：「如果神帝有興趣告訴我們，他會說的。讓我們回到這次覲見的正題吧。」

雷托微微一笑。「二位可以往前靠一靠。隨從待在原地。」

聖母以她們特有的滑步悄然無聲地走入平臺三步以內範圍，莫尼奧也隨之向右邁了兩步。

「她們就像沒長腳似的！」莫尼奧曾經抱怨過。

回想起這句話的同時，雷托留意到莫尼奧緊緊盯著這兩個女人。她們泛著殺氣，但莫尼奧不敢阻攔她倆靠近。這是神帝的命令，不得違抗。

雷托將注意力轉向待在原地的貝尼・潔瑟睿德隨從。侍祭們身穿無兜帽的黑袍。雷托發現她們身上存在與違禁儀式有關的蛛絲馬跡——一個護身符、一件小飾品、一角彩色手帕（手帕經過精心摺疊，可按心意露出更多顏色）。雷托知道，聖母之所以對此睜一眼閉一眼，是考慮到她們不能像以往那樣享用香料了。

默許違禁儀式是一種替代品。

過去十年裡發生了重大變化。女修會採行了新的節流政策。

老而又老的祕密儀式依然存在，雷托心想。而現在要藏不住了。

那套古老的模式在貝尼．潔瑟睿德的記憶裡休眠了幾千年。現在要冒頭了。我必須警告魚言士。

他把注意力轉回聖母。

「妳們有什麼要求？」

「成為您這般存在，會有什麼感受呢？」盧懷塞爾問。

雷托眨了眨眼。這個唐突的問題讓他產生了興趣。她們已經有超過一代人沒敢這麼做了。嗯……為什麼不呢？

「有時候我的夢會中斷，轉到一些奇怪的地方。」他說，「如果說我廣大的記憶是一張網，二位對此一定了解，那麼再想像一下我這張網的廣度，還有這些記憶和夢境會把我引向何方。」

「您所說的，我們都理解。」安蒂克說，「我們為什麼不聯合起來呢？我們之間的相同點多於相異點。」

「我寧願與那些哀嘆香料財富今非昔比的沒落大氏族聯合！」

安蒂克保持鎮定，但盧懷塞爾伸出一根手指指著雷托說：「我們提議的是結為共同體！」

「妳的意思是，堅持要製造衝突的人是我？」

安蒂克略顯不安。「據說有一種衝突基因是在單細胞中形成的，而且從來不會消亡。」

「有些東西永遠不相容。」雷托表示同意。

「那我們女修會是怎麼維持共同體的？」盧懷塞爾問。

雷托的語氣變硬了。「妳很清楚，共同體的祕密在於壓制異己。」

「合作能創造巨大的價值。」安蒂克說。

「對妳們是這樣，對我不是。」

安蒂克有意嘆了口氣。「那麼，陛下，您能告訴我們關於您身體上的變化嗎？」

「應該要有除了您之外的人掌握並記錄這類資訊。」盧懷塞爾說。

「以防我身上發生可怕的事？」雷托問。

「陛下！」安蒂克反對道，「我們不……」

「妳們用語言剖析我，若可以，妳們還會使用更鋒利的解剖工具。」雷托說，「我厭惡虛偽。」

「我們持異議，陛下。」安蒂克說。

「當然。我聽到了。」

盧懷塞爾向平臺悄悄移動了幾公釐，引來了莫尼奧犀利的目光。莫尼奧抬頭瞟了雷托一眼，暗示想請求採取行動，但雷托並未理會，他對盧懷塞爾的意圖很好奇。現在，殺氣集中到了這個紅髮女人身上。

她是什麼人？雷托暗忖，難道是幻臉人？

不，毫無此類跡象，不可能。盧懷塞爾擺出一副精心安排的輕鬆神態，在神帝敏銳的目光下並未暴露絲毫不自然的表情。

「您不想把您身體上的變化告訴我們嗎，陛下？」安蒂克問。

分散注意力的伎倆！雷托想。

「我的腦部變得很龐大。」他說，「人類顱骨大部分消融了。我的皮質及連帶的神經系統可以不受限制地生長。」

莫尼奧向雷托投去震驚的一瞥。神帝為什麼洩漏如此重要的資訊？這兩個人會出賣他的。

不過兩個聖母顯然對這一新資訊很感興趣，無論她們有什麼行動計畫，內心都出現了猶疑。

「您的腦部有一個中心嗎？」盧懷塞爾問。

「我就是中心。」雷托說。

「有具體部位嗎？」安蒂克問。她含含糊糊地向雷托做了個手勢。盧懷塞爾又向平臺滑移了幾公釐。

「妳們會把我提供的資訊標上多少價碼呢？」雷托問。

兩個女人聽了神色絲毫未變，這本身便足以代表事有蹊蹺了。雷托的嘴角掠過一絲笑容。

「妳們心裡全是買賣。」他說，「連貝尼．潔瑟睿德都滿腦子生意經。」

「陛下錯怪我們了。」安蒂克說。

「沒有。生意頭腦已經在帝國氾濫了，現下的需求讓買賣變得無孔不入，我們個個都成了商人。」

「連您也是嗎？陛下？」盧懷塞爾問。

「妳在激怒我。」他說，「妳是這方面的專家，對不對？」

「陛下？」盧懷塞爾的聲音很平靜，但控制得過分了。

「專家是不可信賴的。」雷托說，「專家都是排他的大師，死胡同裡的行家。」

「我們希望構建更美好的未來。」安蒂克說。

「比什麼更美好？」雷托問。

盧懷塞爾又向雷托移動了一丁點。

「我們希望以您的判斷來確立標準，陛下。」安蒂克說。

「但妳們要當建築師。妳們會不會砌起更高的牆？永遠別忘記，女修，我了解妳們。掩人耳目是妳們的拿手好戲。」

「生活還得繼續啊，陛下。」安蒂克說。

「沒錯！宇宙也是如此。」

盧懷塞爾不顧莫尼奧的警覺，又前移了一點。

這時雷托聞到了味道，幾乎哈哈大笑起來。

香料萃取物！

她們帶來了香料萃取物。無疑，她們了解有關沙蟲和香料萃取物的傳說。就帶在盧懷塞爾身上。她認為這是專門對付沙蟲的毒藥，顯而易見。在這一點上，貝尼．潔瑟睿德的記錄與「口述史」相吻合。香料萃取物能讓沙蟲四分五裂，使其突然解體並（最終）變成沙鱒，由此孕育更多沙蟲——如此這般，周而復始……

「妳們應當了解，我身上還有一種變化，」雷托說，「我還不是沙蟲，不完全是。現在的我接近一種群聚性生物，感知能力已經變了。」

盧懷塞爾的左手伸進袍子的夾層，動作不易察覺。莫尼奧注意到了，他又瞧瞧雷托請求指示，但雷托只顧回視著盧懷塞爾兜帽下的炯炯目光。

「氣味曾經是一種時髦的東西。」雷托說。

盧懷塞爾暫停了手上的動作。

「香水和香精，」他說，「我都記得，連狂熱追求無氣味的那些小圈子也在我的記憶裡。人們用腋下和胯部噴劑來遮蓋體味。妳們知道嗎？妳們當然知道！」

安蒂克把目光轉向盧懷塞爾。

兩個女人都不敢開口。

「人們本能地知道費洛蒙會出賣自己。」雷托說。

女人站著一動不動。她們聽到了他的話，在所有臣民中，聖母最善於領會他的言外之意。

「妳們很想挖掘我的記憶寶藏。」雷托語帶責備。

「我們的確羨慕您，陛下。」盧懷塞爾承認。

「妳們誤讀了香料萃取物的史料。」雷托說，「就沙鱒的感覺而言，那不過是水而已。」

「這是一次測試，陛下。」安蒂克說，「別無其他。」

「妳們要測試我？」

「都怪我們太好奇了，陛下。」安蒂克說。

「我也有好奇心。把妳們的香料萃取物放在莫尼奧旁邊的平臺上，由我來保管。」

盧懷塞爾慢慢把手伸進袍子，摸出一個內放藍光的小瓶，動作不慌不忙，以示毫無攻擊之意，她把瓶子輕輕擱在平臺上。沒有一絲徵兆表明她會發起搏命一擊。

「不愧是真言師。」雷托說。

她給了雷托一個似笑非笑、略顯尷尬的表情，然後退回安蒂克身旁。

「妳們從哪裡弄到香料萃取物？」雷托問。

「我們從走私販手裡買的。」安蒂克答。

「將近兩千五百年沒有走私販了。」

「勤則不匱。」安蒂克說。

「我明白了。那現在妳們必須重新評估自己的耐心了，不是嗎？」

「我們一直在觀察您的身體進化情況，陛下。」安蒂克說，「我們認為……」她做了個輕微的聳肩姿勢，這是一種特許女修會成員使用的姿勢，獲此授權者為數不多。

雷托抿了抿嘴作回應。「我聳不了肩。」他說。

「您會懲罰我們嗎？」盧懷塞爾問。

「因為妳們逗我開心？」

盧懷塞爾瞥了眼平臺上的小瓶子。

「我承諾要獎賞妳們。」雷托說，「我說到做到。」

「我們更願意在我方的共同體中為您提供保護，陛下。」安蒂克說。

「不要得寸進尺。」他說。

安蒂克點點頭。「您跟伊克斯人有生意往來，陛下。我們有理由相信他們可能會鋌而走險來對付您。」

「他們不會比妳們更讓我擔心。」

「您一定聽說了伊克斯人在幹什麼。」盧懷塞爾說。

「莫尼奧不時會把帝國內個人或組織之間通訊的複本帶給我。我收到的情報可多了。」

「我們指的是新型妖煞，陛下！」安蒂克說。

「妳們認為伊克斯人能造出人工智慧來？」他問，「擁有和妳們一樣的意識？」

「我們害怕的正是這個，陛下。」安蒂克說。

「妳們是想讓我相信女修會繼承了巴特勒聖戰的衣缽？」

「我們不信任那些天馬行空的技術催生出來的未知事物。」安蒂克說。

盧懷塞爾傾身靠向雷托。「伊克斯人誇口他們的機器能夠像您一樣穿越時間，陛下。」

「宇航公會還說伊克斯人周圍出現了時間混沌。」雷托挖苦道，「難道我們要恐懼一切創造嗎？」

安蒂克僵硬地挺直身體。

「坦白說，」雷托說，「我對妳們的能力是認可的，妳們不認可我的能力嗎？」

盧懷塞爾略一點頭。「忒萊素人和伊克斯人跟宇航公會結盟，並拉攏我們與他們全面合作。」

「而妳們最害怕的是伊克斯人？」

「我們害怕所有自己無法控制的東西。」安蒂克說。

「妳們也無法控制我。」

「如果您不在了，人民需要我們！」安蒂克說。

「終於說實話了！」雷托說，「妳們來這裡是尋求『神諭』的，要我安撫妳們的恐懼。」

安蒂克冷冰冰地控制著嗓音：「伊克斯人會造出機械腦嗎？」

「機械腦？當然不可能！」

盧懷塞爾似乎鬆了一口氣，但安蒂克依然文風不動。她對這條「神諭」不滿意。

為什麼這種蠢事總是千篇一律地重複？雷托自問。他的記憶湧現出無數個相似的場景──岩洞、心醉神迷的男女祭司、隔著宗教迷幻藥的煙霧傳達凶兆的不祥之聲。

他向下瞥了一眼平臺上的小瓶，它在莫尼奧身旁閃著五彩斑爛的光芒。這一瓶市價幾何？無可估量。這是萃取自香料的精華，是濃縮再濃縮的財富。

「妳們已經為『神諭』付出代價了。」他說，「我很滿意，不會讓妳們吃虧的。」

這些女人變得多麼警覺！

「聽好！」他說，「妳們當下的恐懼並不是妳們真正的恐懼。」

雷托喜歡這句話的效果，具有足夠的不祥意味，適用於任何神諭。安蒂克和盧懷塞爾抬頭盯著他，成了虔敬的祈求者。她們身後有個侍祭乾咳了一下。

她們會查出這個人並加以訓斥的，雷托想。

安蒂克仔細琢磨雷托這句話，說：「語焉不詳的真理不是真理。」

「但我已經把妳們的視線引導到正確的方向了。」雷托說。

「您是告訴我們不必恐懼機器嗎？」盧懷塞爾問。

「妳們自己有分析能力。」他說，「為什麼要求助於我？」

「可我們沒有您的能力。」安蒂克說。

「妳們是嫌自己感受不到時間的漣漪吧，妳們也不能像我一樣感受到那種連續性。而且妳們恐懼一臺純粹的機器！」

「所以您不會給我們答案的。」安蒂克說。

「別以為我不知道妳們女修會的事情。」他說，「妳們很活躍，感官都是精心調教過的。我沒有禁止妳們做這些，妳們也不要給自己設置障礙。」

「但伊克斯人在耍弄自動反應技術！」安蒂克反駁道。

「分散的事物、有限的片段都是彼此聯繫的。」他表示同意，「一旦啟動，如何阻擋得了？」

盧懷塞爾放棄了貝尼．潔瑟睿德一切自我控制的偽裝，以此表明自己充分認可雷托的能力。她幾乎尖叫著說：「您知道伊克斯人在吹噓什麼嗎？說他們的機器將能預測您的行動！」

「我為什麼要害怕這個？他們愈接近我，就愈是要和我結盟。他們征服不了我，而我能征服他們。」

安蒂克剛要開口，就被盧懷塞爾碰了碰手臂制止了。

「您已經跟伊克斯人結盟了嗎？」盧懷塞爾問，「我們聽說您與他們的新任大使，那位赫薇．諾里，交談了相當長的時間。」

「我沒有盟友。」他說，「只有僕人、學生和敵人。」

「那麼您不害怕伊克斯人的機器？」安蒂克堅持問道。

「自動反應和有意識的人工智能是同義詞嗎？」他問。

安蒂克眼睛瞪大，眼神朦朦恍惚，她陷入了記憶之中。她在心中的那群人裡會遇上誰？雷托發現自己對此很感興趣。

我們共用某些記憶，他想。

此時，雷托體會到與聖母建立共同體的吸引力了。這將是一種多麼熟悉與互助的關係……然而又如此危險。安蒂克想再次誘惑他。

她說：「機器不可能預見到攸關人類的每一個重大問題。這就是串聯起來的瞬間與永不中斷的連續性之間的區別。我們擁有其一，機器則永遠被局限為另外那一方。」

「妳還是有分析能力的。」他說。

「跟我分享！」盧懷塞爾說。這是向安蒂克下的命令，一下子就挑明了這兩人中誰是真正的主導——是年輕的那人占上風。

太妙了，雷托想。

「有智慧的生命善於適應。」安蒂克說。

她連說話都能省則省，雷托想，同時不讓自己的興致流露出來。

「有智慧的生命善於創造。」雷托說，「這意謂妳必須對付從來沒有想像過的外界反應。妳必須面對新事物。」

「比如伊克斯人可能造出來的機器。」安蒂克說。這不是一個問句。

「當一名優秀的聖母還不夠，」雷托問，「這不是很有意思嗎？」

他敏銳地感覺到兩個女人都因恐懼而突然繃緊了神經。不愧是真言師！

「妳們理當畏懼我。」他說，接著又提高嗓門問道：「妳們如何知道自己還活著？」

正像莫尼奧多次經歷過的那樣，她們在他的嗓音中聽出了一層涵義：若不能給出正確回答，將面臨致命後果。雷托饒有興致地發現，兩個女人在回答前都瞥了莫尼奧一眼。

「我是一面能映照自身的鏡子。」盧懷塞爾說。這種貝尼．潔瑟睿德式的取巧回答讓雷托很反感。

「我不需要借助預設的工具來處理自己的人性問題。」安蒂克說，「您的提問似是而非。」

「哈，哈！」雷托笑道，「妳願意退出貝尼．潔瑟睿德，改跟隨我嗎？」

雷托看出來她是考慮了一下才拒絕的，但她並未掩飾喜色。

雷托看了看困惑的盧懷塞爾。「當事物超越妳的衡量準則，妳就會動用智慧，而不是自動反應能力。」他說。又想：這個盧懷塞爾再也占不了老安蒂克的上風了。

盧懷塞爾生氣了，而且懶得掩飾。她說：「外面傳言伊克斯人為您提供模仿人類思維的機器。如果您對他們評價那麼低，為什麼……」

「如果不派個人管住她，就不該放她出聖殿。」雷托對安蒂克說，「她不敢面對自己的記憶嗎？」

盧懷塞爾臉色發白，但沒有說話。

雷托冷冷打量她。「我們祖先長期無意識地與機器打交道，妳不覺得這說明了什麼問題嗎？」

盧懷塞爾只是瞪著他，還不準備冒死當眾挑釁神帝。

「妳認不認為，至少我們了解機器的誘惑力？」雷托問。

盧懷塞爾點點頭。

「一臺維護良好的機器比人類雇工更可靠。」雷托說，「我們可以相信機器不會因情緒波動而分散注意力。」

盧懷塞爾終於開口說話了：「這是不是表明您打算廢除巴特勒禁令，不再限制邪惡的機器？」

「我向妳發誓，」雷托用冷冰冰的輕蔑語調說道，「要是妳再敢暴露這種愚蠢，我會公開處決妳。我不是妳的『神諭』！」

盧懷塞爾張了張嘴又閉上了，沒有把話說出來。

安蒂克碰了碰同伴的手臂，讓盧懷塞爾渾身一顫。安蒂克用近乎完美的魅音柔聲說道：「我們的神帝永遠不會公開反對巴特勒聖戰的禁令。」

雷托朝她笑了笑，這是一種微微的讚許。看一個行家使出最強功力不啻一種享受。

「凡是擁有意識和智慧的都能清楚明白，」他說，「我的選擇也是有局限性的，有些東西我無法干涉。」

他能看出來，兩個女人正在揣摩他話語中的多重指向，掂量著可能帶有的含意和意圖。神帝是否在轉移焦點，吸引她們去關注伊克斯人，而自己卻另有所圖？他是不是在暗示貝尼．潔瑟睿德是時候選邊站，反對伊克斯人了？他的話有沒有可能除了字面意思之外其實別無深意？無論他是怎麼想的，都不能掉以輕心。毫無疑問，他是全宇宙有史以來最陰險狡詐的生物。

雷托沉著臉望向盧懷塞爾，心裡明白這只會加深她們的疑惑。「我提醒妳一下，馬庫斯．克蕾兒．盧懷塞爾，妳好像忘記歷史上那些機器氾濫的社會給我們的教訓了。正因為機械設備出現了，人們才學會像使用機器一樣相互利用。」

他將目光轉向莫尼奧。「莫尼奧？」

「我看到他了，陛下。」

莫尼奧伸長脖子將視線越過貝尼・潔瑟睿德的隨從。鄧肯・艾德侯從遠端的大門進入開闊的覲見廳，大步朝雷托走來。莫尼奧沒有放鬆警惕，他依然不信任貝尼・潔瑟睿德。同時，他還摸清了雷托這番訓話的意圖。他在考驗，永遠在考驗。

安蒂克清了清嗓子：「陛下，我們會得到什麼獎賞？」

「妳們很勇敢。」雷托說，「很明顯這就是選中妳們擔任特使的原因。很好，下一個十年妳們的香料配額保持不變。至於其他方面，我不計較妳們帶著香料萃取物的真實目的。我是不是很慷慨？」

「慷慨至極，陛下。」安蒂克說，聲音裡不帶絲毫怨恨。

鄧肯・艾德侯匆匆經過女人們，停在莫尼奧旁邊抬頭望著雷托。「陛下，有人……」他煞住話頭，瞧了瞧兩個聖母。

「但說無妨。」雷托命令道。

「是，陛下。」他有些勉強，但還是服從了，「有人在本城東南角向我方發動襲擊，我認為這是聲東擊西，因為現已接到報告，城內和禁林裡也發生了暴力事件——有許多人馬在分散行動。」

「他們在捕殺我的狼。」雷托說，「不管是林子裡還是城裡，他們的目標都是我的狼。」

艾德侯不解地皺起了眉。「城裡的狼，陛下？」

「掠食者也好，」雷托說，「狼也好——對我來說沒有本質區別。」

莫尼奧倒抽一口冷氣。

雷托朝他微微一笑，看到別人頓悟的那一瞬間是多麼美妙——彷彿突然揭下眼罩，豁然開朗。

「我已經調集了大批衛兵保護這個地方。」艾德侯說，「他們守衛在……」

「我知道你會的。」雷托說，「現在仔細聽好，我告訴你怎麼布置剩餘兵力。」

在兩個聖母驚愕的目光下，雷托開始向艾德侯交代具體的伏擊地點、每支隊伍的人數（有些甚至具體到人）、行動時間、所需配備的武器，以及每一處的詳細部署。艾德侯運用強大的記憶力分門別類記下了每一條指示。他因聚精會神於雷托的口述而無暇提出疑問，直到雷托說完，他才面露疑懼之色。

雷托似乎能洞察艾德侯的底層意識，對他的念頭一覽無遺。我是老雷托公爵忠心耿耿的戰士，艾德侯在想，那位雷托，也就是眼前這位的祖父，救了我，撫養我，視同己出。然而，即便那位恩人有一部分存在於眼前這位身上……兩者依然不是同一個人。

「陛下，您為什麼需要我？」艾德侯問。

「因為你的勇武和忠誠。」

艾德侯搖搖頭。「可是……」

「你服從命令。」雷托說話的同時，注意到聖母正在分析這些話。真話，只說真話，她們是真言師。

「因為我欠亞崔迪家一份情。」艾德侯說。

「這就是我們彼此信任的基礎。」雷托說，「鄧肯？」

「陛下？」艾德侯的語氣說明他已經穩住了心神。

「每處至少留一個活口，」雷托說，「否則我們就白費工夫了。」

艾德侯略一點頭，沿來路大踏步走出了大廳。雷托心想，離去的艾德侯已經跟剛剛進來的那個艾德侯截然不同，但這需要一雙極其敏感的眼睛才能看得出來。

安蒂克說：「這都是鞭打那個大使引起的。」

「的確如此。」雷托同意道，「將妳的所見所聞如實轉述給妳的上級，可敬的賽婭克薩聖母。並轉達我的話：與獵物相比，我寧願與掠食者為伴。」他瞥了眼莫尼奧，他立正站好。「莫尼奧，禁林裡的狼都折損了，原崗位全部頂上猛士。務必辦妥。」

25

在入定中預見未來，與其他幻覺不同，並非從基本感知中抽離出去（如其他入定），而是沉浸於由無數前所未見的運動構成的洪流之中。萬事萬物永不停歇，這是「無限」之中一個最切近實際的觀點，一種耗費心神的認知。你最終將連綿不斷地覺察到：宇宙在自行運動，宇宙在變，宇宙規則在變，這些運動中不存在永恆或絕對之物；任何習慣性的解釋僅在嚴格限定的範圍內有效，一旦突破限定，舊有的解釋亦將分崩離析，隨著新的運動煙消雲散。在這種入定狀態中所見之事物會讓你豁然省悟，往往打碎你的認知。你需要拚盡全力保持自我，即便如此，當你從這種狀態抽身而出時，仍會有脫胎換骨般的感覺。

——《失竊的日記》

• • •

覲見日當晚，其他人或就寢，或入夢，或酣戰，或死去，雷托獨自在覲見廳小憩，只留下數名魚言士親信守門。

他沒有睡著，一些緊迫的事務和幾縷失望的情緒在腦子裡飛旋。

赫薇！赫薇！

他現在知道赫薇．諾里為什麼會被派到這裡。再明白不過了！

我隱藏最深的祕密已經暴露了。

他們發現了這個祕密。赫薇就是明證。

他產生了一些絕望的想法。這種恐怖的蛻變可逆嗎？他還能變回人形嗎？

不可能。

即便可能，這個過程也將與蛻變至今的時間一樣長。再過三千多年赫薇會在哪裡？在地下墓殿裡，早已化為塵土與白骨了。

我可以照她的樣子再繁殖一個，按我的心意去教養……但那就不是我溫柔的赫薇了。

如果沉溺於這類自私的目標，黃金之路怎麼辦？

讓黃金之路見鬼去吧！那些愚民關心過我嗎？一次也沒有！

但這種說法不對。赫薇關心他，她能感受他的痛苦。

這些念頭太瘋狂，當他感知到侍衛的微小動作和大廳底下的水流時，試圖把這些念頭拋諸腦後。

當初我作這個決定的時候，想開創什麼願景？

這個問題可把心裡的眾人樂壞了！難道他沒有需要完成的任務嗎？難道那不就是他們協議出來的核心內容嗎？他們就是為此才甘心受控。

「你有一個任務需要完成。」他們說，「你只有一個目標。」

只有一個目標恰恰是狂熱分子的特徵，我不是狂熱分子！

「你必須冷眼觀世，心狠手辣。你不能辜負這種信任。」

為什麼不能？

「是誰立的誓？是你。這是你自己選擇的道路。」

願景！

「歷史為一代人開創的願景，往往到了下一代就會破碎。誰能比你看得更透澈？」

是的……破碎的願景會使全體人類各行其是。我自己就是人類全體！

「記住你的誓言！」

當然。我是一股跨越了成百上千年的破壞力。我束縛了願景……包括我自己的。我阻礙了鐘擺的擺動。

「那就放鬆控制。永遠別忘記。」

我累了。哦，我是如此疲倦。要是我能睡個覺就好了……真正地睡一場。

「你也沉湎於自我憐憫。」

為什麼不可以？我是什麼？是個絕無僅有的孤獨之身，被硬逼著窺測諸般可能性，天天如此……

而現在，赫薇出現了！

「起初你作出了無私的選擇，卻導致你現在只剩下自私。」

這個世界危機四伏，我必須把自私當作鎧甲。

「接觸你的人個個面臨危險。這不就是你的本性嗎？」

連赫薇都有危險。親愛的、可愛至極的赫薇。

「你築起高牆是為了把自己圈在中間，然後沉溺於自我憐憫？」

築高牆是因為我的帝國內已經釋放出了強大的力量。

「是你自己釋放的。你現在要向那些力量妥協了嗎？」

是因為赫薇。這些想法在我心裡從來沒有像現在這麼強烈。都是該死的伊克斯人！

「真有趣啊，他們竟然用肉體而不是機器來攻擊你。」

因為他們發現了我的祕密。

「你知道解藥是什麼。」

想到這裡，雷托龐大的身軀從頭到尾顫抖起來。他很清楚以往屢屢奏效的解藥是什麼：暫時讓自己完全沉浸在過去。這種沿記憶之軸向內跋涉的探險，連貝尼．潔瑟睿德的女修也無法做到——既可以一直深入到意識的最小單位，也能停在路邊耽溺於妙不可言的感官享樂。曾有一次，在一個特別優秀的鄧肯死後，他進入記憶開啟了一場精彩的音樂之旅。他很快就聽膩了莫札特。裝腔作勢！然而巴哈……啊，巴哈。

那種樂趣令雷托難以忘懷。

我坐在風琴旁，浸淫在音樂之中。

印象中只有三次回憶可以跟巴哈那回媲美。甚至里卡羅都沒能超越巴哈，頂多算不分伯仲。

有智慧的女性會是今晚的理想選擇嗎？祖母潔西嘉是最佳人選之一，但經驗顯示，對於當前的焦慮，像潔西嘉這樣關係親近的人並不是一劑合適的解藥。還得好好尋找一番。

接著他開始想像對某個心懷敬畏的訪客描述這種探險，這是一個純虛擬人物，因為沒人膽敢就這一神聖之事向他提問。

「我沿著祖先的軌跡回溯，追蹤岔路，突入隱密的角落。很多人的名字你都聞所未聞。誰聽說過諾爾瑪．森瓦？我活過她的一輩子！」

「活過她的一輩子？」假想的訪客問道。

「當然。否則為什麼老是把祖先留在身邊？你認為宇航公會第一艘飛船的設計者是一個男人？你的歷史書上記載他的名字叫奧里利厄斯・文波特？他們撒了謊。設計者應該是他的情婦諾爾瑪，她把自己的設計給了他，外加五個孩子。他認為這樣才能滿足他的自尊。最後，他終於認識到自己名不副實，正是這一點把他毀了。」

「他的一輩子你也活過？」

「沒錯。我還追尋過弗瑞曼人浪跡天涯的路線。沿著我父親以及其他人的血脈，我曾經直接追溯到亞特柔斯氏族。」

「一支聲名赫赫的血脈！」

「傻瓜也不少。」

我需要分散注意力，他想。

來一場充滿調情和控制的性愛之旅怎麼樣？

「你不知道我心裡都裝著什麼樣的縱欲場景！我是天下第一號窺淫癖——既是參與者也是旁觀者。對性愛的無知和誤解釀成了多少悲劇。我們狹隘得可怕——又多麼貪婪。」

雷托明白了，在這個晚上，在與赫薇同處一城的這個晚上，自己無法作出這個選擇。

要不然回顧一下戰爭？

「哪個拿破崙是最膽小的懦夫？」他問假想的訪客，「我不會說出來，但我知道。喔，是的，我知道。」

我能躲到哪裡去？當所有歷史都在眼前一覽無遺，我又能往哪裡躲呢？

一所所妓院，一樁樁暴行，那些暴君、雜耍演員、裸體主義者、外科醫生、男妓、音樂家、魔術師、江湖郎中、男祭司、工匠、女祭司……

「你知道嗎？」他問假想的訪客，「草裙舞保留了一種曾經只限男性使用的古老符號語言。你從沒聽說過草裙舞？當然。誰還跳這種舞？不過舞者的確把很多東西保留了下來。已經沒人能解讀了，但我懂。

「曾有一整夜，我是率伊斯蘭教徒向東西方向挺進的世世代代哈里發——橫跨幾個世紀。我不會對你囉嗦那些細節的。現在你退下吧！」

多麼強大的誘惑力啊，他想，這個魅惑的女人一來，我就要永遠隱退到過去了。

然而過去又是多麼蒼白啊，這都要歸功於該死的伊克斯人。相比近在咫尺的赫薇，過去簡直無聊至極。她招之即來，但我不能傳她……現在不能……今晚不能。

過去還在召喚他。

我可以向過去來一趟朝聖之旅。不一定非要探險。我可以獨行，朝聖能淨化人心；而探險只是遊客的作為，這就是區別所在。我可以獨行於內心世界。

永遠不回來。

雷托覺得這個結果是不可避免的，自己終將陷入這一夢境之中。

我在整個帝國營造了一種特殊的夢境。這個夢催生出新的神話、新的方向、新的運動。新的……新的……新的……新事物源源不斷從我自己的夢境和神話裡孕育出來。而受影響最深的除了我還有誰？獵人陷進了自己張的網。

於是雷托知道，他遭遇了一種無藥可救的狀態——過去、現在、未來皆無解方。在覲見廳的晦暗角落裡，他的龐大身軀止不住地顫抖。

門口，一名魚言士侍衛悄聲問同伴：「神帝有煩惱嗎？」

另一個說：「宇宙中的罪惡會讓任何人煩惱。」

聽見這一問一答，雷托無聲而泣。

26

當我決意引領人類走上黃金之路時，我承諾將為他們上一課，刻骨銘心的一課。我發現了一條深刻的規律，他們嘴上否認，卻一直在用行動印證：他們聲稱自己在尋求安寧，即所謂和平，但就在說這話的當下，他們仍未停止培育騷亂與暴力的種子。倘若果真找到了這種安寧，他們又會蠢蠢欲動，覺得一切實在無聊。看看他們吧，看看他們就在我記錄這些文字時的所作所為吧。哈！我賜予他們強制的穩定，這穩定將生生世世不可阻擋地持續下去，儘管他們不顧一切也要重返亂世。相信我，「雷托和平」的記憶將永遠銘刻在他們心中。他們以後若再想尋求安寧，就不得不三思而行了，而且要作足準備。

——《失竊的日記》

•••

拂曉，艾德侯很不情願地和希歐娜並排坐在一架皇家撲翼機裡，兩人將被送往一個「安全地」。撲翼機朝東方那一弧金色陽光飛去，地平線上平展著一方方綠色農場。

這架大型撲翼機足夠搭載一個魚言士小隊和她們的兩位客人。隊長兼機長是個大塊頭女人，自稱名叫印米厄，艾德侯相信她從來沒笑過。她坐在艾德侯正前方的機長座位上，左右各有一名強壯的魚言士衛兵。另有五名衛兵坐在艾德侯與希歐娜的身後。

「神帝命我帶您出城。」在中央廣場地下指揮所裡，印米厄走近他說，「這是為了您的安全。我們明早返回，參加賽艾諾克。」

提心吊膽一整夜已讓艾德侯筋疲力盡，他覺得跟「神帝本尊」的命令爭辯是徒勞的。印米厄看起來只用一條粗手臂就能輕鬆把他挾走。她把他從指揮所帶到寒夜的露天下，天穹撒滿碎鑽似的星辰。他們來到撲翼機旁，艾德侯發現希歐娜已經等在裡邊了，這時他才對此行的真正目的產生了懷疑。

昨晚，艾德侯漸漸意識到奧恩城內的暴力活動並不都來自有組織的叛軍。他問起希歐娜的情況，莫尼奧傳話來說「我女兒不礙事，她沒有參與」，並在最後加了一句：「我把她託付給你。」

在撲翼機裡，希歐娜沒有回答艾德侯的問題。她一直陰沉著臉坐在旁邊，一言不發。希歐娜讓他想起自己最早期過的那些苦日子，當時他發誓要向哈肯能氏族復仇。他不理解希歐娜苦在哪裡。是什麼驅使她行動？

不知為什麼，艾德侯發現自己正在比較希歐娜與赫薇．諾里。要見赫薇一面很難，不過他還是設法辦到了，儘管魚言士總是固執地提醒他有其他任務要執行。

溫柔，這就是他對赫薇的評價。赫薇的一舉一動全都來自一以貫之的溫柔本性，且以其特有的方式散發強大力量。他發現這是一種不可抗拒的魅力。

我一定要多見見她。

然而現在，他不得不與旁邊沉著臉不說話的希歐娜較勁。好吧……妳沉默，那我也不吭聲。

艾德侯低頭望著飛掠而過的景觀。隨著天光漸亮，一座座村莊陸續熄燈。沙厲爾沙漠已經被遠遠甩在身後，眼下這片土地似乎從來不曾是千里赤地。

有些東西變化不大，他想，它們只是離開一個地方，改頭換面挪到了另一處。

這片景觀讓他想起卡樂丹星的蒼翠花園，那座綠色星球是亞崔迪人來沙丘星前生活過無數代的家鄉，現在不知變成什麼樣了。他能分辨出地面上的細窄道路，分布在那些集市路上的車輛都是由一種六足動物拖拉前進，他猜是馱駟。莫尼奧曾說過，馱駟是針對這類地形專門馴養的牲口，不僅是這裡，也是整個帝國的主要役畜。

「步行的人群更容易控制。」

他朝下張望時，腦海中響起了莫尼奧這句話。牧場在撲翼機前方鋪展開來，平緩起伏的綠色山丘被黑石牆切割成一塊塊不規則形狀。艾德侯辨認出有綿羊，還有幾種體形龐大的牛。撲翼機飛過一道依然籠罩在陰暗中的狹窄山谷，谷底只有一條細細的澗流，陰影裡閃著一點亮光，一縷藍煙裊裊升起，表明谷底有人居住。

希歐娜突然動起來了，她拍拍機長的肩膀，指向右前方。

「那邊不是戈伊戈阿嗎？」她問。

「是的。」印米厄說話時沒有轉頭，語氣果斷，帶著一種艾德侯不熟悉的情緒。

「那裡不安全嗎？」希歐娜又問。

「安全。」

希歐娜看向艾德侯。「命令她帶我們去戈伊戈阿。」

艾德侯隨即說：「帶我們去那個地方。」連他自己也沒弄明白為什麼要聽她的。

印米厄這次轉頭過來，艾德侯整晚都覺得她的表情是鐵板一塊，但現在竟然流露出內心的情緒。

她垂下嘴角顯出不悅之色，右眼角有根神經抽搐了一下。

「我們不去戈伊戈阿，指揮官。」印米厄說，「有更好的……」

「神帝指定了一個地方叫妳帶我們去嗎？」希歐娜問。

印米厄由於話被打斷而露出氣憤的眼神，不過並沒有直視希歐娜。「沒有，但他……」

「那麼帶我們去戈伊戈阿。」艾德侯說。

印米厄猛地把目光移回控制臺，機身大幅度傾斜，一個急拐朝青山上一處圓形坳地飛去，強大的慣性將艾德侯拋在了希歐娜身上。

艾德侯越過印米厄的肩膀望向他們的目的地。山坳正中有一座村莊，是由砌圍牆的黑石建造的。村莊上方的斜坡排列著果園，還有一座座花園呈梯臺狀朝一個小山口延伸過去，幾隻鷹正乘著當日剛形成的上升氣流滑翔。

艾德侯轉向希歐娜問道：「這個戈伊戈阿是什麼地方？」

「你會知道的。」

印米厄以小角度滑行，將撲翼機穩穩降落在村莊外圍平坦的草地上。一名魚言士打開村莊那一側的艙門。青草裂開散發的氣味、牲畜的糞便味和刺鼻的炊火味混雜，艾德侯一下子被氣味沖得頭昏腦脹。他滑下撲翼機，抬眼望向一條街道，只見村民紛紛走出家門盯著他們這些訪客。艾德侯看見一位身著連身綠色長裙的年長女子彎腰對一個孩子耳語了幾句，那孩子立刻轉身，沿街道一溜煙跑了。

「你喜歡這地方嗎？」希歐娜問。她跳下飛機，站在他身邊。

「看上去挺舒服的。」

印米厄及其他魚言士隨他倆在草地上集合完畢，希歐娜看著機長說：「我們什麼時候回奧恩？」

「妳不回那裡。」印米厄說，「我接到的命令是帶妳去帝堡。指揮官回奧恩。」

「知道了。」希歐娜點點頭，「我們什麼時候走？」

「明天天一亮就走。我去跟村長安排一下住處。」印米厄大步走進村子。

「戈伊戈阿，」艾德侯說，「奇怪的名字。不知道這個地方在沙丘時代叫什麼？」

「我碰巧知道，」希歐娜說，「老地圖上標為舒洛克，意思是『鬧鬼之地』。『口述史』記載這裡曾犯下嚴重的罪行，直到全體村民遭到殲滅。」

「迦庫魯圖。」艾德侯低聲道，同時想起了關於盜水者的古老傳說。他舉目四望，尋找沙丘和沙脊的痕跡，但什麼也沒有，只有兩位神色平靜的年長男子跟著印米厄一起回來了。兩人穿著褪色的藍褲子和破舊的襯衫，都光著腳。

「你知道這地方？」希歐娜問。

「只在傳說中聽過名字。」

「據說這裡鬧鬼，」她說，「但我不信。」

印米厄在艾德侯面前停下，示意兩個赤腳男子在後面等候。「住的地方條件比較差，不過堪用，」她說，「除非你們想借住民宅。」她說著扭頭看希歐娜。

「我們待會兒決定。」希歐娜說。她抓起艾德侯的手臂。「我和指揮官想在戈伊戈阿轉轉，欣賞一下風景。」

印米厄張口欲言，但忍住了。

艾德侯任由希歐娜牽著，從直勾勾盯著他們的兩個當地人眼前走過。

「我派兩個衛兵跟著你們。」印米厄喊道。

希歐娜停下腳步轉頭問道：「戈伊戈阿不安全嗎？」

「這個地方非常太平。」一個男人回答。

「那麼我們不需要衛兵。」希歐娜說，「讓她們守衛撲翼機。」

她轉身繼續領著艾德侯向村子走去。

「行了。」艾德侯說著從希歐娜手裡掙脫手臂，「這是什麼地方？」

「你多半會覺得這是個很安寧的地方。」希歐娜說，「它跟以前的舒洛克完全不一樣。非常太平。」

「妳在耍花招。」艾德侯大步走在她身邊說，「究竟有什麼事？」

「我一直聽說甦亡人滿腦子都是疑問。」希歐娜說，「我也有我的疑問。」

「哦？」

「他在你那個時代是什麼樣子的？我是說雷托。」

「哪一個？」

「好吧，我忘了有兩個——我們的雷托和他爺爺。我問的當然是我們的雷托。」

「他只是個孩子，我只知道這樣。」

「『口述史』記載他早年有個新娘就是從這個村子出來的。」

「新娘？我以為……」

「那時他還有人形，在他妹妹死後，他自己開始變成蟲子之前。『口述史』稱雷托的新娘都消失在帝堡的迷宮裡了，再也沒人看見過她們的真身，只有全息影像資料傳出來的音容。他已經有幾千年沒娶新娘了。」

他們來到村中心一個約五十平方公尺的小廣場，廣場中央有一淺池清水。希歐娜走過去坐在池子的石臺上，拍拍身邊的位置邀艾德侯同坐。艾德侯先環顧一下村子，發現人們都在窗簾後面窺視他，孩子對著他指指點點，竊竊私語。他轉身低頭看著希歐娜。

「這是什麼地方？」

「我已經告訴你了。跟我說說摩阿迪巴是什麼樣的人。」

「他是一個人能交到最好的朋友。」

「那麼『口述史』說得沒錯囉，但又把他的王位繼承人叫作『神的血親』，聽上去有點邪惡。」

她在對我下餌，艾德侯想。

他擠出一個笑容，猜想希歐娜有什麼動機。她像在等待某件重要的事情，很急切……甚至還帶著懼意……而背後又似乎有點洋洋得意。但沒有更多線索了。她說的那些話都只能當作打發時間的閒聊來聽，直到……直到什麼？

他的沉思被一陣輕輕的奔跑聲打斷了。艾德侯轉過身，看見一個八歲左右的孩子從一條小巷子裡朝他跑過來。孩子赤著腳踢起一朵朵塵埃，巷子那頭傳來一個女人絕望的喊叫。孩子停在離艾德侯約十步遠的地方，用一種充滿渴望的眼神目不轉睛地抬頭仰望他，讓他感到渾身不自在。這孩子看起來似曾相識——一個結結實實的男孩，黑色鬈髮，小臉還沒發育成熟，但已有男人的雛形：顴骨高高的，一道橫紋連起兩條眉毛。男孩穿著件褪色的藍袍子，儘管洗曬了無數遍，依然能看出是上好的料子，質料從外觀看來是蓬吉棉，縫上繩扣收邊，即使邊緣磨破也不會散線。

「你不是我爸爸。」孩子說完，轉身又跑回了那條巷子，消失在一個拐角後。

艾德侯扭頭對著希歐娜怒目而視，幾乎不敢問出口：那是我前任的孩子嗎？他不問都知道答案——看看那張熟悉的臉龐、那明明白白的遺傳基因吧。正是小時候的我。醒悟使他心裡空蕩蕩的，深感沮喪。我有什麼責任？

希歐娜兩手捧住臉，聳起肩膀。發生的一切跟她想像的完全不同，她感到自己被復仇的欲望出賣了。艾德侯不僅僅是一個甦亡人、一個無足掛齒的異類。當艾德侯在撲翼機裡朝她倒過來時，當艾德侯臉上流露出種種情緒時，她都能感受到一個實實在在的人。而那個孩子……

「我的前任發生了什麼事？」艾德侯用帶著非難的平板語氣問道。

她放下雙手。從艾德侯的臉色上能看出來他正壓抑著怒氣。

「我們不太確定，」她說，「只知道他有一天進了帝堡，就再也沒現過身。」

「那是他的孩子嗎？」

她點了點頭。

「妳敢保證我前任不是妳殺的？」

「我……」她搖搖頭，艾德侯的懷疑及隱含的責難都讓她吃了一驚。

「那個孩子，我們是為了他才來這裡的嗎？」

她乾嚥了一下：「是的。」

「我該拿他怎麼辦？」

她聳聳肩，對自己的行為感到羞恥和內疚。

「他媽媽呢？」艾德侯問。

「她和家人都住在那條巷子裡。」希歐娜朝男孩離去的方向點了一下頭。

「家人？」

「還有一個大兒子……一個女兒。你想不想……我是說，我可以安排……」

「不！那孩子說得對。我不是他爸爸。」

「對不起，」希歐娜輕聲說，「我不該這麼做。」

「他為什麼選擇這個地方？」艾德侯問。

「你是問孩子的爸爸……你的……」

「我的前任！」

「因為厄蒂的家在這裡，她不願離開。大家都這麼說。」

「厄蒂……孩子的媽媽？」

「嗯，他妻子，依照『口述史』裡的古老儀式成的婚。」

艾德侯環顧廣場四周的石砌建築，掃過那些拉著簾子的窗戶和窄小的房門。「那麼他就住這裡？」

「有空就來住。」

「希歐娜，他是怎麼死的？」

「我真的不知道……但蟲子殺過別的甦亡人。我們肯定！」

「妳是怎麼知道的？」他銳利的目光直刺她的臉，逼得她將眼神轉開。

「我不懷疑祖輩們的故事。」她說，「雖然關於他們的史料零零碎碎，有時僅有隻字片語，但我相信他們。我父親也相信他們！」

「莫尼奧從來沒跟我提過這個。」

「關於亞崔迪家的人，有一件事你可以放心，」她說，「那就是我們個個都很忠誠，事實就是這樣。我們信守承諾。」

艾德侯張了張嘴，沒發聲就閉上了。當然！希歐娜也是亞崔迪家的人。這個想法讓他感到震驚。他早就知道了，但內心並不接受。希歐娜算是個叛亂分子，只是其行為受到雷托一定程度的默許。雷托未明示容忍的限度，不過艾德侯有所感覺。

「你不能傷害她，」雷托曾經說，「她還有待考驗。」

艾德侯轉身背對希歐娜。

「妳什麼事也肯定不了，」他說，「零零碎碎，全是謠言！」

希歐娜沒答腔。

「他也是亞崔迪家的人！」艾德侯說。

「他是蟲子！」希歐娜說，幾乎掩飾不住一股怨毒之氣。

「你那該死的『口述史』不過就是一堆古代的小道傳聞！」艾德侯不屑地說，「只有傻瓜才會信。」

「你還在相信他，」她說，「你會變的。」

艾德侯轉身瞪著她。

「妳從來沒跟他說過話！」

「說過。在我小時候。」

「妳現在也沒長大。他一個人集中了所有死去的亞崔迪家的人，所有的。很可怕，但我認識那些人，他們是我的朋友。」

希歐娜只搖搖頭。

艾德侯再次別過身去。他的情緒耗盡了，精神失去了支撐。不知不覺中，他穿過廣場，步入男孩進的那條巷子。希歐娜跑過來跟在他身後，他沒理會。

這是條窄巷，兩側是平房的石牆，牆裡嵌著拱門，門都關著。窗戶的樣式跟門一樣，只是按比例縮小了。他每走過一戶人家，那家的窗簾就會輕微晃動一下。

在第一個十字巷口，艾德侯停下來朝右側望去，男孩就是在這裡消失的。幾步遠處有兩個身穿黑長裙和墨綠色上衣的灰髮老嫗，正站著交頭接耳。一見艾德侯她倆就不再說話，轉而以毫不掩飾的好奇目光直盯著他。他回望她們，又看看小巷。巷子裡再無一人。

艾德侯又瞧了瞧老嫗，隨後走了過去，最近離她們不足一步。她們倆靠得更近了，轉著頭看他。她們只瞥了希歐娜一眼，就重新把視線移回艾德侯身上。希歐娜默默地走在他旁邊，臉上神情古怪。

這是悲傷？他猜測著，懊悔？還是好奇？

很難說。他對一路經過的門窗更感好奇。

「妳以前來過戈伊戈阿嗎？」艾德侯問。

「沒有。」希歐娜把聲音壓得很低，似乎怕自己聽到。

我為什麼要走這條巷子？艾德侯自問。其實他知道答案。為了這個女人，這個厄蒂：是什麼樣的女人把我帶到了戈伊戈阿？

右側一面窗簾揭開了一角，艾德侯看見一張臉，正是從廣場跑開的那個男孩。窗簾落下時往旁邊一擺，又露出一個站立的女子。艾德侯無言地盯著她的臉，停下了腳步。他只在內心最深處的幻想中見過這張臉——線條柔和的鵝蛋臉，犀利的黑眼珠，飽滿性感的嘴唇……

「潔西嘉。」他咕噥道。

「你說什麼？」希歐娜問。

艾德侯無法作答。潔西嘉的面容從他心中早已遠逝的往昔歲月裡復活了，這是基因的惡作劇，摩阿迪巴的母親在新的肉體裡重生了。

女人拉上窗簾，但她的容貌印在艾德侯的記憶中，他知道自己永遠擺脫不掉這幅視覺殘像了。與沙丘時代共患難的潔西嘉相比，她的年紀更大一些，嘴角和眼角都起了皺紋，身材也稍豐腴……

更具有母性，艾德侯心想，以前那個我跟她說過……她像誰嗎？

希歐娜扯了扯他的袖子。「想進去見見她嗎？」

「不，這麼做不對。」

艾德侯剛要轉身原路返回，厄蒂家的門猛地打開了。一個小夥子走出來，關上門，轉身面對艾德侯。

艾德侯目測他有十六歲，是誰的孩子一看便知——一頭卡拉庫綿羊毛般的頭髮，五官分明。

「你是新的一個。」小夥子說，已是成年人的嗓音了。

「是的。」艾德侯覺得難以啟齒。

「你來幹什麼？」小夥子問。

「不是我要來的。」艾德侯說。他對希歐娜的怨恨需要宣洩，這樣說他覺得會好受些。

小夥子看看希歐娜。「聽說我父親已經死了。」

希歐娜點點頭。

小夥子把目光轉回艾德侯。「請離開這裡，永遠別回來。你讓我母親痛苦。」

「我保證。」艾德侯說，「我不該打擾厄蒂夫人，請替我向她道歉。來這裡不是我的本意。」

「誰帶你來的？」

「魚言士。」艾德侯說。

小夥子草草點了一下頭。他再次看著希歐娜。「我一向以為你們魚言士受的教育是對自己人更友善一些。」說完，他轉身進屋，重重地關上了門。

艾德侯抓起希歐娜的手臂，大步往回走。希歐娜踉蹌了一下，跟上步伐後，甩開了他的手。

「他以為我是魚言士。」她說。

「當然，妳長得像魚言士。」他掃了她一眼，「妳為什麼不告訴我厄蒂是魚言士？」

「這好像不重要。」

「喔。」

「所以他倆才會認識。」

到了十字巷口，艾德侯拐上直通廣場的那條小巷，朝來時的反方向快步走到巷尾，此處開始村子變成了一座座花園和果園。一連串的震驚讓他感到茫然無措，大量來不及消化的資訊使頭腦不堪重負。前方橫著一道矮牆，他翻了過去，聽到希歐娜也跟上來了。四周樹木盛開著白花，有深棕色飛蟲圍著橙色花心忙碌。空氣中瀰漫著飛蟲的嗡嗡聲和鮮花的芬芳，艾德侯不禁聯想起卡樂丹星上的叢林花。

他登上一座小山丘的頂部，停了下來，轉身俯瞰戈伊戈阿整齊劃一的布局，眼前展開一片平坦的黑色房頂。

在山頂厚厚的草地上，希歐娜雙手抱膝坐了下來。

「出乎妳意料了，是嗎？」艾德侯問。

她搖搖頭，艾德侯發現她快要落淚了。

「妳為什麼這麼恨他？」他問。

「我們沒有自己的生活！」

艾德侯望了一眼下面的村莊。「這樣的村子有很多嗎？」

「這是蟲子帝國的標準規劃！」

「這有什麼問題呢？」

「沒問題——如果你只想要這種的話。」

「妳是說他只允許這種規劃？」

「這種，外加幾座集市城……還有奧恩。我聽說連星球的首都也不過是一些大村子。」

「我再問一遍：這有什麼問題呢？」

「這是監獄！」

「那就離開它。」

「去哪裡？怎麼去？你覺得我們只要登上宇航公會的飛船，就可以想去哪裡就去哪裡？」她朝下指了指戈伊戈阿，可以看見遠端停著撲翼機，魚言士坐在附近的草地上。「那些獄卒不會放我們走的！」

「她們可以離開，」艾德侯說，「想去哪裡就去哪裡。」

「那是去執行蟲子的任務！」

她把臉靠在膝蓋上，悶聲問：「過去這裡是什麼樣子？」

「不一樣，往往很危險。」他四下瞭望將牧場、花園和果園分割開來的圍牆，「沙丘星沒有劃分土地所有權的假想界線，所有土地都屬於亞崔迪公爵的領地。」

「除了弗瑞曼人的。」

「是的，但他們知道自己屬於哪裡——以某道懸崖為界的一側……或者盆地裡沙色與白色交界線的另一頭。」

「他們想去哪裡就能去哪裡！」

「也有一些限制。」

「我們有些人嚮往沙漠。」她說。

「你們有沙厲爾。」

她抬頭瞪著他。「就那丁點兒大的地方！」

「長一千五百公里，寬五百公里——不算小了。」

希歐娜站起身。「你問過蟲子為什麼要像這樣把我們關起來嗎？」

「因為『雷托和平』這條黃金之路能確保我們生存下去。這是他的說法。」

「你知道他告訴我父親什麼嗎？小時候我偷聽過他倆談話。」

「他說了什麼？」

「他說為了削弱我們的凝聚力，他幫我們擋住了大部分危機。他說：『苦難可以維繫民眾，而現在我就是苦難。神可以成為苦難。』這就是他的原話，鄧肯。蟲子是一種疾病！」

艾德侯不懷疑她複述的真實性，但這番話並沒有在他心中掀起波瀾。他轉而想到自己受命殺死的那個柯瑞諾人。苦難。一度統治帝國的那個氏族的後裔，結果是個肥胖的中年男人，他一心想重掌大權，忙著耍陰謀弄到香料。艾德侯命令一名魚言士幹掉他，事後引得莫尼奧連連盤問。

「你為什麼不親自動手？」

「我想看看魚言士的表現。」

「她們表現怎麼樣？」

「很有效率。」

然而柯瑞諾之死給艾德侯平添了一份不真實感。夜幕下的塑石街道黑影重重，一個躺在自己血泊中的小矮胖子只是其中一層難以辨別的暗影而已。虛幻的場景。艾德侯還記得摩阿迪巴的話：「思維強加給我們一個所謂『現實』的框架。這個變幻莫測的框架往往與我們的感知相悖。」是什麼樣的現實在左右雷托皇帝？

艾德侯看了看希歐娜，她背後是戈伊戈阿的青山和果園。「我們下去找住處吧。我想一個人靜一靜。」

「魚言士會把我們塞在一個房間裡。」

「和她們住在一起？」

「不，只有我們兩個。原因很簡單，蟲子想讓我跟偉大的鄧肯·艾德侯繁殖下一代。」

「我會自己挑伴侶。」艾德侯吼道。

「我相信有一個魚言士會很開心的。」希歐娜說完，轉身走下山坡。

艾德侯盯著她一會兒，那具青春軀體如此輕盈，彷彿在風中搖曳的果樹枝。

「我不是他的種男。」艾德侯自言自語，「這件事他必須搞清楚。」

27

每過去一天，你就變得愈發不真實，與新一天的我相比較，你會更添一分怪異，更增一點差距。我是唯一的現實，而你有別於我，因此你正在喪失現實性。我的好奇心愈大，我那些崇拜者的好奇心就愈小。宗教會抑制好奇心。我的所作所為都會減損崇拜者的力量。因此，最終我會最後收手不幹，把一切交還給民眾，那時候他們會驚慌失措地發現自己在孤軍奮戰，事事都得自力更生。

——《失竊的日記》

• • •

這是一種不同尋常的聲音，是翹首以待的人群發出的聲音，聲響穿過長長的隧道，鑽進了帝輿前方的艾德侯耳中——緊張的竊竊私語經過放大變成了一種絕無僅有的轟鳴，猶如一隻巨足拖曳的腳步聲、一件巨袍窸窣的摩擦聲。還有那種氣味——甜絲絲的汗味摻雜著因性興奮而呼出來的奶味。

天亮不到一小時，印米厄和她手下的魚言士護送艾德侯回到綠蔭遍地的奧恩城廣場。剛把他交給地面上的魚言士，她們就匆匆起飛了。印米厄明顯心情不佳，因為她還要把希歐娜送往帝堡，不得不錯過賽艾諾克儀式了。

接手護衛艾德侯的魚言士個個壓抑著興奮之情。她們把他帶到廣場地下深處的一個地方，艾德侯研究過的任何城市平面圖都沒有揭露此處。這是一座迷宮，寬度和高度都足以容納帝輿出入的走廊不斷變換著方向。艾德侯失去了方向感，不知不覺回憶起前一晚的經歷來。

戈伊戈阿的宿舍狹小簡樸，卻還算舒適。每間屋子都有兩張小床、四面白牆、一窗一門。一條走廊串起一間間屋子，整座建築就是戈伊戈阿的臨時「賓館」。

希歐娜說對了。沒人徵求過艾德侯的意見，就把他和希歐娜安排在了一間，印米厄覺得這是理所當然的事。

房門關上後，希歐娜說：「要是你敢碰我，我會殺了你。」

聽了這句乾巴巴的真心話，艾德侯差點笑出來。「我情願一個人待著。」他說，「妳就當沒外人好了。」

他帶著點警覺入睡，這讓他想起為亞崔迪氏族出生入死、隨時準備戰鬥的那些夜晚。屋子裡很少有漆黑一團的時候——窗簾透著月光，連白牆也反射著星光。他發現自己對希歐娜，對她的氣味、呼吸和微小動作都過於敏感。有好幾次他徹底驚醒了過來，一醒就豎耳細聽四周的動靜，其中兩次他察覺希歐娜也在傾聽。

按計畫翌日清晨要飛回奧恩城，兩人都如釋重負，他倆各喝了一杯涼果汁當早餐。艾德侯心情愉快地步入拂曉前的黑暗，邁著輕快的腳步走向撲翼機。他沒有跟希歐娜說話，魚言士瞥來的好奇目光讓他感到厭煩。

當他離開撲翼機下到廣場時，希歐娜探出機艙對他說了唯一一句話。

「我不討厭交你這個朋友。」她說。

這種表達方式真是古怪，使他略感尷尬。「好吧……嗯，當然。」

接手的一隊魚言士帶他離開，來到迷宮的終點。雷托正在帝輿上等著。會面點位於走廊裡一處寬敞空間，這條走廊向艾德侯右側延伸，漸漸收窄。在燈球黃色光線的照射下，深棕色牆壁上的金色條紋熠熠閃爍。魚言士靈巧地閃到帝輿之後各就各位，只留下艾德侯正對著雷托狀如兜帽的臉龐。

「鄧肯，去參加賽艾諾克儀式時，你走在我前面。」雷托說。

艾德侯盯著神帝那雙深不見底的靛藍色眼睛，這地方神神祕祕的氣氛，還有空氣中充斥的個人欲望，都讓他惱火。他覺得自己聽來的有關賽艾諾克的一切，都適得其反地加重了這種神祕感。

「我真是您的衛隊指揮官嗎，陛下？」艾德侯的語音裡帶著強烈的怨氣。

「當然如此！我剛剛賦予你一個顯赫的榮譽，很少有成年男子參加過賽艾諾克。」

「昨晚城裡發生了什麼事？」

「有些地方發生了暴力流血事件，不過今天早上已經很平靜了。」

「傷亡情況？」

「不值一提。」

艾德侯點點頭。雷托的預知力察覺到他的鄧肯會面臨一定的危險，因此才有後來飛往戈伊戈阿村暫避一事。

「你去了戈伊戈阿，」雷托說，「想不想待下去？」

「不想！」

「別怪我，」雷托說，「不是我安排你去戈伊戈阿的。」

艾德侯嘆了口氣。「是什麼樣的危險讓您把我調開？」

「不是你有危險，」雷托說，「而是你會刺激我的衛兵過度展示她們的能力。昨晚的行動沒有這個必要。」

「喔？」這種想法出乎艾德侯的意料。他從來沒想過自己無須發動員令就能激發戰鬥士氣，自己會成為軍隊的鞭策力量。另一位雷托，眼前這位的祖父，就是那種一出場即能鼓舞士氣的領袖人物。

「你是我不可或缺的人才，鄧肯。」雷托說。

「好吧……但我不是您的種男！」

「我當然會尊重你的意願，這個問題我們換個時間再討論。」

艾德侯掃了一眼魚言士衛兵，她們個個睜大眼睛聆聽。

「您每次駕臨奧恩都有暴力活動嗎？」艾德侯問。

「這是有週期性規律的。現在叛黨基本上都鎮壓完畢了，接下來是一段相對和平的時期。」

艾德侯回視雷托那張深不可測的面孔。「我的前任發生了什麼事？」

「我的魚言士沒告訴你嗎？」

「她們說他因保護神帝而死。」

「而你聽到了相反的謠言。」

「發生了什麼？」

「他因為離我太近而死，我沒有及時把他送到安全的地方去。」

「比如戈伊戈阿。」

「我更希望他在那裡太太平平過一輩子，但你很清楚，鄧肯，你不是那種一心想著過太平日子的人。」

艾德侯乾嚥了一下，感覺喉嚨堵住了。「關於他的死，我還是想知道細節。他有家庭……」

「你會知道細節的，也不必擔心他的家庭，他們全家都受我保護。我會跟他們保持一定距離並確保他們的安全。你知道暴力總是死盯著我。這也是我的一項職責。可惜的是，就因為這個，我尊敬的人和我愛的人都得受苦。」

艾德侯抿緊嘴唇，對這番話並不滿意。

「放寬心，鄧肯。」雷托說，「你的前任是因為離我太近而死的。」

魚言士開始躁動。艾德侯瞧了她們一眼，又看了看右方的隧道。

「是的，時候到了。」雷托說，「我們不能讓女人一直等著。走在我前面，離我近點，鄧肯，關於賽艾諾克的問題我會回答你的。」

別無選擇，艾德侯只得順從地腳跟一旋、領頭開路。他聽到帝輿在身後吱吱嘎嘎發動，還有衛隊輕輕的腳步聲。

帝輿的聲音突然消失，艾德侯馬上回頭一望。原因很快就搞清楚了。

「您用了懸浮器。」他邊把目光轉回前方。

「我收起了輪子，因為女人會擠到我周圍來。」雷托說，「我們不能壓著她們的腳。」

「賽艾諾克是什麼？究竟是什麼？」艾德侯問。

「我告訴過你，是『普享大典』。」

「是不是有香料味？」

「你的鼻子很靈。聖餅裡加了一點美藍極。」

艾德侯搖了搖頭。

為了弄清情況，進奧恩城後艾德侯一逮到機會便直接向雷托發問：「賽艾諾克節是怎麼回事？」

「我們分享聖餅，沒有別的了。連我也會參加。」

「就像奧蘭治合一教儀式？」

「喔，不！聖餅不代表我的肉體。這是分享，是一種提示：她們只是女性，就像你只是男性，而我代表全體。與她們分享的是全體。」

艾德侯不喜歡這種語氣。「只是男性？」

「你知道她們會在大典盛宴上奚落什麼人嗎，鄧肯？」

「什麼人？」

「曾經冒犯過她們的男人。仔細聽一聽她們相互說的悄悄話。」

艾德侯把這句話當作一條警告：不要冒犯魚言士。惹怒她們會有性命之虞！

現在，艾德侯在隧道裡走在雷托前方，他覺得當時每句話都聽得一清二楚，但就是不知道什麼意思。他偏過頭說：

「我不明白『普享』的意思。」

「我們一起參加儀式，你會親眼見到，你會親身體驗。我的魚言士是一座特殊知識的儲備庫，是一條只維繫自己人的連續線。你馬上要加入其中了，她們會因此而愛你。仔細聽她們說的話，對於人與人之間的親密關係，她們的態度很開放。她們毫無保留地表露對彼此的傾慕。」

又是話語，艾德侯想，又是謎題。

他察覺隧道逐漸變寬，頂部也傾斜得愈來愈高。燈球數量也增加了，都調成深橙色。他看見約三百公尺外有一座高高的拱門，深紅色燈光下，能分辨出反射光線的臉龐緩緩地左右擺動。臉龐之下是連成片的衣著，猶如一面黑漆漆的牆。空氣中溢著興奮的汗味。

艾德侯向等候的女人走近，看見人群中已形成一條上坡通道，向右拐往一座低臺。這是一個無比寬闊的空間，燈球都調成猩紅色，巨型穹頂在女人上方朝遠處伸展。

「上你右邊的斜坡。」雷托說，「一過平臺中央就停，面向她們。」

艾德侯抬右手示意領命。他走進這片開闊地，整個封閉空間的面積之大讓他嘆為觀止。一登上平臺，他就以訓練有素的眼睛估量尺寸：這間圓角方廳的邊長至少達到一千一百公尺。廳裡擠滿了女人，艾德侯提醒自己，這些僅僅是駐外星魚言士軍團選出來的代表——每顆星選派三名。她們站著，身體貼得那麼緊，艾德侯覺得連摔倒都很難。她們沿平臺邊緣留出了僅約五十公尺寬的空間。艾德侯已在平臺上站定，環視著場地。一張張臉抬起來盯著他——臉，臉，都是臉。

雷托緊跟著艾德侯煞住帝輿，舉起一條銀光閃閃的手臂。

一陣「賽艾諾克！賽艾諾克！」的怒吼瞬間響徹大廳。

艾德侯感覺震耳欲聾。這一陣喊聲肯定傳遍全城了，他想。除非我們在足夠深的地下。

「我的新娘們，」雷托說，「歡迎來到賽艾諾克。」

艾德侯抬頭瞥了一眼雷托，看見那對亮晶晶的深色眼睛讓他容光煥發。雷托曾說：「這該死的神聖！」實際上他樂在其中。

莫尼奧目睹過這種集會場面嗎？艾德侯心裡問道。這是一個奇怪的念頭，但艾德侯知道自己為何這麼想，他希望有個正常人類能聊聊這件事。衛兵說莫尼奧因「國務」而外派，但不知其詳。聽了這話，艾德侯體會到雷托政府的又一個特點：其權力鍊從雷托直達民眾，但鍊與鍊之間很少交叉。推行這種模式必須具備許多條件，其中一項就是要任命可信賴的官員，讓他們只管執行命令而不提任何問題。

「很少有人看見神帝幹害人的勾當。」希歐娜曾經說，「這像不像你熟悉的亞崔迪氏族？」

艾德侯放眼望向烏壓壓的魚言士，這些想法在他頭腦裡稍縱即逝。她們的眼裡滿溢著崇拜！敬畏！雷托是怎麼做到的？為什麼要這樣？

「我的愛人們。」雷托說。帝輿裡暗藏有伊克斯人精心研製的擴音器，使雷托的聲音朗朗迴蕩在每一張高揚的臉龐上，遠及大廳另一頭的角落。

由女人臉構成的這幅熱騰騰的場景，讓艾德侯腦子裡不停迴響著雷托的警告：惹怒她們會有性命之虞！

此時此刻，這條警告的意義已經不言自明。只要雷托一句話，這些女人就會把任何冒犯者撕成碎片。她們沒有疑問，只有行動。艾德侯終於對女子軍隊有了新的認識。她們不會顧及個人安危，她們事奉神！

雷托弓起前節部位，高舉腦袋，帝輿發出輕微的吱嘎聲。

「妳們是信仰的守護者！」他說。

臺下異口同聲：「時刻聽從陛下的召喚！」

「妳們經我得永生！」雷托說。

「我們生生不息！」她們喊道。

「我愛妳們勝過任何人！」雷托說。

「愛！」她們發出尖叫。

艾德侯打了個冷顫。

「我把我摯愛的鄧肯賜給妳們！」雷托說。

「愛！」她們尖叫。

艾德侯感到渾身發抖，只覺得排山倒海的崇拜要把自己壓垮了。他想逃離，又想留下來領受這一切。這間大廳充滿魔力。魔力！

雷托放低聲音說：「衛兵交接班。」

女人們毫不猶豫、整齊畫一地低下頭。艾德侯右側遠端出現一列白袍女人。她們走入平臺下方的空地，艾德侯注意到有些女人還抱著孩子，小的還在襁褓中，大的也不過一兩歲。

先前已有人向艾德侯說明流程大綱，他知道這些女人是即將退役的魚言士。之後有的將擔任祭司，有的將做全職母親……但沒有一個真正停止為雷托效力。

艾德侯低頭瞧著孩子們，心想這段經歷會怎樣深埋在那些男孩子的心中。這種神祕儀式將伴隨他們終身，相關記憶會從意識層面消失，但始終留存，並從此刻起暗中對其行為產生影響。

最後一名入場者在雷托下方停步，抬頭望他。大廳裡其他女人也都仰起臉，目不轉睛地盯著雷托。

艾德侯環視左右。占據平臺下方空地的白袍女子分別向兩側至少綿延了五百公尺。有人向雷托舉起自己的孩子，這是絕對的敬畏與服從。艾德侯能感覺到，即使雷托命令她們把孩子摔死在平臺上，她們也會照辦。任何事她們都會幹！

雷托將前節部位放低到帝輿上，全身起了一陣輕緩的波動。他慈祥地俯視臺下，用一種撫慰人心的嗓音說道：「妳們的忠誠與奉獻理應得到我的賞賜。妳們有求必有得。」

整個大廳迴蕩起聲音：「有求必有得！」

「我的就是妳的。」雷托說。

「我的就是你的。」女人們喊道。

「讓我們分享此刻，」雷托說，「一齊默禱，願我的力量使萬物調和——讓人類永存。」

大廳裡所有人整齊劃一地低下頭。白袍女子把孩子緊摟在懷中，朝下盯著他們。艾德侯感覺到這是一個無聲的統一體，一股試圖進入他、征服他的力量。他張大嘴，深呼吸，抵抗這個感覺擁有實體的侵入者。他在腦海裡瘋狂搜尋能夠抓牢、能夠保護自己的東西。

艾德侯之前並沒有料想到這支女子軍隊擁有如此力量和團結力。他清楚自己不理解這種力量，他只能旁觀，認知其存在。

這一切都是雷托創造的。

艾德侯回憶起雷托在一次帝堡會議上說過的話：「男子軍隊的忠誠維繫於軍隊本身，而不是培養軍隊的文化；而女子軍隊的忠誠維繫於其領袖。」

雷托的成果斐然，證據就在艾德侯前方。他極目四望，看出這番句話是多麼一針見血，不由得不寒而慄。

他讓我分一杯羹，艾德侯想。

回想起自己當時的回答，艾德侯現在只覺得幼稚可笑。

「我看不出其中的道理。」艾德侯是這樣說的。

「大多數人不是為講道理而生的。」

「不管是男兵還是女兵，沒有一種軍隊能保障和平！您的帝國沒有和平！您只是……」

「魚言士給你看過我們的歷史了嗎？」

「是的，但我還在您的城裡四處走過，觀察過您的人民。您的人民很好鬥！」

「鄧肯，你知道嗎？和平培養攻擊性。」

「可您說過您的黃金之路……」

「不是嚴格意義上的和平。它是穩定，是培養固化階層和各種攻擊行為的沃土。」

「您在打啞謎！」

「我說的是自己經年累月的觀察結果：和平姿態其實是敗者的姿態，是受害者的姿態。受害者容易招來攻擊。」

「該死的維護穩定！這有什麼好處？」

「倘若沒有敵人，就必須發明一個。當軍事力量失去外部目標時，總會把矛頭對準自己的人民。」

「您的計策是什麼？」

「我修正人類的戰爭欲。」

「人民不想要戰爭！」

「他們想要混亂。戰爭是最現成的一種混亂。」

「這些話我一句也不信！您在玩自己搞出來的一套危險遊戲。」

「非常危險。我針對人類行為的源頭，重新引導他們。但有可能會抑制人類生存的力量，這就是危險的地方。不過我向你保證，黃金之路將延續下去。」

「您沒能抑制敵對情緒！」

「我化解某個地方的能量，將它導入另一個地方。對於你無法控制的東西，就駕馭它。」

「怎麼防止女子軍隊奪權？」

「我是她們的領袖。」

面對大廳裡黑壓壓的女人，無須懷疑是誰處在中心領袖地位。艾德侯還目睹了有一部分崇拜被引導到了自己身上。這種誘惑讓他動彈不得——他可以驅使她們做任何事……任何事！這間大廳潛藏著爆發性力量。想到這裡，他對雷托先前說的話產生了更深的疑問。

雷托曾經談起過爆發式暴力。看著這些正在默禱的女人們，艾德侯想起了雷托的話：「男人容易形成固化的階層，他們創造階級社會，階級社會是暴力活動的最終觸媒。它不會解體，只會爆炸。」

「女人不會這樣？」

「不會，除非她們受男性主導，或者深陷於男性的角色模式。」

「性別差距不可能這麼大！」

「但這是事實。女人能以性別為基礎共謀大事，超越階層和等級的大事。這就是我讓女人掌權的原因。」

艾德侯不得不承認這些默禱的女人的確執掌大權。

他會把哪一部分權力移交到我手裡？

這種誘惑太大了！艾德侯發現自己正在顫抖。一陣寒意突然襲來，他意識到這一定是雷托的預謀——誘惑我！

大廳裡的女人完成了默禱，抬眼盯著雷托。艾德侯從來沒見過人臉上露出如此迷醉的神情——性高潮時沒有，從戰場輝煌凱旋時也沒有——什麼都不能與這種忘我的崇拜相比擬。

「鄧肯．艾德侯今天站在我身邊。」雷托說，「鄧肯將在所有人面前宣誓效忠。鄧肯？」

艾德侯五臟六腑一陣顫慄。雷托給了他一個非此即彼的選擇：要麼向神帝宣誓效忠，要麼橫屍當場！

只要我流露出一丁點兒譏笑、猶豫或反對的意思，這些女人就會徒手把我給宰了。

艾德侯怒火中燒。他乾嚥了一下，清清嗓子，說：「絕不要懷疑我的忠誠。我效忠亞崔迪氏族。」

他聽到自己的聲音經由雷托的伊克斯擴音器響徹整個大廳。

其效果讓艾德侯驚愕不已。

「我們一起分享！」女人們尖叫，「我們一起分享！我們一起分享！」

「我們一起分享。」雷托說。

年輕的魚言士新兵身著醒目的綠短袍，從各個方向湧入大廳，朝聖的海洋頓時生出一個個不斷擴大的小漩渦。每個新兵都手捧托盤，盤內高高堆著棕色小餅。托盤在人群中移動到哪裡，哪裡就會伸出一條條優雅的手臂，宛如起伏的波浪。每隻手都拿了一塊聖餅高高舉起。一名新兵走到平臺邊，將托盤舉向艾德侯，雷托說：

「拿兩塊，遞給我一塊。」

艾德侯跪下來取了兩塊。聖餅摸上去很酥脆。他站起身，小心地遞給雷托一塊。

雷托聲音洪亮地問道：「新衛兵選好了嗎？」

「是的，陛下！」女人們喊。

「妳們是否忠於我的信念？」

「是的，陛下！」

「妳們是否踏上了黃金之路？」

「是的，陛下！」

女人的叫喊聲對艾德侯形成一波波衝擊，震得他目瞪口呆。

「我們一起分享嗎？」雷托問。

「是的，陛下！」

聽到女人們的回答，雷托把聖餅拋進口中。臺下每個做母親的都先咬一口聖餅，再把剩餘部分餵給孩子。白袍女子們後面的全體魚言士也都放下手臂，吃掉聖餅。

「鄧肯，吃聖餅。」雷托說。

艾德侯把餅送進嘴裡。他的甦亡人身體沒有針對香料做過調校，但記憶喚醒了感知。聖餅嘗起來微苦，帶一點柔和的美藍極味。這種味道把艾德侯腦海裡的古老記憶翻了出來——穴地裡吃過的飯、亞崔迪府邸裡的宴會……那是處處瀰漫著香料味的過往時光。

嚥下聖餅後，艾德侯發現大廳裡已陷入一片寂靜，靜得讓人透不過氣來；忽然，從雷托的帝輿傳來響亮的咔嗒聲。艾德侯扭頭循聲望去，是雷托打開輦床裡的一個暗格，拿出了一只水晶匣，匣子散發出藍灰色的幽光。雷托將匣子擱在輦床上，打開熒亮的匣蓋，取出一把晶刃匕。艾德侯立刻認出了這把刀——刀柄上鑲著綠寶石，柄端刻著一隻鷹。

是保羅——摩阿迪巴的晶刃匕！

艾德侯發現這把晶刃匕深深打動了自己，他緊盯著刀，彷彿這樣就能讓原主人復活。

雷托把刀高高舉起，展示它優雅的曲線和柔和的虹光。

「我們的護身符。」雷托說。

女人們保持靜默，聚精會神。

「摩阿迪巴的刀，」雷托說，「沙胡羅的牙。沙胡羅會回來嗎？」

臺下響起克制的喃喃應答聲，與先前的呼喊相比，更有一種深沉的力量。

「是的，陛下。」

艾德侯將目光轉回到魚言士一張張迷醉的面孔上。

「誰是沙胡羅？」雷托問。

低沉的喃喃聲再度響起：「是您，陛下。」

艾德侯暗自點頭。毫無疑問，雷托探掘到一個巨大的能量場，並以前所未有的手段將其釋放了出來。雷托曾談起過，然而與艾德侯在這間大廳裡的所見所感相比，那些話聽起來毫無意義。現在，雷托的話又在他腦子裡迴響起來，彷彿正是為了等待這一時刻，它們才會將真實的含意披掛在身上。艾德侯想起這番對話是在地下墓殿裡進行的，雷托似乎鍾愛那個陰溼的地方，而艾德侯卻特別反感——他厭惡千百年來積下的灰塵和一股久遠的腐敗氣味。

「我一直在塑造人類社會，已經努力了三千多年，我為整個人類打開了一扇走出青春期的大門。」雷托當時說。

「您所說的並不能解釋為什麼會有女子軍隊！」艾德侯抗議道。

「強姦不是女人的天性，鄧肯。你要求聽到性別造成的行為差異嗎？這就是一條。」

「別轉移話題！」

「我沒有轉移。強姦是男性軍事征服不可避免的獎賞。在強姦過程中，男性不必拋棄任何青春期幻想。」

艾德侯記得這句話讓自己火冒三丈。

「我的天堂美女會馴服男人。」雷托說，「這叫馴化，自古以來的生存需求讓女人學會了這一招。」

艾德侯無言地盯著雷托狀似兜帽的臉龐。

「去馴服，」雷托說，「去適應某種既定的生存模式。女人是在男人手底下學會這些的，現在反過來要教會男人。」

「但你說……」

「我的天堂美女們常常在一開始就獻身於某種形式的強姦，只為換取一種深層又有約束性的相互依賴關係。」

「該死！你……」

「約束，鄧肯！約束。」

「我不認為我受到約束……」

「教育不可能一蹴而就。你頭腦裡的老思想與新思維是有差距的。」

雷托的話一瞬間幾乎沖走了艾德侯的所有情緒，只留下一種深深的失落。

「我的天堂美女教人如何成熟起來。」雷托說，「她們知道男性的成熟過程必須要有人監督。與此同時，她們自己也會成熟。最終，天堂美女成為妻子和母親，我們也戒除了扎根於青春期的暴力衝動。」

「我要親眼看到才會相信！」

「你會在『普享大典』上看到的。」

此刻，站在賽艾諾克大廳雷托的身邊，艾德侯不得不承認自己看到了一股巨大的力量，這股力量也許能創造雷托描繪的那種人類宇宙。

雷托將晶刃匕收入匣中，又把匣子放回輦床的暗格。女人們默默地看著，連小孩也不發一聲——每個人都被大廳裡這股可感知的力量所懾服。

艾德侯低頭瞧著孩子們。雷托說過，這些孩子將被委以重任——不管男孩還是女孩，以後都會身居高位。男孩終其一生都會由女性主導，用雷托的話說：「從青少年平穩過渡到種男。」

魚言士和她們的子孫後代享受著「一種其他大部分人過不上的激情生活」。

厄蒂的孩子將來會怎麼樣？艾德侯不禁心想，我的前任是否也曾站在這裡，看著他的白袍妻子參加雷托的儀式？

雷托在這裡給了我什麼？

一個有野心的指揮官能依靠這支女子軍隊接管雷托的帝國。能嗎？不……只要雷托活著就不行。雷托說女人不具備軍事侵略性，「天性使然」。

他說：「這種心性不是我培養出來的。她們清楚每隔十年都要舉行一次皇家慶典，包括衛兵交接班，為新一代祝福，也為亡故的姊妹和愛人默哀。一場一場賽艾諾克以可預測的時間單位永無終結地舉辦下去，這種變化本身也成了固定不變的東西。」

艾德侯的視線從白袍女子和孩子們轉向那一片黑壓壓的沉默面孔。他對自己說，這支龐大的女性力量如蛛網般廣布於帝國，眼前只是其小小的核心。他相信雷托說的：

「這股力量非但不會減弱，反而每過十年就會增強。」

為了什麼目的？艾德侯自問。

他瞥見雷托向大廳裡的天堂美女抬起賜福的雙手。

「我們現在要從妳們中間走過。」雷托說。

臺下的人群分開一條小路，不斷向前延伸，彷彿某種自然災害中地面裂開的一條裂隙。

「鄧肯，你走在我前面。」雷托說。

艾德侯乾嚥了一下。他手撐平臺邊緣跳入空地，走進裂隙，他知道唯有如此方能結束這場考驗。

他飛快地向後瞟了一眼，只見雷托的帝輿依靠懸浮器威武地飄移下臺。

艾德侯轉回頭，加快了步伐。

人群中的小路開始收窄。在一片古怪的靜默氣氛中，女人一邊靠近，一邊目不轉睛地盯著她們的目標——先是艾德侯，再是他身後伊克斯帝輿上那具碩大的準沙蟲身軀。

艾德侯強自鎮定向前走去，各個方向都有女人伸過手來摸他、摸雷托，甚至光是摸一下帝輿。在這些觸摸中，艾德侯感覺到了壓抑的激情和有生以來最深切的恐懼。

28

關於領導，問題必然歸結為：誰來扮神？

——摩阿迪巴，「口述史」

• • •

赫薇．諾里跟隨一名年輕的魚言士傳令兵走在盤旋通往奧恩城地下深處的寬闊坡道上。她在節慶第三日午夜前接到了雷托皇帝的傳召，當時她正因為聽聞一件消息而心緒不寧。

她的第一助理奧思瓦．耶克不是一個好相處的男人——沙色頭髮，瘦長臉，一對眼睛從不長時間看著某樣東西，更絕不直視他說話對象的眼睛。耶克交給她一張微縮紀錄紙，說是「近期節慶城暴力事件匯總報告」。

她坐在書桌前，耶克站得離桌子很近，眉眼低垂，盯著她左邊的某個位置。他說：「魚言士正在全城屠殺幻臉人。」他看來並不震驚。

「為什麼？」她問。

「據說貝尼．忒萊素有行刺神帝之舉。」

一陣驚恐襲向她的全身。她往後一靠，環視著這間大使辦公室——這是個圓形房間，配一張半圓形書桌，打磨得發亮的桌面下暗藏多種伊克斯設備的控制器。暗色調裝潢頗符合機要之處的氛圍，棕色木製嵌板下藏有防監聽監視裝置，整個房間不設窗戶。

赫薇盡力掩飾心中的不安，抬眼看著耶克問道：「那麼雷托皇帝……」

「行刺活動似乎對他毫無影響。不過這也許可以解釋那場鞭刑。」

「也就是說你認為忒萊素人確實圖謀行刺？」

「是的。」

這時出現一名雷托皇帝派來的魚言士，接待室剛一通報她就進門了。有個貝尼．潔瑟睿德的乾癟老太太跟在後面，魚言士介紹她是「安蒂克聖母」。安蒂克專注地盯著耶克。長著一張嬌嫩娃娃臉的年輕魚言士傳話道：

「陛下命我重複他說過的一句話：『我一傳妳，就必須立即回來。』現在他傳妳去。」

就在魚言士說話的當下，耶克開始煩躁不安。他四處亂看，似乎在房間裡找某種並不存在的東西。

赫薇在外衣上加了件深藍色袍子，囑咐耶克待在辦公室裡等她回來。

使館外的橙色夜燈下，街道一反常態空空蕩蕩，安蒂克看著魚言士，只說了聲「沒錯」，就離開她們了。魚言士把赫薇從杳無人跡的街上帶到一棟無窗的高樓，那條螺旋陡坡就直通此樓的地下室。

走在這條曲折窄小的坡道上，赫薇感到一陣陣暈眩。明亮的迷你白色燈球飄浮在樓梯井，照耀著葉片巨大的紫綠色藤蔓植物。這種植物攀懸在閃閃發光的金絲上。

這條坡道柔軟的黑色路面吸收了腳步聲，反而讓赫薇對袍子輕微的窸窣聲更加敏感。

「妳要帶我去哪裡？」赫薇問。

「去見陛下。」

「這我知道，但他在哪裡？」

「在他的私人宮殿。」

「深得可怕。」

「是的，陛下喜歡地下深處。」

「這樣轉啊轉的，把我搞得頭都暈了。」

「不看那些藤蔓的話會舒服一點。」

「這是什麼植物？」

「這叫藤縈，應該沒有任何氣味才對。」

「我沒聽說過。是從哪裡來的？」

「只有陛下知道。」

兩個人陷入沉默，繼續前行。赫薇試著理了理心思。神帝讓她充滿了悲傷，她能感覺到他體內的那個男人，那個本來應該存在的人。一個人為什麼要選擇這樣的人生道路呢？有人知道嗎？莫尼奧知道嗎？

也許鄧肯．艾德侯知道。

她的思路轉到了艾德侯身上。他真有魅力，男人味十足！她覺得自己深受吸引。要是雷托擁有艾德侯的身體和外表就好了。但想到莫尼奧，那又是另一個問題了。她看著魚言士的脊背。

「能跟我說說莫尼奧嗎？」赫薇問。

魚言士扭頭瞥了一眼，淡藍色的眼睛露出怪異的神情——恐懼，或是一種古怪的敬畏。

「怎麼了嗎？」赫薇問。

魚言士轉過頭去看著腳下的螺旋坡道。

「陛下說你會打聽莫尼奧的事。」她答。

「那就跟我談談他。」

「要說什麼呢？他是陛下最親密的心腹。」

「連鄧肯．艾德侯也比不了？」

「嗯，是的。莫尼奧是亞崔迪家的人。」

「莫尼奧昨天來找過我。」赫薇說，「他說我應該對神帝有所了解。還說神帝能做任何事，任何他認為有益的事。」

「很多人都相信這一點。」魚言士說。

「妳不信？」

就在赫薇問話的同時，坡道拐完了最後一個彎，前方幾步遠就是一間連著拱門的小前廳。

「陛下馬上會接見妳。」魚言士說完轉身爬上坡道，沒有回答自己究竟信不信。

赫薇穿過拱門，發現自己來到一間天花板低矮的廳堂，面積也比覲見廳小得多。這裡的空氣清新而乾燥，隱藏在天花板角落裡的光源散發淡黃色光芒。她讓眼睛適應一下昏暗的照明，注意到地毯和軟墊散亂地圍著一小堆物體……當這堆東西動起來，她不禁用手捂住了嘴，原來這正是乘在帝輿上的雷托，只是他所待的位置凹陷。她立刻領悟出這間屋子的設計用意，是為了緩解來客心中的壓迫感，並降低雷托自身的高度，使他顯得不那麼盛氣凌人。由於他的體長和體重過於驚人，只能依靠陰影加以掩飾，同時還要將燈光聚焦於臉孔和雙手。

「來，坐下。」雷托用親切而低沉的嗓音說道。

赫薇走到距雷托面部僅數公尺遠的一張紅墊子旁，坐了上去。

雷托喜形於色地看著她走過來。她穿著一件暗金色長袍，頭髮編成辮子束在腦後，讓她的臉龐顯得清純而天真。

「我已經把您的訊息送到伊克斯星了。」她說，「我還告訴他們您想知道我的年齡。」

「他們也許會答覆，」他說，「甚至可能說真話。」

「我想了解我的出生時間和當時的所有情況，」她說，「但不知為什麼您也會感興趣。」

「我對關於妳的一切都感興趣。」

「他們不會樂見您任命我為終身大使。」

「妳的上司是既拘謹又放縱的奇怪混合體。」他說，「我不太能容忍傻瓜。」

「您覺得我是傻瓜，陛下？」

「馬爾基不傻，妳也不傻，親愛的。」

「我好多年沒聽到叔叔的消息了，有時我都懷疑他是不是還活著。」

「或許我們也能打聽到他的音信。馬爾基會不會和你提起我的塔基亞措施？」

她想了一下，說：「是不是古弗瑞曼人也叫它凱特曼？」

「沒錯。是指一個人在面臨危險時隱瞞身分的自保行為。」

「我想起來了。他跟我說過您用筆名撰寫歷史，有些還非常有名。」

「我們就是在那時談論到塔基亞的。」

「您為什麼要提到這個，陛下？」

「為了避開其他話題。妳知道諾亞·阿克賴特的書是我寫的嗎？」

她忍俊不禁。「真有趣，陛下。我的功課就包括閱讀他的生平。」

「那也是我寫的。妳的任務是從我這裡挖掘什麼祕密？」

聽到雷托巧妙改變話題，她連眼睛都沒有眨一下。

「他們對陛下宗教的內部運作機制很好奇。」

「是嗎？」

「他們想知道您是怎麼從貝尼．潔瑟睿德手裡奪取宗教控制權的。」

「想必他們自己企圖重演歷史？」

「我肯定他們有這種想法，陛下。」

「赫薇，妳作為伊克斯人的代表可不稱職喔。」

「我是您的僕人，陛下。」

「妳自己不好奇嗎？」

「我怕我的好奇會讓您心煩。」她說。

雷托盯了她一會兒，說：「我明白了。是的，妳說得對。我們應當暫時避免更親密的談話。妳想要我談談女修會嗎？」

「是的。您知道我今天碰上了一個貝尼．潔瑟睿德使團的人嗎？」

「應該是安蒂克。」

「我覺得她很嚇人。」她說。

「妳一點也不用怕安蒂克。是我派她去使館的。妳知道使館已經被幻臉人占領了嗎？」

赫薇倒抽一口涼氣，只覺寒意襲上心頭，但還是鎮定了下來。「奧思瓦．耶克？」她問。

「妳也曾懷疑？」

「我只是不喜歡他，我聽說……」她聳聳肩，接著又回到了現實，「他怎麼了？」

「本尊？他死了。幻臉人在這種情況下一般不留活口。魚言士收到我的明確指令了，妳的使館裡一個活的幻臉人也不能留下。」

赫薇沉默了，臉頰上流下兩行清淚。街道上為什麼空空蕩蕩，安蒂克為什麼神神祕祕地說了聲「沒錯」，現在都有了解釋。許多事都清楚了。

「我會派魚言士協助妳工作，直到妳安排好其他人選。」雷托說，「魚言士會好好保護妳。」

赫薇甩掉臉上的眼淚。伊克斯星的審問官要對忒萊素人大發雷霆了。伊克斯人會相信她的報告嗎？所有使館工作人員都被幻臉人取而代之了！難以置信。

「全都死了？」她問。

「幻臉人沒有理由留下活口。妳會是下一個。」

她打了個冷顫。

「他們延遲了行動，」他說，「因為他們認為必須極為精確地複製妳，才能瞞過我。他們不太清楚我的本事。」

「那麼安蒂克……」

「女修會和我都有識別幻臉人的能力。安蒂克……嗯，她自然精於此道。」

「沒人信任忒萊素人。」她說，「為什麼不早點把他們清除掉？」

「專業人員有他們的作用，但也有不如人意的地方。妳讓我吃驚了，赫薇。我沒料到妳也會有這麼血腥的想法。」

「忒萊素人……他們太殘忍了，不能算人。他們不是人！」

「我向妳保證，人類可以一樣殘忍。我自己有時候就很殘忍。」

「我知道，陛下。」

「被激怒的時候。」他說，「不過我唯一考慮過消滅的群體是貝尼．潔瑟睿德。」

她驚愕得啞口無言。

「她們離自己應該成為的樣子是那麼近，然而又是那麼遠。」他說。

她回過神來，說：「但『口述史』說……」

「聖母的宗教，沒錯。她們曾經針對特定的社會設計特定的宗教，並稱之為工程。妳對此有什麼看法？」

「冷酷無情。」

「的確如此。她們自食其果了。儘管多次嘗試大規模推行普世教會主義，全帝國依然充斥著無數的大神、小神和自詡的先知。」

「是您改變了局面，陛下。」

「在一定程度上。不過這些神很頑固，赫薇。我的一神教雖然占了主導地位，但原來的諸神仍然存在，祂們披著各種偽裝鑽到檯面下了。」

「陛下，我感覺您的話……跟……」她搖了搖頭。

「跟女修會一樣工於算計？」

她點點頭。

「是弗瑞曼人神化了我父親，偉大的摩阿迪巴，儘管他其實不喜歡被稱作偉大。」

「但弗瑞曼人的作為……」

「弗瑞曼人的作為正確嗎？我最親愛的赫薇，他們善於捕捉運用權力的機會，也渴望保持自身的優勢地位。」

「我覺得這……讓人不安，陛下。」

「我能理解。造一個神居然這麼簡單，好像任何人都能辦到，妳難以接受。」

「這聽起來實在是太隨便了，陛下。」她的聲音顯得既遙遠又費勁。

「我向妳保證，其實任何人都做不到。」

「但您暗示您的神性是繼承自……」

「千萬不要對魚言士說這話。」他說，「異端邪說會引起她們的激烈反應。」

她乾嚥了一下。

「我說這些全是為了保護妳。」他說。

她輕聲道：「謝陛下。」

「我告訴我的弗瑞曼人，我不能再為部落提供死亡之水了，那時就是我神性的開端。妳知道死亡之水嗎？」

「沙丘時代從死者屍體回收的水。」她答。

「啊，妳讀過諾亞．阿克賴特的書。」

她擠出一絲笑容。

「我對弗瑞曼人說，死亡之水將供奉一位無名的至高神。但我會把這水的掌控權授予弗瑞曼人。」

「在那些日子水一定是非常珍貴的。」

「非常珍貴！我作為無名神的代表，間接掌管珍貴的水將近三百年。」

她咬著下嘴唇。

「聽上去還像算計嗎？」他問。

她點點頭。

「確實如此。在奉獻我妹妹的水時，我表演了一個奇蹟。從珈尼的水甕裡傳出所有亞崔迪家的人的說話聲。這時，我的弗瑞曼人發現我就是他們的至高神。」

赫薇嗓音裡充滿惶惑，戰戰兢兢地問道：「陛下，您在告訴我其實您並不是神嗎？」

「我在告訴妳我不跟死亡玩捉迷藏。」

赫薇凝視了他幾分鐘才作出回應，不僅讓他確信赫薇已領會了他的深意，也進一步顯露了她的關愛。

「您的死跟別人的死不會一樣。」她說。

「可愛的赫薇。」他咕噥了一聲。

「我想知道您不怕受到真正的至高神的批判嗎？」她說。

「妳在批判我嗎，赫薇？」

「不，我只是為您擔心。」

「想想我將要付出的代價吧。」他說，「我的意識將分散，關押在我的每一後裔之中，他們會感到迷失而無助。」

她雙手捂住嘴，盯著他。

「這種恐怖是我父親不敢面對而且盡力避免的：一個失明的自我無休無止地分裂再分裂。」

她放下雙手，悄聲問：「那時您還有意識嗎？」

「在某種程度上有……但發不出聲音。每一條沙蟲、每一條沙鱒都會帶上我的一顆意識之珠——我有知覺但連一個細胞也控制不了，我的意識將沉浸在一個無盡的夢中。」

她不寒而慄。

雷托看到她正努力理解這種存在。當他的自我分裂成千千萬萬個碎片，仍在拚命控制愈來愈不聽使喚的伊克斯思錄機，這最終的喧囂場面她想像得出嗎？在那可怕的分裂結束之後一切驟然歸於死寂，她又能體會得到嗎？

「陛下，要是我洩漏這個祕密，他們會拿來對付您的。」

「妳會洩漏嗎？」

「當然不會！」她緩緩搖著頭。他為什麼要接受這種可怖的蛻變？就沒有其他出路嗎？片刻後，她說：「記錄您思想的那種機器，不能改造一下用來……」

「來記錄一百萬個我？十億個我？比十億還多的我？我親愛的赫薇，沒有一顆意識之珠代表真正的我。」

她的兩眼溼潤了。她眨眨眼，深吸了一口氣。雷托看出來這是貝尼・潔瑟睿德讓自己保持鎮定的訓練手法。

「陛下，您讓我害怕極了。」

「而妳不理解我為什麼要這麼做。」

「我有可能理解嗎？」

「喔，是的。能理解的大有人在，但他們理解之後會怎麼做，又是另一回事了。」

「您會指導我應該怎麼做嗎？」

「妳已經知道了。」

她靜靜地想了想，說：「與您的宗教有關係。我能感覺到。」

雷托微微一笑。「妳的伊克斯主子把妳這件無價之寶獻給我，為此我能原諒他們幾乎任何事。如今你們求就必得著。[6]」

她將坐墊上的身軀前傾，湊近雷托。「告訴我您宗教的內部運作機制。」

「妳很快就會全面了解我的，赫薇。我保證。只需要記住，遠祖的太陽崇拜其實離我們並不遙遠。」

「太陽……崇拜？」她坐直身體。

「太陽控制一切運動但不能觸碰——它就是死亡。」

「您的……死亡？」

「所有宗教都像一顆行星圍繞著太陽旋轉，行星必須利用太陽的能量，必須依靠它確保自身生存。」

她的聲音幾乎像耳語：「您在您的太陽裡看到了什麼，陛下？」

「一個開著許多扇窗的宇宙，我可以向內窺視。窗內顯現什麼，我就看見什麼。」

「未來？」

「宇宙本質上是沒有時間的，也可以說，它包含一切時間和一切未來。」

「那麼這是真的了。」她說，「您看到了某個場景，必須藉由這個——」她指了指他那具長長的分節身軀，「來避免那場景出現。」

「妳內心有沒有些微感覺，覺得這可能是神聖的，即使只有一點點也好？」他問。

6 出自馬太福音第七章第七節。——編注

她只得點了點頭。

「如果妳和我一同分擔，」他說，「我警告妳，這會成為一個可怕的負擔。」

「這樣能減輕您的負擔嗎，陛下？」

「不會，但能讓我好受些。」

「那我願意分擔。請告訴我，陛下。」

「還不到時候，赫薇。妳必須再耐心等待一段時間。」

她忍住失望，嘆了口氣。

「單純是因為我的鄧肯．艾德侯愈來愈沒耐心了。」雷托說，「我必須先處理他。」

她向後一瞥，小廳裡沒有別人。

「您希望我這就離開嗎？」

「我希望妳永遠不離開我。」

她盯著他，他目光灼灼，表情流露出飢渴的空虛，讓她悲從中來。「陛下，您為什麼要把自己的祕密告訴我呢？」

「我不會要求妳做神的新娘。」

她驚訝地瞪大了眼睛。

「別回答。」他說。

她幾乎沒動腦袋，只用目光掃視著暗影裡那具長長的軀體。

「不必在我身上尋找那個已經不存在的部分。」他說，「我已經無法享受某些肉體歡娛。」

她把目光轉向他兜帽狀的臉龐，看著臉頰上的粉紅色皮膚，這是異類軀殼中極為醒目的人類特徵。

「假如妳想要孩子，」他說，「我只要求妳，由我來選擇父親。不過我現在還沒要求妳做任何事。」

她的聲音很微弱。「陛下，我不知道怎麼……」

「我馬上就會回帝堡。」他說，「妳到那裡來見我，我們再談。到時候我會告訴妳我要避免的是什麼。」

「我很害怕，陛下，從來沒有想過我會這麼害怕。」

「別怕我。我只會對妳好，我的好赫薇。至於其他危險，我的魚言士會用生命來保護妳。她們不敢讓妳受到傷害！」

赫薇站起身來，瑟瑟發抖。

看見這番話對她產生了如此巨大的影響，雷托感到痛苦。赫薇的眼裡閃著淚光，她攥緊雙拳，想止住顫抖。雷托知道她願意去帝堡跟自己再度會面。不管他要求什麼，她都會像魚言士那樣回應：

「是，陛下。」

雷托覺得，如果她能跟自己調換位置，挑起他的重擔，她會願意挺身而出。正因為做不到，才更增添了她的痛苦。她擁有源自深度敏感的智慧，而又毫無馬爾基的享樂主義弱點。她完美得令人害怕。她的每一處細節都確證了雷托的想法：她精準符合他心目中的理想女性形象，假如他成長為正常的男人，她就是他希望得到（不！是必須得到！）的那個配偶。

伊克斯人清楚這一點。

「退下吧。」他輕聲說。

29

對於人民我亦父亦母。我了解出生與死亡的狂喜，我也通曉你必須學習的那些模式。難道我沒有迷醉地徜徉在宇宙的各種形態之中嗎？有！我見過你在亮光裡的剪影。如今你說你能看見和感知的那個宇宙，是我的夢。我對其傾注全力，我無所不在。你就是這樣誕生的。

——《失竊的日記》

• • •

「魚言士告訴我，賽艾諾克一結束你就立刻去了帝堡。」雷托說。

他用責備的目光盯著艾德侯，艾德侯站的位置離一小時前赫薇坐的地方不遠。只有短短一小時——但雷托覺得空虛不已，彷彿過了幾個世紀。

「我需要時間思考。」艾德侯說。他瞧著帝輿所占的那個陰暗的大坑。

「還有跟希歐娜談話？」

「是的。」艾德侯抬眼看雷托的臉。

「但你還找了莫尼奧。」雷托說。

「我的每個動作她們都要彙報嗎？」艾德侯問。

「並不是每個動作。」

「有時候人需要獨處。」

「當然。但不要責怪魚言士，她們是在關心你。」

「希歐娜說她要面臨考驗！」

「這就是你找莫尼奧的原因？」

「是什麼考驗？」

「莫尼奧清楚。我假設這就是你想見他的原因。」

「你不會假設！而是知道。」

「賽艾諾克讓你心煩了，鄧肯。我覺得很抱歉。」

「你有一點點了解我……在這裡的感受嗎？」

「甦亡人的人生不是一帆風順的。」雷托說，「有些甦亡人尤其命運多舛。」

「我不需要這種幼稚的哲學！」

「那你需要什麼，鄧肯？」

「我需要知道某些事實。」

「比如？」

「我不理解你周圍的任何一個人！莫尼奧面不改色地告訴我，希歐娜是要顛覆你的一個叛亂分子。他的親生女兒！」

「當年莫尼奧也是反叛者。」

「明白我的意思了嗎？你也考驗過他？」

「是的。」

「你會考驗我嗎？」

「我正在考驗你。」

艾德侯瞪著他說：「我不理解你的政府、你的帝國、你的一切。我了解得愈多，愈是不明白到底是什麼狀況。」

「你真幸運，發現了智慧的真諦。」雷托說。

「什麼？」艾德侯憋了一肚子火，這一聲喊猶如戰場上的怒吼，迴蕩在這個小房間裡。

雷托微微一笑。「鄧肯，我沒告訴過你嗎？當你自以為了解什麼的時候，恰好完全堵塞了求知的通道。」

「那麼告訴我到底是什麼狀況。」

「我的朋友鄧肯．艾德侯正在培養新習慣。他在學習永遠都要把目光越過自認為了解的事物，去探求未知。」

「好吧，好吧。」艾德侯邊說邊慢慢點頭，「那麼是怎樣的未知把我捲進那個什麼賽艾諾克的？」

「我在鞏固魚言士與衛隊指揮官之間的關係。」

「而我不得不趕走她們！送我去帝堡的那支衛隊想在中途開一場縱欲派對。還有你派去帶我回來的那些人……」

「她們知道我多想看到鄧肯．艾德侯的孩子。」

「該死！我不是你的種男！」

「不必大喊大叫，鄧肯。」

艾德侯深吸了幾口氣，說：「我對她們說『不』之後，一開始她們顯得挺委屈，接著就把我當成該死的——」他搖了搖頭，「聖人之流。」

「她們不服從你？」

「她們什麼也不問……除非有違你的命令。我是不想回這裡的。」

「但她們還是帶你回來了。」

「你清楚得很，她們不會不聽你的！」

「我很高興你能來，鄧肯。」

「喔，我能看出來！」

「魚言士知道你有多特別，也知道我有多器重你，我又是多麼虧欠你。關於我和你，永遠不存在服從和不服從的問題。」

「那是什麼問題？」

「忠誠。」

艾德侯陷入深思。

「你感覺到賽艾諾克的力量了嗎？」雷托問。

「莫名其妙的東西。」

「那你為什麼被它搞得心煩意亂？」

「你的魚言士不是軍隊，她們是警察。」

「我以自己的名義保證，不是這樣的。警察不可避免會走向腐敗。」

「你用權力來誘惑我。」艾德侯憤憤地說。

「那就是考驗，鄧肯。」

「你不信任我？」

「我信任你對亞崔迪氏族的忠誠，毫不懷疑。」

「那談什麼腐敗和考驗？」

「是你在怪我豢養了一隊警察。警察總是見證罪犯的滋生，要是哪個警察看不出權力正是最大的犯罪溫床，那他一定是愚鈍到家了。」

艾德侯舔了舔嘴唇，滿臉迷惑地盯著雷托。「但道德規訓……我是指，法律……監獄……」

「假如違法不屬於罪惡，法律和監獄還有什麼用？」

艾德侯將腦袋微微向右揚起。「你是在說你那該死的宗教是……」

「懲罰罪惡有時需要大動干戈。」

艾德侯豎起拇指，越過肩頭指了指門外。「那麼人們對死刑議論紛紛……還有鞭刑和……」

「只要可行，我就會試著免去無謂的法律和監獄。」

「你必須設立一些監獄！」

「是嗎？監獄唯一的作用就是展示法庭和警察正在發揮作用的假象。一種就業保障而已。」

艾德侯微轉身，伸出食指指著他進屋時穿過的那道門。「你把一顆顆星球都變成了十足的監獄！」

「你要是心裡有這種幻象，我猜你會把任何地方都想像成監獄。」

「幻象！」艾德侯垂下手，驚愕而立。

「是的。你提到監獄、警察、法律這些完美幻象，在它們背後運轉的是一個發達的權力結構。很顯然，這個結構凌駕於自己的法律之上。」

「那麼你覺得犯罪問題可以……」

「不是犯罪，鄧肯，是罪惡。」

「所以你認為你的宗教能……」

「你有沒有注意到最嚴重的罪惡是什麼？」

「什麼？」

「企圖腐蝕我的政府官員，還有政府官員自身的墮落。」

「是什麼樣的墮落？」

「本質上說，就是看不見也不崇拜雷托的神聖性。」

「你？」

「我。」

「可你一開始就對我直說……」

「你覺得我不相信自己的神性嗎？小心點，鄧肯。」

艾德侯用憤怒而平直的語調說：「你說過，我的任務包括幫你保守祕密，還有你……」

「你不知道我的祕密。」

「還有你是一個暴君？這沒有……」

「神的權力比暴君更大，鄧肯。」

「我不愛我聽到的這些。」

「亞崔迪氏族什麼時候要求你愛自己的工作？」

「你要我領導你的魚言士，而她們既是法官，又是陪審團，還是劊子手……」艾德侯煞住話頭。

「怎麼了？」

艾德侯仍未開口。

雷托看了看他倆之間的距離，頓感心寒，相距那麼短，然而又那麼長。

這就像反覆拉動釣線上的魚，雷托想，在這場角力中，你必須估量每個部分的斷裂點。

艾德侯的問題是，只要一進到網子裡，就會加快滅亡的速度。而這次比以前來得更快。雷托不由得傷感起來。

「我不會崇拜你的。」艾德侯說。

「魚言士能看出來你有特別豁免權。」雷托說。

「就像莫尼奧和希歐娜？」

「區別很大。」

「這麼說叛黨屬於特殊情況。」

雷托露齒一笑。「所有我最信任的官員都當過叛黨。」

「我不是……」

「你是叛黨中的佼佼者！你幫助亞崔迪氏族從一個帝王手裡奪取了整個帝國。」

艾德侯沉思起來，顯得眼神恍惚。「確實是。」他猛一搖頭，彷彿要把什麼東西甩出去腦袋，「看看你對這個帝國都幹了什麼！」

「我在裡面創建了一種模式，一種典範的模式。」

「你愛怎麼說怎麼說吧。」

「資訊會在模式中僵化，鄧肯。我們可以用一種模式解決另一種模式。流動的模式是最難以識別和理解的。」

「又是莫名其妙的事情。」

「你犯過同樣的錯。」

「你為什麼叫忒萊素人復活我——一個甦亡人接著一個甦亡人？這裡面有什麼模式？」

「因為你擁有那麼多優點。我要讓我父親來說話。」

艾德侯抿緊了嘴唇。

雷托開始用摩阿迪巴的聲音說話，連兜帽狀的臉龐都模仿起了他父親的面容。「你是我最忠誠的朋友，鄧肯，連葛尼．哈萊克都比不上你。但我已經成為過去了。」

艾德侯費力地乾嚥了一下。「看看你幹的事！」

「有違亞崔迪氏族的本質？」

「你說得對極了！」

雷托恢復了自己的聲音。「但我仍然是亞崔迪家的人。」

「真的嗎？」

「我還能是什麼人呢？」

「我也想知道！」

「你覺得我在玩文字和聲音的遊戲？」

「那你到底在玩什麼把戲？」

「我在保護生命，同時為下一個週期打基礎。」

「你靠殺戮來保護生命？」

「死亡常常有利於生存。」

「亞崔迪家的人不會這麼想！」

「恰恰相反。我們經常看到死亡的價值。而伊克斯人從來看不到這種價值。」

「伊克斯人跟這個有什麼關……」

「大有關係。他們會造一臺機器來掩蓋別的陰謀詭計。」

艾德侯若有所思地說：「這就是那位伊克斯大使被派來的原因？」

「你見過赫薇・諾里。」雷托說。

艾德侯朝上指著說：「我來的時候她剛好離開。」

「你跟她說話了？」

「我問她在這裡幹什麼。她說她在選邊站。」

雷托爆發出一陣大笑。「喔，我的天。」他說，「她太棒了。她透露自己選哪邊了嗎？」

「她說她現在事奉神帝。當然，我不相信。」

「但你應該相信她。」

「為什麼？」

「啊，是啊。我忘了連我祖母潔西嘉女士你都曾經懷疑過。」

「我有充分的理由！」

「你也懷疑希歐娜嗎？」

「我開始懷疑所有人了！」

「而你還說不知道自己對我有什麼價值。」雷托責怪道。

「希歐娜的事又怎麼說？」艾德侯問，「她說你要我們倆……我是說，該死的……」

「希歐娜有一點你要絕對相信，那就是她的創造力。她能創造美麗的新事物。人總要相信真正的創造力。」

「甚至包括伊克斯人的陰謀詭計？」

「那不是創造力。人總是可以辨識出創造力，因為它光明正大地顯露出來。而鬼鬼祟祟的舉動則會完全暴露另一股勢力的存在。」

「那麼你不信任這位赫薇．諾里囉，但你……」

「錯了，我信任她，原因正是我剛才告訴你的。」

艾德侯眉頭緊鎖又舒展，他嘆了口氣。「我最好跟她變熟絡點。既然她是你……」

「不！你離赫薇．諾里遠一點。我對她另有打算。」

30

我把我心中的城市經驗隔離開來，近距離審視。城市這一概念讓我著迷。生物群落若未形成功能性、互助性的社會共同體，必將導向一場大災難。許多世界沒有相互關聯的社會結構，變成單一化生物群落，最終走向毀滅。考察人口高度密集的環境便知箇中原因。貧民區就是一種具有毀滅性的存在，人口密度過大所產生的心理壓力日積月累終歸要爆發。建立城市的宗旨是管控這些壓力，城市在摸索中嘗試的各種社會形態值得我們研究。記住，任何社會秩序的形成必然伴隨著某種惡意，因為人造實體必須為其自身的存在而鬥爭。專制制度和奴隸制度總是在其邊緣盤旋不去，然後會發生大量流血事件，於是就需要制定法律。法律衍生出自己的權力結構，製造更多的流血事件與新的不公現象。救治這種創傷要靠合作而非衝突。誰號召合作，誰就是救世者。

——《失竊的日記》

• • •

莫尼奧帶著明顯的不安走進雷托的小廳。其實他還比較能接受這個面見地點，因為神帝的帝輿停放在凹坑裡，蟲子不太容易發起致命攻擊；還有一點不可否認的是，雷托允許他乘伊克斯升降機下來，不用沒完沒了地走坡道。然而莫尼奧有預感，他在這天早上帶來的消息一定會刺激到「沙蟲神」。

怎麼稟報呢？

黎明剛過去一小時，今天是節慶第四日，想到這場磨難已近尾聲，莫尼奧才略感寬心。莫尼奧進入小廳時雷托已經有了動靜。燈光按雷托的指令點亮了，只聚焦在他自己的臉上。

「早安，莫尼奧。」他說，「侍衛說你堅持要馬上進來。出了什麼事？」

經驗告訴莫尼奧，倘若不加克制，說得太多太快，就會有危險。

「我跟安蒂克聖母見過面。」他說，「雖然她藏得很深，但我確定她是晶算師。」

「是的。貝尼·潔瑟睿德總是有不服從我的時候，這種違命倒讓我覺得好笑。」

「那麼您不會懲罰她們了？」

「莫尼奧，從根本上來說，我是人民唯一的家長。家長必須恩威並施。」

他心情不錯，莫尼奧想。他輕輕嘆了口氣，雷托見狀微微一笑。

「我對安蒂克說，您已下令特赦幾名落網的幻臉人，她表示反對。」

「我要在節慶中用上他們。」雷托說。

「陛下？」

「我之後會告訴你。先說說你現在急著帶給我的消息吧。」

「我……嗯……」莫尼奧咬著上嘴唇，「忒萊素人為了討好我，特別喋喋不休。」

「當然是這樣。他們揭露了什麼祕密？」

「他們……嗯，為伊克斯人提供過指導和設備，足以製造一個……嗯，不能說是甦亡人，連複製人也算不上。也許我們應該用忒萊素人的術語：一個細胞重組體。這個……嗯，實驗是在某種防護裝置裡進行的，宇航公會的人向他們保證說您的預知力無法穿透進去。」

「那麼結果呢？」雷托覺得這句問話投進了冰冷的真空。

「忒萊素人不確定，因為不讓他們旁觀。不過，他們的確看到馬爾基進了這個……嗯，艙室，而出來的時候多了個嬰兒。」

「沒錯！我就知道！」

「您知道？」莫尼奧糊塗了。

「靠推理。這一切發生在二十六年前？」

「是的，陛下。」

「他們認為那個嬰兒就是赫薇・諾里？」

「他們不確定，陛下，但……」莫尼奧聳了聳肩。

「也難怪。你得出了什麼結論，莫尼奧？」

「新任伊克斯大使懷有不可告人的企圖。」

「當然是這樣。莫尼奧，你不覺得奇怪嗎？赫薇，溫柔的赫薇跟可怕的馬爾基簡直是正反兩面，處處相反，包括性別。」

「我沒想到這一點，陛下。」

「我想過。」

「我會立即把她遣返伊克斯星。」莫尼奧說。

「你不能這麼做！」

「但要是他們……」

「莫尼奧，據我觀察，遇到危險的時候你很少轉身背對。別人經常這麼做，但你很少這樣。你為什麼要讓我做這麼愚蠢的動作呢？」

莫尼奧乾嚥了一下。

「好。只要你能體認到錯誤，我就很欣慰。」雷托說。

「謝陛下。」

「我還欣賞你表達謝意的誠摯態度，就像你剛才那樣。那麼，你聽到這些消息的時候，安蒂克也在場嗎？」

「照您吩咐安排的，陛下。」

「好極了，這樣會熱鬧一點。你現在馬上去赫薇小姐那裡，說我要立即見她。她會感到不安。她本來以為要等到我回帝堡後才會召見。我要你安撫她，減輕她的擔憂。」

「我該怎麼做，陛下？」

雷托哀傷地說：「莫尼奧，自己擅長的事怎麼還問別人的意見？把我的善意傳達給她，安撫她，帶她過來。」

「是，陛下。」莫尼奧彎腰退後一步。

「等等，莫尼奧！」

莫尼奧一下停住了動作，兩眼緊盯雷托的面孔。

「你心裡有疑惑，莫尼奧。」雷托說，「有時候你不知道怎麼看待我。我不是全知全能的嗎？你給我帶來這些零零碎碎的消息，心裡納悶：他是不是已經知道了？如果他已經知道了，我還費什麼事呢？但我還是命令你彙報這類消息，莫尼奧。你一向遵命行事，難道沒有從中受到點啟發嗎？」

莫尼奧剛要聳肩，但止住了。他的嘴唇在發抖。

「時間跟空間一樣，莫尼奧。」雷托說，「任何事物都與你當下所處的位置還有你的所見所聞密切相關。對事物的判斷依靠的是意識本身。」

經過長時間沉默，莫尼奧大著膽子問：「就這些了嗎，陛下？」

「不，不止這些。宇航公會的信使今天會交給希歐娜一個包裹。不可干涉包裹的遞送，明白嗎？」

「包裹裡有……有什麼，陛下？」

「一些譯文，是我希望她讀到的材料，你不能干涉。包裹裡沒有美藍極。」

「您怎……怎麼知道我擔心裡面有……」

「因為你害怕香料。它能延長你的壽命，但你拒絕服用。」

「我害怕它的其他作用，陛下。」

「慷慨的大自然裁定美藍極能幫助一部分人探究深不可測的精神世界，而你卻害怕？」

「我是亞崔迪家的人，陛下！」

「啊，沒錯，對於亞崔迪家的人，美藍極能藉由特殊的內省過程啟動時間的祕密。」

「我只需要記得您考驗我的方式，陛下。」

「你看不出來自己必須會感知到黃金之路嗎？」

「我不害怕這個，陛下。」

「你害怕其他意外，那些促使我作出決定的東西。」

「我只要看著您，陛下，就能體會那種恐懼。我們亞崔迪家的人……」他打住話頭，覺得嘴巴發乾。

「你不想要聚在我心中的祖先和其他人的記憶！」

「有時……有時，陛下，我覺得香料是對亞崔迪氏族的詛咒！」

「你寧可從來沒出現過我這個人嗎？」

莫尼奧沒有作聲。

「但美藍極自有它的價值，莫尼奧。宇航領航員需要它。沒有美藍極，貝尼．潔瑟睿德會退化成一幫哭哭啼啼的沒用女人！」

「有它沒它我們都得活下去，陛下。我心裡有數。」

「很有見地，莫尼奧。但你選擇不靠它活。」

「我不能這樣選擇嗎，陛下？」

「目前可以。」

「陛下，您是什麼……」

「美藍極在通用凱拉赫語中有二十八個同義詞。它的用途、溶液、保存年代，是合法購買的、偷來的還是征服後占有的，是男方的彩禮還是女方的嫁妝，諸如此類，都可以用來稱呼美藍極。你怎麼理解這種現象，莫尼奧？」

「我們有許多選擇，陛下。」

「只有香料存在這種情況嗎？」

莫尼奧皺眉思索了一下，說：「不。」

「你很少在我面前說『不』。」雷托說，「我喜歡你嘴唇吐出這個字的樣子。」

莫尼奧刻意地笑了笑，看上去只是抽了一下嘴角。

雷托快速地說：「好了！你立刻去找赫薇小姐。臨走前我再給你一個建議，也許用得上。」

莫尼奧認真地盯著雷托的臉孔。

「藥物知識大部分源於男性，因為男性更愛冒險——這是男性攻擊性的自然產物。你讀過《奧蘭治合一聖書》，應該了解夏娃和蘋果的故事。其中有個有趣的細節：夏娃並不是先摘蘋果吃的人。先吃的是亞當，吃下之後，他還學會了嫁禍給夏娃。這個故事暗示我們的社會必然會出現人以群分的結果。」

莫尼奧把腦袋微微向左傾。「陛下，這對我有什麼幫助？」

「這能幫助你與赫薇小姐打交道！」

31

宇宙獨一無二的多重性深深吸引著我。這是一種極致之美。

——《失竊的日記》

• • •

雷托聽到前廳裡響起莫尼奧的聲音，接著赫薇步入了小覲見室。她下穿淡綠色寬鬆馬褲，腳踝處用搭配涼鞋的墨綠色蝴蝶結紮緊。黑色斗篷裡面穿著一件同樣是墨綠色的寬鬆外衣。

她走近雷托時顯得神色鎮定，自顧自坐了下來，挑的是金色坐墊而不是上次那個紅色的。莫尼奧不到一小時就把她帶來了。雷托敏銳的聽覺留意到莫尼奧在前廳發出坐立不安的聲音，於是示意人關閉拱廊的門。

「莫尼奧有煩心事。」赫薇說，「他在我面前費了好大工夫來掩飾，但他愈安撫我，就愈讓我覺得好奇。」

「他沒有嚇到妳吧？」

「喔，沒有。不過他確實說了些非常有趣的話，他說我必須隨時牢記，雷托神對每個人來說都是不同的。」

「這句話哪裡有趣呢？」雷托問。

「有趣的是緊接著的那個問題。他說他常常想，在對您造成改變的各方面，我們都扮演了什麼角色？」

「的確有趣。」

「我覺得很深刻。」赫薇說，「您召我有什麼事？」

「曾經有一段時間，妳的伊克斯主子……」

「他們不再是我的主子了，陛下。」

「原諒我。從此以後，我會稱呼他們為伊克斯人。」

她嚴肅地點了點頭，重提剛才的話頭：「曾經有一段時間……」

「伊克斯人計畫製造一種武器，一種能自行驅動、具備機器邏輯的致命尋獵鏢，被設計成具有自我改良的能力，能搜尋生命體，奪去生命使其回歸無機物。」

「我沒聽說過這種東西，陛下。」

「我知道。伊克斯人沒有意識到，製造機器的人總會面臨所有物事都全盤機器化的危險。這會讓創造走上絕路。機器總會失靈的……總有一天。當機器失靈的時候，就什麼都不會剩，一條生命都留不下來。」

「有時候我覺得他們瘋了。」她說。

「安蒂克也是這麼想的。現在有個問題，伊克斯人瞞著世人在圖謀某件事。」

「連您也瞞住了？」

「連我也瞞住了。我馬上會派安蒂克聖母去調查。關於妳童年生活過的地方，我要妳把各方面的情況毫無保留地告訴她，這對她有幫助。不要遺漏任何細節，不管有多麼微不足道。安蒂克會幫妳回憶。所有聲音、氣味、顏色，所有來客的外貌和名字，甚至妳皮膚的刺痛，我們都要知道。最小的細節都可能事關重大。」

「您覺得他們就是在那邊幹見不得人的事？」

「我肯定。」

「您認為他們的武器就是在那裡……」

「不，但我們將用這個藉口去調查妳的出生地。」

她張開嘴，慢慢地笑了，說：「陛下真狡猾。我馬上去見聖母。」赫薇剛要起身，雷托示意她等等。

「我們不能顯得太急。」他說。

她又在墊子上坐穩。

「以莫尼奧的眼光看，我們每一個都是與眾不同的。」他說，「創世記並沒有結束，你們的神還在創造你們。」

「安蒂克會發現什麼？您知道的，是嗎？」

「可以說我對此有非常大的把握。嗯，妳還沒問起我剛才提的那個話題。妳沒有問題嗎？」

「如果我有必要知道答案，您會告訴我的。」這句充滿信任的話讓雷托無法言語。他只能看著她，嘆服於伊克斯人的傑作——這個人類。赫薇的一舉一動嚴格遵循她個人的道德標準。她容貌秀麗，為人熱情而誠摯；她的感覺異常敏銳，凡是自己認同的人，總會不由自主分擔對方的一切痛苦。雷托可以想像，面對赫薇難以撼動的率真本心，她的貝尼．潔瑟睿德導師會有多麼氣餒。那些導師顯然只能對她施以小修小補式的調教，然而所有努力的結果都是幫倒忙，反而阻止她成為一名貝尼．潔瑟睿德。這一定讓她們萬分惱火！

「陛下，」她說，「我想知道驅使您選擇這條人生道路的動機。」

「首先，妳必須理解看到未來是怎麼一回事。」

「有您的幫助，我願意一試。」

「沒有一樣事物能夠與其源頭割離。」他說，「看見未來其實是目睹一種連續性，其間萬事萬物一一顯現，彷彿瀑布底下的氣泡。妳看見了水泡，接著它們就消失在小溪中。假如這條小溪流到了盡頭，那些氣泡也就像從來沒有存在過。這條小溪就是我的黃金之路，我看到了它的盡頭。」

「您的選擇──」她指了指他的身體，「改變了它？」

「它還在變。這種變化不僅來自我活的方式，也來自我死的方式。」

「您知道自己會怎麼死？」

「不知道怎麼死。我只知道我的死會發生在黃金之路裡。」

「陛下，我不……」

「很難理解，我知道。我將經歷四重死亡──肉體之死、靈魂之死、神話之死和理性之死。而所有死亡都包含復活的種子。」

「您會回返……」

「種子會回返。」

「您離開後，您的宗教將發生什麼事？」

「所有宗教都屬於單一教派。黃金之路的光譜不會中斷，但人類只能按先後順序依次看見。當感知出現偏差，就會產生錯覺。」

「人們仍會崇拜您。」她說。

「是的。」

「但是當『永遠』結束時，人們會憤怒。」她說，「有人將起來唱反調。他們會說您只不過是凡夫俗子中的一個暴君。」

「這就是錯覺。」他表示同意。

她感到喉中堵了個硬塊，停頓了片刻才說：「您的生死是怎麼改變……」她搖了搖頭。

「生命將延續。」

「我相信，陛下，但會怎麼延續？」

「每一個週期都是前一個週期引發的反應。如果妳想一想這個帝國的形態，就知道下一個週期是什麼樣了。」

她把目光移向別處。「我研究過您的氏族，所有事實都表明您這樣做——」她朝著他的方向做了個手勢，但並沒有看他，「全是為了無私的目的。不過，我想我不太清楚這個帝國的形態。」

「不清楚『雷托的金色和平』？」

「我們享受到的和平並不如某些人宣稱的那樣多。」她把視線轉回雷托身上。

她多麼坦誠！他想，無法扼殺的坦誠。

「這是一個充斥著欲望的時代。」他說，「在這個時代，我們就像一個個細胞那樣擴張。」

「但某些東西不見了。」她說。

她跟那些鄧肯很像，他想。一旦某些東西不見了，他們立刻就能察覺。

「肉體在成長，但精神並沒有成長。」他說。

「精神？」

「就是自我意識，它讓我們知道自己是真真切切活在世上的。妳很熟悉這種感覺，赫薇。正是這種感覺告訴妳怎麼做真正的自己。」

「您的宗教還不夠。」她說。

「任何宗教都不足以教會人們這一點。這是一個選擇問題——只不過是唯一又孤獨的選擇。妳現在能理解為什麼妳的友誼和陪伴對我如此重要了嗎？」

她眨眨眼睛忍住眼淚，點頭說：「為什麼民眾不知道這些？」

「因為條件不允許。」

「由您設下的條件？」

「正是。看看我的帝國，妳能看出它的形態嗎？」

她閉上眼睛思索起來。

「想要每天坐在河邊釣魚？」他問，「完全可以，你可以過這種生活。想駕一艘小船周遊海島尋訪陌生人？一點都沒問題！還會想做什麼嗎？」

「如果是太空旅行呢？」她的問話裡有一股挑釁的意味，眼睛也睜開了。

「妳注意到我和宇航公會都不允許這件事。」

「是您不允許。」

「對。宇航公會敢不服從我，就得不到香料。」

「把民眾限制在自己的星球上，能使他們無法作亂。」

「不止於此。這樣還能讓他們對旅行產生渴望，由此創造出遠行和見識新事物的需求。到最後，旅行就代表自由。」

「但香料在減少。」她說。

「所以自由也就日益珍貴。」

「這只會導致絕望和暴力。」她說。

「在我的先人之中，有一位智者——妳知道嗎，實際上我就是那個人，我的過去沒有陌生人，妳了解這一點嗎？」

她敬畏地點點頭。

「這位智者發現財富是實現自由的工具，但追求財富又是一條通向奴役之路。」

「宇航公會和女修會就在自我奴役！」

「還有伊克斯人、忒萊素人和其他所有人。喔，他們時不時搜羅，找出一丁點被藏匿的美藍極，光為此就投入了全副精力。這真是個非常有趣的遊戲，妳不覺得嗎？」

「但當暴力落到人們頭上……」

「到時候還會有饑荒，人民會陷入艱難的反思。」

「厄拉科斯星也會有？」

「這邊，那邊，到處都會有。人們回顧我的極權統治，會視之為美好的舊時光。我將成為未來的借鑑。」

「但這太可怕了！」她反對道。

她不可能有別的反應，他想。

他說：「當土地無法養活那麼多人口時，倖存者會擠到愈來愈小的避難所去。許多星球都會重複殘酷的淘汰過程——出生率暴增，而食物卻不斷減少。」

「難道宇航公會不能……」

「沒有足夠的美藍極去駕駛運輸艦，宇航公會起不了什麼作用。」

「有錢人不會逃跑嗎？」

「一部分會逃跑。」

「這麼說來，實際上您沒有改變任何事。我們還是會在掙扎中等死。」

「直到沙蟲再次主宰厄拉科斯星為止。到時候，我們已經擁有意義深遠的共同經歷，我們藉此完成了自我考驗。我們將會知道一個星球上發生的事都可能發生在任何星球上。」

「會發生那麼多痛苦和死亡。」她輕聲說道。

「妳不理解死亡嗎？」他問，「妳必須理解。人類必須理解。所有生命都必須理解。」

「幫幫我，陛下。」她細聲說。

「對於任何生物，死亡都是意義最深遠的經歷。」他說，「雖然危及生命的重病、傷痛、事故，甚至女人分娩和男人會經參與的戰鬥，這些都籠罩著死亡的危機，但都算不上真正的死亡。」

「但您的魚言士是……」

「她們會傳授生存之道。」他說。

她在豁然省悟中睜大了眼睛。「當然了！她們是倖存者。」

「妳是多麼珍貴的人哪。」他說，「世所罕有。伊克斯人該受庇佑！」

「但也該受詛咒？」

「喔，是的。」

「我還以為自己永遠也理解不了您的魚言士。」她說。

「連莫尼奧也不行。」他說，「而鄧肯們辦不辦得到，我早已失去信心了。」

「必須珍視生命才會想保護生命。」她說。

「而正是倖存者才能極輕易而又深刻地體現生命之美。關於這一點，女人往往比男人懂得多，因為生育是死亡的鏡像。」

「我叔叔馬爾基總是說，您有足夠的理由禁止男人投入戰鬥和無謂的暴力。多麼慘痛的教訓！」

「如果身邊沒有暴力，男人幾乎沒有自我考驗的途徑，不知道該怎麼去面對那最後一幕。」他說，「某些東西不見了，精神沒有成長。民眾是怎麼議論『雷托和平』的？」

「說您讓我們沉湎於十足的墮落之中，就像豬在汙穢裡打滾。」

「墮落。」他說，「民間智慧總是一針見血。」

「大部分男人沒有原則。」她說，「伊克斯女人經常這麼抱怨。」

「當我需要辨認誰是反叛者的時候，我會找那些有原則的男人。」他說。

她默默盯著他。他覺得，儘管這只是個簡單的反應，卻充分體現了她的聰慧。

「妳知道我從哪裡物色最優秀的官員嗎？」他問。

她輕輕喘了一口氣。

「原則，」他說，「是妳奮力爭取的東西。大部分男人無爭無鬥過一生，只有臨終時才掙扎一番。他們遇到的嚴酷環境太少，幾乎沒有考驗過自己。」

「他們有您。」她說。

「但我太強大，」他說，「跟我鬥等於自殺。誰會找死？」

「瘋子……或絕望的人。反叛者？」

「我代表戰爭。」他說，「終極掠食者。我能凝聚他們，也能粉碎他們。」

「我從來沒把自己當作反叛者。」她說。

「妳比他們要好得多。」

「您會用我？」

「我會的。」

「我不當官。」她說。

「我已經有一批好官了——清廉、睿智、豁達、勇於認錯、有決斷力。」

「他們都是反叛者？」

「大部分是。」

「他們是怎麼選拔出來的？」

「可以說是他們自己選拔自己的。」

「藉由倖存下來？」

「對，但還不只如此。稱職的官員和不稱職的官員之間只有大約五秒鐘的差距。稱職的官員能夠當機立斷。」

「當機立斷地做出可行的決策嗎？」

「一般都能行得通。相對地，不稱職的官員總是在猶豫中浪費時間，他們要求成立委員會，要求研究和報告。最後，他們的行事方式總會引發大問題。」

「但有時候，他們不是會需要更多的資訊來做……」

「比起決策，不稱職的官員更關心報告。他們需要有白紙黑字為自己的錯誤找好擋箭牌。」

「那麼稱職的官員呢？」

「喔，他們靠的是口頭命令。要是口頭命令出了紕漏，他們從來不會為自己的決定撒謊開脫，而且聚集在他們身邊的下屬也都有能力按口頭命令把事情辦妥。哪個環節出現差錯往往是最重要的資訊。不稱職的官員會隱瞞自己的失誤，直到一切不可收拾。」

雷托看著她，她正在想雷托的那些官員——特別是莫尼奧。

「有決斷的人。」她脫口而出。

「對於極權者而言，」他說，「物色到真正有決斷力的人可以說難上加難。」

「您熟知歷史，是否能從中得到一些……」

「我得到的是滑稽可笑。在我之前的大部分官僚政府都在搜羅和提拔逃避下決斷的人。」

「原來如此。您會怎麼用我，陛下？」

「妳願意嫁給我嗎？」

她的嘴角漾起微笑。「女人，也能下決斷。我願意嫁給您。」

「好，去幫安蒂克聖母吧。務必把她想了解的都告訴她。」

「也就是我的身世。」她說，「現在我們兩個人都知道我的作用了。」

「這與妳的出身密切相關。」他說。

她起身說道：「陛下，關於黃金之路您會不會犯錯？是不是存在失敗的可能……」

「任何事、任何人都可能失敗，」他說，「但勇敢的摯友會出手相助。」

32

聚居人群往往會改造環境，使其適合群體生存。若偏離此道，則可視為群體不健全的跡象，會有種種症狀可供辨識。我觀察過人們分享食物的過程，這是一種交流形式，也是明顯的互助跡象，其中的涵義還包括攸關生死的相互依存。有趣的是，如今照管土地的通常是男人。他們成了「莊稼漢」；這項工作曾經專屬於女人。

——《失竊的日記》

• • •

「因時間緊迫，」聖母安蒂克寫道，「請原諒本報告語焉不詳。我將於明日啟程前往伊克斯星，此行之目的見我前一份較詳盡的報告。不可否認神帝對伊克斯星有發自內心的強烈興趣，但我現在必須彙報與伊克斯大使赫薇．諾里剛結束的一場不尋常的會面。」

安蒂克坐在一張不舒服的凳子上，這已經是她在這些陋室裡所能找到最好的一張了。她一個人待在如鴿籠般狹窄的臥室裡，儘管貝尼．潔瑟睿德向雷托皇帝通報了忒萊素人謀反，他還是拒絕為她們更換館舍。

安蒂克的大腿上擱著一個邊長約一公分、厚度不超過三公釐的漆黑色小方塊。她用一根閃閃發亮的針狀筆在這方塊上寫字，疊寫的文字一一被吸收進方塊中。充當信使的那名侍祭眼內設有神經接收器可輸入報告全文，祕密攜帶到聖殿後再重播出來。

赫薇．諾里太讓人為難了！

當年派赴伊克斯星教導赫薇的貝尼．潔瑟睿德成員曾撰寫相關報告，安蒂克知道內容。然而，這些報告遺漏的部分比記錄下來的還要多，帶來了更多的問題。

孩子，妳有過哪些冒險經歷？

妳小時候吃過哪些苦？

安蒂克吸了吸鼻子，低頭瞥了一眼等待輸入的黑方塊。這些念頭讓她想起弗瑞曼人的一種觀點：你的出生地決定了你是怎樣的人。

「你的星球上有奇怪的動物嗎？」弗瑞曼人會問。

護送赫薇過來的是一支浩浩蕩蕩的魚言士衛隊，由一百多名全副武裝、人高馬大的女兵組成。安蒂克很少見到如此齊備的武器——雷射槍、長刀、銀劍、震撼彈……

當時上午已過半，赫薇如一陣風掃進貝尼．潔瑟睿德的館舍，魚言士占據了整個營區，只留下這間簡陋的內室。

安蒂克環視房間。雷托皇帝把她留在這裡，是要傳達某種訊息。

「妳可以由此衡量自己對於神帝的價值！」

只是……現在他要派聖母前往伊克斯星，此行的公開目的透露了雷托皇帝的許多情況。也許時來運轉了，女修會在地位和美藍極方面都將得到優待。

一切都取決於我的表現。

赫薇獨自走進房間，端莊地坐在安蒂克的小床上，頭部位置略低於聖母。這真是高明的做法，不是出於偶然。赫薇顯然可以命令魚言士在任何地方、以任何形式安排兩人的會面。赫薇開口第一句話就證明了這一點，並讓安蒂克震驚不已。

「有一件事妳必須先知道：我將嫁給雷托皇帝。」

聽到這消息，需要運用強大的控制力才能不露出目瞪口呆的表情。安蒂克的測謊意識判斷赫薇所言屬實，但是吉是凶無法預測。

「陛下命妳不得向任何人透露這個祕密。」赫薇補充道。

太為難人了！安蒂克想，我連聖殿裡的女修都不能通報嗎？

「總有一天會昭告天下。」赫薇說，「但現在還不是時候。之所以告訴妳，是為了表明陛下寄予的信任。」

「對妳的信任？」

「對我們倆。」

一陣顫抖幾乎毫無掩飾地傳遍了安蒂克全身。信任本身就蘊含一股強大的力量！

「妳知道伊克斯人為什麼選妳當大使嗎？」安蒂克問。

「知道。他們打算讓我去迷惑他。」

「看來妳已經成功了。這麼說來，伊克斯人相信忒萊素人那套陛下有怪癖的說法囉？」

「連忒萊素人自己都不信。」

「也就是說，妳確認那些說法是謊言了？」

赫薇以一種奇怪的平直語調答話，就連安蒂克的測謊意識和晶算師能力也難以解讀。

「妳跟他談過話，也觀察過他。這個問題留給妳自己回答吧。」

安蒂克壓下一點火氣。雖然赫薇還年輕，但她不是侍祭……也永遠不能成為一名優秀的貝尼・潔瑟睿德。多可惜啊！

「妳向伊克斯政府彙報過這件事嗎？」安蒂克問。

「沒有。」

「為什麼？」

「他們很快就會知道。過早透露消息對陛下不利。」

她說的是真話，安蒂克提醒自己。

「妳不是該優先效忠伊克斯星嗎？」安蒂克問。

「我優先忠於事實。」她莞爾一笑，「伊克斯人的計畫比預想的還要完美。」

「伊克斯人是不是把妳當作對神帝的威脅？」

「我認為他們最關心的是情報。出發前我與安普里討論過這個。」

「伊克斯聯邦外事部部長安普里？」

「是的。安普里相信，陛下可以容忍針對自己的人身威脅，但有其限度。」

「安普里說的？」

「安普里認為不可能對陛下隱瞞未來。」

「但我這次去伊克斯星的任務似乎表明……」安蒂克嚥下後半截話，搖搖頭說：「伊克斯人為什麼向陛下供應機器和武器？」

「安普里認為伊克斯人沒有選擇。誰構成太大的威脅，誰就是自取滅亡。」

「假如伊克斯人拒絕，就超出陛下的容忍限度了，中間沒有轉圜的餘地。妳想過嫁給陛下的後果嗎？」

「妳是說這會使他的神性遭到質疑？」

「有些人會相信忒萊素人的謠言。」

赫薇只是微笑。

真該死！安蒂克想，我們怎麼沒留住這個女孩？

「他在改變他那宗教的目的。」安蒂克抱怨道，「就是這樣，沒錯。」

「不要犯以己度人的錯誤。」赫薇說。當安蒂克憤憤地揚起頭時，赫薇又補充道：「但我來這裡不是為了跟妳爭論陛下的事。」

「是的，當然。」

「奉陛下之命，」赫薇說，「我要把記憶裡有關我出生和成長地的一切細節告訴妳。」

安蒂克回想著赫薇的話，目光低垂盯著大腿上記載密文的黑方塊。赫薇已經根據她的陛下（現在是未婚夫！）的命令提供了細節，要不是安蒂克擁有晶算師的資料處理能力，有些細節聽上去會很無聊。

安蒂克思忖著該向聖殿裡的女修彙報哪些內容，她搖了搖頭。想必諸位女修正在研究她之前提供的情報。有一臺機器能遮蔽自身及其內部之物，連神帝那神通廣大的預知力也奈何不得？這可能嗎？抑或這是另一種考驗，考驗貝尼．潔瑟睿德對雷托皇帝是否坦誠？但話說回來，假如他並不了解這個神祕的赫薇．諾里的身世……

關於為何神帝會派遣自己赴伊克斯星執行任務，安蒂克曾以晶算師之法推測過可能的原因，剛才那個新想法進一步佐證了她的結論。神帝不願意讓魚言士了解內情。他不希望魚言士懷疑陛下擁有弱點！

或者，事實果真像看上去的那樣明顯嗎？錯綜複雜，霧裡看花——這就是雷托皇帝的風格。安蒂克又搖了搖頭。她彎下腰繼續撰寫上呈聖殿的報告，但並未涉及神帝欽定新娘的消息。她們過不了多久就會知情。在此期間，安蒂克打算好好思考一下其中的深意。

33

假使你熟悉自己的所有祖先，你就會見證一系列創造出歷史上的神話與宗教的事件。認清了這一點，你就必須視我為神話的創造者。

——《失竊的日記》

• • •

夜幕剛籠罩奧恩城時，第一次爆炸發生了。伊克斯使館外幾名不顧一切趕赴派對的狂歡者在爆炸中罹難，這個派對原計畫由幻臉人演出一齣國王殘殺親骨肉的古代戲劇。有鑑於節慶頭四天發生的暴力事件，從相對安全的住所走到大街上需要一點膽量。無辜路人死傷的消息已經傳遍全城，新添的傷亡者將進一步加劇緊張氣氛。

雷托嫌無辜傷亡者有點少——這想法要是讓受害者和倖存者知道，恐怕要引起眾怒了。

雷托敏銳地察知這次爆炸和事發地點，他當場暴怒（過後又懊悔了），大聲喊來魚言士，命令她們「肅清幻臉人」，連先前已饒過的也格殺勿論。

雷托轉念一想，這種暴怒的感覺還挺過癮的。即便是微微的惱怒，他也已經很久沒有體驗過了。失望、刺激……頂多只有這些感覺。而現在，得知赫薇・諾里受到威脅，他的反應竟然是暴怒！

經過重新考慮，他更改了前一道命令，不過一些魚言士已經飛奔離開了，神帝的反應勾起了她們最強烈的暴力衝動。

「神大發雷霆了！」有的魚言士喊道。

第二次爆炸擊倒了幾名奔入廣場的魚言士，阻礙了雷托後一道命令傳遞，並激起了更多暴力活動。第三次爆炸發生在第一次附近，讓雷托不得不親自上陣。他驅動帝輿從休息室衝進伊克斯升降機升上地面，猶如一股狂暴的毀滅性力量。

雷托在廣場邊緣現身，看到眼前一片混亂，魚言士已放出數千盞自由飄浮的燈球，照得一片通亮。廣場中央平臺已炸得粉碎，只有鋪砌面下方的塑鋼底座尚顯完好。到處都是碎石和死傷者。

廣場對面的伊克斯使館方向，一場酣戰正在進行。

「我的鄧肯呢？」雷托吼道。

一名衛兵霸夏穿過廣場奔向他身邊，氣喘吁吁地報告：「我們已經把他帶回帝堡了，陛下！」

「那邊怎麼了？」雷托指著伊克斯使館外的戰鬥場面問道。

「叛軍和忒萊素人正在攻打伊克斯使館，陛下。他們有炸藥。」

就在她說話的當下，使館破碎的立面前方又發生一次爆炸。他看到人體在空中扭曲，向外劃出一道道弧線，落在刺眼閃光的周邊，一閃而過的強光在他眼裡留下了黑點斑斑的橙色殘影。

雷托不計後果，將帝輿切換到懸浮模式，急速掠過廣場，彷彿一頭飛馳的巨獸，行過的軌跡捲入一個個燈球。臨近戰鬥交火之處，他飛車越過自己的衛兵，一頭栽進襲擊者的側翼，直到這時他才發現雷射槍的光束劃出青灰色弧線，正向自己射來。他感覺到帝輿一路衝撞重擊各處血肉，敵軍橫七豎八地倒在地上。

帝輿撞到一堆碎石，雷托滾落下來，摔在使館正前方的堅硬路面上。他感到雷射光束使自己帶有橫稜的軀體發癢，接著體內升起一波熱浪，尾部噴出一股氧氣。本能驅使他把臉深深埋入兜帽狀的皮膚，將手臂收入體節正面厚厚的防護層下。體內沙蟲的部分已接管意識，身體不斷弓起、拍打，如失控的車輪到處亂滾，向四面八方狂抽怒掃。

街道上血流成河。在他眼裡，別人的鮮血本是封存的水，現在死亡將水釋放了出來。他如長鞭一般疾抽的軀體在血漿裡滑動，身上沾染的血水流過沙鱒皮膚，在每一個屈曲部位都激起了青煙。水帶來的痛楚刺激著全身，甩動的龐大軀體更加狂暴了。

雷托開始猛烈揮擊時，魚言士的包圍圈就後撤了。一名機警的霸夏看到了眼前的機會。她在戰鬥的嘈雜聲中拔高音量喊道：

「解決落單的！」

女兵們一擁而上。

接下來幾分鐘是魚言士的血腥遊戲，在燈球無情的光線下，只見劍刺刀砍，雷射飛舞，她們甚至直接對著毫無防範的人體掌劈腳踹。沒人能從魚言士手底下生還。

雷托從使館前方的血漿裡翻滾而出，水帶來的痛楚一波波襲來，幾乎使他失去了思考能力。身體周圍的空氣含氧量很高，這有利於他恢復人類的感知。他張口呼喚，帝輿飄了過來，但因懸浮器損壞而危險地傾斜著。他慢慢蠕動著爬上歪斜的帝輿，用意念發出返回廣場地下墓殿的指令。

很久以前，他就為自己準備了一間「水傷」治療室——室內可噴射乾燥的高溫空氣，用以清創療傷。沙子也可用來養傷，但他需要一大片沙地來加熱和磨挫身體表面使其潔淨如常，奧恩城因空間所限，難以提供這種條件。

他在升降機裡想起赫薇，隨即發出一條命令：立即將赫薇帶到地下見他。

假如她還活著。

他現在沒工夫調用預知力進行搜索。他的身體，無論是準沙蟲的還是人類的，都渴望來一次高溫清洗；而其他事情，他現在能做的只有企望。

一進入療傷室，他就想到要再次確認一下先前更改過的命令——「要留幾個幻臉人活口！」然而此時，狂怒的魚言士已經分散在全城，他又無法調用預知力去掃描最合理的傳令點。

他從療傷室出來時，一名衛隊長帶來消息：赫薇・諾里雖有小傷，但很安全，只要現場指揮官認為時機合適，會立即差人護送她過來。

雷托當場將這名衛隊長提拔到副霸夏。她和奈拉一樣壯實，但不是奈拉那種方臉——她臉型較圓，更接近古代人的相貌。陛下的嘉許讓她激動得渾身亂顫。雷托命她返回現場「再次確認」赫薇是否平安，她一個急轉從雷托面前飛奔離開。

雷托翻身坐上小覲見室凹坑裡的一輛新帝輿，心想，我連她的名字也沒問。他花了點時間回憶這名新任副霸夏的名字——丘莫。這次晉升還得再次確認，他在心裡加了一條備忘，提醒自己要親自處理。全體魚言士必須馬上清楚他有多麼珍視赫薇・諾里。雖說在今晚之後，應該很少有人會懷疑這一點。

他用預知力掃描了一番，派遣傳令兵到暴怒的魚言士那裡。此時損失已經造成——奧恩城遍布屍體，一部分確是幻臉人，另一部分僅僅是有幻臉人的嫌疑。

很多人目睹了我的殺戮行為，他想。

在等待赫薇的時候，他回顧剛才發生的一切。這不是典型的忒萊素式襲擊，不過來奧恩城途中那次襲擊符合新模式，即只以取命為唯一目標。

我差點死在那裡了，他想。

他有點明白為什麼自己沒有預測到這次襲擊了，不過還有更深層的原因。雷托將所有線索拼湊起來，看到原因逐漸浮出水面。誰最了解神帝？誰又有一個可以躲起來密謀的地方？

馬爾基！

雷托喚來一名侍衛，叫她去打聽一下安蒂克聖母是否已離開厄拉科斯星。片刻後她回來報告說：

「安蒂克還在館舍裡。那邊的魚言士指揮官說她們沒有遭到襲擊。」

「向安蒂克傳個話，」雷托說，「問問她，現在明不明白為什麼我要把她們的館舍安排在遠離我的地方？再跟她說，到了伊克斯星必須找到馬爾基的藏身處，並將地點告知我們的伊克斯駐軍。」

「馬爾基，前伊克斯大使？」

「是的。他不該逍遙法外。再通知伊克斯駐軍指揮官須與安蒂克密切聯繫，提供一切必要的協助。要麼把馬爾基押來我這裡，要麼就地處決，由指揮官自行斟酌決定。」

傳令侍衛點點頭，雷托臉龐周圍的燈光投射出一個光圈，她就站在光圈裡面，臉上晃蕩著暗影。這些命令她不需要聽第二遍，雷托的每一名近身侍衛都受過強記訓練，她們能一字不差地重複雷托的話，連抑揚頓挫都可一併複製，也從來不會忘記他說過的每一句話。

侍衛走後，雷托發送了一個私密詢問訊號，過了幾秒鐘收到奈拉的回覆。她的聲音經帝輿內置的伊克斯設備傳出，只有雷托自己能聽到，那種金屬般單調的聲音已經失去了她本人的特色。

是的，希歐娜在帝堡裡。不，希歐娜沒有聯繫叛黨。「不，她不知道我在監視她。」襲擊使館的人？是一個名叫「忒萊素人聯絡小組」的派別幹的。

雷托在心裡嘆了口氣。叛黨總是喜歡給自己貼上這類做作的標籤。

「有活口嗎？」他問。

「據我所知沒有。」

雖然這種金屬質感的聲音不帶情緒，但雷托能用記憶來彌補，他覺得這樣很有趣。

「妳去聯繫希歐娜，」他說，「坦承自己的魚言士身分。告訴她之所以先前沒有坦白，是怕她不信任妳，也擔心暴露自己，因為效忠希歐娜在魚言士裡是極罕見的。對她再表一次忠心。妳以『一切神聖事物』向希歐娜起誓，在任何事情上都服從她、聽命於她。妳也知道得很清楚，以上都是實話。」

「是，陛下。」

雷托憑記憶為奈拉的答覆添上了狂熱的語氣。她會服從的。

「如果妳辦得到，為希歐娜和鄧肯．艾德侯提供獨處的機會。」他說。

「是，陛下。」

讓他倆日久生情，他想。

他結束與奈拉的通話，想了一會兒，派人傳召廣場部隊指揮官。這名霸夏不久就趕了過來，深色軍服滿是髒汙，靴子上沾著明顯的血跡。她是個精瘦的高個子，鷹臉上的道道皺紋使她不怒自威。雷托想起她的軍籍註冊名是「伊莉奧」，在古弗瑞曼語裡意為「可靠」。不過雷托還是喊了她從母親繼承來的名號「妮謝」，意思是「謝的女兒」，讓這次召見一開始就帶上幾分親切感。

「坐在坐墊上，休息一下，妮謝。」他說，「妳辛苦了。」

「謝陛下。」

她坐在赫薇坐過的紅墊子上。雷托注意到妮謝嘴角周圍有一條條疲勞造成的皺紋，但雙眼依然顯露警覺。她抬頭凝視雷托，渴望聽到他的聲音。

「我的城市恢復太平了。」他話說得不完全像問句，讓妮謝能自行解讀。

「是的，但還不理想，陛下。」

雷托瞥了一眼她靴子上的血跡。

「伊克斯使館門前的街道呢？」

「正在清洗，陛下，也正在維修中。」

「廣場呢？」

「到明天早上，廣場就會恢復原樣。」

她緊盯雷托的臉孔。他還沒有提到這次召見的主要目的，對此兩人心照不宣。就在這時，雷托發現妮謝隱隱帶著一副別有意味的神情。

她為自己的主人感到驕傲！

她還是第一次目睹神帝殺人。可怕的依賴之心已經播下了種子。假如災難降臨，陛下會伸出援手。這就是她的眼神表達的意思。她不再完全自主行動，接受神帝賦予的權力，並對運用權力負起自己的責任。她的表情流露出強烈的占有欲，她變成了一臺隨時準備行動的恐怖殺人機器。

這是雷托不希望看到的情形，但已無可挽回，只能慢慢地潛移默化加以補救。

「襲擊者的雷射槍是哪裡來的？」他問。

「來自我們自己的庫房，陛下。已經撤換軍火庫守衛了。」

撤換，這是一種委婉說法。犯錯的魚言士將被隔離待命，只在雷托需要敢死隊的時候才解禁。當然，她們樂於獻出生命，相信自己可以贖清罪愆。有時，僅僅傳出敢死隊要來的風聲，就能讓動亂的地方平定下來。

「軍火庫是用炸藥攻破的？」他問。

「有暗中盜取的，也有炸藥強攻的，陛下。軍火庫守衛失職了。」

「炸藥是從哪裡來的？」

妮謝聳了聳肩，顯出疲態。

雷托只能接受這個回答。他知道自己可以搜索出炸藥的源頭，但這樣做於事無補。頭腦靈活的人總能找到自製炸藥的原料，畢竟都是些尋常之物，比如糖、漂白劑、普通的油、合法的肥料、塑膠、溶劑、堆肥下方泥土的萃取物……隨著人類累積經驗和知識，這份清單幾乎可以無限拉長。即便是他一手創建的這個社會，一個盡力限制技術與創意結合的社會，也不可能完全消滅小型暴力武器。控制這些原料純屬異想天開，是一個危險而瘋狂的念頭。關鍵在於制止暴力的欲望。就這點來看，今晚已經成了災難。

不公義的現象層出不窮，他想。

妮謝嘆了口氣，似乎讀出了他的思想。

當然如此。魚言士從小受到的訓練就是盡一切可能避免不公義。

「我們要做好平民的撫恤工作。」他說，「務必滿足他們的需求。要讓他們認清這是忒萊素人造的孽。」

妮謝點點頭。她已晉升到霸夏，不會不知道這套步驟。如今她認為此步驟必不可少。光是聽雷托一說，她就深信忒萊素人是罪魁禍首。她還領悟到相當實際的層面——她知道她們為什麼沒有殺光所有忒萊素人。

你不能把替罪羊都宰了。

「我們還要轉移一下公眾的注意力。」雷托說，「運氣不錯，也許有現成的事可以利用。我跟赫薇・諾里小姐商量後會通知妳的。」

「陛下，那位伊克斯大使嗎？她沒有參與……」

「她是絕對清白的。」他說。

他看到妮謝臉上立刻流露信服的神情，彷彿臉皮下有個塑膠襯裡一下子定住了下巴的位置，她的眼神變得呆滯。就連妮謝也不能例外。他知道箇中原因，這原因正是他創造的，但有時候他對自己的創造物會感到些許驚訝。

「我聽到赫薇小姐進前廳了。」他說，「妳出去時叫她進來。還有，妮謝……」

她本已起身欲退，一聽這句就停止挪步，靜等下文。

「今晚我提拔了丘莫當副霸夏，」他說，「妳負責辦一下正式手續。我也對妳很滿意，妳有什麼要求儘管提。」

他看到這句客套話在妮謝身上激起了一陣喜悅，但她立即克制住了，這再次證明了她的價值。

「我會測試丘莫的，陛下。」她說，「如果她能頂我的班，我想休個假。我已經很多年沒回薩魯撒・塞康達斯探親了。」

「時間由妳定。」他說。

同時心想，薩魯撒・塞康達斯。難怪！

她一提自己的家鄉，雷托就想起她像一個人：哈克・阿拉達。她有柯瑞諾氏族的血統。我們倆的血緣關係比我猜想的還要近。

「謝陛下厚賜。」她說。

她退下了，腳步注入了新的活力。雷托聽到她在前廳裡的聲音：「赫薇小姐，陛下現在要見妳。」

赫薇走進房間，起先，背後的光線照著一個框在拱門裡的身影，她的步履顯得有些遲疑，直到眼睛適應了室內的昏暗才邁開步伐。她猶如一隻飛蛾，投入以雷托的臉為焦點的光圈內，目光掃過他黑漆漆的身體尋找傷處。他知道傷口是看不出來的，不過自己仍能感覺到疼痛和體內的顫抖。

他發現赫薇有點跛，動右腿時很小心，但一件翠綠色長袍遮蓋住傷處。她在停放帝輿的凹坑邊緣收住腳步，直視雷托的眼睛。

「聽說妳受傷了，赫薇。痛嗎？」

「膝蓋下面有一處割傷，陛下。爆炸時被一片小碎石擦到了。您的魚言士用藥膏抹過傷口，已經不痛了。陛下，我擔心的是您。」

「我也擔心妳，和善的赫薇。」

「除了第一次爆炸，我沒有危險，陛下。她們很快就把我送進了使館地底深處的一間屋子。」

也就是說她沒看見我的舉動，他想，真走運。

「我召妳來是想請妳原諒。」他說。

她坐在一個金色墊子上。「原諒什麼，陛下？您跟這次襲擊又沒有……」

「有人在試探我，赫薇。」

「試探您？」

「有人想知道我有多在乎赫薇．諾里的安危。」

她把手向上一指。「那……是因為我？」

「因為我們倆。」

「喔，不過，是誰……」

「妳已經同意嫁給我，赫薇，而我……」她正要開口，他便抬手制止，「妳向安蒂克透露的情況她都彙報過了，不過這件事跟她無關。」

「那麼是誰……」

「是『誰』不重要，重要的是妳應該重新考慮。我必須給妳一次改變主意的機會。」

她垂下目光。

她的五官多甜哪，他想。

他只能在想像中描繪與赫薇共度人類的一生。紛亂蕪雜的記憶能為他提供足夠的材料來虛構婚姻生活。他在幻想中搜羅種種微妙情節——都是兩人共同經歷的枝微末節，一次撫摸、一個親吻，以及所有那些從痛苦之美當中浮現的甜美互動。這些想像給他帶來陣陣痛楚，遠甚於使館一戰留下的肉體創傷。

赫薇抬起下巴凝望他的雙眼。從她的眼睛裡，他看到一股急欲出手相助的憐憫之情。

「但我還有其他方式能為您效力嗎，陛下？」

他提醒自己，她是靈長類，而他已不完全屬於靈長類。兩者的隔閡每一分鐘都在擴大。

他的內心一直在隱隱作痛。

赫薇是一個躲不開的現實，這種情感過於原始，任何語言都無法充分表達，內心之痛幾乎令他難以承受。

「我愛妳，赫薇。我愛妳就像男人愛女人……但這不可能，永遠不可能。」

她落淚了。「我該離開嗎？我該回伊克斯星嗎？」

「他們會想方設法搞清楚自己的計畫出了什麼差錯，這樣只會傷害妳。」她能看見我的痛苦，他想，她也看清了其中的徒勞與無奈。她會怎麼做？她不會撒謊，不會說她也像女人愛男人那樣愛我。她明白這無濟於事。她清楚自己對我懷著怎樣的感情——憐憫、敬畏，以及無所畏懼的探究。

「那我會待下來，」她說，「我們盡可能享受共同生活的樂趣。我覺得這對於我們倆都是最好的選擇。如果這意謂我們應當結婚，那就結。」

「這樣一來我必須跟妳分享從來不為人知的祕密。」他說，「妳將獲得控制我的力量……」

「別這麼做，陛下！假如有人強迫我……」

「妳再也不會離開我的皇室範圍。這裡的行宮、帝堡，還有沙厲爾的幾個安全處所——都是妳的家。」

「照您的吩咐。」

她默默地接受了，多麼貼心和坦然，他想。

他必須壓下內心的抽痛。這種痛苦對他本人和對黃金之路都是威脅。

狡詐的伊克斯人！

馬爾基發現了全能神不得不奮力抵制的永恆誘惑——對快樂的渴望。哪怕是在最不經意的一時興起當中，你都總能察覺這股誘惑的力量。

他的沉默讓赫薇以為他在遲疑。「我們會結婚嗎，陛下？」

「會。」

「我們要怎麼對付忒萊素人的那些謠言……」

「什麼都不用做。」

她盯著他，想起兩人先前的對話。解體的種子正在播下。

「我害怕的是——陛下，我會削弱您。」她說。

「那麼妳要想辦法讓我變強。」

「要是我們弱化對雷托神的信仰，您會變強嗎？」

雷托從她的聲音裡聽出了馬爾基的味道，這種精於算計的腔調讓他既討人厭又有魅力。我們永遠無法完全擺脫兒時啟蒙老師的陰影。

「妳這是把並非理所當然的前提視為必然。」他說，「許多人會根據我的設計繼續崇拜，其他人會相信謊言。」

「陛下……您會要我替您說謊嗎？」

「當然不會。但是，當妳想說話時，我會要求妳保持沉默。」

「但假如他們辱罵……」

「妳不可反駁。」

眼淚再次滑落她的臉頰。雷托很想幫她擦拭，但眼淚是水……令他痛苦的水。

「必須這樣做。」他說。

「您會為我解釋緣由嗎，陛下？」

「我離去之後，他們一定稱我為撒但，地獄之王。車輪必須沿著黃金之路不斷前進、前進，再前進。」

「陛下，不能將怒火只引向我一個人嗎？我不會……」

「不！伊克斯人把妳造得太完美，已經遠遠超出了他們的預期。我真心愛妳，無力抗拒。」

「我不想使您痛苦！」她費力地擠出話語。

「事已至此，不必懊喪。」

「請助我理解這一切。」

「我離去後，仇恨情緒會蔓延開來，接著必然會慢慢沉入歷史。經過久遠時間，人們會發現我的日記。」

「日記？」似乎突然出現一個新話題，令她猝不及防。

「我所在的時代的編年史。我的觀點和辯解書。已有副本散落在外，一些殘篇斷章會流傳下去，有的內容會遭到扭曲，而原始版本要等待漫長的時間才能重見天日。我已經藏好了。」

「當被人發現的時候，會發生什麼事？」

「人們就會領悟我跟他們想像的全然不同。」

她顫抖著低聲說：「我已經知道他們會領悟什麼了。」

「是的，親愛的赫薇，我也這麼認為。」

「您既不是魔也不是神，而是一種空前絕後的存在，因為您的存在消弭了需求。」

她擦掉臉上的淚水。

「赫薇，妳知道妳有多危險嗎？」

這句話讓她緊張起來，神色為之一變，手臂僵硬。

「妳有當聖人的資質。」他說，「在錯誤的地方、錯誤的時間發現一位聖人，妳知道這有多痛苦嗎？」

她搖頭。

「人們必須對聖人的出現做好心理準備。」他說，「否則，他們只能永遠在聖人的影子裡當追隨者、祈禱者、乞求者和無能的諂媚者。這樣只會讓人愈來愈軟弱，終將招致毀滅。」

她思考了片刻，點頭說：「您離去後會出現聖人嗎？」

「這就是黃金之路的意義所在。」

「莫尼奧的女兒希歐娜，她會不會……」

「她目前只是個反叛者。至於能否成為聖徒，我們會讓她自己決定。也許她只能做天生注定的事。」

「是什麼呢，陛下？」

「別叫我陛下了。」他說，「我們倆將成為沙蟲和沙蟲的妻子。妳願意的話，就叫我雷托，叫陛下太彆扭。」

「是，陛……雷托。她注定要做的事是……」

「希歐娜注定要當領袖，這種天生的使命是危險的。當了領袖，妳就會懂得什麼是權力。這將讓妳變得魯莽而不負責，變成放縱的禍害，最終成為可怕的破壞者——瘋狂的享樂主義者。」

「希歐娜會……」

「關於希歐娜，我們只知道她能獻身於特定的任務和自己直覺上認同的道路。她必定是個貴族，但大部分貴族都是著眼於過去的，這是他們的弱點。任何一條道路你都看不遠，除非你是雅努斯[7]，能同時看到後方和前方。」

「雅努斯？哦，對了，兩面神。」她用舌頭潤了潤嘴唇，「你是雅努斯嗎，雷托？」

「我是十億倍的雅努斯，我也可以是其中的一部分。比方說，我一直是官員最欽佩的人——一個永不出錯的決策者。」

「但萬一你讓他們失望……」

「他們就會反抗我，沒錯。」

「希歐娜會取代你嗎，如果……」

「啊，這是多麼宏大的假設！妳注意到希歐娜對我的肉體有威脅。但她不會威脅到黃金之路。還有一個事實是，我的魚言士都對鄧肯心懷愛慕。」

「希歐娜看上去……那麼年輕。」

「另外，我是她最放在心上的偽君子，一個在虛假的名義下掌權的騙子，從來不顧及人民的需求。」

「我能不能跟她談談……」

「不！妳絕不可以嘗試勸希歐娜任何事。答應我，赫薇。」

「如果你要我這樣做，當然可以，但我……」

「任何神都有這個問題，赫薇。在洞察深層需求的同時，我常常得忽略掉當下的需求。而在年輕人眼裡，不解決當下的需求就是錯的。」

「你能不能跟她說說理……」

「絕不要跟自以為是的人說理！」

「可你知道他們是錯的……」

「妳相信我嗎？」

「是的。」

「假如有人要說服妳我是有史以來最糟的惡棍……」

7 雅努斯：羅馬神話中掌管開端、大門、道路、轉折、結尾等的神祇，擁有後腦勺相連的兩張臉孔，注視著過去及未來。——編注

「我會非常生氣。我會……」她沒說下去。

「理性的寶貴，」他說，「只有在無言而真切的宇宙背景下才會體現出來。」

她蹙眉思考起來。雷托著迷地看著她的意識正覺醒。「嗯。」她吐出了這個字。

「理性之人再也不會否認雷托的經驗。」他說，「我看得出來妳開始領悟了。這是起點！是生命的意義所在！」

她點點頭。

沒有爭論，他想，當她看見道路，她會循路而行去探尋其方向。

「只要生命存在，每一個終點都是起點。」他說，「而我將拯救人類，即使他們要自取滅亡我也不能坐視不管。」

她再次點頭。道路正向前延伸。

「這就是為什麼在人類的不朽進程中，沒有一個人的死亡是完全無用的。」他說，「這就是為什麼一個人的出生會讓我們如此感動。這就是為什麼最可悲的死亡是嬰兒的夭折。」

「伊克斯人還在威脅你的黃金之路嗎？我從小就知道他們在策劃陰謀。」

他們在策劃陰謀。赫薇不知道她自己這句話的隱含意味。她沒有必要知道。

他凝望著她，這個赫薇讓他讚嘆不已。她所擁有的那種坦誠，也許有人會稱之為天真，但雷托知道這只是「非自我意識」。坦誠不是赫薇的本性，而就是她本身。

「明天我會在廣場上安排一場演出。」雷托說，「由倖存的幻臉人表演。之後將公布我們的婚約。」

34

毋庸置疑，我是我們祖先的集合體，是他們爭奪存在感的競技場。他們是我的細胞，我是他們的身體。我說的「法弗拉施」就是此狀態，是靈魂，是集體無意識，是心理原型的源頭，是所有傷痛與喜樂的容器。我是他們得以覺醒的必然之選。我若入定，他們亦然。他們的經驗就是我的經驗！他們的知識精華都是我繼承的遺產。那數十億人合而為一便是我。

——《失竊的日記》

• • •

上午幻臉人表演持續了近兩個小時，之後公布的消息震驚了整個節慶城。

「他上次娶新娘已經是幾百年前的事了！」

「親愛的，已經超過一千年了。」

魚言士舉行了一個短暫的列隊儀式。她們為他大聲歡呼，卻又感到心煩意亂。

「只有妳們是我的新娘。」他曾說過。難道這不是賽艾諾克的本意嗎？

雷托覺得幻臉人的表演稱得上精彩，只是帶著明顯的懼色。道具服是從一座弗瑞曼博物館翻箱倒櫃找出來的——帶兜帽的黑長袍配白色腰帶，背後繡有一隻展開雙翼橫跨兩肩的綠鷹，這是摩阿迪巴巡迴祭司的制服。身穿長袍的幻臉人變成了一張張滿是皺紋的黝黑臉龐。這齣舞劇述說摩阿迪巴的軍團如何在整個帝國傳播他們的宗教。

赫薇穿著一件銀光閃閃的連身裙，戴一條翡翠項鍊，儀式從頭至尾都端坐在帝輿上雷托身旁。表演中途，她一度湊近雷托的臉龐問道：「那不是諧擬劇嗎？」

「在我看來，也許是。」

「幻臉人知道嗎？」

「他們心裡大致有底。」

「那表示他們沒有表面上看起來那麼害怕。」

「喔，不，他們很害怕。只不過他們的膽子比大部分人想的還要大。」

「膽大竟然會顯得這麼愚蠢。」她輕聲道。

「反過來也成立。」

她若有所思地看了他一眼，隨後把目光轉到了表演上。有近兩百名幻臉人毫髮無傷地倖存，這批人被強制要求參演。精心編排的走位和舞姿令人眼花撩亂，觀看演出時，人們會暫時忘卻那天始於腥風血雨。

將近正午時，當莫尼奧抵達，雷托正獨自在小覲見室回憶這些場景。莫尼奧護送安蒂克聖母登上一艘宇航公會接駁艦，隨後針對前一晚的暴力活動與魚言士指揮部交換了意見，還迅速飛了一趟帝堡，確認希歐娜處於嚴密的看守下且沒有捲入使館襲擊事件。他返回奧恩城時，婚約剛剛宣布完畢，他對此毫無心理準備。

莫尼奧怒氣沖天，雷托從沒見過他生這麼大的氣。他一陣風般衝進覲見室，離雷托的臉僅兩公尺才煞住腳步。

「這等於坐實了忒萊素人的謠言！」他說。

雷托以一種講道理的語氣答道：「要求我們的神必須完美，這是多麼頑固的思維啊。希臘人在這方面就理性得多。」

「她在哪裡？」莫尼奧問，「那個……」

「赫薇在休息。折騰了一夜，又熬了一上午。今晚回帝堡前我要她好好休息。」

「她是怎麼得逞的？」莫尼奧問。

「莫尼奧，怎麼回事！你的小心謹慎全消失無蹤了嗎？」

「我擔心您！您知道城裡都在傳什麼嗎？」

「我對那些傳言知道得很清楚。」

「您到底在幹什麼？」

「你知道，莫尼奧，我覺得只有最早的泛神論者才正確理解了神性：披著超人的外衣，卻有凡人的毛病。」

莫尼奧高舉雙臂朝天。「我看到了他們臉上的表情！」他放下手臂，「不到兩星期就會傳遍全帝國。」

「肯定不止這點時間。」

「如果您的敵人需要一個機會團結起來……」

「褻瀆神靈是人類的老傳統了，莫尼奧。為什麼我就能倖免呢？」

莫尼奧張口欲言，卻發現自己一個字也說不出來。他沿帝輿坑的邊緣跨下一步，又收回腳步，瞪著雷托的面孔。

「如果要我幫您，我需要一個解釋。」莫尼奧說，「您為什麼要這麼做？」

「情感。」

莫尼奧用嘴形複述，但沒說出口。

「就在我以為自己已經永遠喪失情感的時候，情感驟然席捲了我。」雷托說，「嘗嘗最後這幾絲人性的滋味，多美啊。」

「跟赫薇？但您肯定不能……」

「情感的記憶是永遠不夠的，莫尼奧。」

「您是說您沉湎於……」

「沉湎？當然不是！但永恆的存在離不開三根支柱——肉體、思想和情感。我本來以為自己只剩下肉體和思想了。」

「她施了巫術。」莫尼奧怒道。

「沒錯，為此我很感激。莫尼奧，倘若無視思想的需求，像有些人那樣，那麼我們會丟失內省的力量，無法理解感官傳達給我們的資訊；假如拋棄肉體，就等於卸下了搭載我們的車子的輪子；而要是拒絕情感，我們就割斷了與內在宇宙的一切聯繫。我最懷念的正是情感。」

「我堅持我的意見，陛下，您……」

「你在惹我生氣，莫尼奧。這也是一種情感。」

雷托看到這句話讓莫尼奧的怒火冷卻了下來，如將一塊紅鐵浸入冰水之中，但還冒著熱氣。

「我不是為自己，陛下。我主要是為您著想，您很清楚。」

雷托柔聲說道：「這是你的情感，莫尼奧，我很珍惜。」

莫尼奧顫抖著深吸了一口氣。他從來沒見過神帝處於這種心境，流露出這樣的情感。雷托顯得興致勃勃，又聽天由命，如果莫尼奧沒看錯的話——真實情況誰也說不準。

「如果有什麼事物能把生活變得甜蜜，」雷托說，「變得溫暖，而且充滿了美，那我就要把它留下，即使它排斥我。」

「所以這個赫薇．諾里……」

「諷刺的是，她讓我想起了巴特勒聖戰。她是所有機械和非人性的對立面。多奇怪啊，莫尼奧，不是別人，正是伊克斯人造出的這個人恰好擁有我最珍視的那些品性。」

「我不明白您怎麼會提到巴特勒聖戰，陛下。有思維的機器不應存在於……」

「聖戰針對的是機器，同樣也針對機械的價值觀。」雷托說，「人類用機器來取代自己的美感，甚至取代不可或缺的自我，導致無法作出發自內心的判斷。所以機器被消滅了。」

「陛下，我還是無法接受您願意讓那個……」

「莫尼奧！赫薇光是出現在我面前就能讓我安心。千百年來我還是第一次不感到孤獨，只要她陪在我身邊。如果我還沒有證據可以證明自己重獲情感，這個事實總該有說服力了吧？」

莫尼奧陷入沉默，雷托所說的孤獨顯然讓他心有所感。莫尼奧自然了解無人分享愛的感受，他的心情全都寫在臉上。

雷托很久以來頭一次注意到莫尼奧已變得這麼蒼老。

他們老得太突然了，雷托想。

雷托此時深深感到自己有多麼在乎莫尼奧。

我不該受到感情的束縛，但我無法控制自己……尤其在赫薇出現之後。

「他們會嘲笑您，開猥褻的玩笑。」莫尼奧說。

「那是好事。」

「怎麼會是好事？」

「這是新情況。我們的任務一向就是把新事物納入已平衡的體系，並在不妨礙生存的前提下，藉此調整行為模式。」

「即便如此，您又怎麼能欣然接受？」

「接受猥褻言論滋生？」雷托問，「猥褻的反面是什麼？」

莫尼奧雙眼圓睜猛然省悟。他見識過許多兩極對立的狀態造成的結果——事物因其反面的存在而為人所知。

事物在有反差的背景中會顯得格外醒目，雷托想，莫尼奧當然懂這個道理。

「這樣太危險。」莫尼奧說。

這是保守主義者最信奉的裁斷！

莫尼奧沒有被說服。他顫慄著發出一聲深深的嘆息。

我一定要記住，不能剝奪他們的懷疑之心，雷托想，我就是這樣辜負了參與廣場儀式的魚言士。而伊克斯人正緊緊抓著人類的懷疑這根稻草。赫薇就是證據。

前廳響起一陣騷動。雷托關上大門，擋住了不速之客。

「我的鄧肯來了。」他說。

「他也許聽說了您的婚禮計畫——」

「也許。」

雷托看到莫尼奧正在跟心中的懷疑較勁，他的思想活動顯露無遺。此時此刻，莫尼奧是如此完美地展示他的人性，雷托簡直想擁抱他了。

他擁有完整的心理光譜：從懷疑到信任，從愛到恨……應有盡有！所有這些可貴的人性特質能發展成型，無不是因為他身處情感的暖流當中，和心甘情願為了「人生」而竭盡心力。

「赫薇為什麼要接受這件事？」莫尼奧問。

雷托微微一笑。莫尼奧不能質疑我，只好質疑別人了。

「我承認這不是一種傳統意義上的結合。她是靈長類，而我已經不完全屬於這一類。」

莫尼奧再次跟自己能感覺到但無法言說的念頭互相角力。

雷托看著莫尼奧，明顯感到有一股意識從眼前流過，這種情況很罕見，但一旦出現就是那麼清晰。雷托沒有攪動這股意識流，生怕激起漣漪。

這個靈長類動物在思考，思考是他的生存之道。在他的思維活動底下潛伏著一種附隨在細胞上的東西。那就是人類對其整個物種的持久關切。有時候他們會掩飾、遮蔽或深藏這種想法，但我有意引導莫尼奧去感受他內心最深處的自我運作機制。他之所以跟從我，是因為相信我掌握著對人類生存最有利的道路。他知道存在一種深嵌在細胞中的意識。我是在掃描黃金之路時發現這一點的。這就是人性，我們倆都同意：黃金之路必須延續！

「婚禮的地點、時間和形式都定好了嗎？」莫尼奧問。

不問「為什麼」了？雷托注意到，莫尼奧不再追問原因了，他回到了安全地帶，他是神帝的內務總管，是首席大臣。

他可以運用名詞、動詞和修飾語。語言能以尋常的方式為他所用。莫尼奧也許從來沒有參透過自己話語中玄奧的言外之意，但他熟悉語言在日常俗務中的含意。

「我的問題現在能得到答覆嗎？」莫尼奧追問。

雷托眯眼瞧著他，心想：我反倒覺得，語言最有用的地方是開啟迷人的未知之境。然而，文明倘若仍然堅信宇宙有如機械般受制於絕對的因果關係（因果可以明顯簡化為一條根便會連上一粒最初的種子），那麼這個文明就很難理解語言的作用了。

「伊克斯人和忒萊素人的謬論與人類事務緊緊相連，就像帽貝吸附在石頭上。」雷托說。

「陛下，您不集中注意力，會讓我很為難。」

「我的注意力很集中，莫尼奧。」

「沒集中在我身上。」

「我沒有漏掉你。」

「您的注意力在游移，陛下。您不必對我隱瞞。我寧可不忠於自己也絕不會不忠於您。」

「你覺得我四處神遊像在撿羊毛？」

「撿什麼，陛下？」莫尼奧以前從沒問過這個詞，但這次……

雷托解釋了這個典故，心想：多麼古老啊！雷托的記憶裡響起了織機和梭子咔嗒咔嗒的聲音。從動物皮毛到人的衣服……從獵人到牧人……漫長的意識覺醒之路……現在他們必須再繼續一段征程，比古人走過的還要漫長。

「您總是胡思亂想。」莫尼奧不客氣地指出。

「我有得是時間胡思亂想。對於一個把萬眾集於一身的存在而言，這是最有趣的事情。」

「但是，陛下，有些事情需要我們……」

「胡思亂想能得出的結果，真夠讓你驚訝，莫尼奧。常人花一分鐘都懶得去想的事，我可以琢磨一整天。為什麼要吝嗇這點時間呢？我的壽命大概有四千年，多一天少一天又有什麼關係？人的壽命有多長？一百萬分鐘？我活過的天數幾乎都有這麼多了。」

莫尼奧啞口無言地呆立，這種比較讓他自慚形穢。他覺得自己的人生在雷托眼裡不過是一粒塵埃。他敏銳地覺察到雷托為什麼講這些話。

語言……語言……語言，莫尼奧想。

「語言對於涉及感知的事物往往沒什麼用。」雷托說。

莫尼奧盡力控制呼吸，只留一絲氣息。神帝果真能讀心！

「縱觀我們的歷史，」雷托說，「語言最大的作用就是對某些超常事件進行自圓其說的敘述，在公認的編年史中為這類事件找到一個位置，給它們一個解釋，以便此後我們能一直沿用這些描述，然後說：『這就是它的意義。』」

莫尼奧感到這些話語把自己壓垮了，那些可能引起他思索的言外之意讓他恐懼。

「真相就是這樣遺失在歷史中的。」雷托說。

經過長時間的沉默，莫尼奧大著膽子說：「您還沒有回答我的問題，陛下。婚禮怎麼安排？」

他的聲音聽上去多麼疲憊，雷托想，他徹底垮了。

雷托快速說道：「你將給我前所未有的幫助。婚禮必須經過最周密的安排，只有你的細緻嚴謹才能勝任。」

「地點呢？陛下。」

聲音裡有了點精神。

「沙厲爾的泰伯村。」

「時間？」

「你來定。一切準備妥當了就宣布。」

「具體儀式呢？」

「我會安排的。」

「您需要幫手嗎，陛下？裝飾品之類呢？」

「儀式的點綴？」

「我可能沒想到的任何特別的東……」

「那不過是作作樣子，不需要很多東西。」

「陛下！我求您！請……」

「你將站在新娘身邊，把她託付給我。」雷托說，「我們採用古老的弗瑞曼儀式。」

「那麼我們要用到水環了。」莫尼奧說。

「是的！我會用珈尼的水環。」

「陛下，誰要出席？」

「只有一隊魚言士衛兵和貴族。」

莫尼奧盯著雷托的臉孔。「陛下說的『貴族』是什麼……什麼意思？」

「你、你的家人、內務侍臣、帝堡官員。」

「我的家……」莫尼奧嚥下了後半句，「您把希歐娜算在內了？」

「如果她通過考驗的話。」

「但是……」

「她不是你家人嗎？」

「當然是，陛下。她是亞崔迪家的人和……」

「那就肯定要算上希歐娜！」

莫尼奧從口袋裡掏出一部微型備忘器，這是一種暗黑色的伊克斯設備，名列在密密麻麻的巴特勒聖戰違禁品清單中。雷托不覺莞爾。莫尼奧知道自己的責任，開始執行了。

鄧肯．艾德侯在大門外嚷嚷得更厲害了，但莫尼奧沒有理會。

莫尼奧清楚自己的特權價值幾何，雷托想，這是另一種聯姻——特權與責任的聯姻，也成了貴族自我辯白的托詞。

莫尼奧結束了記錄。

「還有一些細節問題，陛下。」莫尼奧說，「赫薇需要什麼特殊的服飾嗎？」

「蒸餾服和弗瑞曼新娘禮服，要真貨。」

「珠寶首飾呢？」

雷托盯著莫尼奧在微型備忘器上快速移動的手指，看到了一個分崩離析的場景。

領導力、勇氣、對知識的感悟力、條理——莫尼奧樣樣齊備。這些優點猶如一圈神聖的光環圍繞著他，但也遮蔽了有一股力量正由內而外地腐蝕他。這一點是無可避免的，而且除了我，誰都沒看出來。如果我不在了，人人就都能看得出來。

「陛下？」莫尼奧催問道，「您在撿羊毛？」

哈！他喜歡這個詞！

「就這些。」雷托說，「只要禮服、蒸餾服和水環。」

莫尼奧一個鞠躬，轉身離去。

他現在展望前方了，雷托想，但這件新鮮事一樣會過去，到時候他又會回顧過去。我曾經對他抱有那麼高的期望。算了……也許希歐娜……

35

我父親曾說，「不要製造英雄。」

——珈尼瑪之聲，「口述史」

吵吵嚷嚷的艾德侯已獲准面聖。僅憑他在小覲見室跨步走來的樣子，雷托就能判斷出這個甦亡人身上已經產生了重要轉變。這種屢見不鮮的轉變雷托再熟悉不過了。面對正往外走的莫尼奧，鄧肯甚至連招呼都沒打一個，一切都符合模式。這套模式真無聊啊！

雷托為鄧肯們的這種轉變起了個名字，叫「自從症候群」。

甦亡人心中常常會醞釀出一個個疑團，他們懷疑，自從自己喪失意識那一刻起直到如今的千百年間，一定發生了隱祕之事。這段時間裡人們都幹了什麼？為什麼他們會需要我這個老古董？這些疑問擱在誰的心裡都會久久盤桓，難以驅散——更不用說是一個多疑的人了。

曾有個甦亡人責怪雷托：「你在我身體裡放了東西，我完全不了解的東西！這些東西會把我的一舉一動都通報給你！我無時無刻不受你監視！」

還有個甦亡人指責雷托擁有一種「能隨心所欲操縱我們替你辦事的機器」。

「自從症候群」一旦得病就再也無法治癒，雖然能加以控制，甚或疏導，但休眠的種子即使受到最輕微的刺激也會甦醒而萌發。

艾德侯在莫尼奧先前站立的地方停下腳步，他的眼睛和雙肩姿態都蒙上了一層陰影，那是對非特定目標的疑心。雷托聽任緊張氣氛漸漸發酵，靜待爆發。艾德侯先是緊盯著他，接著環視屋內。雷托認出了這種目光。

鄧肯們永遠不會遺忘！

艾德侯運用數千年前潔西嘉女士和晶算師瑟非．郝沃茲所傳授的方法觀察室內，一陣時空錯亂的眩暈感襲來。他覺得自己受到了這間屋子的排斥，樣樣東西都不例外——金色的、綠色的、紅得發紫的蓬鬆巨大軟墊；圍著雷托的凹坑厚厚堆疊在一起，件件堪稱珍品的弗瑞曼地毯；將溫暖的光線直射在神帝臉上，使得四周黑影顯得更陰暗、更神祕的伊克斯仿陽光燈球；附近的香料茶的味道；還有沙蟲身軀散發的濃烈美藍極味。

艾德侯感覺，自從忒萊素人把他扔在那間空無一物的牢房裡由露莉和「朋友」接手以來，發生了太多的事情，而且太快了。

太多了……太多了……

我真的在這裡嗎？他滿腹疑惑，這真的是我嗎？我在想什麼？

他凝視著雷托文風不動的身體，這個黑漆漆的龐然大物如此安靜地躺在坑裡的帝輿上。這具巨大肉身愈是無聲無息，就愈是顯出神祕的力量，這股可怕的力量也許會以任何人都意想不到的方式釋放出來。

艾德侯對伊克斯使館一戰已有耳聞，但魚言士的說法為這件事套上了神跡的光環，讓他看不清真相。

「他飛降在他們頭頂上，痛痛快快地處決了這幫罪人。」

「他是怎麼做到的？」艾德侯問。

「他是震怒的神。」彙報者答道。

震怒，艾德侯想。是因為赫薇受到了威脅嗎？他聽到的傳言哪，沒有一句可信！赫薇要嫁給這個大……不可能！不會是可愛而溫婉的赫薇。他在玩某種可怕的遊戲，在考驗我們……考驗我們……這年頭已經沒有真實可言了，除了赫薇帶來的寧靜，其餘全是瘋狂。

當艾德侯把視線轉向雷托的臉孔——那張默默等待的亞崔迪臉——他心中的錯位感更加強烈了。他心裡冒出一個念頭，假如沿著某條陌生的新思路再動動腦子，能否打破無形的障壁，憶起其他艾德侯甦亡人的種種經歷？

他們走進這間屋子的時候在想什麼？他們也會感覺到這種錯位、這種排斥嗎？

再花點工夫想想。

他感到天旋地轉，怕自己會暈倒。

「不舒服嗎，鄧肯？」雷托那無比理性和鎮靜的聲音響起。

「這不真實。」艾德侯說，「我不屬於這裡。」

雷托故意誤解他的意思。「侍衛通報說你是自願來這裡的，你從帝堡飛過來要求立刻見我。」

「我是說這裡，現在！這個時代！」

「但我需要你。」

「需要我幹什麼？」

「你自己看看，鄧肯。你能幫我忙的地方太多了，你都忙不過來了。」

「但你的女人不讓我戰鬥！每次我要去……」

「你活著比死了更有價值，你不同意嗎？」雷托咯咯笑了一下，又說：「運用你的智慧，鄧肯！那才是我看重的。」

「還有我的精子，你也看重。」

「你的精子由你自己來決定去向。」

「我不會把孤兒寡母像那樣留在……」

「鄧肯！我說過選擇權在你自己手裡。」

艾德侯乾嗤了一下，說：「你對我們犯了罪，雷托，對我們所有甦亡人──你從沒問過我們的意見就讓我們復活了。」

鄧肯冒出了新想法。雷托瞧著艾德侯，一下子來了興致。

「什麼罪行？」

「喔，我聽見你嘟嘟囔囔說著心裡的想法。」艾德侯憤憤地說，拇指越過肩頭指向門口，「你知道自己的聲音能傳到前廳嗎？」

「當我希望被人聽到的時候，的確如此。」但只有我的日記能聽到全部！「不過我想知道自己犯了什麼性質的罪行。」

「曾經有一個時代，你是活著的，你應該活著的時代。當你活著時，那個時代能發生奇蹟。你知道你永遠也看不到那樣的時代了。」

雷托眨眨眼，被鄧肯的感傷觸動了。這番話讓他深有共鳴。

艾德侯將兩手舉到胸前，掌心向上，彷彿乞丐在乞求明知無法獲得的東西。

「然後……某一天你醒過來，你記得本來自己快要死了……你記得再生箱……弄醒你的是骯髒的忒萊素人……本來應該是一個新的開始，但沒有，永遠不可能了，雷托。這就是犯罪！」

「我奪走了奇蹟？」

「是的！」

艾德侯放下雙手，在身體兩側攥起拳頭。他覺得自己彷彿獨自站在推動磨坊水車的水流渠道中，稍一放鬆就會滅頂。

那麼我的時代呢？雷托想，同樣永遠不會再來了。但這個鄧肯不會明白其中的區別。

「你從帝堡匆匆趕回來是為了什麼？」雷托問。

艾德侯深吸了一口氣，說：「是真的嗎？你要結婚了？」

「確實。」

「娶那個赫薇．諾里，伊克斯大使？」

「沒錯。」

艾德侯飛快地瞥了一眼雷托橫臥的身軀。

他們總要找找我的生殖器，雷托想，也許我該叫人做個東西，一個碩大的凸起，來嚇嚇他們。他差點笑出聲來，不過還是強忍住了。我的情感又一次得到了增強。謝謝你，赫薇。謝謝你們，伊克斯人。

艾德侯搖著頭。「可你……」

「婚姻除了性愛，還有其他重要因素。」雷托說，「我們能生兒育女嗎？不能。但這種聯姻將具有深遠的影響。」

「你跟莫尼奧說的話我都聽到了。」艾德侯說，「我想這肯定是個玩笑，一個……」

「說話小心，鄧肯！」

「你愛她嗎？」

「比有史以來任何一個男人愛一個女人愛得更深。」

「那麼她呢？她是不是……」

「她心裡……有一股強烈的同情心，有一種要和我同甘共苦、獻出一切的願望。這是她的天性。」

艾德侯忍住反感。

「莫尼奧說得對。人們會相信忒萊素人的謠言。」

「這就是其中一個深遠影響。」

「而你還是要我去跟希歐娜交……交配！」

「你知道我的期望。我讓你自己決定。」

「那個叫奈拉的女人是誰？」

「你見過奈拉了！好。」

「她和希歐娜像姊妹似的。那個大塊頭！那裡到底是怎麼回事，雷托？」

「你希望是怎麼回事？這重要嗎？」

「我從來沒見過這種粗人！她讓我想起野獸拉班。你絕對看不出她是女的，要不是她……」

「你以前還見過她一次。」雷托說，「那次她叫『朋友』。」

艾德侯不聲不響地盯著他片刻，彷彿穴居動物感覺到鷹隼逼近。

「這麼說你信任她囉？」艾德侯說。

「信任？什麼是信任？」

是時候了，雷托想。他能看見艾德侯的想法在成形。

「當忠誠獲得證明時就產生了信任。」艾德侯說。

「就像你我之間的信任？」雷托問。

艾德侯嘴角泛起一絲苦笑。「這就是你對赫薇．諾里幹的事？婚姻、誓言……」

「我和赫薇已經彼此信任了。」

「你信任我嗎，雷托？」

「要是我連鄧肯．艾德侯都不能信任，那我就沒人可信了。」

「如果我不信任你呢？」

「那麼我會憐憫你。」

艾德侯就像遭受電擊。他睜大眼睛，憋了一肚子不滿。他渴望信任別人。他渴望一去不復返的奇蹟。

接著，他發現他的思路似乎突然來了一次跳躍。

「前廳裡的人能聽見我們說話嗎？」他問。

「不能。」但我的日記能！

「莫尼奧非常生氣，誰都看得出來。但他離開的時候像一隻溫順的羔羊。」

「莫尼奧是貴族。他離不開他的本分和責任。只要用這些東西來提醒他，他就消氣了。」

「所以你就是這樣控制他的。」艾德侯說。

「他自己控制自己。」雷托說著，想起了莫尼奧從備忘器上抬起目光，不是為了得到確認，而是為了進一步喚起責任感。

「不。」艾德侯說，「他控制不了自己，是你在控制。」

「莫尼奧把自己封閉在過去。這不是我幹的。」

「但他是貴族……一個亞崔迪家的人。」

雷托眼前浮現出莫尼奧蒼老的面容，心想貴族總是必然會拒絕履行他最後的職責——急流勇退，隱沒到歷史中去。他們一定是被趕走的。一定。從來沒有貴族順應過變革的大勢。

艾德侯繼續問道：「你是貴族嗎，雷托？」

雷托微笑道：「最終極的貴族在我心裡消亡了。」他又想：特權培養傲慢。傲慢加劇不公。毀滅的種子開花結果。

「我可能不會參加你的婚禮。」艾德侯說，「我從來不認為自己是貴族。」

「你是，你就是使劍的貴族。」

「保羅比我使得好。」艾德侯說。

雷托用摩阿迪巴的嗓音說：「因為我是你教的！」隨後又恢復往常的聲音：「貴族有份不言而喻的責任——教導他人，有時還要靠殘酷的親身示範。」

接著他想：高貴的血統總會走向貧窮和跨種雜交造成的衰弱，這為擁有財富和成就的人打開了機會的大門。新晉富豪腳踩舊制度登上權力的巔峰，就像哈肯能人曾經做到的那樣。

這種現象周而復始一成不變，雷托覺得任何人都應該看出它已經融入了人類的生存模式，這類模式因跟不上時代而早被人遺忘，但從未消失。

不，我們仍然身懷殘渣餘毒，我必須加以肅清。

「有沒有一塊處女地？」艾德侯問，「有沒有一塊我能去的處女地，好永遠擺脫這一切？」

「假如有這樣的處女地，也一定是由你來幫我開闢的。」雷托說，「就目前來看，不存在一個別人跟不上也找不到你的地方。」

「你不放我走囉？」

「你願意走的話可以走，其他甦亡人曾經嘗試過。我跟你明說，處女地不存在，無處可躲。從很久很久以前一直到現在，人類就像被危險的膠水黏成了團，好比一個單細胞生物。」

「沒有新星球？沒有未知的……」

「喔，我們不斷壯大，但從未分離。」

「因為是你把我們綁在一起的！」他惱火地恨恨說。

「不知道你是不是能明白，鄧肯，假如有一塊處女地，不管什麼樣的，那麼你身後的東西就不會比你前方的東西更重要了。」

「你就是過去！」

「不，莫尼奧是過去。他會毫不遲疑地搬出貴族慣用的壁壘，擋住通往處女地的道路。你一定要知道那些壁壘的厲害。它們不但能圍住星球和星球上的土地，還能封鎖思想。它們壓制變革。」

「壓制變革的是你！」

他還是轉不過彎來，雷托想，再試一次。

「判斷貴族是否存在，最明確的標誌就是有沒有阻礙變革的壁壘，有沒有排斥新生和異己事物的鐵幕、鋼幕、石幕或其他什麼幕。」

「我知道在某個地方一定有一塊處女地。」艾德侯說，「你在隱瞞。」

「我什麼都沒有隱瞞。我也想要處女地！我想要意外！」

他們已經到了門口，雷托想，卻又拒絕進入。

如他所預測，艾德侯迅速換了話題：「你真的讓幻臉人在你的訂婚儀式上演出了？」

雷托心頭湧起一股怒氣，緊接著他又對這情緒之強烈生出一股扭曲的快感。他想對著鄧肯大吼大叫……但解決不了問題。

「有幻臉人的表演。」他說。

「為什麼？」

「我希望每一個人都分享我的幸福。」

艾德侯瞪著他，好像在飲料裡發現了一隻噁心的蟲子。艾德侯用平板的語調說：「我從沒聽過亞崔迪家的人說這麼諷刺的話。」

「但就是有一個亞崔迪家的人這麼說了。」

「你在搪塞我！在迴避我的問題。」

又要爭個明白了，雷托想。他說：「貝尼．忒萊素幻臉人是群聚有機體，個別而言則都沒有生育能力。這是他們自己為自己作出的選擇。」

雷托邊等回答邊想：我必須保持耐心。一定要讓他們自己去發現。要是我說出來，他們是不會信的。思考，鄧肯。思考！

經過長時間沉默，艾德侯終於開口了：「我向你起過誓。我重視這條誓言，至今不變。我不知道你在幹什麼，又是出於什麼原因，我只能說我不喜歡這些事。好了，我說出來了。」

「這就是你從帝堡趕過來的原因？」

「是！」

「你現在可以回帝堡了嗎？」

「難道另有處女地可去嗎？」

「很好，鄧肯！就算你的理性有不明白的東西，你的憤怒也會告訴你。赫薇今晚回帝堡，我明天跟她會合。」

「我要進一步了解她。」艾德侯說。

「你應該迴避她。」雷托說，「這是命令。赫薇不屬於你。」

「我一向知道女巫還存在。」艾德侯說，「你祖母就是。」

他腳跟一旋，未作告退，大步沿來路離去。

真像一個小男孩，雷托看著他僵直的背影想，在我們的宇宙中，他既是最老的一個，又是最小的一個——兩者合一。

36

先知不會為過去、現在和未來的幻象所迷惑。語言的僵化性決定了其線性特徵，而先知握有解鎖語言的鑰匙。對於他們而言，機械式的圖景不過是靜態畫而已。然而宇宙並不是機械式的，事件呈線性發展其實僅是觀察者強加的規律。因果關係？大大不然。先知吐露預言，你便能窺見「注定」之事。但預言一出即釋放無窮的先兆與力量，與此同時，宇宙也會神不知鬼不覺地走上另一條路。於是睿智的先知總是閃爍其詞，隱匿真相。無知者以為預言盡是模稜兩可之語，故而不信任先知。但你只要聽從直覺就能領悟到：直言不諱無疑會削弱預言的力量。最高明的先知只把你引至簾幕前，讓你自己一窺究竟。

——《失竊的日記》

• • •

雷托用前所未有的冰冷語調對莫尼奧說：「這個鄧肯不聽我的話。」

他們身處的這間通風良好的房間位於帝堡南塔頂層，由黃燦燦的石材砌就。距雷托從奧恩城十年慶返回已經過了三天。他身旁有一扇開啟的落地窗，俯視著正午火辣辣的沙厲爾。風從窗戶呼嘯而進，捲起的沙塵讓莫尼奧瞇起了眼睛，對雷托卻似乎沒什麼影響。他眺望著熱氣蒸騰的沙厲爾，遠方起起伏伏的沙丘暗示著這片景觀在流動，但只有他的眼睛能覺察。

莫尼奧站在那裡，因恐懼而散發的酸臭味籠罩全身。他知道風會將這股味道隱含的資訊傳遞到雷托的感官。婚禮的安排、魚言士的躁動——一切都充滿矛盾。莫尼奧想起最初與神帝相處那陣子，神帝說過的一些話。

「矛盾是個指標，提醒你要超越矛盾。假如矛盾使你困擾，說明你信奉絕對真理。在相對主義者眼裡，矛盾只是一件樂事，也許能逗人一笑，或者更極端點，不乏教育意義。」

「你沒回答我。」雷托說。他的目光離開沙厲爾，落在莫尼奧身上。

莫尼奧只聳了聳肩。蟲子有多近了？他臆想。莫尼奧已注意到，從奧恩城返回帝堡之後，蟲子有時會甦醒過來。從表面上還看不出神帝可能發生這種恐怖的變化，但莫尼奧能感覺得到。蟲子會不會毫無預警地突然現身？

「加快婚禮安排的進度，」雷托說，「愈快愈好。」

「放在考驗希歐娜之前？」

雷托沉默了片刻，說：「不。你怎麼處理鄧肯？」

「您要我怎麼做，陛下？」

「我告訴他不要去見諾里，要迴避她。我說過這是命令。」

「諾里只是同情他，陛下。沒別的。」

「她為什麼要同情他？」

「他是甦亡人，跟現時代是脫節的，他沒有根。」

「他的根和我一樣深！」

「但他並不知道，陛下。」

「你在跟我爭論嗎，莫尼奧？」

莫尼奧退後半步，同時清楚自己並未脫離危險。「喔，不，陛下。但我一向實話實說。」

「我來說實話給你聽。他在向諾里獻殷勤。」

「是諾里主動約他的，陛下。」

「這麼說你都知道！」

「我不知道您嚴格禁止此事，陛下。」

雷托若有所思地說：「他對付女人有手腕，莫尼奧，絕對有手腕。他能看穿女人的靈魂，讓她們圍著他轉。鄧肯們總愛搞這一套。」

「我不知道您嚴禁他倆碰面，陛下！」莫尼奧幾乎在尖叫。

「他比其他甦亡人都危險。」雷托說，「這是我們時代的錯誤。」

「陛下，忒萊素人的手頭還沒有替換品。」

「所以我們還需要這一個？」

「是您自己說的，陛下。這是一個我不能理解的矛盾，但的確是您說的。」

「替換品做好還需要多久時間？」

「至少一年，陛下。要我去問具體日期嗎？」

「今天問。」

「他可能會聽到風聲的，陛下，就像前一個。」

「我不希望事情演變成這樣，莫尼奧！」

「我明白，陛下。」

「我不敢跟諾里談這件事。」雷托說，「這個鄧肯不屬於她。但我又不能傷到她！」最後一句近似哭訴。

莫尼奧站在那裡噤若寒蟬。

「你不明白嗎？」雷托問，「莫尼奧，幫幫我。」

「我明白您對待諾里與眾不同，」莫尼奧說，「但我不知道該怎麼做。」

「有什麼不同？」雷托的聲音直刺莫尼奧的內心。

「我是指您對她的態度，陛下。就我所見，跟您對其他人或事的態度全都不一樣。」

接著莫尼奧注意到了一些初始跡象——神帝雙手抽搐，眼神開始失焦。神啊！蟲子來了！莫尼奧感覺自己完全暴露在危險之中。這龐大身軀只消輕輕一彈就能把他碾碎在牆上。我必須把他的人性引出來。

「陛下，」莫尼奧說，「我在資料中讀過您和令妹珈尼瑪的婚姻，您也親口跟我說過。」

「如果她現在能在我身邊就好了。」雷托說。

「她從來沒有真正成為您的妻子，陛下。」

「你想說什麼？」雷托問。

雷托雙手的抽搐變成了一陣陣痙攣。

「她是……我是說，陛下，珈尼瑪其實是哈克．阿拉達的妻子。」

「當然！你們這些亞崔迪家的人都是他們倆的後代！」

「有些話您是不是還沒跟我說，陛下？有沒有可能……就是說，您跟赫薇．諾里……能行房嗎？」

雷托的手抖得這麼厲害，莫尼奧很驚訝他本人竟沒發覺。那對大大的藍眼睛更加恍惚了。

莫尼奧又朝門口退了一步，出門下樓便可逃離這個死亡之地。

「別問我什麼可能性。」雷托說。令人恐懼的是，他的聲音彷彿來自遠方，又沉入了他內心的古老深處。

「不敢了，陛下。」莫尼奧說。他躬身後退，直到距門口僅一步。「我會跟諾里談的，陛下……還有跟鄧肯談。」

「盡力去辦。」雷托的聲音從只有他本人才能進入的內部空間遠遠傳來。

莫尼奧輕輕跨出門口，在身後關上門板，背靠著顫抖不止。啊，從來沒這麼驚險過。

矛盾依然存在。它指向哪裡？神帝反常而痛苦的決定意謂什麼？是什麼引出了沙蟲神？

房內傳出「砰」的一聲，有什麼東西重重地砸在石牆上。莫尼奧不敢開門看個究竟。他向後一頂，把自己推離那扇可怕的嗡嗡震動的門，躡手躡腳走下樓梯，連大氣都不敢喘，一直到了樓底魚言士崗哨處，方才鬆了一口氣。

「他心煩了？」魚言士問，一邊抬頭朝樓上望去。

莫尼奧點點頭。他倆都能很清楚地聽見撞擊聲。

「什麼事惹他煩心？」守衛又問。

「他是神，我們是凡人。」莫尼奧說。這個回答平時足以消除魚言士的疑問，但當下有一股新的力量正在湧動。

魚言士直盯著他，莫尼奧發現，她柔和的五官底下隱隱現出一個訓練有素的殺手。她正值妙齡，赤褐色頭髮，朝天鼻和厚嘴唇本是她最顯眼的特徵，現在卻被一對咄咄逼人的眼睛占了上風。只有傻瓜才敢背對這雙眼睛。

「不是我造成的。」莫尼奧說。

「當然不是。」她同意道，表情稍稍緩和了一些。「但我想知道是因為誰或者什麼事。」

「我覺得他是等結婚等得不耐煩了。」莫尼奧說，「我想就是這回事。」

「那就趕緊！」她說。

「我正要去辦。」莫尼奧說。他轉身沿長長的走廊快步回到自己在帝堡內的寓所。神啊！魚言士要變得和神帝一樣危險了。

這個愚蠢的鄧肯！他把我們往火坑裡推。還有赫薇．諾里！該拿她怎麼辦？

37

君主制及類似政體向所有政治形態傳達了一條寶貴訊息。記憶讓我確信，這條訊息對任何類型的政府皆有裨益。政府唯有抑制住走向極權的固有傾向，才能為被統治者謀福利。除了那些卓越的特性，君主制還擁有若干優點。君主制能縮減官僚管理機構的規模，弱化其寄生性；君主制在必要情況下能迅速作出決策；君主制還能滿足人類自古以來對家長制（如部落制或封建制）的需求，使人人各知其位。知道自己的位置很重要，哪怕只是一個臨時位置亦然。假如你困囿於一個有違本意的位置，必然備受折磨。因此，我以最有效的方式，即親身示範，宣揚專制之道。也許你是在千百年後才讀到這些文字，即使到了那時，我的專制依然不會被遺忘。我的黃金之路是其不朽的保證。希望你在獲知這條訊息之後，把自己的權力授權給任何政府時，都能維持極其審慎的態度。

——《失竊的日記》

• • •

雷托耐心謹慎地準備好與希歐娜的私人會面，這是自她兒時被強制送入節慶城魚言士學校以來，兩個人首次見面。他交代莫尼奧將接見地點安排在小帝堡，那是他在沙厲爾中央建造的一座高塔。塔址經過精心選擇，可將四周的舊貌新顏盡收眼底。小帝堡與外界無路可通，朝見者都由撲翼機載送，而雷托彷彿是靠神力駕臨此處。

在即位之初，他親手操控一臺伊克斯機器，在沙厲爾底下挖了一條通往小帝堡的祕密隧道，全部工程都由他獨自完成。那些日子，沙漠裡還漫遊著幾條野生沙蟲。他用厚厚的熔凝矽石牆加固隧道，並在外層嵌入無數裝了水的圓球以嚇退沙蟲。隧道預留的空間足以容納他日後長到極限的身軀，外加一輛當時尚在構想中的帝輿。

預定接見希歐娜那天的凌晨，雷托進入地下墓殿，向侍衛下令不見任何人。在輻射狀的地下墓殿裡，他進入一條帶暗門的漆黑隧道，駕著帝輿一陣飛馳，不到一小時就抵達了小帝堡。

隻身進入沙地是他的一大樂事。不駕帝輿，只讓準沙蟲的身軀帶著自己漫遊。貼身的沙粒讓他產生無比強烈的快感。他在第一縷曙光中穿過一道道沙丘，身上發出的熱量在後尾留下一道水氣，逼使他必須不斷前行。當他在約五公里外發現一個相對乾燥的區域時，方才停了下來。少量晨露蒸騰出惱人的溼氣，裹住躺臥的他；他的身體剛好處在長長的塔影之外，影子從身旁往東延伸，跨過一座又一座沙丘。

從遠處看，那座三千公尺高塔猶如一根不可思議的長針直刺雲霄。只有將雷托的指令與伊克斯人的想像力創意十足地結合起來，才構思得出這樣的建築物。高塔直徑一百五十公尺，高塔地基在沙面下扎根之深不亞於塔高，塔身巧妙運用了塑鋼與超輕合金，既有足夠的韌性抵禦強風，又耐風沙侵蝕。

由於太鍾愛這個地方，雷托嚴格限制自己到訪的次數，為自己制定了一長串必須遵守的規則：一言以蔽之，非到「十分必要之時」不許前來。

只要躺在這裡稍事休息，他就能暫時卸下黃金之路的重擔。莫尼奧，能幹而可靠的莫尼奧，會保證希歐娜在黃昏時分準時抵達。雷托有一整天的時間放鬆遐想，玩玩假裝對一切漠不關心的遊戲，還能直接大肆吸取大地的養分。在奧恩城和帝堡裡他從來無法如此盡興，只能鬼鬼祟祟地穿行於狹窄通道，還得小心翼翼運用預知力才能避開四處的小水窪。而在這裡，他能盡情遨遊於流沙漠，汲取自然的滋養茁壯成長。

他翻滾著，壓得沙粒吱嘎作響；他彎曲身體，享受純粹的動物快感。他感覺沙蟲的自我正在復甦，一股健康的電流傳遍全身。

太陽已高掛地平線之上，在高塔一側繪上金色線條。空氣中飄散著沙塵的苦味，還有遠處多刺植物在些微晨露的刺激下發出的味道。他以高塔為圓心緩緩繞著大圈，速度愈來愈快，同時思索著希歐娜的事。

這件事不能再拖，必須考驗她了。莫尼奧心裡和雷托一樣清楚。

就在那天凌晨，莫尼奧說：「陛下，她有嚴重的暴力傾向。」

「她剛得了腎上腺素成癮症。」雷托說，「該來個『冷火雞』了。」

「冷什麼，陛下？」

「這是一種古老說法，意思是採取必要的休克療法，立刻徹底斷了她的癮頭。」

「喔……我明白了。」

這一次，雷托覺得莫尼奧的確明白了。莫尼奧自己就經歷過「冷火雞」。

「年輕人通常無法作艱難的決定，除非這決定直接跟暴力有關，能刺激腎上腺素飆升。」雷托解釋道。

莫尼奧默默回憶了片刻，說：「這非常危險。」

「這就是你在希歐娜身上看到的暴力。就連老人也難免沾染一點，年輕人更是喜歡在裡面打滾。」

天光愈來愈亮，雷托一邊回想這番對話，一邊繞著高塔轉圈。沙地逐漸變乾，快感也愈發強烈。他放慢爬行速度。一陣風從背後吹來，把自己排出的氧氣和一股燧石燃燒味捲進那尚具人類知覺的鼻孔。他深深吸了口氣，使本已放大的意識變得更加敏銳。

預留白天這段時間有幾個目的。在他眼裡，接下來的會面就像是古代鬥牛士眼中即將首度交鋒的公牛。雖然莫尼奧會確保希歐娜前來時未攜帶任何有形的武器，但她依然是頭頂利角的勁敵。不過雷托要確保自己熟知希歐娜的每一個強項和弱項。只要有機會，雷托還將動之以情。她必須為考驗做好準備，一定要用精心布置的鐵絲網斂住她內心的鋒芒。

午後，雷托體內的沙蟲部分已心滿意足，他返回高塔，爬上帝輿，啟動懸浮器上升到頂層一扇落地窗的邊緣，這扇窗只有他本人下指令才能開啟。當天餘下的時間，他就躺在這間高空廳堂裡思索謀劃。

夜幕剛剛降臨，空中傳來一架撲翼機振動機翼的嗡嗡聲。莫尼奧來了。忠實的莫尼奧。

在雷托的操控下，高塔伸出一塊降落臺。撲翼機滑降而來，收攏機翼，輕輕落在降落臺上。雷托眺望著漸濃的夜色。希歐娜下機後朝他快跑過來，顯然對這沒有護欄的高臺感到害怕。她穿著一件不帶徽記的黑色制服，外披白袍，一進入塔內，她就偷偷向後瞥了瞥，隨後望向廳堂中央帝輿上的那具龐大身軀。撲翼機起飛，消失在黑暗中。雷托沒有收回降落臺，讓落地窗敞開。

「這座塔另一頭有個陽臺。」他說，「我們去那裡。」

「為什麼？」

希歐娜的聲音流露出滿腹狐疑。

「聽別人說那裡涼快。」雷托答，「我自己在那邊吹著微風時，也的確感到臉頰上有微微的涼意。」

希歐娜在好奇心的驅使下走近。

雷托關上了她身後的落地窗。

「從陽臺看出去夜景美極了。」雷托說。

「我們為什麼來這裡？」

「因為這裡不會有人偷聽。」

雷托掉轉帝輿，無聲無息地駛向陽臺。借助室內隱藏式照明裝置發出的微光能讓她看見他的行動。他聽到她跟了上來。

這座弧形陽臺在塔堡的東南面，裝有齊胸高的鏤空欄杆。希歐娜走到欄杆前，環視眼前的荒漠。

雷托感覺她在等自己開啟話頭。有些話要在這裡說出來，只讓她一個人聽到。不管說什麼，她都會傾聽並作出毫無掩飾的反應。雷托的目光越過她望向沙厲爾的邊界，一號月亮已經升上地平線，勉強可以看到一道平緩的線條，那是人造圍牆。他運用增強的目力分辨出遠處有支來自奧恩城的隊伍正移動，發著暗光的畜力車緩緩行駛在通往泰伯村的大道上。

他能在記憶裡調出那個村子的畫面——一座草木掩映的村莊，坐落在牆腳內側一片溼潤的土地上。他的示範區弗瑞曼人照管那裡的椰棗樹、高草，甚至蔬菜農場。今非昔比了，想當年，凡是住人的地方，即便是僅靠一套蓄水箱和捕風器維持、低矮植物稀疏分布的小盆地，在荒漠裡也算草木茂盛了。跟泰布穴地一比，泰伯村簡直是水的天堂。如今村裡人人知道，在沙厲爾圍牆的另一側，泛著銀色月輝的艾德侯河正筆直向南流去。示範區弗瑞曼人從裡側翻不過陡直的圍牆，但他們心裡清楚那裡有條河。大地也知道。泰伯村民將耳朵緊貼地面，就能聽見大地另一頭傳來的汩汩水流聲。

現在應該有夜梟沿著那道堤岸飛行，雷托想，換作在另一個世界，這些生物會是晝行性的。沙丘星已經在牠們身上實現了演化奇蹟，而牠們仍舊要順應沙厲爾的環境。雷托曾見過那些鳥在水面上投下暗影，偶爾啜一口水，泛起的漣漪隨河流漂逝而去。

即使離得這麼遠，雷托還是能感覺到水的力量，他過往時光中的這股強大力量已經離他遠去，猶如向南直奔農場與森林的水流。這條河穿行於綿延起伏的群山，一路擦過鬱鬱蔥蔥的植被，昔日沙丘星的沙漠幾乎蕩然無存，只有沙厲爾這片過往的聖域遺世獨立。

雷托還記得那些伊克斯機械咆哮著在地表上強行撕開這條水道。時間似乎轉瞬即逝，只過了三千年出頭而已。

希歐娜不安地回頭瞧了瞧雷托，但他仍然沒有開口，目光緊盯著遠處。一座倒映於遠方雲朵上的小鎮在地平線上方閃耀著淡琥珀色的光。雷托從方向和距離判斷是沃爾波特鎮，那裡曾是個苦寒之地，遠在陽光低斜的北方，現在被移植到了溫暖的南方。這座熠熠生輝的小鎮彷彿在他心裡開啟了通往過去的一扇窗。他感到這束光穿透了已取代皮膚的厚厚鱗膜，直擊心頭。

我很脆弱，他想。

然而，他知道自己主宰這個地方，而這座星球主宰了他。

我是它的一部分。

他直接吞食沙土，只是不能碰水。他的人嘴和人肺僅用於呼吸，剛夠維持殘餘的人性……和說話的功能。

雷托朝希歐娜的背影開口道：「我喜歡聊天。我害怕總有一天不能再說話了。」

月光下，她猶豫著轉過身盯著他，帶著明顯的嫌棄表情。

「我知道在很多人眼裡我是個怪物。」他說。

「為什麼帶我來這裡？」

直奔主題！她不拐彎抹角，這是大部分亞崔迪家的人的行事作風，他想。他希望在育種計畫中保留這一個性，它帶有一種強烈的身分意義。

「我要看看時間怎麼改變了妳。」他說。

「為什麼？」

她的聲音裡帶著些許懼意，他想。她以為我要審問她那不值一提的叛亂和餘黨的名字呢。

看他保持沉默，希歐娜說：「你要殺我嗎，就像殺我朋友那樣？」

看來她聽說了使館的戰事。她猜想我對她過去的叛亂活動掌握得一清二楚。莫尼奧教訓過她了，該死！算了……換成我或許也會這樣做的。

「你真的是神嗎？」她問，「我不明白我父親怎麼會這麼認為。」

她還有一絲懷疑，他想，我仍有操作的空間。

「各人定義不同。」他說，「對於莫尼奧，我是神……這是事實。」

「你曾經是人。」

他開始欣賞她跳躍的思維了。這股毫不掩飾的追根究柢的好奇心正是亞崔迪氏族的標誌。

「妳對我好奇。」他說，「彼此彼此，我也對妳好奇。」

「你怎麼會覺得我在好奇？」

「妳小時候經常眼睛眨也不眨地盯著我看。今晚我看到了同樣的目光。」

「對，我想知道像你這樣是什麼感覺。」

他打量了她一會兒。月光在她眼睛下方投出陰影，雙眼隱在暗處。他能想像她的眼睛跟自己一樣也是全藍的，香料上癮的那種藍。這麼一想，希歐娜竟跟早已故世的珈尼有幾分相似，從臉型到眼睛的位置都有點像。他差點把這個告訴希歐娜，但話到嘴邊又嚥下了。

「你吃人類的食物嗎？」希歐娜問。

「披上沙鱒皮膚之後的很長一段時間，我有飢餓感。」他說，「偶爾我想吃點東西，但食物總是讓我反胃。沙鱒的纖毛在我體內四處蔓延，進食成了一件麻煩事。如今我只吃些乾的東西，有時裡面會包一點香料。」

「你……吃美藍極？」

「有時。」

「不過你已經沒有人類的食欲了？」

「我沒這麼說。」

她瞧著他，靜候下文。

雷托欣賞她這種無言的提問方式。她很聰明，在短暫的人生中學到了很多東西。

「飢餓是一種黑暗的感覺，一種我無法緩解的痛苦。」他說，「那時我會奔跑，像發狂的野獸一樣在沙丘上奔跑。」

「你……奔跑？」

「那段日子，我的腿相對於身體還比較長，我可以來去自如。但飢餓的痛苦從來沒有離開過我，我覺得那是渴求失去的人性。」

他覺察到她心裡已經勉強生出了點同情，所以才會有這一連串的問題。

「你還……痛苦嗎？」

「現在只有輕微的灼痛。這是我蛻變末期的一個徵兆。再過幾百年，我就重返沙漠了。」

他看見她在身側攥緊拳頭。「為什麼？」她問，「為什麼要這麼做？」

「這種變化不見得都是壞事。比如今天我就很舒服，非常自在。」

「還有我們看不見的變化。」她說，「我知道一定有。」她鬆開了拳頭。

「我的視覺和聽覺都變得極其敏銳，但不包括觸覺。除了臉以外，我已經喪失了以前的觸覺。我懷念那種觸覺。」

他再次注意到她流露出勉強的同情，她試圖設身處地去體會。她想要了解他！

「你活了這麼久，」她說，「對時間的流逝有什麼感覺？是不是覺得日子愈過愈快了？」

「很奇怪，希歐娜。有時候時間過得飛快，有時又慢得像在爬。」

在交談的過程中，雷托慢慢調暗了高空廳堂裡的隱藏式照明燈，驅動帝輿漸漸靠近希歐娜。現在燈已全熄，只剩下月光。帝輿前緣進入陽臺，他的臉離希歐娜僅有大約兩公尺。

「我父親告訴我，」她說，「你愈老，你的時間就走得愈慢。你是這樣跟他說的嗎？」

她在試探我有沒有說實話，他想，這代表她不是真言師。

「凡事都有相對性，不過相比人類對時間的感覺，的確如此。」

「為什麼？」

「這跟我的變化有關係。到最後，我的時間會凝固，我就像一粒凍在冰裡的珍珠。之後我的新身體會四分五裂，每一部分都藏著一粒珍珠。」

她轉身背對他，面朝沙漠說道：

「我在這黑暗中跟你說話，幾乎可以忘記你是誰了。」

「所以我把會面安排在這個時間。」

「可為什麼要在這個地方呢？」

「因為只剩這個地方讓我有家的感覺。」

希歐娜轉身靠在欄杆上，盯著他。「我想看看你。」

他打開了廳堂裡所有的燈，包括陽臺外緣一排刺眼的白色燈球。燈一亮，牆內就伸出一張伊克斯製透明罩，在希歐娜背後將陽臺封住。她被身後突然動起來的罩子嚇了一跳，接著明白過來似的點了點頭。她以為這是為了防禦偷襲。其實不然，這張透明罩只是為了阻擋攜帶潮氣的夜行昆蟲。

希歐娜自下而上打量雷托的身體，目光在腿退化成的殘根停留了一會兒，隨後挪到雙臂和雙手，最後移到臉上。

「你的官方史書記載所有亞崔迪家的人都是你和你妹妹珈尼瑪的後代。」她說，「這和『口述史』說的不一樣。」

「『口述史』是正確的。妳的祖先是哈克·阿拉達。我和珈尼只有名義上的婚姻關係，是為了鞏固權力。」

「就像你跟那個伊克斯女人的婚姻？」

「這不一樣。」

「你們會有孩子嗎？」

「我從來沒有生育能力。我還沒到生育年齡就選擇了蛻變這條路。」

「你是從小孩子直接變成——」她指了指，「這個的？」

「是的，沒有過渡。」

「一個小孩怎麼知道選擇哪條路？」

「我是全宇宙最老的孩子之一。另一個是珈尼。」

「我聽過關於你們擁有祖先記憶的故事！」

「那故事是真的。我和我所有祖先都在這裡。『口述史』不就是這麼說的？」

她轉過身，僵硬地背對著他。這個人性化的姿勢又一次勾起了雷托的興趣：排斥與脆弱是密不可分的。過一會，她轉了回來，凝視那張嵌在層層皮褶裡的臉龐。

「你有亞崔迪氏族的長相。」她說。

「我跟妳一樣實實在在地繼承了這張臉。」

「你那麼老……為什麼沒有皺紋？」

「我的人類部位不會像正常人那樣老化。」

「這就是你選擇這條路的原因嗎？」

「為了長生不老？不。」

「我搞不懂怎麼會有人作出這樣的選擇。」她咕噥了一句，接著提高嗓門說：「永遠不知道愛……」

「別說傻話了！」他說，「妳指的不是愛，而是性。」

她聳聳肩。

「妳覺得最可怕的事是放棄了性？不，這絕不是最大的犧牲。」

「那是什麼？」這不情願的一問暴露了她心底受到觸動。

「我走在夥伴之間，沒有一次不受側目。我不再屬於你們，孤零零一個。愛？愛我的人很多，但我的外形讓他們敬而遠之。中間這道鴻溝，希歐娜，沒有一個人有膽量跨過。」

「連你的伊克斯女人都不敢嗎？」

「不，她敢，但她不能。她不是亞崔迪家的人。」

「你是說我……能？」她用一根手指點著自己胸口。

「要是有夠多沙鱒的話。可惜的是，牠們全都包裹在我的肉體上了。不過，假如我死了……」

這種想法讓她陷入了無言的恐懼，她搖起頭來。

「『口述史』有可信的記述。」他說，「別忘了妳是相信『口述史』的。」

她不停地搖頭。

「這沒什麼祕密。」他說，「關鍵在於蛻變的初始時刻。妳的意識必須同時向內和向外推進，無限的意識。我可以為妳提供足夠的美藍極，來完成這一步。有了足夠的香料，妳就能撐過最初那段難熬的時光……還有之後的所有階段。」

她不由得發起抖來，緊盯著他的眼睛。

「妳知道我說的是實話，對不對？」

她點點頭，顫抖著深吸了一口氣，說：「你為什麼要這樣做？」

「另一條路遠比這可怕。」

「另一條路是什麼？」

「到時候妳會明白的。莫尼奧就是這樣。」

「你那該死的黃金之路！」

「恰恰相反。非常神聖。」

「你把我當成傻瓜，認為我不能……」

「我認為妳缺乏經驗，但能力強大，而妳絲毫沒察覺自己的潛力。」

她深吸了三口氣，稍稍定了定神，說：「如果你不能跟這個伊克斯人交合，為什麼……」

「孩子，妳怎麼硬要鑽牛角尖呢？這跟性無關。在認識赫薇之前，我不可能跟人配對。我沒有同類。在這空無的宇宙中，我孤獨無依。」

「她是你的……同類？」

「這是有預謀的。伊克斯人特意把她製造成這個樣子。」

「製造……」

「別犯蠢！」他搶白道，「她本質上是神的陷阱，連獵物都無法拒絕她。」

「你為什麼要告訴我這些？」她輕聲說。

「妳偷了我兩卷日記的副本。」他說，「妳也讀過宇航公會的譯本，已經知道怎麼對付我了。」

「你都知道？」

他看見她重新拾起力量，勇氣又回來了。「你當然知道。」她自答。

「那確實是我的祕密。」他說，「妳無法想像，我有多少摯愛的夥伴在眼皮底下悄悄離去……就像妳父親現在這樣。」

「你愛……他？」

「我也愛妳母親。有時他們去得快，有時又是在痛苦中慢慢離開的。每一次我都異常痛苦。我可以扮作無情，我可以作出必要的決定，甚至殺人的決定，但我擺脫不了痛苦。在很長很長的一段時間裡——妳偷的那些日記有如實記載——那是我唯一了解的情感。」

他看見她兩眼溼潤，但下巴的線條仍舊顯得憤怒而剛毅。

「這些都不是你獨攬大權的理由。」她說。

雷托忍住笑。終於談到了希歐娜反叛的根源。

誰賦予的權力？我的統治有何公義可言？靠魚言士之力將我的統治強加在他們身上，對人類的進化何益之有？我熟悉所有那些革命說教、問題圈套和大而無當的言詞。

「妳沒有發現，妳的反叛幫助我鞏固了權力。」他說。

年輕氣盛的她仍力求表現。

「我從來沒有選擇讓你統治我們。」她說。

「但妳讓我變得更強大。」

「怎麼會？」

「就因為妳反對我。我用妳們這些人來磨尖爪子。」

她馬上瞥了他的手一眼。

「打個比方而已。」他說。

「我最終還是惹惱你了。」她覺得他的話裡滿含怒氣。

「妳沒有惹惱我。我們血脈相連，一家人可以直言不諱。事實上，我怕妳的程度遠遠超過妳怕我。」

這句話讓她吃了一驚，不過只有一眨眼工夫。他看見她先是相信，雙肩隨之繃緊，接著心生懷疑。

她低下頭，又抬眼望他。

「偉大的神雷托怎麼會怕我？」

「怕妳無知的暴力。」

「你是說你的肉體會受到傷害？」

「我不會警告妳第二遍，希歐娜。我玩文字遊戲是有限度的。妳和伊克斯人都清楚，是我愛的人會受到肉體傷害。不用多久，大部分帝國人民也都會知道。這種消息傳得很快。」

「而且每一個人都會質問你憑什麼獨攬大權！」

她的聲音裡透著快意，雷托不禁怒火中燒，他發現很難抑制這股怒氣。他憎惡人類的這一面情感。幸災樂禍！這種情緒維持了片刻，然後他決定反擊，從對方已暴露的弱點劈開防線。

「我的統治權來自我的孤獨，希歐娜。我的孤獨分為自由的一面和公僕的一面。自由的一面確保我不會被任何人類集團收買，而公僕的一面要求我傾盡君主之力為你們服務。」

「可伊克斯人已經逮著你了！」她說。

「不。他們送給我的禮物會讓我更強大。」

「那只會削弱你！」

「也對，」他承認，「但我仍然掌控非常強大的力量。」

「哦，對。」她點頭道，「這我懂。」

「妳不懂。」

「那我相信你會解釋給我聽的。」她挖苦說。

他話音太輕，她不得不前傾身子才能聽到：「任何地方的任何人都不能要求我做任何事——無論是分權，是妥協，還是其他統治形式的徵兆，即使再小都不允許出現。我就是唯一。」

「就連那個伊克斯女人也不能……」

「她跟我太像了，不會以這種方式來削弱我。」

「但是當伊克斯使館遭到攻擊……」

「愚蠢還是會惹我發火的。」他說。

她對他怒目而視。

雷托認為這是她在不知不覺中擺出的一個漂亮姿態。他知道自己已經促使她思考了。他肯定她從沒想過權力竟然會與唯一性密切相關。

他對著她一言不發的怒容說道：「我的政府是獨一無二的，在整個人類歷史上都沒有出現過。我只對我自己負責，按我的犧牲索取足夠的回報。」

「犧牲！」她冷笑著說，不過他還是聽出了她語氣中的猶疑，「每個暴君都會說這種話。你只對你自己負責！」

「所以我對每一個活人負責。我會保護你們度過這些時期的。」

「度過哪些時期？」

「本來可能出現但永遠不會出現的時期。」

他看出來她心裡沒把握。她不相信自己的直覺，即未經訓練的預測能力。她一時心血來潮，會作出類似偷日記的那種決定，但了解真相後，她會忘記這個決定的初衷是什麼。

「我父親說你很會玩文字遊戲。」她說。

「他理當了解。不過有些知識，妳必須親身參與才能掌握，躲在一邊看兩眼、動動嘴皮子是沒用的。」

「他指的就是這個。」她說。

「妳說得很對。」他同意道，「它不合邏輯，卻是一道光，一隻能看見外物但看不見自身的眼睛。」

「我沒興趣再聊了。」她說。

「我也是。」他又想：我已經看得夠多，也盡力了。她向自己的疑惑敞開心胸。被無知蒙蔽的人是多麼脆弱啊！

「你沒有說服我任何事。」她說。

「這不是我們會面的目的。」

「那目的是什麼？」

「看看妳是否準備好接受考驗了。」

「考驗……」她向右歪了歪腦袋，盯著他。

「別裝傻。」他說，「莫尼奧跟妳說過。我現在告訴妳，妳已經準備好了！」

她費勁地想嚥一口唾沫，說：「什麼……」

「我已經通知莫尼奧，讓他把妳送回帝堡。」他說，「下一次碰面，我們就能知道妳到底是塊什麼料了。」

38

你聽說過巨量香料儲藏的神話嗎？是的，我也知道這個故事。是一個總管當趣事講給我聽的。故事說有一個美藍極倉庫，巨大無比，像一座山。這座倉庫藏在一顆遙遠星球的地下深處。不是厄拉科斯星，不是沙丘星。香料在很久以前就藏好了，甚至比第一帝國和宇航公會的出現還要早。故事還說保羅──摩阿迪巴去了那裡，與這座倉庫毗鄰而居，一直靠香料活著、等待著。總管不明白為什麼這個故事會讓我心煩意亂。

──《失竊的日記》

•••

艾德侯氣得發抖，正沿著灰色塑石走廊大步走向帝堡寓所。每經過一個崗哨，女兵都會「啪」的一聲立正，艾德侯一個人也沒回禮。他知道自己引起她們的不安，沒有人會看錯指揮官的情緒，但他依然重重邁著步子，靴子重重踩在地面上的聲音沿著牆壁一路迴蕩。

他彷彿還能嘗到那頓午飯的滋味──帶有古怪熟悉感的亞崔迪式筷子餐：一小份辣味人造肉，配上以香草調味的焙烤什錦穀物。他用一杯清澄的西綴特果汁把食物都沖下肚。莫尼奧找到了獨自坐在衛兵食堂一角的艾德侯，盤子邊擱著一張地區行動計畫。

莫尼奧逕自坐到艾德侯對面，把行動計畫撥到一旁。

「神帝叫我傳句話給你。」莫尼奧說。

他生硬的語氣讓艾德侯意識到這不是一次偶遇。其他人也感覺到了，周圍幾張桌子的女人們都靜下來豎耳傾聽，嚴肅的氣氛逐漸擴散到了整間食堂。

艾德侯放下筷子：「嗯？」

「這是神帝的原話。」莫尼奧說，「『鄧肯．艾德侯竟然迷上了赫薇．諾里，這是我運氣不好。這件不幸的事不能再繼續下去了。』」

艾德侯面露慍色，緊抿嘴唇，但沒有開口。

「這種蠢事讓我們所有人都面臨危險。」莫尼奧說，「諾里是神帝的未婚妻。」

艾德侯竭力壓抑火氣，但情緒還是從言語中透了出來：「他不能娶她！」

「為什麼？」

「他在玩什麼把戲，莫尼奧？」

「我只是向你傳遞訊息，別的與我無關。」莫尼奧說。

艾德侯聲音低沉，語帶威脅：「但他信任你。」

「神帝同情你。」莫尼奧撒了個謊。

「同情！」艾德侯喊出這個詞，食堂裡更安靜了。

「諾里當然是個有魅力的女人。」莫尼奧說，「但她不屬於你。」

「神帝說話了，」艾德侯冷笑著說，「所以誰也不能有異議。」

「我認為你明白這條訊息的意思。」莫尼奧說。

艾德侯把自己推離餐桌。

「你要去哪裡？」莫尼奧問。

「我這就去找他攤牌！」

「這等於自殺。」莫尼奧說。

艾德侯怒視著他，猛然意識到四周的女人都在聚精會神地聆聽。艾德侯臉上忽然現出一副神情，摩阿迪巴倘若在世，會稱為「討魔鬼歡心的表情」。

「你知道老一輩亞崔迪公爵常說什麼嗎？」艾德侯嘲弄地問道。

「有關係嗎？」

「他們說，當你仰視任何絕對主宰的時候，也就喪失了一切自由。」

莫尼奧因恐懼而僵硬，他湊近艾德侯，嘴唇幾乎沒動，聲音如同耳語：「不要說這種話。」

「因為這裡的女人會打小報告？」

莫尼奧搖了搖頭，不敢相信眼前的事。「你比其他任何一個鄧肯都莽撞。」

「是嗎？」

「別再這樣了！你這種態度極端危險。」

艾德侯聽到整個食堂緊張地騷動起來。

「他頂多把我們殺了。」艾德侯說。

莫尼奧用緊繃而壓低的聲音說：「你這個蠢貨！蟲子受到一丁點兒刺激就會控制住他整個人！」

「你說蟲子？」艾德侯故意大聲說出來。

「你必須信任他。」莫尼奧說。

艾德侯四下環顧。「是的，我猜她們都聽到了。」

「幾十億幾十億的人集中在他一個人身上。」莫尼奧說。

「我聽說了。」

「他是神，而我們是凡人。」莫尼奧說。

「神怎麼會作惡？」艾德侯問。

莫尼奧把椅子向後一頂，霍的站起身。「我不管你了！」隨後猛一轉身，疾步衝出食堂。

艾德侯目光在食堂掃了一圈，發現所有衛兵都在盯著他看。

「莫尼奧沒有主見，但我有。」艾德侯說。

他驚訝地瞥見有幾個女人竟然露出挖苦的笑容。她們又吃起飯來。

艾德侯大步走在帝堡走廊裡，一邊回想剛才那場對話，一邊琢磨莫尼奧的怪異舉動。他能看出莫尼奧的恐懼，甚至也能理解，但這種恐懼似乎比怕死更深刻……遠遠深刻得多。

蟲子會控制住他。

艾德侯覺得莫尼奧說溜了嘴，不經意間洩了密。這是什麼意思？

比其他任何一個鄧肯都莽撞。

艾德侯想到這句話就一把火，別人把他當成陌生人來與他自己作比較，而他不得不忍受。其他鄧肯又有多小心？

到了寓所門前，艾德侯把手放到掌紋鎖上，心裡猶疑起來。他覺得自己像一隻逃回巢穴的獵物。食堂裡的衛兵一定已經向雷托報告了剛才那場對話。神帝會怎麼做？艾德侯的手在鎖上掃了一下，房門往內打開。他進入前廳，關上門，但眼睛還盯著門看。

他會派魚言士來抓我嗎？

艾德侯環視了一圈。這是一處普通的門廳——設有衣架和鞋架、一面全身鏡和一座武器櫃。他瞧了瞧關著的櫃門，裡面沒有一件武器能對神帝構成真正的威脅，連雷射槍都沒有……儘管所有紀錄都顯示雷射槍對蟲子沒有殺傷力。

他知道我會反對他。

艾德侯嘆了口氣，朝通往起居區的拱門望過去。原先那批輕軟的家具由莫尼奧換成了更厚重硬實的家具，其中一部分明顯是弗瑞曼式樣的——挑選自示範區弗瑞曼人的庫藏。

示範區弗瑞曼人！

艾德侯啐了一口，大步走過拱門。往屋裡只走了兩步，他就愕然煞住腳步。北窗的柔和光線正照著坐在低矮吊索沙發上的赫薇·諾里。她穿著一件凸顯身材的閃亮藍袍子，正抬頭望他。

「感謝諸神，你還好好的。」她說。

艾德侯回頭瞧了瞧前廳和裝了掌紋鎖的門，又不解地看著赫薇。除了幾名特許的衛兵，沒人打得開這扇門。

看到他一臉疑惑，她笑著說：「那些鎖是我們伊克斯人製造的。」

艾德侯發現自己心中充滿為她的擔憂。「妳來這裡做什麼？」

「我們必須談談。」

「關於什麼？」

「鄧肯……」她搖搖頭，「關於我們。」

「他們警告妳了。」他說。

「他們要我拒絕你。」

「是莫尼奧叫妳來的！」

「在食堂聽見你們說話的兩個女兵——是她們帶我來的。她們認為你面臨非常大的危險。」

「這就是妳來的原因？」

她站起身，優雅的動作讓艾德侯想起雷托的祖母潔西嘉——她們兩人都能如行雲流水般控制肌肉，每個細微動作都那麼美。

他猛地醒悟：「妳是貝尼・潔瑟睿德……」

「不！她們是我的導師，但我不是貝尼・潔瑟睿德。」

他腦子裡布滿疑雲。雷托的帝國究竟運行著什麼樣的效忠機制？一個甦亡人對這些東西能了解多少？

我死後發生的那些變化……

「我猜妳只是個單純的伊克斯人。」他說。

「請別挖苦我，鄧肯。」

「那妳究竟是誰？」

「我是神帝的未婚妻。」

「妳會忠貞地服侍他嗎？」

「我會。」

「那我們沒什麼好談的了。」

「除了我們之間的這件事。」

他清了清嗓子：「什麼事？」

「這種吸引力。」她抬起手制止他的話，「我想投入你的懷抱，我知道那裡有愛和庇護。你也希望這樣。」

他僵住了。「神帝不許這樣做！」

「但我已經在這裡了。」她朝他走近了兩步，長袍在身上微微晃蕩。

「赫薇……」他乾嚥了一下，「妳最好離開。」

「這是謹慎的做法，但不是最好的做法。」她說。

「要是他發現妳來過這裡……」

「就這麼離你而去可不是我的風格。」她再一次舉手示意他別開口，「我的誕生和訓練都只為了一個目標。」

她的話讓他不寒而慄，同時警覺起來。「什麼目標？」

「引誘神帝。喔，他知道這件事。他不會想對我做任何改變。」

「我也不會。」

她又靠近了一步。他聞到了她溫暖氣息中的乳香味。

「他們把我造得太好了。」她說，「我是為了取悅亞崔迪家的人而生。雷托說他的鄧肯比許多亞崔迪家的人更像亞崔迪家的人。」

「雷托？」

「不然我該怎麼稱呼我的未婚夫呢？」

她邊說話邊靠近艾德侯，兩人如磁鐵般吸在一起。赫薇將臉頰貼住他上衣，抱著他，手臂感受到他堅實的肌肉。艾德侯將下巴埋進她的秀髮，一股麝香味撲鼻而來。

「這太瘋狂了。」他悄聲說。

「是的。」

他抬起她的下巴，吻她。

她將身子緊貼著他。

兩個人都很清楚接下來會發生什麼。他抱起她走向臥室，她並沒有抗拒。

中間艾德侯只說過一次話：「妳不是第一次。」

「你也不是，親愛的。」

「親愛的，」他耳語著，「親愛的，親愛的，親愛的……」

「我在……我在！」

一切歸於平靜之後，赫薇將雙手枕在腦後，在凌亂的床上扭動舒展身體。艾德侯背對她坐著，眼望窗外。

「妳有哪些情人？」他問。

她用手肘支起身子。「我沒有別人。」

「但是……」他轉過頭低眼看她。

「在我十幾歲時，」她說，「有個小夥子很需要我。」她笑了笑，「事後，我感到很羞恥。我真是容易上鉤！我覺得辜負了那些對我寄予重望的人，但他們發現這件事後都很高興。怎麼說呢，我猜那是一次考驗。」

艾德侯皺起眉。「我也是這樣嗎？需要妳？」

「不，鄧肯。」她的表情嚴肅起來，「我們為彼此帶來歡樂，因為這是愛。」

「愛！」他的聲音裡透出苦澀。

她說：「我叔叔馬爾基過去常說愛是賠本買賣，因為你得不到保證。」

「妳叔叔馬爾基是個聰明人。」

「他很蠢！愛不需要保證。」

艾德侯抽了抽嘴角表達笑意。

她露齒一笑。「你知道，當你只希望讓對方快樂而不顧後果的時候，這才是愛。」

他點點頭。「我只怕妳有危險。」

「我們該是誰，就是誰。」她說。

「我們以後怎麼辦？」

「我們會珍惜這段經歷一輩子。」

「這話聽上去好像……都結束了。」

「是的。」

「但我們還會再見面的，每隔……」

「永遠不會跟這次一樣了。」

「赫薇！」他撲上床，把臉埋進她的胸口。

她撫摸他的頭髮。

他的臉蒙著，發出模糊不清的聲音：「萬一有了孩子……」

「噓！該有孩子的話自然會有。」

艾德侯抬起腦袋望著她。「但他一定會知道的！」

「他總會知道的。」

「妳認為他真的知道一切？」

「也不是一切，但這件事他會知道。」

「怎麼會？」

「我會告訴他。」

艾德侯從她身上起身，在床上坐直，臉上交織著氣惱與困惑。

「我必須這樣做。」她說。

「如果他對妳不利……赫薇，我聽說過這種事。妳可能非常危險！」

「不會的。我也有需要，這個他懂。他不會傷害我們兩個的。」

「但他……」

「他不會毀了我。如果害你，我就毀了，他會明白這一點的。」

「妳怎麼能嫁給他？」

「親愛的鄧肯，難道你看不出來他比你更需要我嗎？」

「但他不能……我是指，妳不可能……」

「你我共有的歡樂，我無法從雷托那裡得到。他無能為力。他對我坦白過。」

「那為什麼不能……要是他愛妳……」

「他有更宏大的計畫和更深遠的需求。」她伸出手臂，雙手握住艾德侯的右手，「我剛開始研究他的時候就明白了。他的需求比你我的都要深遠。」

「什麼計畫？什麼需求？」

「去問他。」

「妳知道嗎？」

「知道。」

「妳是說妳相信那些說法……」

「他有真誠和善良的一面，這是我在親自跟他打交道時了解到的。我的伊克斯主子也許把我打造成一種試劑，我能揭露的事超出他們希望我知道的範圍。」

「這麼說，妳相信他！」艾德侯憤然道。他想從她掌中抽出自己的手。

「如果你去見見他，鄧肯，然後……」

「他永遠不會再見我了！」

「他會的。」

她把他的手抬到唇邊親吻手指。

「我只能受人擺布。」他說，「妳讓我害怕……你們倆……」

「我從來不認為事奉神是一件輕鬆的事。」她說，「但沒料到會這麼艱難。」

39

記憶對於我具有奇特的意義，這種意義我希望別人也能分享。人們傾向逃避自己祖先的記憶，讓自己躲藏在厚厚的神話屏障之後，這一行為總讓我感到驚詫。喔，我不指望他們像我一樣去直接經歷每一個活生生的可怕瞬間，我也能理解他們或許不願陷入一大堆關於祖先的枝微末節之中。你有理由擔心自己的分分秒秒為他人所占。然而，這些記憶自有其深意。我們如巨浪般席捲著祖先一同前行，裹挾著過去所有的企盼、悲喜與苦樂。只要人類尚存，那些記憶就不會完全沒有意義和影響。伴隨我們的是無限光明，即永恆的黃金之路，我們願持續對其宣誓效忠，每個人的付出雖然微小，卻都源自天啟。

——《失竊的日記》

•••

「我這次傳你來，莫尼奧，是因為衛兵向我彙報了一些事。」雷托說。

他們待在昏暗的地下墓殿裡，莫尼奧提醒自己，神帝在這裡作過一些極其痛苦的抉擇。那些報告莫尼奧已有耳聞。他一整個下午都在等待召見，諭令是在晚飯後不久送達的，一陣恐懼瞬間吞沒了他。

「陛下，是不是關於……關於鄧肯的？」

「當然是關於鄧肯！」

「我聽說，陛下……他的行為……」

「不可救藥的行為？莫尼奧？」

莫尼奧低下頭。「您說了算，陛下。」

「忒萊素人還需要多久時間才能供應下一個？」

「他們說出了些問題，陛下。可能還要兩年左右。」

「你知道衛兵跟我說什麼了嗎，莫尼奧？」

莫尼奧屏住呼吸。如果神帝聽說了最近那件……不會！就算是魚言士也被那種公然犯上之舉嚇壞了。要不是事主是鄧肯，任誰都會被那些女人親手了結。

「嗯，莫尼奧？」

「陛下，我聽說他召集了一隊衛兵，盤問她們的出身。哪裡出生的？什麼血統？童年怎麼過的？」

「而且她們的答覆沒讓他滿意。」

「他嚇唬她們，陛下。他一定要問出個所以然來。」

「的確，好像多問幾遍就能弄清真相似的。」

莫尼奧暗自希望神帝掛心的事僅此一件。「為什麼鄧肯們總要用這一招，陛下？」

「這是他們早年的訓練造成的，亞崔迪式訓練。」

「這跟其他訓練有什麼區……」

「亞崔迪氏族的人依賴他們統治的人而生存，他們以被統治者的生活來衡量自己統治的成果，所以鄧肯們總想了解人民過得怎麼樣。」

「他在一個村子裡待了一整晚，陛下。他已經走了幾個鎮。他見過……」

「端看你怎麼詮釋調查結果，莫尼奧。沒有判斷，情報就毫無用處。」

「我注意到他有自己的判斷，陛下。」

「每個人都有判斷，但這些鄧肯往往相信這個宇宙被我的意志綁架了。而且他們知道你不能以正義的名義作惡。」

「是不是他說您……」

「這是我說的，我心中全體亞崔迪家的人說的。這個宇宙不允許這種事存在。你的努力結果不會持久，假如你……」

「可是，陛下！您不作惡！」

「可憐的莫尼奧。你看不見我已經創造了一套非正義的手段嗎？」

莫尼奧接不了話。他意識到神帝表面上的情緒緩和讓自己掉以輕心了。然而現在，莫尼奧感覺到那具龐大身軀正在蠢蠢欲動，而他又離得這麼近……莫尼奧掃視地下墓殿的中央大殿，暗想有不計其數的人喪命於此地，又被供奉於此地。

我的大限到了嗎？

雷托沉吟道：「靠綁架不可能取得成功，這是一種奴役。不能由一類人主宰另一類人，這個宇宙不允許這種事存在。」

這些話久久不散，在莫尼奧的意識裡翻騰，與他感覺到的神帝體內湧動的異變形成駭人的對比。

蟲子來了！

莫尼奧再次掃視地下墓殿大殿。這地方比高塔頂的房間糟糕多了！能藏身的地方太遠。

「嗯，莫尼奧，你怎麼看？」雷托問。

莫尼奧壯起膽子輕聲說：「陛下的話對我很有啟發。」

「啟發？你沒有受到啟發！」

莫尼奧絕望地說：「我侍奉陛下！」

「你要侍奉神？」

「是的，陛下。」

「是誰創立了你的宗教，莫尼奧？」

「是您，陛下。」

「說得不錯。」

「謝陛下。」

「不要謝我！告訴我什麼樣的宗教組織能長存！」

莫尼奧後退了四步。

「站住別動！」雷托命令。

莫尼奧一時語塞，他渾身顫抖著搖起頭來。終於，這個沒有答案的問題還是拋在了他面前。不回答，就是死路一條。他低下頭等待。

「我來告訴你，可憐的僕人。」雷托說。

莫尼奧又生出了希望。他抬眼偷瞄神帝的臉，發現他的目光沒有失焦……雙手也並未顫抖。也許蟲子沒有現形。

「宗教組織維持一種世俗的主僕關係。」雷托說，「它們設立一個競技場，把追逐權力的狂人還有他們那些短視的偏見統統吸引過去！」

莫尼奧只有點頭的份。神帝的手是不是抖了一下？那張可怕的臉有沒有往兜帽狀的皮褶裡縮進去一點？

「私底下調查陰暗面，就是這些鄧肯愛做的事。」雷托說，「鄧肯對民眾過於同情，對友誼又過於挑剔。」

莫尼奧研究過沙丘星古老沙蟲的全息影像，一張布滿晶牙的巨嘴噴出熊熊烈火。他觀察雷托身體表面微凸的環節。是不是更鼓了？兜帽臉下面會不會又張開一張嘴？

「這些鄧肯心裡清楚，」雷托說，「我有意忽視穆罕默德和摩西的警告。連你也知道，莫尼奧！」這是怪罪。莫尼奧先是點頭，接著又搖頭。他猶豫是否要繼續冒險後撤。經驗告訴莫尼奧，這類說教再持續沒多久，蟲子便會現形。

「是什麼警告？」雷托問，聲音帶著輕佻的嘲弄。

莫尼奧微微聳了聳肩。

突然，大殿裡隆隆作響，充滿雷托的男中音，這是跨越千百年而來的古老聲音：「汝等皆為神僕，不得彼此為僕！」

莫尼奧絞著雙手喊道：「我侍奉的是您，陛下！」

「莫尼奧，莫尼奧，」雷托的聲音低迴而洪亮，「一百萬個謬誤加在一起也得不到一個真理。真理因其不朽而為人所知。」

莫尼奧只能一聲不吭地站在原地發抖。

「我本想安排赫薇和你育種，莫尼奧。」雷托說，「現在太晚了。」

這句話經過一段延遲才進入莫尼奧的意識。他覺得這些字眼都是孤立而無意義的。赫薇？赫薇是誰？喔，對了——神帝的伊克斯準新娘。和我……育種？

莫尼奧搖著頭。

雷托的聲音帶著無限傷感：「終有一天你也會死去。你的所有努力都將煙消雲散嗎？」

就在他說話的當下，他的身子毫無先兆地猛一個翻滾，以驚人的速度和力量從帝輿上彈射下來，眨眼就落到了莫尼奧面前僅幾公分之處。莫尼奧驚叫起來，在地下墓殿裡逃竄。

「莫尼奧！」

雷托這一聲呼喚讓總管在升降機門口停步。

「那個考驗，莫尼奧！我明天考驗希歐娜！」

40

在沒有紛擾、沒有迷惑的永恆意識中，我認清了我是誰。我創造了一個既無自我亦無中心的領域，一個連死亡都只是比喻的領域。我不追求任何結果。這個領域內沒有目標也無欲望，無所謂完善，甚至不存在對成就的展望。這個領域唯有無所不在的原初意識。它是一束光，穿過我的宇宙之窗。

——《失竊的日記》

• • •

太陽升起，將刺眼的光芒灑在一道道沙丘上。雷托感受著身下沙地的溫柔撫摸，但人類耳朵聽到的卻是沙粒與沉重身軀的刺耳摩擦聲。這種感官衝突他已經習慣了。

他聽到希歐娜走在身後，步履輕盈；他還聽見沙粒輕輕撒落的聲音，那是她爬上了一座與他差不多高的沙丘。

我堅持得愈久，就愈脆弱，他想。

近來當他進入沙漠時，經常會冒出這個想法。他抬頭仰望。天空沒有一絲雲彩，這種湛藍色在沙丘時代絕對見不著。

若沒有無雲的天空，沙漠會成什麼模樣？真可惜沙漠喪失了沙丘星的那種銀色調。

這裡的天氣由伊克斯衛星控制，並不盡如他希望的那樣完美。靠機器達到完美，終究只是幻想，結果總是因人工控制而功虧一簣。不過，這些衛星還是發揮了足夠穩定的作用，在這個上午給了他一片平靜的沙漠。他的人肺深吸一口氣，聽了聽希歐娜有沒有跟上來。她剛才停下了腳步，他知道她在欣賞風景。

雷托覺得自己憑藉想像力，猶如魔術師一般變出了這一切，造就了此時此刻的自然環境。他能感覺到衛星的存在。各種精密設備不間斷地監控調節強大的水平與垂直氣流，彷彿在為冷熱氣團的舞蹈伴奏。當初伊克斯人猜測他會將這種尖端技術用於新型「水力專制」——製造乾旱或可怕的風暴來懲罰反對他統治的人，一想起這件事他就暗自發笑。當他們發現自己想錯了的時候，是多麼吃驚啊！

我有更精妙的統治術。

他輕緩地移動起來，在沙面遊弋，從沙丘上一滑而下，一次也沒回頭看過尖細的高塔，他知道這座塔不久就會消失在白日高溫的熱氣朦朧之中。

希歐娜一反常態，順從地跟在後面。她內心的懷疑發揮作用了。她讀過偷來的日記，也聽過父親的警告。現在，她不知道該怎麼想。

「這是什麼考驗？」她先前問莫尼奧，「他會幹什麼？」

「考驗每次都不同。」

「他是怎麼考驗你的？」

「不會跟妳一樣。妳要是聽了我的經歷，只會更加困惑。」

雷托暗中傾聽莫尼奧為女兒做準備工作，他幫她穿上真正的弗瑞曼蒸餾服，外披一件黑袍子，再把靴泵安裝到位。莫尼奧都沒忘。

在俯身幫她調整靴子的時候，莫尼奧抬起頭來。「蟲子會現形，我只能告訴妳這點。妳必須在蟲子面前找出一條生路。」

莫尼奧站起身，介紹蒸餾服的原理，解釋蒸餾服如何回收身體水分。他指導她抽出集水袋的管子，吸一口，再封住管口。

「進了沙漠之後妳身邊只有他一個。」莫尼奧說，「在沙漠裡，沙胡羅永遠不會遠離妳。」

「要是我不去呢？」她問。

「妳最終還是會去……但可能回不來。」

這場對話發生在小帝堡的一樓大廳，而雷托正在塔頂房間等候。聽到希歐娜已準備好，他開啟帝輿懸浮器飄然而下，投入黎明前濃黑的夜色中。帝輿進入一樓時莫尼奧和希歐娜正往外走。莫尼奧上了地面不遠處的一架撲翼機，在機翼輕輕的嗡鳴聲中離去了。雷托命希歐娜檢查一樓廳門是否關嚴，又抬頭看了看直入天穹的高塔。

「穿越沙厲爾是離開這裡的唯一一條路。」他說。

他自顧自從塔腳出發，甚至沒有令她跟上來，一切聽憑她的理智、好奇和懷疑。

雷托滑行過沙丘坡面，經過一處基底岩石外露之處，又翻上另一面較平緩的沙坡，在身後為希歐娜開闢出一條路徑。弗瑞曼人把這種壓得緊實的小道稱作「神賜予疲累者的禮物」。他緩緩前行，留給希歐娜足夠的時間去領會：這是他的領地，他的自然棲息地。

他在另一座沙丘頂部現身，回頭看她走到哪。她循著他闢出的路徑前行，直到登上丘頂才停下腳步。她先瞧瞧他的臉，然後環視了一圈地平線。他聽到她急促的喘息。熱氣蒸騰遮住了高塔的頂端，而底部像是遙遠的岩脈。

「它就是這個樣子。」他說。

他知道，對承繼弗瑞曼血統的人而言，沙漠裡有些東西對他們的永恆靈魂具有特殊意義。這座沙丘比其他的略高，他選擇此地正是為了更充分展現沙漠的震撼力。

「好好看看它。」說完，他從沙丘另一面滑下，不讓龐大身軀擋住她的視野。

希歐娜慢慢地再次瞭望了一周。

雷托了解她現在的內心感受。高塔底部已經變成一個模模糊糊不起眼的光點，除此之外，地平線上再無一丁點兒凸起──平坦，一望無垠的平坦。沒有植物，沒有活物。從她的立腳處到那條遮住更遠處景物的大地弧線，距離約為八公里。

雷托停在稍低於丘頂之處，他說：「這是真正的沙厲爾。只有親自走進來，妳才能認識它。『拜赫爾比勒麻』只剩下這些了。」

「無水之海。」她悄聲說。

她再次轉身放眼瞭望整條地平線。

沒有風。雷托知道，在沒有風的時候，那種寂靜會噬咬人的靈魂。希歐娜開始覺得失去了所有熟悉的參照點，被拋棄在危險的空間裡。

雷托瞥了瞥前方的一座沙丘。那方位有一列小矮丘，是山脈分化而成的一堆堆碎石渣土。他依然不發一語，讓沉默來分擔自己的任務。他想像這些沙丘是綿延不盡的，就像過去那樣遍布整顆星球，這麼一想連心情都愉快了起來。然而，所剩無幾的沙丘仍在不斷退化。沙厲爾早就告別了昔日肆虐沙丘星的科里奧利沙暴，頂多只有一些強風和偶爾出現的熱氣旋在局部地區產生一點作用。

此時恰好一個迷你的沙塵龍捲風從前方不遠不近的距離旋舞而過，往南去了。希歐娜的目光追隨著風跡。她突兀地拋出問題：「你有個人信仰嗎？」

雷托盤算著如何回答。人進了沙漠，多麼容易產生有關信仰的想法啊，這總讓他感到詫異。

「妳竟敢問我有沒有個人信仰？」他反問。

他知道希歐娜心中生懼，但她依然不露聲色，轉身俯瞰他。膽子大向來是亞崔迪氏族的一個特點，他提醒自己。

她沒開口，他說：「妳的確是亞崔迪家的人。」

「這是你的回答？」她問。

「妳真正想知道什麼，希歐娜？」

「你信什麼？」

「呵！調查我的信仰。好吧，告訴妳——我相信若缺乏了神的干預，空無的狀態中就無法誕生事物。」

他的話讓她覺得迷惑。「這怎麼能算……」

「*Natura non facit saltus.*」他說。

她搖搖頭，不明白他脫口而出的這句古代語言。雷托翻譯道：

「大自然不會跳躍。」

「這是什麼語言？」她問。

「一種在我的宇宙中無人再說的語言。」

「那你說它幹嘛？」

「激發妳的古老記憶。」

「我沒有古老記憶！我只想知道你為什麼帶我到這裡來。」

「讓妳體會體會過去。過來，爬到我背上。」

她起先有些躊躇，後來覺得反對無濟於事，便滑下沙丘，爬上了他的後背。

雷托等著她在背上跪坐穩當。如今跟他熟悉的舊時代不同了，她手裡沒有創造者矛鉤，無法在他背上站立。他將身體前節稍稍抬離沙面。

「為什麼要我這樣做？」問題的語氣流露出她覺得趴在上面很愚蠢。

「我想讓妳體會一下，我們過去是怎麼高高地騎著巨型沙蟲，在這片土地上縱橫馳騁。」

他開始在接近丘頂的高度沿沙丘滑行。希歐娜看過類似的全息影像，理性上了解這是怎麼回事，但現實自有另一種脈動的節奏，而他知道她會感到共鳴。

啊，希歐娜，他想，妳完全沒有猜到我要怎麼考驗妳。

雷托硬起心腸。我不能有憐憫心。如果她會死，那就死。不管誰死，都是必然的結果，如此而已。

他又想到，連赫薇・諾里也難免一死。問題是，他們全都死不了。

他發現希歐娜開始享受騎在背上的感覺了，她的重心微微後移到腿部，並抬起了頭。

他朝外一拐，沿一條蜿蜒的峽谷前行，與希歐娜同享舊日的歡快。雷托稍稍瞥了一眼前方地平線上的山丘遺跡，彷彿一粒靜待萌發的昔日之種，提醒人們沙漠裡還存留著一股自我維持、自我生長的力量。他暫時忘卻了沙厲爾是這座星球上僅存的一小片沙漠，在充滿危機的環境中勉強維生。

然而，這只是舊時代的幻覺，他在行進中意識到了這一點。白日夢，毫無疑問，他心想，只要他的強力維持的穩定還在繼續，這個白日夢仍會不斷消逝。就連這條頗有氣勢的峽谷也比以往那些要小，更沒有一座沙丘能與過去的相提並論。

這一整片由人工維護的沙漠猛地給他帶來一種荒謬感。他在兩座沙丘間的礫石地上大幅減速，幾乎停了下來，同時回憶著維持整個系統運作都用上了哪些人力物力。他想到星球旋轉會形成巨大的氣流，促成大團冷熱空氣的交換——所有氣候現象都由裝有伊克斯設備和聚熱礫的微型衛星監控。假如高高在上的監測系統真能看見東西，那麼它們會在某種程度上把沙厲爾當作環繞著實體牆和冷空氣牆的「沙漠保護區」。這樣一來沙漠邊緣容易結冰，因而還需要進一步實施氣候調節。

這個工程不簡單，雷托不計較這類偶爾的失誤。

他繼續滑行過一道道沙丘，暫時忘記了這片沙漠其實是微妙平衡的結果，也不再去想中央沙地周邊的礫石荒原，而是盡情遨遊於這波浪凝結的「固態海洋」。他轉身向南，沿山丘遺跡前進。

他知道大多數人對他痴迷於沙漠心存怨念。他們感到不安，也不願面對此事。但希歐娜就躲不開了。不論她望向哪裡，沙漠都在強調自身的存在。她默默地騎在他背上，他知道她的視野中景觀豐富。老而又老的記憶已開始翻騰。

不到三小時，他來到了一個圓柱型的鯨背沙丘區，其中有些沙丘與盛行風錯開一個角度，長度超過一百五十公里。再過去有一條夾在沙丘之間的岩質廊道，通往一個約四百公尺高的星狀沙丘區。最後，他們來到中央流沙漠裡一個辮狀沙丘區，這裡的高氣壓和帶著靜電的空氣讓他精神為之一振。他知道這種奇效也會發生在希歐娜身上。

「這裡是遠征之歌的發源地。」他說，「『口述史』裡有完整收錄。」

她沒有答腔，但他知道她聽到了。

雷托放慢速度，跟希歐娜聊起弗瑞曼人的歷史。他感覺到這激起了她的興趣，她甚至偶爾還會提個問題，不過他也察覺她的恐懼正在積聚。現在連小帝堡的底部也看不見了，她在這裡找不到一件人造物。她還會想，他聊些無關緊要的小事，其實是在延遲某些可怕的事。

「男女平等的思想起源於這裡。」他說。

「你的魚言士否認男女平等。」她說。

雷托覺得，比起根據觸覺，根據她充滿質疑的嗓音更容易判斷她蜷在後背的哪個位置。雷托停在兩座辮狀沙丘的交會處，讓熱氣促發的氧氣排放歇一會兒。

「今非昔比了。」他說，「男人和女人的確有不同的進化需求。但就弗瑞曼人而言，他們形成了一種相互依靠的關係。當生存問題迫在眉睫時，自然就會培養出男女平等的思想。」

「你幹嘛帶我來這裡？」她問。

「看看我們身後。」他說。

他感覺到她在轉身。接著她說：「叫我看什麼？」

「我們有沒有留下痕跡？妳能看出我們是從哪裡來的嗎？」

「現在有點風。」

「把我們的痕跡都蓋住了？」

「我想是的……沒錯。」

「是這片沙漠造就了我們的過去和現在。」他說，「這是一座包含我們全部傳統的現成博物館。那些傳統從未真正丟失過。」

雷托看到從南方地平線颳來一股小沙暴，所謂「基布利風」。他看見打頭陣的是一條條狹窄的沙塵帶。希歐娜自然也注意到了。

「你為什麼不說幹嘛帶我來這裡？」她問，聲音裡透著明顯的恐懼。

「我已經告訴妳了。」

「你沒有！」

「我們走了多遠，希歐娜？」

她想了想。「三十公里？二十公里？」

「不止。」他說，「我在自己的地盤走得很快。妳沒感覺到颳在臉上的風嗎？」

「有感覺。」她氣沖沖地說，「那你問我走了多遠幹什麼？」

「下來，站在我能看見妳的地方。」

「為什麼？」

很好，他想，她覺得我會把她丟在這裡自己加速離開，而她追不上。

「下來，我會解釋的。」他說。

她從他背上滑下，繞到前方能面對他之處。

「當妳的感官被填滿，時間會過得飛快。」他說，「已經過去將近四個小時了，我們走了大約六十公里。」

「這有什麼重要的？」

「莫尼奧在妳長袍口袋裡放了乾糧，」他說，「吃一點，我解釋給妳聽。」

她在口袋裡摸到了一塊普托莫糕，邊啃邊盯著他看。這是一種純正的弗瑞曼傳統食品，甚至還按老配方加了一點美藍極。

「妳已經感受了過去。」他說，「現在，我必須引導妳感受未來，感受黃金之路。」

她嚥了一口。「我不相信你的黃金之路。」

「如果妳想活下去，就得相信它。」

「這就是你的考驗嗎？要麼信仰雷托大神，要麼死？」

「妳絕不需要信我。我要妳信自己。」

「那為什麼我們走了多遠很重要？」

「這樣妳就能知道自己還要走多遠。」

她一隻手摸著面頰。「我不……」

「妳現在站立的地方，」他說，「正是無限之中心。轉頭看看，妳就理解什麼叫無限了。」

她左右瞭望連綿的沙漠。

「我們將一起走出我的沙漠。」他說，「就我們倆。」

「你又不用走。」她譏諷道。

「一個比方而已。但妳得走，我保證。」

她朝他們的來路看了看。「所以你問我是不是留下了痕跡。」

「就算有痕跡，妳也不能走回頭路。我的小帝堡裡一點維生的東西也沒有。」

「沒有水？」

「什麼也沒有。」

她在肩上摸到集水袋的管子，吸了一口，放回原位。他注意到她小心地封上了管口，但沒有拉上面罩把嘴遮住，而雷托聽到莫尼奧告誡過她別忘了這一步。她露出嘴是為了方便說話！

「你的意思是我逃不開你。」她說。

「妳想逃就逃。」

她轉了一圈，瞧了瞧這片荒漠。

「關於這片遼闊的沙地有一句老話，」他說，「沿任何一個方向走都沒有區別。有一定道理，但我不會全信。」

「我真的來去自由，不受你管嗎？」

「自由有時候是一種非常孤獨的狀態。」他說。

她指著兩人身下這座沙丘的一面陡坡說：「我可以直接從這裡下去……」

「如果我是妳，希歐娜，就不會往這個方向走。」

她瞪著他。「為什麼？」

「在沙丘的陡坡面，除非妳沿著自然曲線走，否則沙子可能會崩塌下來把妳埋住。」

她朝下望著沙坡，一邊消化這條知識。

「看看語言有多美？」他問。

她把目光轉到他臉上。「我們可以走了嗎？」

「妳來這裡是學習珍惜閒暇時間的。還有禮貌。別急。」

「但我們沒有水，除了……」

「只要精打細算，蒸餾服能讓妳活下去。」

「可是我們要花多長時間才能……」

「妳的急躁惹我煩了。」

「我們只有我口袋裡這點乾糧。到時候我們吃什麼……」

「希歐娜！有沒有發現妳說話的時候已經把『我們倆』綁在一起了？我們吃什麼？我們沒有水？我

們可以走了嗎？我們要花多長時間？」

她試圖嚥口唾沫，他感覺到她的嘴巴發乾。

「我們有可能要互相依靠嗎？」他問。

她不情不願地說：「我不知道怎麼在這裡生存。」

「而我知道？」

她點點頭。

「我為什麼要把這些寶貴的知識分享給妳？」他問。

她聳了聳肩，這個可憐的動作觸動了他。沙漠滅人銳氣真是太快了。

「我會把知識教給妳。」他說，「妳也必須找到有價值的東西來和我分享。」

她從頭到尾打量著他的身軀，目光在曾是腿腳的鰭足上逗留片刻，又移回他的臉孔。

「脅迫別人訂下的協定不能算協定。」她說。

「我沒有對妳使用暴力。」

「暴力有很多種。」她說。

「妳是指我把妳帶到這個死亡之地來？」

「我有選擇嗎？」

「生為亞崔迪家的人本來就不容易。」他說，「相信我，我知道的。」

「你不必用這種方式。」她說。

「這妳就錯了。」

他轉過身，劃著波浪線滑下沙丘。他聽見她腳下打著滑、跌跌撞撞地跟了上來。雷托完全進入一片沙丘陰影之後停了下來。

「我們白天待在這裡。」他說，「夜裡趕路消耗的水分比較少。」

41

任何語言都有一個極可怕的詞：軍人。它的同義詞貫穿我們的歷史：約加尼、騎兵、輕騎兵、卡利波、哥薩克、迪蘭齊夫、軍團兵、薩督卡、魚言士……我都知道。這些詞在我的記憶裡列隊而立，提醒著我：永遠要把軍隊掌握在手中。

——《失竊的日記》

•
•
•

艾德侯總算在連接帝堡東西翼的那條地下長廊裡找到了莫尼奧。自兩小時前的拂曉時分，艾德侯就一直在帝堡裡四處尋覓總管，現在終於在走廊遠遠的另一頭看到了他，他正跟一個隱身在門洞裡的人說話。即使離得這麼遠，憑著站姿和那身一成不變的白制服，也一眼就能認出是莫尼奧。

地下五十公尺的走廊砌著琥珀色塑石牆，提供照明的是發光時間與外部日照時間相符的光帶。地下深處涼風拂面，地面上環繞帝堡的高塔上豎有宛如長袍巨人的自擺翼，地下風就來自這套簡單的系統。現在太陽已經烘熱了沙地，自擺翼全部朝北，迎向灌入沙厲爾的涼爽空氣。艾德侯邊走邊聞著帶燧石味的清風。

他知道這條走廊應該代表什麼。它的確具備一些古代弗瑞曼穴地的特色。走廊很寬闊，足夠雷托的帝輿通行。拱頂看上去像岩石，不過兩條光帶跟整體氛圍格格不入。進帝堡前艾德侯從沒見過光帶：在他的時代，光帶是不實用的，消耗能源太多，維護成本太高。燈球結構更簡單，便於更換。不過他已經意識到，雷托很少認為什麼東西「不實用」。

雷托想要什麼，自會有人提供。

艾德侯在長廊裡走向莫尼奧，一種不祥之感油然而生。

走廊裡排列著穴地式小房間，沒有門，只掛著薄薄的黃褐色布簾，在微風中擺動。艾德侯知道這個區域大部分用作年輕魚言士的宿舍。他看見這裡有一間集合廳，還附武器庫、廚房、餐廳、維修保養廠等房間。在不夠私密的門簾後面，他還目睹了其他事情，讓他大為光火的事。

莫尼奧朝艾德侯轉過身。跟莫尼奧說話的女人退回屋內，放下了門簾，不過艾德侯還是瞥見了一張不算年輕、慣於下命令的面孔。艾德侯沒有認出這位指揮官是誰。

艾德侯停在距莫尼奧兩步遠處，莫尼奧點點頭。

「衛兵說你在找我。」莫尼奧開口道。

「他在哪裡，莫尼奧？」

「誰在哪裡？」

莫尼奧上下打量艾德侯，注意到他穿著一身老式亞崔迪黑色軍服，胸口佩有紅色鷹徽，高筒靴擦得晶亮。這個人有一種儀式感。

艾德侯急促地吸了口氣，咬牙切齒地說道：「別跟我來這一套！」

莫尼奧看了看艾德侯別著的一把帶鞘腰刀，又移開了目光。刀柄上鑲著寶石，像是一件博物館藏品。艾德侯從哪裡弄來的？

「如果你是指神帝……」莫尼奧說。

「在哪裡？」

莫尼奧依然心平氣和。「你為什麼急著尋死？」

「她們說你跟他在一起。」

「那是之前。」

「我要找他，莫尼奧！」

「現在不行。」

艾德侯手按刀柄。「難道要我來硬的你才肯老實說嗎？」

「我勸你別這麼做。」

「他……在……哪裡？」

「既然你非要問，他和希歐娜在沙漠裡。」

「和你女兒？」

「還有誰叫希歐娜？」

「他們在幹什麼？」

「她在接受考驗。」

「他們什麼時候回來？」

莫尼奧聳聳肩：「你莫名其妙生哪門子氣呢，鄧肯？」

「他要怎麼考驗你的……」

「我不知道。跟我說，什麼事讓你發這麼大火？」

「這地方讓我噁心！魚言士！」他轉頭啐了一口。

莫尼奧瞥了眼艾德侯身後的走廊，想起他是從那裡一路走過來的。熟悉鄧肯們的人，很容易猜到他為什麼會火冒三丈。

「鄧肯，」莫尼奧說，「處於青春期的女性跟男性一樣，會受同性的身體吸引，這事再正常不過了。大多數人都會自然度過這一關的。」

「應該禁止！」

「但這是我們傳統的一部分。」

「禁止！那不是……」

「喔，消消氣吧。你要是想撲滅它，它反而會燒得更旺。」

艾德侯狠瞪著他。「你說你不知道自己女兒在那邊發生了什麼事！」

「希歐娜在接受考驗，我跟你說過了。」

「那到底是什麼意思？」

莫尼奧舉起一隻手遮住眼睛，嘆了口氣。他放下手，不明白自己為什麼要忍受這個愚蠢而危險的老古董。

「這意謂她也許會死在那裡。」

艾德侯大吃一驚，火氣也消了一點兒。「你怎麼能允許……」

「允許？你覺得我還有選擇嗎？」

「每個人都有選擇！」

莫尼奧唇間掠過一絲苦笑。「你怎麼比別的鄧肯蠢那麼多？」

「別的鄧肯！」艾德侯說，「他們是怎麼死的，莫尼奧？」

「我們怎麼死他們就怎麼死。他們陽壽已盡。」

「你在撒謊。」艾德侯咬牙說道，他狠命握在刀柄上的指關節已經發白。

莫尼奧仍然不急不躁地說道：「小心一點。我的容忍也是有限度的，尤其是現在。」

「這個地方腐爛了！」艾德侯說。他用空著的手朝身後的走廊揮了一下。「有些事我永遠都無法接受！」

莫尼奧將目光投向空盪的走廊，但並沒有在看什麼。「你必須成熟起來，鄧肯。必須成熟。」

艾德侯握緊刀柄。「這是什麼意思？」

「現在是敏感期。任何驚擾他的事，不管什麼事……都必須杜絕。」

艾德侯已經到了爆發的邊緣，之所以還沒有動手，只是因為莫尼奧的態度裡有一種說不清的東西穩住他。然而話都已經說出口了，無法聽而不聞。

「我不是沒長大的小屁孩，可以讓你……」

「鄧肯！」艾德侯從沒領教過性情溫和的莫尼奧這麼大聲說話，一驚之下手也定住了，莫尼奧繼續說道：「假如你的身體已經要求你成長成熟，但某些事物卻強制你留在青春期，你就會做出非常不得體的舉動。放開這一切吧。」

「你……是在……指責我……」

「不！」莫尼奧朝走廊做了個手勢，「喔，我知道你在那裡一定看見了什麼事，但這……」

「兩個女人在瘋狂接吻！你認為那不是……」

「那不重要，年輕人總是多方面探索自己的潛能。」

艾德侯極力克制著不發作，他將身體重心前移。「很高興能看清你這個人，莫尼奧。」

「嗯，好吧，我也看清過你，不止一次。」

莫尼奧眼看這句話一下子抓住了艾德侯的注意力。甦亡人總禁不住對那些前任們著迷。

艾德侯啞著嗓子低聲說：「你看清了什麼？」

「你教過我珍貴的一課。」莫尼奧說，「每個人都在努力成長，但假如遭到阻撓，我們會把自身潛能轉化為痛苦——尋求痛苦或施加痛苦。處於青春期的人尤其脆弱。」

艾德侯傾身靠近莫尼奧。「我說的是性！」

「當然。」

「你在責怪我幼稚……」

「是的。」

「我應該割掉你的……」

「喔，閉嘴！」

莫尼奧的聲音不像貝尼・潔瑟睿德的魅音具有微妙的控制力，但自有一種一輩子都在發號施令的力量，艾德侯只能乖乖聽從。

「抱歉。」莫尼奧說，「獨生女的事搞得我心煩意亂……」他收住話頭，聳了聳肩。

艾德侯深吸了兩口氣。「你們瘋了，全瘋了！你說你女兒可能會死，而你卻……」

「你這個蠢貨！」莫尼奧打斷他，「知不知道你那些無所謂的瞎操心在我眼裡算什麼！你那些愚蠢的問題，你那些自私的……」他搖搖頭，嚥下了後半句話。

「我體諒你，因為你有自己的麻煩事，」艾德侯說，「但要是你……」

「體諒？你體諒我？」莫尼奧顫抖著吸了一口氣。太過分了！

艾德侯生硬地說：「我可以原諒你……」

「你！你嘮叨性事，嘮叨原諒，嘮叨痛苦……你覺得你跟赫薇．諾里……」

「別把她扯進來！」

「喔，是的。別把她扯進來，別把這份痛苦扯進來！你和她享受性愛，從來沒想過斷絕關係。告訴我，蠢貨，在這件事上你的奉獻精神跑到哪裡去了？」

艾德侯窘迫地深吸了一口氣。他沒有想到一貫穩重的莫尼奧心裡有這麼強烈的情緒，但像這樣的攻擊，難道是……

「你覺得我殘忍？」莫尼奧逼問，「我促使你去思考你想都不願想的事。哈！陛下承受過更殘忍的對待，那是只為殘忍而殘忍的對待！」

「你替他說話？你……」

「我最了解他！」

「他在利用你！」

「為了什麼？」

「你說啊！」

「他是確保人類長存的最大希望……」

「反常的邪門歪道不可能長存！」

莫尼奧的語氣變得緩和，話語內容卻讓艾德侯驚愕：「我只對你說一遍。在我們的歷史中，頂尖的戰士、成為最後救星的猛士、最出色的男女祭司之中，都不乏同性戀者。宗教裡的獨身習俗並非偶然。打仗最厲害的總是青少年士兵，這也不是偶然。」

「這就是反常的邪門歪道！」

「很正確。軍事指揮官千百個世紀前就知道反常的性錯位會變為痛苦。」

「這就是雷托大帝在幹的事？」

莫尼奧依然用溫和的口氣說道：「你需要製造痛苦、容忍痛苦，才能做出暴力行為。軍隊被一股深層的力量驅策到痛苦中之後，控制起來就會容易得多。」

「他把你也變成了怪物！」

「你說他利用我，」莫尼奧說，「但我心甘情願，因為我知道他付出的遠比向我索取的多。」

「連交出女兒也在所不惜？」

「他毫無保留，那我為什麼要保留？喔，我還以為你了解這種亞崔迪精神呢。鄧肯們對於這一點總是很明白的。」

「鄧肯們！該死的，我不是……」

「你只是沒膽子付出他索要的代價。」莫尼奧說。

艾德侯眨眼間抽刀出鞘，向莫尼奧猛刺過去。他出手迅疾，不料莫尼奧反應更快——側身一閃，同時絆倒艾德侯，使他臉朝下趴倒在地。艾德侯掙扎爬行，試圖翻身跳起，接著又遲疑起來，他意識到自己竟然攻擊起了一個亞崔迪家的人——莫尼奧正是亞崔迪家的人。艾德侯在震驚之下一動也不動。

莫尼奧動也不動地站著，低頭看他，臉上現出一副古怪的悲傷神情。

「如果你要殺我，鄧肯，最好背後偷襲。」莫尼奧說，「這樣還能有幾分把握。」

艾德侯單膝跪起，一隻腳踩在地板上，但保持這個姿勢沒動，手裡還緊握著那把刀。莫尼奧動作太快了，而且那麼優雅——那麼……那麼舉重若輕！艾德侯清了清嗓子：「你是怎麼……」

「他花了很長時間育種才有了我們，鄧肯，我們的各方面都得到了強化，包括速度、智力、自制能力、反應能力。你是……只是一款舊型號。」

42

你知道游擊隊員常說什麼嗎？他們聲稱自己沒有經濟體系，因此他們的反叛不會被經濟戰打敗，還聲稱他們恰恰寄生在自己要推翻的體制上面。這些傻瓜只是算不清自己必然要付出的代價而已。這種模式必定會逐漸退化、終致失敗。要知道，這場戲在奴隸制的系統、福利國家、區分等級的宗教和社會化的官僚體制裡反覆上演——在任何創造並維持相互依存關係的社會中都不可避免。這條寄生蟲太長，沒有宿主就無法生存。

——《失竊的日記》

・・・

雷托和希歐娜整個白天都待在沙丘的陰影裡，只隨著太陽的移動而移動。他教她正午時分如何鑽入沙下防暑，或者待在溫度相對較低的沙丘間岩石層。

到了下午，希歐娜會爬近雷托取暖，他知道這些日子自己總是有多餘的熱度。

他倆偶爾聊上幾句。他向她訴說一度在此地盛行的弗瑞曼式美德，她則刺探他祕而不宣的知識。

有一次，他說：「妳也許會覺得奇怪，來到這裡，我的人性反而最強烈。」

聽了他的話，她卻沒有充分意識到自己作為人類的脆弱，也沒有想到她或許會死在這裡。即使在不說話的時候，她也沒有拉起蒸餾服的面罩。

雷托知道這個失誤源自某個無意識的動機，但也知道直言相告並不會有什麼好處。

天色向晚，夜寒漸漸侵入沙漠，他為她唱起「口述史」未收錄的遠征之歌。她喜歡他珍愛的一首歌，〈列特進行曲〉，這讓他倍感欣慰。

「這是貨真價實的老歌，」他說，「來自前太空時期的古老地球。」

「你能再唱一遍嗎？」

他在最悅耳的男中音裡選了一個，這位早已作古的藝術家曾讓大大小小的音樂廳坐滿觀眾。

「遺忘之牆遮我眼眸，
古老瀑布飛掛牆後，
萬川匯一湍流奔湧！
浪花飛舞，
鑿土成窟，
巨流滾滾濤聲隆隆。」

他唱完後，她沉默了一會兒，說：「以進行曲來說，這首歌還真奇怪。」

「他們喜歡這首歌，因為它禁得起分析。」他說。

「分析？」

「在我們的弗瑞曼祖先來到這座星球之前，夜晚是講故事、唱歌和吟詩的時間。而到了沙丘時代，這些事情都挪到了白天，穴地裡是不見天日的。晚上他們要出去四處活動……就像我們現在這樣。」

「但你剛才說的是『分析』。」

「這首歌表達了什麼意思？」他問。

「喔。這……這只不過是一首歌。」

「希歐娜！」

她聽出了他聲音裡的火氣，沒有吭聲。

「這座星球是沙蟲的孩子，」他警告她，「而我就是沙蟲。」

出乎意料的是，她竟然滿不在乎地答道：「那告訴我這歌有什麼意思？」

「昆蟲離不開巢穴，正如我們離不開歷史。」他說，「歷史留下了洞窟，留下了飛濺的巨流刻下的所有資訊。」

「我更喜歡舞曲。」她說。

這是一句輕率的回答，但雷托只當她變換了話題。他向她介紹起弗瑞曼女人的婚嫁舞，舞步最早模仿自沙塵龍捲風。雷托對自己講故事的本領頗感自豪，她入迷地聽著，顯然身臨其境般看到了女人在盡情旋轉，踏著古老舞步甩動長長的青絲，亂髮之下是一張張先祖的面容。

他講完時天快黑了。

「來，」他說，「清晨和黃昏能看到剪影，讓我們看看沙漠裡是不是還有別人。」

希歐娜隨他登上一處丘脊，兩人環視著漸黑的沙漠。只有一隻鳥在他們頭頂上空高遠處飛翔，被這兩個活物吸引過來。雷托從牠張開的翼尖和身形判斷是一隻禿鷲。他對希歐娜說了。

「牠們吃什麼？」她問。

「任何死了或快死的東西。」

她頓感震驚，仰頭盯著這隻孤鳥，牠的飛羽已被最後一縷陽光鍍成了金色。

雷托繼續說道：「依然有人冒險走進我的沙厲爾。示範區弗瑞曼人有時會走失，他們其實只擅長舉辦儀式。還有就是在沙漠邊緣，我的狼群會在那裡留下點殘骸。」

聽到這裡，她猛地背轉身去，但雷托還是看到了那股仍在蠶食她的怒火。希歐娜正在禁受痛苦的考驗。

「白天的沙漠殘暴無情。」他說，「這也是我們要在夜裡趕路的原因。對於弗瑞曼人，白天只有抹平道路的漫天沙塵。」

她轉過身，眼裡閃著淚光，但神色已然鎮定下來。

「這裡現在有哪些生物？」她問。

「禿鷲、一些夜行動物、舊時代留下來的零星植物、穴居動物。」

「就這些？」

「是的。」

「為什麼？」

「因為這裡是牠們的誕生地，我允許牠們只認定這裡。」

天色幾近全黑，這個時間沙漠裡只有忽閃的亮光。他在閃光的瞬間觀察她，意識到她並沒有明白他的言外之意。不過他知道這些意義會潛伏在她心裡，慢慢化膿。

「剪影。」她重提先前的話題，「我們上來的時候，你本來期望找到什麼？」

「也許是遠處的人影。妳永遠無法確定。」

「什麼人？」

「我已經說過了。」

「要是你看到別人，會怎麼做？」

「弗瑞曼人習慣把遠處的人當作敵人，除非對方向空中揚沙。」

他說話時，夜幕已經完全降臨了。

在驟然亮起的星光下，希歐娜變成了一個會動的幽影。「揚沙？」她問。

「揚沙是富有深意的動作，意謂：『我們有難同當。沙子是我們唯一的敵人。我們喝的是沙子。握沙的手裡沒有武器。』妳明白嗎？」

「不明白！」她故意不說實話想讓他難堪。

「妳會明白的。」他說。

她一聲不吭，帶著滿腔怒火沿沙丘的弧線大踏步從雷托身邊走了開去。雷托遠遠地跟在後面，讓他感興趣的是，她本能地選擇了正確方向。他能察覺弗瑞曼人的記憶正在她心裡翻湧。

在兩座沙丘即將交會的下坡面，她等著他趕上來。他看見她的蒸餾服面罩仍然鬆鬆地敞著。還不到訓斥她的時候。某些潛意識的東西必須等待它們自然浮現。

他靠近時，她問：「這個方向不比別的方向差吧？」

「如果妳認準這個方向的話。」他答。

她抬頭瞧了瞧星星，他看到她認出了指極星，她的弗瑞曼祖先就是靠著這幾顆星星穿越沙地的。不過他也發現，她主要仰賴書本知識辨識星辰，她還沒有開始接受內心的指引。

雷托抬起身體前節，藉著星光向前方眺望。他們正在朝北稍偏西的方向前進，這條路曾經越過哈巴亞山脊和鳥巢洞，進入虛妄岩西段下面的流沙漠，直通風口關。這些地標現在都蕩然無存了。他嗅了嗅帶著燧石味的冷風，空氣溼度有點高，讓他感到不舒服。

希歐娜繼續趕路——這回放慢了速度，時不時瞥一眼星星來確定方向。她剛才還依賴雷托來確認方向，而現在已經靠自己認路了。他感覺到她謹慎的思維底下有一股騷動，他知道某些東西開始浮現了。正如沙漠人總是對旅伴忠心耿耿、死心塌地，她的心裡也生出了這種苗頭。

我們知道，他想，假如跟旅伴走散，你會迷失在沙丘與岩石之間。單槍匹馬走在沙漠裡的人必死無疑。只有沙蟲能在這裡獨自生存。

他遠遠地落在後面，不讓自己行進時發出的沙粒摩擦聲太過刺耳。她必須更意識到他的人類自我，他需要旅伴的忠誠來幫助他維持人性。然而希歐娜脾氣火爆，胸中總憋著一團怒火——比他考驗過的任何人都更叛逆。

雷托一面在她身後滑行，一面回顧育種計畫，盤算著萬一她通不過考驗，自己該採取怎樣的替代方案。

夜愈來愈深，希歐娜愈走愈慢。一號月亮已懸在頭頂，等二號月亮也高掛在地平線上方，她才停下來歇歇腳，吃點東西。

雷托很樂意歇一會兒。與沙粒摩擦久了，他體內的沙蟲部分會漸漸抬頭，身體周圍充斥著因體溫調節而釋放的化學氣體。「氧氣增壓器」正在穩定排放，他強烈感覺到體內活動著的蛋白質「工廠」和胺基酸資源，沙蟲部分要靠它們來維持與人類細胞即母體之間的關係。沙漠加快了他的最終蛻變。

希歐娜所站的位置接近一座星狀沙丘的頂部。「你真的吃沙子嗎？」他靠近時她問道。

「真的。」

她極目四望，地平線上月華如霜。「我們為什麼不帶上信號設備？」

「我希望妳理解身外之物的意義。」

她朝他轉過頭，他臉上感覺到她的氣息。她有太多水分散失到乾燥的空氣中了，卻仍未想起莫尼奧的警告。這將是一場痛苦的教訓，毫無疑問。

「我根本不理解你。」她說。

「但妳的使命就是要做到這一點。」

「是嗎？」

「否則妳用什麼來交換我給予妳的東西呢？」

「你給了我什麼？」這句話出口時帶著滿腔怨恨，還有一絲乾糧裡的香料味。

「我給了妳單獨和我共度這段時光的機會，妳卻毫不在乎。妳把機會浪費掉了。」

「身外之物的事呢？」她問。

他聽到她的嗓音裡已露出疲態，缺水的信號開始在她體內發出嘶吼。

「那些弗瑞曼人，他們在古代活得真精彩。」他說，「而且他們的審美眼光僅限於有用的東西。我從來沒碰過任何貪婪的弗瑞曼人。」

「什麼意思？」

「古代人帶進沙漠的每一樣東西都是必需品，別的什麼也不帶。妳的生活總是擺脫不了身外之物，希歐娜，否則妳不會提到信號設備。」

「為什麼信號設備不是必需品？」

「信號設備教不了妳任何事。」

他從她身邊繞過，沿指極星所示方向前行。「來，讓這黑夜給我們指引。」

她加快腳步，走在他兜帽狀的臉孔旁。「要是我沒學會你那該死的課程會怎麼樣？」

「妳大概會死。」他說。

她沉默了一會兒，深一腳淺一腳地走在他身旁，偶爾瞟他一眼，對沙蟲身體視而不見，目光只落在他尚存的人類特徵上。過了一段時間，她開口道：「魚言士說，我是按照你的配種指令生育出來的。」

「沒錯。」

「她們說你一直在做追蹤紀錄，你命令亞崔迪家的人配種來達到自己的目的。」

「也沒錯。」

「這麼說『口述史』是對的。」

「我想妳對『口述史』深信不疑吧？」

她自顧自繼續發問：「要是你下令配種的對象不同意這件事怎麼辦？」

「我給予他們充分的行動自由，只要按我的指令完成生育就行。」

「指令？」她怒氣沖沖地問。

「是的。」

「你不能爬進每一間臥室，也不能無時無刻緊盯每一個人的生活！你怎麼知道別人是不是服從你的指令？」

「我知道。」

「那你就該知道我不會服從你的！」

「妳渴嗎，希歐娜？」

她一愣。「什麼？」

「口渴的人會談論水，而不是性。」

她仍然沒有封好面罩。他想：亞崔迪家的人總是熱血沸騰，甚至不惜犧牲理性。

不到兩小時，他們下坡出了沙丘區，來到一片疾風勁吹的礫石平原。雷托繼續前進，希歐娜不離他身旁。她時不時瞧一眼指極星。現在兩顆月亮都低垂在地平線上方，每一塊巨石都拖著兩條長長的影子。

雷托發現，這類地形有時爬行起來比沙漠更舒服。硬石的導熱性強過沙粒。他可以平貼在石頭上，緩一緩體內「化學工廠」的加工速度。礫石，甚至大塊岩石，都不會對他造成妨礙。

希歐娜就有麻煩了，好幾次差點扭傷腳。

這片平原對於沒走慣的人是個大考驗，雷托想。視野貼近地面時，他們只能看見廣袤的虛空，在月光下尤顯詭異——遠處是一座座沙丘，不管他們怎麼走，距離似乎始終不變。這裡唯有永不止歇的風、散落的石塊，和頭頂上不通人性的星辰，除此之外別無一物。這是沙漠中的沙漠。

「弗瑞曼音樂裡那種永恆的孤寂就來自這裡，」他說，「而不是來自沙丘。到了這裡妳才真正體會到，假使有流水的聲音，假使這無盡的狂風能減弱威力，即便只減弱一點點，那也無異於天堂了。」

都說到這個地步了，她還是沒有拉起面罩。雷托開始絕望了。

天亮時兩人已經在平原上走了很遠。

雷托停在三塊堆疊的超大圓石旁，其中一塊甚至比他還高。希歐娜靠在他身上一會兒，這個動作令他又燃起了幾分希望。不久她後背一頂離開他，爬上最高的那塊石頭。他看到她出現在圓石頂上，專注地向遠方眺望。

雷托連看都不用看就知道她的視野裡有什麼：地平線上風沙如霧，將初升的太陽模糊成一團光暈；剩下的就只有平原和大風。

他身下的岩石帶著沙漠清晨的寒意。低溫下空氣要乾燥得多，他感覺很愜意。要不是希歐娜，他會繼續趕路，但希歐娜明顯筋疲力盡了。她從圓石上爬下後又靠在他身上，過了近一分鐘他才發現她在豎耳傾聽。

「妳聽到什麼？」他問。

她懶懶地答道：「你體內在咕嚕咕嚕叫。」

「這把火永遠熄不了。」

這句話提起了她的興致。她抽身離開，從旁繞到正面直視他的臉孔。「火？」

「每個生物體內都有一把火，有些燒得慢，有些燒得快。我這把火就比大多數人要旺。」

她在寒風中摟住自己。「那你在這裡不覺得冷囉？」

「不冷，但我看得出妳冷。」他把一部分臉縮進兜帽狀的皮膚，將身體前節的末段向下彎出一道弧度。「有點像吊床。」他俯望下方說道，「妳蜷在這裡會暖和起來的。」

她毫不遲疑地接受了他的邀請。

雖然是他誘導的結果，他還是發現她的信賴打動了自己。他現在的同情心比認識赫薇之前要強烈得多，但他必須克制住。他告誡自己，這件事容不得半點同情。種種跡象表明希歐娜很可能會死在這裡，他必須做好失望的心理準備。

希歐娜用手臂擋住臉，闔眼入睡。

從來沒有人像我這樣經歷過那麼多的昨天，他提醒自己。

他知道，以普通人的眼光看，他在這裡的所作所為簡直就是殘酷無情。他逼著自己退到記憶裡，有意識地擷取人類歷史中所犯下的錯誤，藉此堅定自己的決心。現在，親歷人類的錯誤是他最牢靠的精神支柱。了解錯在哪裡，才能制訂出長遠的矯正計畫。他必須時時覺察各種後果，假如後果不為人知或遭到隱瞞，教訓也就丟了。

然而，他離沙蟲的狀態愈近，就覺得自己愈難作出別人所謂「非人性」的決定。而在過去，他作這類決定都是毫不費力的。隨著人性漸漸喪失，他發現自己反而愈來愈受人性的牽制了。

43

在人類歷史的發源地，我仰躺在一個極淺的洞穴裡，進出只能靠蠕動而不是爬行。在那裡，我借著松香火把的搖曳光芒，在洞壁和洞頂上描畫各種獵物，還有我的人民的靈魂。透過一個完美的迴圈往過去窺探，看見古代人奮力追求讓靈魂留下可見的瞬間，這是何其發人深省。那一聲遠古的呼喊迴蕩至今：「我在這裡！」後世藝術巨匠指引我凝視岩壁上木炭與植物染料留下的手印和流暢的肌肉線條。我們遠遠不只是單純的機械現象！我的未開化自我發出質疑：「他們究竟為什麼不願離開洞穴？」

——《失竊的日記》

• • •

下午近晚，莫尼奧派人請艾德侯去辦公室見面。艾德侯已經坐在寓所的吊網沙發上胡思亂想了一整天，每一種想法都起源於上午莫尼奧輕而易舉把他撂倒在走廊地板上的那份從容。

「你只是一款舊型號。」

艾德侯想來想去，都覺得自己無足輕重。他感到自己的生存意志正在消散，只留下怒火燃燒後的灰燼。

我身上唯一有用的，就是一灘精液而已，他想這種想法不是導致輕生，就是引向縱欲。他感覺自己被釘死在命運的棘刺上了，而且還遭受來自四面八方的折磨。

身穿筆挺藍軍服的年輕傳信兵帶來的是再一次折磨。聽到敲門，艾德侯低低地應了一聲，傳信兵走進來，在連接前廳的拱門下站定，遲疑著沒有開腔，反而對他察言觀色起來。

閒話傳得真快啊，他想。

艾德侯看見她站在拱門內，一副魚言士精英的形象——比一般人更多幾分性感，卻又不是特別撩人。藍色軍服未能掩蓋她堅挺的胸部和翹臀。他抬眼看了看她淘氣的面孔和一頭金髮。她剪了一頭侍祭的髮型。

「莫尼奧派我來問候您。」她說，「有請您到他辦公室見面。」

艾德侯去過他辦公室幾次，第一次所見印象最深。去之前他就知道，這裡是莫尼奧最常待著的地方。屋內擺了一張帶漂亮金色紋理的深棕色木桌，約兩公尺長、一公尺寬，桌腿粗而短，四周堆著灰色坐墊。艾德侯覺得這張桌子是個貴重的稀罕物件，也是作為這裡唯一的重點精心挑選的。屋內除了這張桌子，只有與地板、四壁和天花板同為灰色的坐墊，之外再無其他家具。

考慮到主人的地位，這間屋子算小的，長不過五公尺，寬僅四公尺，但天花板很高。相對的兩面窄牆各設一狹長玻璃窗採光。窗口視點極高，一扇俯瞰沙厲爾西北邊緣與禁林的交界線，另一扇面向西南面的滾滾沙丘。

反差很大。

有趣的是，桌子進一步加深了這個第一印象。桌面似乎在展示什麼叫「雜亂無章」。薄薄的晶紙散得到處都是，完全遮住了桌面，只隱隱透出一些木紋。有的晶紙上印有細小的文字。艾德侯認出了凱拉赫語和其他四種文字，包括稀有的過渡語種——珀斯語。有幾張一看就是平面圖，還有些龍飛鳳舞地寫著貝尼．潔瑟睿德特有的粗黑軟筆花體字。最令他感興趣的是四根長約一公尺的白色軋製管——這是用違禁電腦三D列印出來的。他懷疑終端設備就藏在某面牆的一塊嵌板之後。

莫尼奧派來的年輕傳信兵清了清嗓子，把正在出神的艾德侯拉回現實。「我應該怎麼回覆莫尼奧？」她問。

艾德侯盯著她的臉。「妳想懷上我的孩子嗎？」他問。

「指揮官！」顯然，與這個提議相比讓她更意外的是他答非所問。

「啊，對了，」艾德侯說，「莫尼奧。我們該跟莫尼奧說什麼呢？」

「他等著您答覆，司令。」

「我的答覆真的有什麼意義嗎？」艾德侯問。

「莫尼奧讓我轉話，他希望與您和赫薇小姐一起談談。」

艾德侯微微起了一點興致。「赫薇跟他在一起？」

「也派人去傳她了，指揮官。」傳信兵又一次清了清喉嚨，「指揮官要我今晚再來嗎？」

「不用了，不過還是謝謝妳。我改變主意了。」

他覺得她巧妙地掩飾了失望之情，但口氣正式得有些僵硬：「我可以回莫尼奧說您會去嗎？」

「就這樣說。」他揮手示意她退下。

她走後，艾德侯本想不去理會這次邀約，但好奇心漸漸抬頭。莫尼奧安排赫薇在場一起談話？為什麼？他覺得這樣就能讓艾德侯振作起來？艾德侯嚥了口唾沫。一想到赫薇，他空虛的心就感到充實。這種現象所傳達的訊息不容忽視，有一股可怕的力量將他與赫薇綁在了一起。

他站起身，由於長時間沒動彈，肌肉有點僵硬。好奇心外加這股力量驅使他採取行動。他進入走廊，不顧衛兵投來窺探的眼光，聽憑內心難以抗拒的命令將自己帶往莫尼奧的辦公室。

艾德侯進辦公室時赫薇已經到了。她坐在莫尼奧對面，中間隔著那張雜亂無章的桌子。她穿著一雙紅色便鞋，兩腳蜷在身下的灰墊子旁邊。艾德侯剛看見那身配綠色編織腰帶的棕色長袍，她就把頭轉了過來，他的目光從此完全聚焦在她臉上，眼中再無他物。她用嘴形呼喚他的名字，但沒有發出聲音。

連她也聽說了，他想。

這個想法反倒讓他打起了精神。當天的所有念頭開始在腦海中重新組合成形。

「請坐，鄧肯。」莫尼奧說。他指了指赫薇身旁的一個坐墊。他的聲音帶著一種古怪的遲疑語氣，除了雷托幾乎無人見識過。他目光低垂，停留在雜亂的桌面上。斜陽照著一個金色紙鎮——這座水晶火焰山上栽著一株結滿寶石果實的奇異果樹，在凌亂的桌面上投下了蛛網般的影子。

艾德侯按莫尼奧的示意坐上墊子，注意到赫薇的眼神隨著他流轉。她轉頭望向莫尼奧，艾德侯覺得她的眼神中帶著怒意。莫尼奧還是穿著那件素白色制服，領口敞開，露出皺紋密布的脖子和一些贅肉。艾德侯直盯著莫尼奧的眼睛就是不開腔，迫使對方打破沉默。

莫尼奧回視艾德侯，發現他仍舊穿著上午相遇時的那件黑軍服，前襟下方甚至還沾有些許汙跡，是被莫尼奧摔倒在走廊地板時蹭上的。但艾德侯沒有再佩帶那把歷史悠久的亞崔迪刀，反而使得莫尼奧感到不安。

「我今天上午的所作所為是不可原諒的。」莫尼奧說，「所以我不求你原諒，我只希望你能理解我。」

艾德侯留意到赫薇對於這番開場白並不感到意外，可以想見兩人在艾德侯到場前已經談論過什麼了。

艾德侯沒有答話，莫尼奧繼續說道：「我無權讓你產生自卑感。」

艾德侯發現莫尼奧的言語和態度在自己心中激起了奇怪的反應。他依然覺得自己在智謀和能力方面一敗塗地，自己那個時代已經遠遠落伍了，但他可以肯定莫尼奧並沒有在耍弄自己。出於某些原因，總管袒露了真誠的秉性。艾德侯體會到這一點，覺得雷托的宇宙、魚言士無法無天的性亢奮、赫薇有目共睹的率真……這一切事物，都構成了新的關係，一種他能理解的關係，彷彿這屋裡的三個人是全宇宙僅剩的真正人類。他的答話帶著狠狠的自嘲：

「當我對你動武的時候，你完全有權利保護自己。看到你這麼能幹，我覺得高興。」

艾德侯轉向赫薇，但在他開口前，莫尼奧先說話了：「你不必替我辯解。我覺得她對我的不滿已經根深柢固了。」

艾德侯搖搖頭。「我還沒說，甚至還沒想，這裡的人就知道我要說什麼、想什麼了嗎？」

「你有一點很讓人欽佩，」莫尼奧說，「就是不掩飾自己的想法。而我們——」他聳聳肩，「就不得不更謹慎一些。」

艾德侯看了看赫薇。「他代表妳說話？」

她把手放到艾德侯手裡。「我代表我自己。」

莫尼奧伸長脖子盯著那兩隻緊扣的手，隨後又重重坐回墊子，嘆了口氣。「你們這樣可不行。」

艾德侯使勁握住她的手，並感到她有力的回應。

「在你們提問之前我先說一下，」莫尼奧說，「神帝對小女的考驗還沒有結束，他們都沒回來。」

艾德侯覺得莫尼奧在努力保持冷靜。赫薇也聽出來了。

「魚言士說的是真的嗎？」她問，「希歐娜若無法通過就會死？」

莫尼奧默然不語，臉繃得像塊岩石。

「這是不是類似貝尼・潔瑟睿德的考驗？」艾德侯問，「摩阿迪巴說女修會的考驗是為了測試你屬不屬於人類。」

赫薇的手開始顫抖。艾德侯感覺到了，看著她問：「她們測試過妳嗎？」

「沒有，」赫薇說，「不過我聽年輕人談起過。她們說你必須闖過痛苦這一關，而且不能失去自我意識。」

艾德侯將目光轉回莫尼奧，注意到他的左眼角開始抽跳。

「莫尼奧。」艾德侯吸了口氣，突然想起來了，「他考驗過你！」

「我不想談考驗。」莫尼奧說，「我們這次碰頭是為了商量你們倆應該怎麼辦。」

「難道這不是由我們倆來決定的嗎？」艾德侯問。他感到赫薇的手因出汗而滑溜。

「由神帝決定。」莫尼奧說。

「即使希歐娜通不過考驗？」艾德侯問。

「那就更應該服從神帝！」

「他是怎麼考驗你的？」艾德侯問。

「他讓我看了一眼當神帝是怎麼回事。」

「然後呢？」

「能看見的我都看見了。」

赫薇的手在艾德侯手裡猛地繃緊了。

「這麼說你真的造過反。」艾德侯說。

「起初我心中充滿愛和祈禱，」莫尼奧說，「接下來我變得憤怒和叛逆。然後我又被改造成你眼前的這個人。我認清了自己的職責，我履行職責。」

「他對你做了什麼？」艾德侯問。

「他對我引用了我小時候唸過的禱文：『我獻身於無上榮耀之神。』」莫尼奧若有所思地說。

艾德侯注意到赫薇一直沒動靜，只是盯著莫尼奧的面孔。她在想什麼？

「我承認這的確是我唸過的禱文。」莫尼奧說，「接著神帝又問，倘若獻出生命還不夠，我還會放棄什麼。他朝著我大喊：『假如你沒有發揮真正的天賦，你的生命又有什麼價值？』」

赫薇點點頭，艾德侯卻一頭霧水。

「我從他聲音裡聽出了真相。」莫尼奧說。

「你是真言師嗎？」赫薇問。

「在絕望的時候是，」莫尼奧說，「但其他時候不是。我發誓他說的是真話。」

「有些亞崔迪家的人也會運用魅音。」艾德侯咕噥道。

莫尼奧搖搖頭。「不，這是真話。他對我說：『我現在看著你，要是我能流淚，我會流的。把心願變為實際行動吧！』」

赫薇身體前傾，幾乎觸及桌子。「他不能哭？」

「沙蟲。」艾德侯低聲說。

「什麼？」赫薇朝他扭過頭來。

「弗瑞曼人用水殺死沙蟲。」艾德侯說，「他們用溺死沙蟲的辦法來採集宗教狂歡所需要的香料萃取物。」

「但陛下還不完全是沙蟲。」莫尼奧說。

赫薇坐直身子，盯著莫尼奧。

艾德侯抿嘴沉思起來。雷托還在恪守弗瑞曼人禁止流淚的規矩嗎？弗瑞曼人多麼畏懼浪費水分哪！把水獻給死者。

莫尼奧對艾德侯說：「我本來希望能讓你理解。陛下說過，你和赫薇必須分手，永遠不再相見。」

赫薇將手從艾德侯掌中抽回。「我們知道。」

艾德侯無奈而苦澀地說：「我們知道他的權力。」

「但你們不理解他。」莫尼奧說。

「理解他是我最大的願望。」赫薇說。她把手放在艾德侯手臂上，示意他別出聲。「不，鄧肯。這裡容不下我們的私欲。」

「也許妳應該向他祈禱。」艾德侯說。

她轉身盯著艾德侯，目不轉睛，直到他垂下目光。她用艾德侯從沒聽過的唱歌般的語調說道：「我叔叔馬爾基總是說雷托皇帝從來不會回應祈禱。他說雷托皇帝把祈禱看作一種脅迫，一種針對天定之神的暴力行為，祈禱者是在指使不朽的神靈：給我一個奇蹟，神，否則我就不信祢！」

「名為祈禱，實為狂妄。」莫尼奧說，「隨時祈求隨時實現。」

「他怎麼可能是神？」艾德侯問，「他並非不朽之身，他自己都承認。」

「關於這一點，我想轉述陛下的話，」莫尼奧說，「『我就是你們想要目睹的唯一神。我就是那個變成了奇蹟的詞。我是我所有的祖先。這還不足以稱為奇蹟嗎？你們還想要什麼？問問你自己：還有比這更大的奇蹟嗎？』」

「空洞的言詞。」艾德侯輕蔑地說。

「我也有過同樣的輕蔑。」莫尼奧說，「我用『口述史』裡他自己的話來頂他：『獻給無上榮耀之神！』」

赫薇倒吸一口氣。

「他笑我。」莫尼奧說，「他笑著問，我要怎麼獻出原本就屬於神的東西？」

「你發火了？」赫薇問。

「喔，是的。他看到了，說會告訴我怎麼獻身於神。他說：『你可以把自己看成是一個偉大的奇蹟，和我完全一樣。』」莫尼奧扭頭朝左側窗口望出去，「我只怕怒火使我耳聾，我一點兒準備都沒有。」

「喔，他很聰明。」艾德侯說。

「聰明？」莫尼奧看著他，「我不這麼想，不是你指的這方面。在這方面我認為陛下不比我更聰明。」

「你沒準備好什麼？」赫薇問。

「冒險。」莫尼奧答。

「但你在他面前發火就已經夠冒險了。」她說。

「比不上他冒的險。我能在妳眼中看出，赫薇，妳懂。他的身體讓妳反感嗎？」

「已經不了。」她說。

艾德侯在失望中咬牙。「他讓我作嘔！」

「親愛的，你不能這麼說。」赫薇說。

「你也不能叫他親愛的。」莫尼奧說。

「你寧願她摸索著去愛某個邪惡的龐然大物，哈肯能男爵做夢都不敢把自己變成這副模樣。」艾德侯說。

莫尼奧抿抿唇，說：「陛下曾跟我說過這個與你同時代的邪惡老傢伙，鄧肯。我認為你不了解你的敵人。」

「他是個肥胖的、怪物一樣的……」

「他追求感官享樂。」莫尼奧說，「肥胖原本是副作用，後來可能成了一種樂趣，因為肥胖是對別人的挑釁，而他就愛挑釁。」

「男爵只禍害幾座星球，」艾德侯說，「而雷托禍害的是整個宇宙。」

「親愛的，拜託別這麼說！」赫薇阻攔。

「讓他口出狂言。」莫尼奧說，「我也有過年少無知的時候，就像希歐娜和這個可憐的傻瓜，我說話也是這副腔調。」

「這就是你讓親生女兒去送死的理由嗎？」艾德侯問。

「親愛的，你說得太狠了。」赫薇說。

「鄧肯，你有個缺點，就是總愛歐斯底里。」莫尼奧說，「我警告你，歐斯底里會培養無知。你的基因有活力，你也能在魚言士中激發出一點活力，但你不是個好長官。」

「別想激怒我。」艾德侯說，「我還不至於蠢到跟你動粗，但你也別太過分。」

赫薇想握住艾德侯的手，但他把手抽了回來。

「我知道自己的地位。」艾德侯說，「我就是個有用的跟班，我能扛亞崔迪的旗子，把那面黑綠色大旗扛在背上！」

「無能之輩靠歐斯底里維護手中的權力。」莫尼奧說，「亞崔迪氏族的統治，是一門與歐斯底里沾不上邊的藝術，是一門對運用權力負起責任的藝術。」

艾德侯抽身站起。「你那該死的神帝什麼時候負過一點責任？」

莫尼奧低頭看著雜亂的桌面，一動也不動地說：「他對自身所做的那些事，他完全擔負責任。」這時莫尼奧抬起頭來，眼裡彷彿蒙了一層寒霜。「鄧肯，你沒膽子去了解為什麼他要對自己做那些事！」

「而你有膽？」艾德侯問。

「就在我火氣最大的時候，」莫尼奧說，「他用我的目光看他自己，他說：『你怎麼敢對我動怒？』就在那時——」莫尼奧嚥了口唾沫，「他讓我看到了恐懼……也是他曾見過的恐懼。」淚水從莫尼奧雙眼湧出，沿臉頰流下。「我只感到幸運，不必像他那樣去作決定……我可以當一個跟班就滿足了。」

「我觸摸過他。」赫薇輕聲說。

「那麼妳也知道？」莫尼奧問。

「我沒看見，但我知道。」她答。

莫尼奧低聲說道：「我幾乎為此而死。我……」他顫抖了一下，抬頭望著艾德侯。「你不能……」

「你們都去死吧！」艾德侯大吼一聲，轉身衝出房間。

赫薇盯著他的背影，表情十分痛苦。「哦，鄧肯。」她細聲說。

「看吧？」莫尼奧問，「妳錯了。不管是妳還是魚言士都降不住他。而妳，赫薇，妳反而在毀滅他。」

赫薇一臉痛苦地轉向莫尼奧。「我不會再見他了。」她說。

艾德侯走向寓所的這段路成為他記憶裡少有的艱難時刻。他竭力把面孔想像成能掩蓋內心動盪的塑鋼面具，不能讓旁邊的任何一名衛兵看出自己的痛苦。他不知道大部分衛兵都能準確地猜到他的情緒，並心生同情。她們每一人都仔細地對鄧肯們的簡報做過功課，知道如何判斷他們的心理。

快到寓所時，艾德侯遇上奈拉正慢慢從對面走來。她那猶豫不決、若有所失的神情讓艾德侯收住腳步，連自己的心事也暫時忘記了。

「『朋友』？」他在離她幾步遠時張口詢問。

她瞧過來，那張四方大臉明顯露出她猝然認出他的神色。

這個女人真是怪模怪樣，他想。

「我不再是『朋友』了。」她說著與他擦身而過，朝走廊另一頭走去。

艾德侯腳步一轉，盯著她漸遠的背影——那副壯實的肩膀，那堆肌肉隆隆的感覺，吸引著他的目光。

培育這個人是為了什麼目的呢？他暗想。

這個想法轉瞬即逝。他自己的問題重又湧了上來，比先前更加揪心。他邁了幾步來到門口，走入房間。

進到屋內，艾德侯在身側攥緊拳頭，站了好一會。

我與任何時代都脫離了關係，他想。奇怪的是，這想法並未讓他覺得解放。不過他明白，自己剛才的所作所為將會淡化赫薇對他的愛。她會看不起他。不久之後她就會把他看作是一個完全受情緒擺布的壞脾氣小傻瓜。他能感覺到自己正從她心目中漸漸消失。

還有那個可憐的莫尼奧！

艾德侯能感覺到這位總管的溫順是由什麼東西構成：義務與責任。當一個人面臨艱難抉擇時，這是多麼安全的避風港。

我曾經也是那樣，他想，不過那是另一個人生，另一個時代。

44

鄧肯們有時會問我是否理解歷史上異族的思想。假如我理解，為什麼不能給出解釋？鄧肯們認為，知識只存在於具體事實中。我試著告訴他們所有詞語都是具有可塑性的。詞語一經說出就開始變形。根植於某語言的思想只能由該語言來表達。這就是「異族」一詞的核心意義。它已經開始變形了，看到了嗎？對於異族之語，轉譯即扭曲。我此時說的凱拉赫語就是一種自我強化之物。它是一個外部參照系、一套特殊系統。任何系統都潛藏著危險。一套系統納入了其創造者的未經檢驗的理念。你一旦採用一套系統，接受其理念，你也就進一步增大了它變易的阻力。我向鄧肯們解釋，有些東西是無法用語言表述的，這些解釋有沒有起任何用處？啊！鄧肯們仍相信一切語言都為我所有。

——《失竊的日記》

・・・

整整兩天兩夜，希歐娜都沒有蓋起面罩，每呼一口氣都要損失一點珍貴的水分。透過弗瑞曼人告誡孩子的一番話，希歐娜才終於想起父親的教誨。第三天早晨，萬里平沙，寒風呼嘯，兩人在一塊岩石的背陰處歇息，雷托終於提醒她說：

「珍惜妳的每一次呼吸，它會帶走生命所需的體溫和水分。」

他知道，他們還要在流沙漠裡待上三個白天、走上三個夜晚，才能抵達水源。此時已是從小帝堡出發後的第五個上午。昨夜他們進入了淺積沙區——不是沙丘，但前方能望見沙丘，甚至還能看見殘餘的哈巴亞山脊，只要面朝正確的方向，就能見到遠方那條斷斷續續的細線。現在希歐娜只在需要把話說清時才拿下蒸餾服面罩，她露出的嘴唇已發黑滲血。

她渴到絕望了，雷托用感官探了探周圍環境後這樣想，她離危險時刻不遠了。感官告訴他，在這流沙漠的邊緣地帶依然只有他們兩個人。天剛破曉，曙光照出了一塊塊沙塵反光構成的屏障，在永不止歇的狂風中忽上忽下，扭動彎曲。他的聽覺濾除風聲後，還能接收到其他聲音：希歐娜起起伏伏的呼吸聲、一坨沙子從附近岩石上撒落的聲音、他自己的龐大身軀與薄沙層摩擦的聲音。

希歐娜把面罩摘到一旁但並沒有鬆手，以便快速戴上。

「還要多久才能找到水？」她問。

「三晚。」

「沒有近一點的路了？」

「沒有。」

她開始領會弗瑞曼人談論要事時言簡意賅的好處了。她貪婪地從集水袋裡吸了幾滴水。

雷托讀出了她的肢體資訊——這是弗瑞曼人臨死前的常見動作。希歐娜充分體會到了祖先們共有的一種感受——帕提耶，垂死之渴。

她的集水袋裡僅剩的幾滴水也沒了。他聽到了她的吸氣聲。她戴好面罩，悶聲說：

「我挺不過去，對吧？」

雷托望著她的眼睛，看到了將死者特有的澄澈，一個人在其他狀態下很難達到這種通透。生存所必需的那部分被放大了。是的，她深深進入了泰達賴阿格利米，即能讓人開竅的痛苦狀態。不久後，她就必須要作那個最終決定，雖然她自以為已經作過了。雷托從種種跡象看出，現在她尤其需要善待。他必須真誠地回答她每一個問題，因為每個問題都隱含著一種判斷。

「是嗎？」她又問一遍。

她絕望中還殘存一絲希望。

「一切都是未知數。」他說。

這句話讓她陷入了無望。

雷托本不想如此，但他知道這種情況時常發生——一個正確卻又模稜兩可的回答往往會證實對方心底的恐懼。

她嘆了口氣。

她又從面罩下發出悶悶的聲音，來試探他：「我在你的育種計畫裡有特殊目的。」

這不是一句提問。

「人人都有目的。」他說。

「但你要我心甘情願地立約。」

「的確如此。」

「你清楚我痛恨與你有關的一切，你又怎麼能指望我跟你立約呢？誠實點吧！」

「立約包含三個基礎：願望、事實和懷疑。跟表述是否準確與誠實關係不大。」

「請別和我爭。你知道我快要死了。」

「我正是因為太尊重妳，才不會和妳爭。」

他稍稍抬起身體前節，探了探風。風裡已攜有白天的暑熱，但也捲裹著太多溼氣，讓他不舒服。他意識到，自己愈是下令控制氣候，需要控制的因素就愈多。愈絕對，就愈不明確。

「你說不和我爭，但……」

「爭論會關閉感知之門。」他說著將身體降到地面。「爭論總是掩蓋著暴力。時間一長，爭論就會演變成暴力。而我無意對妳施加暴力。」

「你說的願望、事實和懷疑是什麼意思？」

「願望將立約人聚在一起，事實為各方劃定對話的邊界，懷疑圈定問題的範圍。」

她走到他一公尺以內，直視他的臉。

多麼奇怪啊，他想，憎恨可以跟希望與恐懼與敬畏融合得這麼充分。

「你能救我嗎？」

「有一個辦法。」

她點點頭，他知道她的思維跳躍到了一個錯誤的結論。

「你想用這個換取我立約！」她憤憤地說。

「不。」

「如果我通過了你的考驗……」

「這不是我的考驗。」

「那是誰的？」

「它源於我們共同的祖先。」

希歐娜在冰冷的岩石上找了個地方坐下，一聲不吭，她還不準備借他暖和的前節歇一歇。雷托似乎能聽見堵在她嗓子裡的細聲尖叫。現在，她的疑問正在醞釀中。她開始懷疑，他是否真的符合自己心中勾勒的終極暴君形象。她抬頭看他，眼裡再次現出他剛才見過的那種驚人的澄澈。

「你為什麼要做這些事？」

問題已經圈定。他說：「因為我需要拯救人。」

「什麼人？」

「我下的定義比任何人都廣泛得多——比自以為定義過『人類』的貝尼・潔瑟睿德還要廣泛。我指的是人類的永恆血脈，無論妳怎麼定義人類。」

「你想告訴我……」她的嘴巴乾得說不出話。她想聚一點唾液，他看到她的嘴巴在面罩底下蠕動。

不過她的問題已經很明確了，他沒有等她繼續開口。

「要是沒有我，現在沒有任何一個地方有活人，不管什麼人。人類滅絕之路的可怕程度，妳絕對想像不出來。」

「你自以為是的預言。」她嗤之以鼻。

「黃金之路仍然開啟。」他說。

「我不相信你！」

「因為我們不平等？」

「是的！」

「但我們是相互依賴的。」

「你需要我什麼？」

啊，這是自我定位不明的年輕人發出的逼問。他感覺到相互依賴的祕密關係所隱含的力量了，因而強迫自己硬起心腸來。人一依賴，就會變得軟弱！

「妳就是黃金之路。」他說。

「我？」聲音輕如耳語。

「妳讀過從我這裡偷走的日記。」他說，「裡面有我，但妳又在哪？看看我已經創造的東西，希歐娜。而妳，妳只能創造妳自己。」

「空話，又是花俏的空話！」

「受人崇拜並不會讓我覺得痛苦，希歐娜。我痛苦的是永遠不被理解。也許……不，我不敢寄望於妳。」

「為什麼寫那些日記？」

「是一部伊克斯設備記錄的。這些日記應該在遙遠的未來被人們發現，並引發思考。」

「伊克斯設備？你違反聖戰禁令！」

「這裡面也是有教訓可學的。這類設備究竟起了什麼作用？有了它們，我們不動腦就能做的事變多了。不動腦子做的事——其實非常危險。看看妳，在沙漠裡走了那麼久也沒想到要戴上面罩。」

「你可以提醒我的！」

「這樣只會養成妳依賴他人的習慣。」

她盯著他好一會兒，說：「你為什麼要我來領導你的魚言士？」

「妳是亞崔迪家的女人，足智多謀，又能獨立思考。妳只忠於自己所見的事實。生育妳、訓練妳都是為了讓妳當領袖——這代表妳要擺脫依賴的習慣。」

大風捲起兩人周圍的沙塵，她掂量著他的話。「要是我同意，你就會救我？」

「不。」

她滿心以為能得到肯定的答覆，聽到這個字愣了好幾秒才反應過來。此時，風漸漸緩下來，露出遠至哈巴亞山脊殘體的一整片沙丘景觀。氣溫驟降，這股寒冷能像最烈的陽光那樣奪去身體水分。雷托的一部分意識探測到這是氣候控制系統出現的波動。

「不？」她既迷惑又惱怒。

「我不跟自己必須信任的人做殘酷的交易。」

她慢慢搖頭，但始終盯著他的臉。「怎麼樣才能讓你救我呢？」

「怎樣都不能讓我救妳。我不會對妳做的事，難道妳可以對我做嗎？相互依賴可不是這樣的。」

她的肩膀軟塌下來。「既然我不能和你做交易，又不能強迫你……」

「那麼妳必須另找出路。」

能親眼觀察到心靈覺醒如爆炸般成長的那一瞬間，真是妙不可言，他想。希歐娜的表情暴露了一切。她死死瞪著他的眼睛，彷彿要完全進入他的思想。她被面罩蒙住的聲音已經生出了新的力量。

「你會讓我知道關於你的一切嗎——甚至包括所有弱點？」

「我願慷慨給予的東西，妳還需要用偷的嗎？」

晨光刺眼地照在她臉上。「我不承諾你任何事！」

「我也不需要。」

「不過要是我開口，你會給我……水嗎？」

「那不光是水。」

她點點頭。「我是亞崔迪家的人。」

魚言士沒有放棄培養亞崔迪基因特有的敏銳度。希歐娜知道香料從哪裡來、又會對自己產生什麼作用。魚言士學校裡的老師從來沒讓雷托失望過。希歐娜乾糧裡添加的少量美藍極也讓她更加敏感。

「我的臉旁有一些捲曲的小皮褶。」他說，「用手指輕輕撥弄其中一片，會分泌出幾滴富含香料萃取物的液體。」

他在她眼睛裡看到了醒悟。記憶在跟她說話，儘管她還不知道這是記憶。在她之前，一代又一代亞崔迪家的人不斷提高自身的敏銳度。

雖然乾渴至極，但她並沒有立即照辦。

為了讓她安心度過危機，他講起弗瑞曼孩子常在綠洲邊緣用棍子挖出沙鱒，刺激牠們泌出水分，喝了之後能迅速恢復活力。

「但我是亞崔迪家的人。」她說。

「這一點『口述史』有如實記述。」他說。

「也許會毒死我。」

「這就是考驗。」

「你想把我變成純粹的弗瑞曼人！」

「否則我離開後妳怎麼教導後代在這裡生存？」

她摘下面罩湊近他，直到兩張臉僅距一掌之寬。她舉起一根手指，碰了碰他那兜帽狀皮膚的一片捲褶。

「輕輕撥。」他說。

然而她的手指所遵從的指示並不是來自雷托，而是自己的內心。她的手指做出了準確的動作，同時勾起了雷托的記憶，這是在無數孩子之間流傳的經驗……海量的知識和謬誤就是這樣留存下來的。他把臉往側邊轉到極限，斜視著她近在眼前的面孔。皮褶邊緣凝起淡藍色水滴，散發出濃濃的肉桂味。她湊近水滴。他看見她鼻子邊緣的毛孔和飲水時蠕動的舌頭。

不一會兒她就挪開了腦袋——沒有解足渴，但謹慎與懷疑促使她適可而止，莫尼奧當初也是如此。有其父必有其女。

「要多久時間才會生效？」她問。

「已經生效了。」

「我是說……」

「一分鐘左右。」

「這件事我不虧欠你什麼！」

「我不會要妳的回報。」

她戴上面罩。

他看見她的眼睛漸漸變得朦朧而遙遠。她沒有請求許可，自顧自地敲敲他的身體前節，要他用身體做一張暖和的「吊床」。他照辦了。她把自己安頓進這道舒服的弧線裡。他的頭要垂得很低才能看見她。她眼睛還睜著，不過已對眼前的東西視而不見。她猛地抽搐一下，像臨死的小動物那樣顫抖起來。他了解這種體驗，但什麼忙也幫不上。她的意識裡不會出現先人的存在，但她的所見、所聞、所嗅都將永遠成為自己的一部分。在她心中，獵殺機器已經啟動，空氣中瀰漫著血液和內臟的腥味，人們瑟縮在地道裡已知逃生無望……而機器一直在逼近，愈來愈近，愈來愈近……愈來愈響……愈來愈響！

她到處尋找，到處都一樣——哪裡都沒有出口。

他覺得她的生命力正在消退。跟黑暗搏鬥，希歐娜！這是亞崔迪家的人的專長，他們為生存而戰。現在她正在為他人的生命而戰。然而，他感到她的生命力在熄滅……流失的速度十分可怕。她往黑暗中陷得愈來愈深，比以往任何人都要深。他把身體前節當成搖籃，輕輕搖晃起她來。或許是這個動作，或許是一縷不滅的意志，也可能是兩者結合的作用，情況終於好轉。中午過後，她的身體顫抖著進入了接近正常睡眠的狀態。只是偶爾會猛吸一口氣，表明預象帶來的震撼。他左右輕搖著她。

她還能從黑暗深處回來嗎？他感覺到生機勃勃的回應，便放下心來。這就是她的力量！

黃昏之前，她驀地平靜下來，呼吸節奏也變了，她醒了，兩眼突然睜開。她盯著他看了一會兒，隨後從「吊床」上翻下來，背對著他沉思默想了近一小時。

莫尼奧當初也是這個反應，這是亞崔迪家的人的新行為模式。在他倆之前，有些受考驗者的反應是對著他大吼大叫；還有人一面瞪著他一面跌跌撞撞往後退，他不得不蠕動身軀擦著礫石跟上去；另有些人乾脆蹲下來盯著地面。但沒有人背對他。雷托將這種新姿態當作希望的徵兆。

「我的家族根深葉茂，對此妳已經有點概念了。」他說。

她轉過身來，緊抿嘴唇，但沒有與他對視。然而他能看出來，她已經接受了一個極少有人能明白的事實：他集萬眾於一身，於是全人類都成了他的家族成員。

「你本來可以在禁林裡救我朋友的。」她惱恨地說。

「妳本來也能救他們。」

她怒視著他，捏緊雙拳頂住太陽穴。「但你知道一切！」

「希歐娜！」

「難道我非得以那種方式來領悟嗎？」她低聲問。

他默然不語，迫使她自己來回答這個問題。她必須認清他的主導思維是弗瑞曼式的；還要知道，掠食者會緊跟著任何留下蹤跡的獵物，一如天啟預象裡的獵殺機器。

「黃金之路，」她輕聲說道，「我能感覺到它。」又瞪著他說：「它太殘酷了！」

「生存總是殘酷的。」

「他們無處可逃，」她小聲說，接著拔高音量，「你對我做了什麼？」

「妳企圖成為弗瑞曼式的反叛者。」他說，「但弗瑞曼人對沙漠裡的蛛絲馬跡有極強的識別能力，連縱橫交錯、肉眼很難看清的風痕都能分辨出來。」

他看到她心生悔恨，腦海裡浮現出已故戰友的形象。他知道她馬上就要生出罪惡感，並對他發火，因而趕緊說：「假如我只是召妳來聽我說幾句，妳會相信嗎？」

她幾乎被悔恨壓垮了，在面罩底下張口不住喘息。

「妳還沒活著走出沙漠。」他提醒道。

慢慢地，她止住了顫抖。他在她頭腦裡預設的弗瑞曼本能起了應有的作用，平復了情緒。

「我能活下去。」隨後她又盯著他的眼睛說，「你透過我們的情緒來讀心，是不是？」

「情緒引燃思想。」他說，「我能分辨由情緒引起的極小行為差異。」

他看到她又懼又恨地接受了自己無所遁形的現實，就像當年的莫尼奧。問題不大。他探了探他們前方的未來。是的，她能活著走出他的沙漠，因為他身旁有她留在沙地裡的足跡……但看不到她本人。在她的足跡前方，忽地冒出一片藏著某種東西的空白。而安蒂克的垂死呼號在他的預知意識裡……在蜂擁進攻的魚言士中間迴盪！

馬爾基要來了，他想，又要見面了，我和馬爾基。

雷托睜開眼睛，看見希歐娜還在瞪著自己。

「我還是恨你！」她說。

「你恨的是掠食者不可或缺的殘酷性。」

她帶著得意洋洋的惡意說道：「但我還看到了一件事！你沒能跟上我的路！」

「所以妳必須育種，保護好這條路。」

就在他說話的當下，開始下雨了。天空驟然烏雲密布，大雨傾盆而下。儘管雷托先前已感覺到氣候控制的波動，卻未料到有此突然襲擊。他知道沙厲爾有時會降雨，雨水來得快去得也快，寥寥幾個水坑，太陽一露臉就消失得無影無蹤。大多數時候，雨水連地面都碰不到，彷彿幻影一般，落到沙漠上方的高溫大氣層裡就已蒸發乾淨，隨風散盡。然而，這一場大雨卻把他淋得濕透。

希歐娜拉下面罩，抬起臉貪婪地迎上雨水，連雷托那裡發生了什麼都沒有注意到。

當第一陣雨水鑽入交疊的沙鱒皮膚縫隙時，他一下子僵住了，極度痛苦中把自己蜷成一顆球。來自沙鱒和沙蟲的兩股相反的作用力為「痛楚」一詞賦予了新含意。他感到自己正在被撕裂。沙鱒有親近水、封鎖水分的衝動，而沙蟲只覺得死神降臨了。雨滴落在哪裡，哪裡就噴出一團青煙。他的體內「工廠」開始製造純正的香料萃取物了。一縷縷青煙從他身下的水窪升起，他不停扭動呻吟。

烏雲飄遠，希歐娜過了一會兒才發現他正亂作一團。

「你怎麼了？」

他無法回答。雨雖然停了，但石頭上還沾著水，身下到處都是水窪。沒地方可躲。

希歐娜看見他身上凡沾水之處都在冒青煙。

「是水！」

右側不遠處有一塊不高的凸地沒有積水，他忍痛掙扎爬去，每壓過一處水窪都要發出哀鳴。當他終於翻上這片近乎乾燥的凸地時，痛苦才漸漸平息，他發現希歐娜就站在正對面。她假裝關切地試探道：

「水怎麼會傷到你？」

傷到？真輕描淡寫！但她的問題無法迴避。她現在知道得夠多了，只要想找就能找到答案。他遲疑了一下，開始解釋沙鱒和沙蟲各自與水的關係。她默默地仔細聽。

「但你自己還擠了點水給我……」

「香料起了隔絕的作用。」

「那你為什麼不坐車就來這裡冒險？」

「躲在帝堡或車子裡算不上是弗瑞曼人。」

她點點頭。

他看到她眼裡重新燃起叛逆之火。她不必懷有罪惡感或依賴感，她再也不能不相信他的黃金之路了，但這有什麼區別呢？他的殘暴行為仍舊不可饒恕！她可以拒絕他在大氏族裡占有一席之地。他不是人類，跟她截然不同。而且她已經掌握了毀滅他的祕密！用水包圍他，毀掉他的沙漠，挖一條製造痛苦的水溝把他圈在裡面。她覺得只要轉開頭就能對他瞞住自己的想法嗎？

我能怎麼辦？他想，她必須活下去，而我又不能對她下手。

既然他已經大致了解希歐娜的本性，何不輕輕鬆鬆丟下一切，一頭沉入自己的思考中呢？只活在自己的回憶裡，多麼誘人哪，但他的孩子們還需要再上一堂示範課，才能使黃金之路避開最後的威脅。

這是多麼痛苦的決定！他對貝尼．潔瑟睿德又生出了新的同情。他現在面臨的兩難處境和她們當初面對摩阿迪巴時的情形相當類似。她們同樣無法控制育種計畫的最終目標——我的父親。

親愛的朋友，再接再厲，向缺口衝去吧。[8]他在心裡裝模作樣地唸起了這句臺詞，差點苦笑出來，不過還是忍住了。

8 出自莎士比亞所著《亨利五世》第三幕第一景，百年戰爭中英王亨利為了鼓舞軍隊攻下眼前的法國城池而發表演說。——編注

45

只要進化的代數足夠多，掠食者就能促使獵物產生適應性變異，而此類變異又會透過回饋機制改變掠食者，繼而再度影響獵物……如此周而復始，循環往復……許多強大力量亦是如此，包括宗教在內。

——《失竊的日記》

• • •

「陛下命我通知你，你女兒還活著。」

奈拉垂眼望著辦公桌對面埋在一大堆便箋、文件和通訊設備裡的莫尼奧，用單調的聲音傳達了消息。

莫尼奧雙掌緊緊合十，盯著桌上的寶樹紙鎮在斜陽下投出的長長陰影。

他問道：「兩個人都回帝堡了？」但並沒有抬頭去看那副以標準立正姿勢站在面前的粗壯身形。

「是的。」

莫尼奧朝他左側的窗戶望出去，沙厲爾地平線上懸著燧石一般的黑幕邊界，狂風貪婪地席捲每一座沙丘頂上的沙粒，但這些他都視而不見。

「先前我們商量過的那件事呢？」他問。

「已經安排妥了。」

「很好。」他揮手示意她退下，但奈拉站著沒動。莫尼奧頗感意外，定睛看她，從她進門這還是第一次。

「我必須參加這場——」她嚥了口唾沫，「婚禮嗎？」

「這是陛下的命令。妳將成為現場唯一一個佩帶雷射槍的人。這是一種榮譽。」

她依然站在原地，目光停留在莫尼奧頭頂上某個地方。

「嗯？」他催促。

奈拉突出的戽斗微一痙攣，說：「他是神，我是凡人。」她腳跟一旋出了辦公室。

莫尼奧微微好奇這個大塊頭魚言士有什麼心結，但他的心思還是禁不住落到了希歐娜身上。她和我一樣挺過來了。現在希歐娜已經從內心感覺到黃金之路正在延伸。就像我當初那樣。他並沒有從中獲得心靈相通之感，也沒有覺得自己與女兒距離更近了。這是一個負擔，必然會束縛她的叛逆天性。沒有一個亞崔迪家的人會反對黃金之路。雷托有辦法確保這一點！

莫尼奧想起自己高舉反旗的那些日子。每晚都換一張床，永遠停不下奔跑的腳步。痛苦的往事像蛛網般黏在腦子裡，不管費多少勁去忘卻都無濟於事。

希歐娜已經被關進了籠子，跟我一樣，跟可憐的雷托一樣。

暮鐘敲響，打斷了他的思路，也啟動了辦公室燈光。他低頭看看尚未完成的神帝與赫薇·諾里的婚禮籌備工作。要辦的事太多了！過了一會兒，他按呼叫鈴，吩咐待命的魚言士助手倒杯水，再傳鄧肯·艾德侯到辦公室來。

她很快端水過來，把杯子放在桌上莫尼奧左手邊。莫尼奧看到幾根擅彈魯特琴的細長手指，但沒有抬眼看她本人。

「我派人去請艾德侯了。」她說。

他點點頭，繼續工作。他聽到她離開，這才抬起頭來喝水。

有些人活著就像夏天的飛蛾，他想，而我卻扛著永遠也卸不下的重擔。

水喝起來淡而乏味，讓他心生倦意，感到渾身乏力。他眺望著沙厲爾漸暗的餘暉，覺得按常理應該欣賞這美景的，然而自己只是在想光線變化符合自然規律。對此我無能為力。

夜幕降臨後，辦公室照明亮度自動提高，這有助於保持思慮清晰。他覺得已充分準備好接待艾德侯了。得教教這位什麼是當務之急了，馬上就教。

辦公室門開了，還是那名助手。「您要現在用餐嗎？」

「等一會。」她剛要退下，莫尼奧抬抬手，「門開著好了。」

她皺了皺眉。

「妳練練琴。」他說，「我想聽。」

她有一張嫩滑的圓潤娃娃臉，笑起來如陽光般燦爛。她轉身離去時嘴角還掛著笑意。

不久，他聽到外間響起魯特琴聲。沒錯，這個年輕的助手有天賦。低音弦急撥宛如雨點敲打屋頂，中音弦輕聲相和。也許有一天她能再進階去彈巴利斯九弦琴。他聽出了是哪首樂曲，那是低沉的秋風簌簌之聲，來自一顆不知沙漠為何物的遙遠星球。琴音宛如天籟，傷感而悲憫。

這是籠中人的悲泣，他想，關於自由的記憶。這種想法讓他自己都感到驚訝。難道自由總是離不開反抗嗎？

魯特琴聲歇，傳來低低的話語聲。艾德侯走進辦公室，莫尼奧的目光迎了上去。一縷光線使莫尼奧產生錯覺，彷彿艾德侯戴著一張鬼臉面具，只露出深凹的眼睛。艾德侯自顧自往莫尼奧對面一坐，錯覺消失了。只是又一個鄧肯而已。他換了沒有徽記的普通黑制服。

「我正在問自己一個特別的問題。」艾德侯說，「很高興你找我來，我也想問問你。莫尼奧，我的前任沒有吸取什麼教訓？」

莫尼奧一怔，坐直身子。好一個非典型的問題！忒萊素人會不會真的在這一個鄧肯身上藏了點特別的東西？

「這問題從何而來？」莫尼奧問。

「我一直像弗瑞曼人那樣思考。」

「你不是弗瑞曼人。」

「比你想的更接近。史帝加耐巴曾經說過，我可能天生是弗瑞曼人，只是來沙丘星之前連我自己都蒙在鼓裡。」

「你像弗瑞曼人那樣思考時會怎麼樣？」

「你應該記得一句話：不願與之共亡的人，亦不可為伍。」

莫尼奧把手掌按在桌面上。艾德侯臉上露出狼一般的微笑。

「那你來這裡幹什麼？」莫尼奧問。

「我猜你也許是個好夥伴，莫尼奧。我問自己為什麼雷托會把你當成最親密的心腹。」

「我通過了考驗。」

「和你女兒一樣？」

他已經知道他倆回來了。這代表有幾個魚言士會向他通風報信……要麼就是神帝召見過鄧肯……

不可能，否則我會知道的。

「考驗永遠不一樣。」莫尼奧說，「給我的安排是獨自走進一座洞穴迷宮，隨身只帶一袋乾糧和一小瓶香料萃取物。」

「你選了哪個？」

「什麼？喔……如果你接受考驗就會知道。」

「雷托有一面我壓根不了解。」艾德侯說。

「我沒跟你說過這件事嗎？」

「其實你也不了解那個雷托。」艾德侯說。

「因為他是這個宇宙有史以來最孤獨的人。」莫尼奧說。

「別跟我耍情緒上的花招博取同情。」艾德侯說。

「情緒花招，嗯，好。」莫尼奧點點頭，「神帝的情緒就像一條河——沒有阻礙時波瀾不興，遇到一點點阻礙就會泛起泡沫和浪頭。他是不可阻擋的。」

艾德侯環視明亮的辦公室，再把目光投向黑漆漆的夜空，想到外面某處流淌著已馴服的艾德侯河。他把視線轉回莫尼奧，問道：「關於河流你知道些什麼？」

「在我年輕時，他派我出公差，我竟把生命託付給一條船，先是漂浮在河上，而後又漂到前後看不見岸的海上。」

談話間，莫尼奧突然覺得觸及了一條指向雷托某些深層真相的線索。這種感覺讓莫尼奧陷入了沉思，他回憶起那顆遙遠的星球，那片茫茫的大海。旅途第一晚起了一場風暴，輪船深處不知從哪裡傳來費力的引擎聲，沙沙沙沙沙，令人煩躁不安。他在船長的陪同下站在甲板上，注意力一次次被引擎聲吸引又遠離，就像是不斷掠過又出現的墨綠色水面起伏。船體每一次墜落，都像一記重拳把大海開腸剖肚。輪船發瘋般上下狂顛，浸得透溼，往上……往上，往下！恐懼壓得他肺部發疼。輪船無數次俯衝進企圖摧毀他們的海水之中，堅硬的海面不停炸起白色水花，砸在甲板上，一小時又一小時，一片海域又一片海域……

這一切都是指向神帝的線索。

他既是風暴，又是船。

莫尼奧盯著坐在對面的艾德侯。在辦公室的冷光下，此人沒有一絲不安，只有一腔渴望。

「你不打算幫我弄清其他鄧肯．艾德侯沒有吸取的教訓是什麼嗎？」艾德侯說。

「我會幫你。」

「那麼我始終沒有吸取的教訓是什麼呢？」

「如何信任。」

艾德侯從桌前退後，瞪著莫尼奧，用粗啞的嗓音說道：「我會說我信任過頭了。」

莫尼奧毫不退讓：「你是怎麼信任別人的？」

「你是什麼意思？」

莫尼奧把手擱在大腿上。「你選擇男性夥伴，只看他們能不能站在你所謂正義的一邊去戰鬥和犧牲；你選擇女性夥伴，只看她們能不能與你的陽剛標準形成互補。你聽不進不同意見，即便是善意的也一樣。」

辦公室門口有動靜。莫尼奧抬頭正見希歐娜進門。她停下腳步，一手撐在腰間。

「嗯，父親，又是你那套老把戲，我看出來了。」

艾德侯連忙轉頭看她。

莫尼奧仔細打量她，尋找變化的跡象。她洗過澡，換上了新制服——魚言士指揮官的黑金雙色軍服，但臉和手暴露了她在沙漠裡經歷的磨難。她瘦了，顴骨凸了出來。藥膏遮不住嘴唇上的裂口，雙手靜脈隆起。她的目光似已飽經滄桑，而表情就像嚼過苦藥渣。

「我聽你們兩個在聊。」她說。她把手從腰部放下，往裡走了一點。「你怎麼敢提善意，父親？」

艾德侯注意到她那身軍服。他抿嘴思忖起來。*魚言士指揮官？希歐娜？*

「我了解妳吃的苦頭。」莫尼奧說，「我也有過類似的感受。」

「真的嗎？」她又上前幾步，站在艾德侯身邊。艾德侯依然若有所思地盯著她。

「我非常高興看到妳活下來了。」莫尼奧說。

「看到我安然無恙地被神帝收編，你不知有多得意吧？」她說，「你等了那麼久才有了個孩子，現在看哪！看看我現在有多成功。」她慢慢轉了一圈展示自己的軍服，「魚言士指揮官。手底下只有一個人的指揮官，但畢竟是指揮官。」

莫尼奧克制自己，用公事公辦的冷靜語氣說：「坐下。」

「我喜歡站著。」她俯視艾德侯仰起的臉，「啊，鄧肯．艾德侯，分配給我的伴侶。你不覺得有意思嗎，鄧肯？陛下說遲早要把我安排進魚言士的領導階級。在此之前，我有個勤務兵。你認識一個叫奈拉的人嗎，鄧肯？」

艾德侯點點頭。

「真的？我倒好像不認識她。」希歐娜望向莫尼奧，「我認識她嗎，父親？」

莫尼奧聳了聳肩。

「你剛才還提到信任，父親。」希歐娜說，「位高權重的莫尼奧信任誰呢？」

艾德侯轉臉看總管有什麼反應。他看上去正強忍著不發作。是生氣嗎？不……是別的。

「我信任神帝。」莫尼奧說，「我要把他的願望傳達給你們倆，希望這能讓你們明白點什麼。」

「他的願望！」希歐娜奚落道，「聽到了嗎，鄧肯？神帝的諭令現在改叫願望了。」

「你直說吧。」艾德侯說，「我知道我們無論如何都沒得選擇。」

「你始終有選擇。」莫尼奧說。

「別聽他的。」希歐娜說，「他有得是花招。他們想叫我倆投入彼此的懷抱，多生養些跟父親差不多的人出來。你的後代，我的父親！」

莫尼奧臉色變白。他雙手緊緊抓住桌沿，身子朝前傾。「你們兩個都是蠢貨！但我會想辦法挽救你們的。你們自己不學好，我卻不能撒手不管。」

艾德侯看見莫尼奧面頰顫動、目光如炬，意外地心生感動。「我不是他的種男，但我聽你的。」

「大錯特錯。」希歐娜說。

「住嘴，女人。」艾德侯說。

她低頭怒視艾德侯的頭頂。「別跟我這樣說話，否則我會把你的脖子繞在你腳踝上！」

艾德侯愣了一下，開始轉身。

莫尼奧苦著一張臉，揮手示意艾德侯坐著別動。「我提醒你，鄧肯，她還真辦得到。連我都不是她的對手，沒忘記你對我動手那次吧？」

艾德侯快速深吸一口氣，緩緩吐出，說：「該說什麼你就說吧。」

希歐娜往莫尼奧的桌緣一坐，低頭看著兩個人。「這樣就好多了。」她說，「讓他說，不過別聽。」

艾德侯緊緊抿住嘴唇。

莫尼奧鬆開抓著桌沿的手，往後一靠，看看艾德侯，又望望希歐娜。「神帝和赫薇・諾里的婚禮我差不多安排好了。婚禮期間我希望你們兩個避一避。」

希歐娜疑惑地看著莫尼奧。「這主意是你的還是他的？」

「我的！」莫尼奧回瞪著女兒，「妳沒有榮譽感和責任感嗎？跟他在一起妳什麼也沒學到嗎？」

「哦，你學到的我都學到了，父親。我給出了承諾，也會兌現。」

「那麼妳會統率魚言士？」

「要看他什麼時候把指揮權交給我。你知道，父親，他比你可狡猾多了。」

「你要把我們支開到哪裡去？」艾德侯問。

「那也得我們先同意。」希歐娜說。

「沙厲爾邊緣有個示範區弗瑞曼人的小村莊，」莫尼奧說，「叫托諾。這個村子條件還不錯，有岩壁遮陰，岩壁另一邊是河。村裡有口井，食物也不錯。」

托諾？艾德侯好奇起來。這名字聽起來頗耳熟。「去泰布穴地要經過一個托諾盆地。」他說。

「而且長夜漫漫，沒有娛樂活動。」希歐娜說。

艾德侯狠狠瞪了她一眼。她也不甘示弱地回瞪。「他要我們配種，去迎合蟲子的意思。」她說，「蟲子需要我肚子裡懷上寶寶，生出來好供他折騰。要我照做，除非他死了！」

艾德侯呆呆地看著莫尼奧。「要是我們不去呢？」

「我想你們會去的。」莫尼奧說。

希歐娜嘴角抽搐了一下。「鄧肯，你見過這種沙漠小村莊嗎？沒設施，沒……」

「我見過泰伯村。」艾德侯說。

「我敢說跟托諾村一比它就是大都市。我們的神帝不會在一堆泥房子中間舉辦婚禮的。喔，不。托諾村就是一堆泥房子，什麼便利設施也沒有，跟原始弗瑞曼人的住地差不多。」

艾德侯盯著莫尼奧說道：「弗瑞曼人不住泥屋。」

「誰管他們在哪裡搞邪教膜拜把戲。」希歐娜不屑地說。

艾德侯的視線仍然沒有離開莫尼奧。「真正的弗瑞曼人只信奉一事，就是正直的品性。與住得舒不舒服相比，我更關心這個。」

「別指望我會讓你舒服！」希歐娜插嘴道。

「我什麼都不指望妳。」艾德侯說，「莫尼奧，我們什麼時候要去這個托諾村？」

「你打算去？」她問。

「我考慮接受妳父親的好意。」艾德侯說。

「好意！」她看看艾德侯又瞧了瞧莫尼奧。

「你們馬上出發。」莫尼奧說，「我已經選了一組魚言士，由奈拉帶隊護送你們去托諾村並安排食宿。」

「奈拉？」希歐娜問，「真的？她要跟我們在一起？」

「直到完婚那一天。」

希歐娜慢慢點了點頭。「那我們同意。」

「別代表我！」艾德侯插了一句。

希歐娜莞爾一笑。「抱歉。我能否恭請絕不會碰我的鄧肯．艾德侯大人一同前往該原始駐地？」

艾德侯挑起眉毛仰望她。「妳絕不用擔心我會把手擱在哪。」他又把目光轉向莫尼奧。「你是出於好意嗎，莫尼奧？是出於好意才把我支開的嗎？」

「這是個信任問題。」希歐娜說，「他信任誰？」

「我和你女兒不去也得去嗎？」艾德侯追問。

希歐娜站起身。「要麼我們接受，要麼當兵的把我們五花大綁押到那裡。他臉上明明白白寫著呢。」

「實際上我沒選擇囉？」艾德侯說。

「你有一個人人都有的選擇，」希歐娜說，「馬上死，還是晚點再死。」

艾德侯仍舊盯著莫尼奧。「莫尼奧，你真正的目的是什麼？你不願滿足我的好奇心嗎？」

「好奇心讓很多人在絕境中活了下來，」莫尼奧說，「我想讓你活下去，鄧肯。我以前從來沒這樣做過。」

46

沙丘星幾乎無處不是年代悠久的沙漠，收服這漫天揚塵、用水土將塵沙固著於地表，花了將近一千年時間。厄拉科斯星已有約兩千五百年沒見過沙暴了。當年一場風暴就能捲起兩百億噸沙塵，將天空蒙上一片銀灰色。弗瑞曼人有言：「沙漠是一名外科大夫，能切膚劃肌，揭表見裡。」星球和人一樣都有層次結構，這一點顯而易見。我的沙厲爾僅僅是對過往的無力緬懷。我必須成為現今的沙暴。

——《失竊的日記》

• • •

「你沒跟我商量就把他倆送去托諾村了？真讓我意外啊，莫尼奧！你很久沒這麼有主見了。」

在昏暗的地下墓殿中央，莫尼奧低頭站在離雷托約十步遠處，使盡渾身解數不讓自己發抖，同時又意識到這點花招可能早被神帝看穿了。此時已近午夜，之前雷托讓總管等了又等。

「但願我沒有冒犯陛下。」莫尼奧說。

「你把我逗樂了，不過也別高興。近來，是悲是喜我已經分不清了。」

「原諒我，陛下。」莫尼奧低聲說。

「你在請求什麼樣的原諒？你總是離不開別人的評判嗎？你的宇宙不能自行運轉嗎？」

莫尼奧抬眼望向那張可怕的兜帽形臉龐。他既是船又是風暴，彷彿日落之情景自生自息。莫尼奧感到自己已經站在恐怖真相的邊緣。神帝的目光鑽進他的身體，正在灼燒刺探他。「陛下，您想要我怎麼做？」

「我要你對自己有信念。」

莫尼奧只覺體內有什麼東西就要炸開了。「那麼我沒有跟您商量就……」

「你真有悟性，莫尼奧！小人物企圖爬到別人頭上，就會摧毀別人對他們的信念。」

莫尼奧覺得這些話一股腦砸了過來，既帶有責難，也隱含著坦白。他感到某種令人生畏卻又讓人依戀的東西正在遠去。他想說點什麼把它找回來，腦子卻一片空白。也許問問神帝……

「陛下，只求您能說說您的想法，關於……」

「我的想法轉瞬即逝！」

雷托俯視莫尼奧。總管那亞崔迪鷹勾鼻上方的一對眼睛真古怪——節拍器似的臉型搭配了一雙自由詩般散漫的眼睛。馬爾基快來了！馬爾基快來了！馬爾基快來了!?莫尼奧聽到這個有節奏的聲音了嗎？

莫尼奧痛苦得想大喊大叫。他原本能感覺到的依傍——已經無影無蹤了！他雙手捂住嘴。

「你的宇宙是一個二維沙漏。」雷托責怪道，「你為什麼要阻擋沙子流動？」

莫尼奧放下雙手，嘆了口氣。「陛下，您想聽聽婚禮的安排嗎？」

「別煩我！赫薇在哪裡？」

「魚言士正在幫她準備……」

「你跟她商量過婚禮的安排了嗎？」

「是的，陛下。」

「她沒意見？」

「是的，陛下，但她怪我安排的環節只重數量不重品質。」

「這不是一針見血嗎，莫尼奧？她有沒有看出魚言士的不安？」

「我想有，陛下。」

「我結婚這件事讓她們很焦慮。」

「所以我把鄧肯支開了，陛下。」

「當然是這樣，希歐娜也跟他……」

「陛下，我知道您考驗過她，她……」

「她和你一樣深切地感知到了黃金之路，莫尼奧。」

「那我為什麼還怕她，陛下？」

「因為你把原因看得比什麼都重。」

「但我偏偏不知道自己害怕的原因！」

雷托微微一笑。這就好比在一座無限大的露天劇場裡玩透明骰盅。莫尼奧的情感只在這個迷你舞臺上有精彩表演。他從沒發現自己離舞臺邊緣有多近！

「莫尼奧，你為什麼總是從連續的整體中孤立出一個個現象？」雷托問，「當你看到一道光，你會特別留意光譜中的某一種顏色嗎？」

「陛下，我不明白！」

雷托閉上眼睛，想起他曾無數次聽過這句呼喊。呼喊者的面孔層層疊疊地混淆在一起。他睜開眼抹去全部畫面。

「只要有一個人活下來看著這些顏色，它們就不會走向線性的死亡，即使你死了也不會，莫尼奧。」

「陛下，您說的這些顏色是怎麼回事？」

「連續性、永恆、黃金之路。」

「您能看到我們看不見的東西，陛下！」

「因為你不願去看！」

莫尼奧頭顱低垂。「陛下，我知道您進化得比我們快，所以我們崇拜您……」

「該死，莫尼奧！」

莫尼奧猛地抬頭，驚恐地盯著雷托。

「當世俗權力超越宗教，文明就會崩塌！」雷托說，「你為什麼看不出來？赫薇就看得明白。」

「她是伊克斯人，陛下。也許她……」

「她是魚言士！天生就是，她生下來就是為了獻身於我。不！」莫尼奧剛要開口，雷托就抬起一隻小手制止，「魚言士心裡不太平，因為我會稱她們為我的新娘，而現在，她們看到一個沒受過賽艾諾克訓練的陌生人比自己知道得還要多。」

「怎麼會，陛下，您的魚……」

「你說什麼？每個人總會知道自己是誰、自己應該幹什麼。」

莫尼奧張了張嘴又閉上了，什麼也沒說。

「小孩子都是明白事理的。」雷托說，「只是大人會把他們弄糊塗，搞得他們把已經明白的也隱藏起來，最後連自己都蒙在鼓裡了。莫尼奧！釋放你自己！」

「陛下，我做不到！」莫尼奧撕心裂肺地吶喊，並痛苦地顫抖起來，「我沒有您的能力、您的知識……」

「夠了！」

莫尼奧沉默，但身體還在發抖。

雷托柔聲說道：「沒關係，莫尼奧。我對你要求太高，我看得出你盡力了。」

莫尼奧慢慢止住顫抖，大口大口喘息。

雷托說：「我的弗瑞曼式婚禮有一些變動。水環不用我妹妹珈尼瑪的，改用我母親的。」

「陛下，用荃妮女士的嗎？但她的水環在哪裡？」

雷托在帝輿上扭動龐大身軀，指了指左側兩條隧道的交會處，昏暗的燈光照著厄拉科斯星最早一批亞崔迪家成員的壁龕。「在她的墓穴裡，第一個壁龕。莫尼奧，你取出水環，帶到婚禮上來。」

莫尼奧注視著地下墓殿陰暗的另一頭。「陛下……這會不會有失敬意……」

「莫尼奧，你忘了誰住在我心裡。」雷托改用荃妮的嗓音說：「我可以隨意處置我自己的水環！」

莫尼奧畏懼地應道：「是，陛下。我會把水環帶到泰伯村……」

「泰伯村？」雷托已恢復平常的聲音，「我改變心意了。婚禮將在托諾村舉行！」

47

大多數文明建立在怯懦之上，教人怯懦是教化民眾的捷徑。你降低能培養勇敢的標準，你削弱意志，扼制欲望，畫地為牢。你為一舉一動都設定規範，你不承認存在無序狀態，你甚至教導孩子放慢呼吸頻率。最終，你得到順民。

——《失竊的日記》

• • •

艾德侯一近看托諾村就嚇呆了。這裡就是弗瑞曼人的家？

黎明時分，一隊魚言士把艾德侯與希歐娜帶出帝堡，塞進一架大型撲翼機，一旁還停放了兩架較小的護衛機。機隊低速飛行了將近三小時，降落在一座扁圓形塑石機庫旁。此地距托諾村近一公里遠，中間隔著幾座古老的沙丘，間雜著矮灌木的瘠地草披覆在沙丘上，使其形態保持不變。他們走在下坡路上時，村莊背靠的岩壁變得愈來愈高，直至聳入雲天，相形之下，山腳下的村莊則顯得愈來愈小。

「示範區弗瑞曼人基本上沒沾染過異星技術。」奈拉解釋，其他隊員正忙著把撲翼機停入低矮的機庫。一名魚言士已領命小跑前往托諾村去通報。

希歐娜整個航程幾乎一言未發，但她一直在偷偷打量奈拉。

在晨光下翻越沙丘時，有那麼一會兒，艾德侯試著想像自己回到了舊時代。植被底下的沙地清晰可見，沙丘之間的谷地分布著焦土、枯草和光禿禿的灌木。三隻禿鷲雙翅橫展，翼尖岔開，在天穹盤旋——弗瑞曼人稱之為「高空搜索」。艾德侯本想跟身旁的希歐娜說說禿鷲的習性，當這些食腐動物開始下降時，你才需要小心。

「我聽說過禿鷲的事了。」她冷冷地說。

艾德侯注意到她上嘴唇汗涔涔的。簇擁著他倆的其他隊員散發出摻有香料氣息的汗味。

他不斷發現過去與現在的差別，所以老是在想像中出戲。配發給他們的蒸餾服徒有其表，並不能有效地收集身體水分。真正的弗瑞曼人絕不會把生命託付給這種蒸餾服，即使是在眼前這個能聞到水源味的地方也不行。奈拉的魚言士小隊走路時也不像弗瑞曼人那樣悄無聲息，她們如同孩子一樣嘰嘰喳喳。

希歐娜在他身旁費力跋涉，對誰都沒好臉色。她的目光不時落在奈拉的虎背熊腰上。奈拉闊步走在最前，領先其他人幾步。

這兩個女人之間怎麼了？艾德侯想。奈拉對希歐娜顯得忠心耿耿，不管希歐娜說什麼她都一字不漏地豎耳傾聽，不管希歐娜有什麼異想天開的吩咐她都照辦……除了不會違背帶他們去托諾村的命令，奈拉對希歐娜唯命是從，尊稱她為「指揮官」。兩個人之間另有隱情，正因如此奈拉才保持著敬畏之心。

終於，他們走上了通往村莊及村後岩壁的下坡路。從空中俯瞰，托諾村由一片反光的矩形組成，恰好落在岩壁的陰影之外。而從這裡近距離望過去，村子變成了一堆破敗的小屋，閃亮的礦物顆粒和金屬碎片凸顯出牆面上的渦卷花飾——然而愈想裝點門面，愈顯得寒酸。最大的一間房子上豎著根金屬杆，一面破破爛爛的綠旗飄在杆頂。陣陣微風把垃圾和未加蓋的化糞池的氣味送進艾德侯的鼻孔。

一條村中幹道正對著他們，在植被稀疏的沙地上延伸了一段距離，末端是參差不齊的路面斷頭。

身穿長袍的接待團在插綠旗的房子附近等候，奈拉先前派去通報的那名魚言士也在裡面。艾德侯數了數，接待團一共八人，全是男性，身上所穿似是正宗的深褐色弗瑞曼長袍。其中一人兜帽下醒目地繫著一根綠色頭帶——無疑是耐巴。孩子們捧著花站在一側，後面的小巷裡能看見戴黑兜帽的女人正在朝這邊觀望。艾德侯發現整個場面令人喪氣。

「趕緊打發掉他們完事。」希歐娜說。

奈拉點點頭，率先下坡走向街道。希歐娜和艾德侯與她保持幾步距離。其他人三三兩兩跟在後面，嘴巴已經安靜下來了，她們四處張望，毫不掩飾好奇心。

奈拉走近接待團時，繫綠頭帶的那位迎上前來，躬身致意。他的動作像老人，但艾德侯看出來他其實並不老，將近中年，兩頰光潤無皺紋，粗短的鼻子上沒有呼吸過濾管的摩擦疤痕。還有眼睛！這雙眼睛的瞳孔清晰可見，並不像香料上癮者那樣全是一片藍色，而且他的眼珠是棕色的，弗瑞曼人竟然是棕色眼睛！

「我叫加倫，」那男人向站在面前的奈拉自我介紹，「是此地的耐巴。謹向光臨托諾村的諸位致以弗瑞曼式的歡迎。」

奈拉舉手過肩朝站在身後的希歐娜和艾德侯做了個手勢。「客人的住處備妥了嗎？」

「弗瑞曼人好客是出了名的。」加倫說，「都備妥了。」

艾德侯覺得這裡不但氣味刺鼻，聲音也刺耳。右邊就是那座插綠旗的房子，他從敞開的窗戶望進去。亞崔迪的旗幟居然飄在這上頭？裡面是一間低矮的禮堂，盡頭有一座貝形舞臺，中央一座小講臺。他看到一排排座椅和醬紫色地毯。怎麼看都是個針對觀光客的娛樂表演場所。

一陣腳步拖動聲把艾德侯的注意力拉回加倫身上。孩童繞過接待團擠上前來，用髒兮兮的手捧出一簇簇俗豔的紅花。花已經枯萎了。

加倫準確認出了希歐娜軍服上魚言士指揮官特有的金滾邊，就向她請示起來。「您想觀看弗瑞曼儀式表演嗎？」他問，「比如音樂？舞蹈？」

奈拉從一個孩子手裡收下一束花，嗅了嗅，打了個噴嚏。

另一個頑童把花伸向希歐娜，睜大雙眼抬頭瞧著她。她看也沒看那孩子就接過了花。艾德侯乾脆朝著正要靠近的孩子揮手驅趕。孩子們盯著艾德侯猶豫了一下，隨即繞開他奔向其他人。

加倫對艾德侯說：「如果您賞他們幾塊錢，他們就不會來煩您了。」

艾德侯十分驚愕，這就是弗瑞曼孩子所受的教育？

加倫轉向希歐娜，開始介紹村子的布局，奈拉在一旁聽著。

艾德侯離開他們沿街道走去，發現自己成了眾目睽睽的焦點，而當他回視時那些目光又都躲開了。房舍牆面上的裝飾絲毫無法掩飾這地方的破敗，讓他大倒胃口。他透過一扇敞開的門往禮堂內部瞧去。托諾村處處散發著不和諧，枯萎的花瓣和加倫討好的言語都透著一股苦苦掙扎的意味。換一個時間和星球，這就是一座驢子滿街跑的村子——腰上繫繩子的農民會擠過來遞請願書。他能從加倫的聲音裡聽出哭訴與哀求。這些不是弗瑞曼人！這些可憐蟲生活在邊緣地帶，竭力想抓住一點點舊時代的殘磚斷瓦，然而往昔還是離他們愈來愈遠。雷托把這裡變成了什麼？這些示範區弗瑞曼人完全迷失了方向，只剩下苟活，鸚鵡學舌般重複著一些老話，他們不理解其中的意義，甚至連發音都不正確！

艾德侯回到希歐娜身邊，彎腰細看加倫那件褐色長袍的剪裁。為了省布料，袍子緊繃繃地箍在他身上，底下露出光滑的灰色蒸餾服，直接暴露在陽光下，真正的弗瑞曼人絕不會這麼做。艾德侯看了看接待團其他成員，發現他們清一色穿著布料能省則省的袍子。這也反映了他們的情緒特點。穿上這種袍子動作幅度不能過大，也不能太隨意。這種服裝把整個群體都束縛住了！

艾德侯感到一股厭惡湧上心頭，他疾步上前，一把扯開加倫的袍子，想看看裡面的蒸餾服。果然不出所料！蒸餾服也是冒牌貨——既無袖子，又無靴泵！

加倫朝後一退，一隻手按住刀柄，這把刀別在腰帶上，袍子一扯開便露了出來。「喂！你幹什麼？」

加倫怒道，「可別亂碰弗瑞曼人！」

「你？弗瑞曼人？」艾德侯反唇相譏，「我和弗瑞曼人朝夕相處過！我和弗瑞曼人一起打過哈肯能家的人！我和弗瑞曼人並肩戰死過！你？你就是個冒牌貨！」

加倫緊按在刀把的指關節已經發白。他問希歐娜：「這個人是誰？」

奈拉大聲答道：「這位是鄧肯．艾德侯。」

「那個甦亡人？」加倫的目光重又轉回艾德侯臉上，「我們從來沒見過甦亡人。」

艾德侯覺得自己幾乎控制不住要血洗這個村子了，就算為此喪命也無所謂，反正這條小命永遠也死不了，一些根本不把他當回事的人還會讓他復活的。我是舊型號，沒錯！但他們連弗瑞曼人都不是。

「要麼拔刀，要麼把手拿開。」艾德侯說。

加倫迅速移開按著刀把的手。「這不是真刀，」他說，「裝飾用的。」他的口氣變得熱情起來，「真刀我們也有，連晶刃匕都有！都鎖在展示櫃裡保護起來了。」

艾德侯忍不住仰頭大笑，希歐娜也笑了，但奈拉顯得很謹慎，其他魚言士聞聲而來，警惕地將他們圍在中間。

這笑聲對加倫起了奇怪的效果。他低下頭，雙手緊扣，但艾德侯早已注意到這雙手在發抖了。加倫再次抬起頭來，從濃眉下望著艾德侯。艾德侯突然醒悟過來。加倫的自我意識彷彿被一只鐵靴碾得只剩下畏懼與屈從了。此人眼睛裡流露出見機行事的神情。不知何故，艾德侯想起了《奧蘭治合一聖書》裡的一段話。他自問：就是這些順民會把我們慢慢耗盡再接管宇宙嗎？

加倫清了清嗓子說：「鄧肯．艾德侯甦亡人是否有興趣親眼看看我們的習俗和儀式，並提出寶貴意見呢？」

這哀求讓艾德侯感到害臊。他不假思索地說：「我會把所有我了解的弗瑞曼人的一切都教給你們。」他抬眼看見奈拉對他面露不悅。「我也好打發時間。」他說，「誰知道呢？也許能帶回一些弗瑞曼人的真材實料。」

希歐娜說：「我們不需要玩古老的膜拜把戲！帶我們去宿舍。」

奈拉尷尬地低下頭，撇開目光，對希歐娜說：「指揮官，有件事我沒敢跟您說。」

「就是妳必須確保我們待在這個骯髒的地方。」希歐娜說。

「喔，不是！」奈拉抬頭看著希歐娜，「你們能去哪裡？這岩壁爬不上去，牆的另一頭也只有一條河。另一邊是沙厲爾。唔，不是這個……是別的事。」奈拉搖搖頭。

「快說！」希歐娜厲聲喝道。

「我接到嚴正命令，指揮官，不敢不服從。」奈拉掃了一眼其他隊員，重又望著希歐娜說，「您和……鄧肯．艾德侯必須住在一起。」

「我父親下的命令？」

「指揮官，據說是神帝親自下的令，我們不敢不服從。」

希歐娜直視著艾德侯。「我們最後一次在帝堡見面時我對你的警告，你還記得吧，鄧肯？」

「我的手只聽憑我自己的意願，」艾德侯吼道，「而我的意願妳應該清楚得很！」

她略一點頭，從艾德侯轉向加倫。「在這個破地方睡哪裡不一樣呢？帶我們去。」

加倫的反應讓艾德侯感到意外——他朝艾德侯轉過臉，躲在弗瑞曼兜帽裡偷偷眨了眨眼，表示心照不宣，這才領著他們沿骯髒的街道走去。

48

是什麼最直接威脅到我的統治？告訴你，是真正的先知先覺者，一個站在神面前又清醒地意識到這一點的人。先知先覺的狂喜會釋放出性愛般的能量——除了創造，別的一概不在乎。種種創造行為大同小異。一切都取決於所見之幻象。

——《失竊的日記》

‧‧‧

雷托躺在小帝堡塔樓高高的帶頂陽臺上，沒有乘坐帝輿。他壓抑焦躁不安的情緒，知道這是因為與赫薇‧諾里完婚的日子不得不延後了。他朝西南方眺望，在漸暗的地平線另一邊，鄧肯、希歐娜和他們的下屬已經在托諾村待了六天。

延遲婚期是我自己不好，雷托想，是我臨時更改婚禮地點，可憐的莫尼奧又得重新籌備了。

當然，現在還有馬爾基的事。

這些要緊事都無法跟莫尼奧解釋。雷托聽見他在高空廳堂的正廳裡走來走去，正為自己離開婚禮籌備指揮所而擔心。莫尼奧真是愛操心！

雷托望著低懸在地平線上的太陽，最近的一場風暴將落日變成了暗橙色。沙厲爾以南的雲層下潛伏著一場雨。在長長的沉默中，雷托一直凝視著這場沒頭沒尾的雨。雲層生自鐵灰色的天幕，雨絲清晰可見。他感覺身不由己地被記憶裹住了。這種情緒很難擺脫，心中幾句古詩輕輕脫口而出。

「您在說話嗎，陛下？」莫尼奧的聲音從雷托的近旁傳來。雷托只轉了轉眼珠，看見這位忠心的主管正專注地等待下文。

雷托把詩句譯成凱拉赫語：「夜鶯在李樹上築巢，可她如何與風對抗？」[9]

「這是一個問題嗎，陛下？」

「老問題了，答案很簡單，讓夜鶯守著她的花。」

「我不明白，陛下。」

「別老說明擺著的事，莫尼奧。你這樣我很煩。」

「原諒我，陛下。」

「我還能怎麼辦？」雷托端詳著莫尼奧沮喪的神情，「你和我，莫尼奧，不管我們做什麼，都是在演一場好戲。」

莫尼奧盯著雷托的面孔。「陛下？」

「酒神巴克斯的宗教節慶儀式孕育了希臘戲劇，莫尼奧。宗教往往發展出戲劇。人們將要看到我們的精彩表演。」雷托再次轉頭遙望西南方地平線。

一陣風聚攏了雲朵。雷托覺得應該能聽見狂風掃過沙丘的聲音，但高塔上的廳堂裡只有泛著回音的寂靜，伴著極微弱的嘶嘶風聲。

「雲。」他低聲吟道，「我願再飲一樽月光，古老的海衝撞我的腳，薄雲緊貼我幽暗的天穹，藍灰

9 出自艾茲拉．龐德所翻譯的日本能劇《弦上》。——編注

色斗篷披在肩上，近處傳來蕭蕭馬鳴。」

「陛下很煩惱。」莫尼奧說，聲音裡流露出的同情讓雷托頓感揪心。

「過去的影子在發光，」雷托說，「它們從來不肯讓我安寧。我聆聽鄉村小鎮黃昏時的鐘鳴尋求撫慰，但它只說，我才是此處的聲音與靈魂。」

說話間，夜幕籠罩了塔樓。四周的自動燈亮起。雷托向外遠眺，雲上飄浮著一號月亮那彎細細的月牙，厄拉科斯星的橙色反光依稀勾勒出它的圓形輪廓。

「陛下，我們為什麼來這裡？」莫尼奧問，「您為什麼不告訴我？」

「我喜歡看你吃驚的樣子。」雷托說，「一艘宇航公會的接駁艦馬上就要降落在這裡。我的魚言士會帶馬爾基過來。」

莫尼奧猛吸一口氣，憋了一會兒才吐出來。「赫薇的……叔叔？就是那個馬爾基？」

「你很訝異你對這件事毫無預警。」雷托說。

莫尼奧全身打了個冷顫。「陛下，您只要想保密……」

「莫尼奧？」雷托的話音裡帶著和氣的勸說口吻，「我知道馬爾基給你的誘惑比誰都大……」

「陛下！我從沒……」

「我知道的，莫尼奧。」雷托的口氣依然溫和，「嚇唬你一下能使記憶更鮮活。不管我有什麼要求你都隨時準備衝鋒陷陣。」

「我能為……為陛下做什……」

「也許我們不得不除掉馬爾基。他是個麻煩。」

「我？你要我……」

「也許。」

莫尼奧嚥了口唾沫：「那個聖母……」

「安蒂克死了。她很盡責，可惜死了。魚言士襲擊了馬爾基藏身的那個……地方，那一仗打得極慘烈。」

「沒有安蒂克更好。」莫尼奧說。

「我理解你對貝尼．潔瑟睿德的不信任，但我寧願安蒂克別以這種方式離開我們。她待我們是忠誠的，莫尼奧。」

「聖母是……」

「貝尼．忒萊素和宇航公會都想知道馬爾基的祕密。」雷托說，「他們見我們對伊克斯人有行動，就搶在魚言士之前出手了。安蒂克……哎，只能拖住他們一小段時間，不過已經夠了。魚言士包圍了那個地方……」

「陛下，馬爾基的『祕密』是什麼？」

「假如一樣東西憑空消失，」雷托說，「其中透露的資訊不亞於一樣東西突然出現。空蕩蕩的地方總是值得研究一番的。」

「陛下指的是什麼意思，空蕩蕩……」

「馬爾基沒有死！當然我本該知道的。他消失的時候究竟去了哪裡？」

「從您眼裡……消失？陛下……您是說伊克斯人……」

「他們改進了很久以前給過我的一種設備，神不知鬼不覺地慢慢改進，還將它一層套一層地掩蓋起來，但我注意到了那些陰影。我感到意外，這讓我高興。」

莫尼奧思索著這句話。一種設備能瞞住……啊！神帝有幾次提過一種東西，能隱藏他記下的想法。莫尼奧說：

「馬爾基帶來的祕密是……」

「喔，沒錯！但這不是馬爾基真正的祕密。他心裡還藏著別的，沒想到我會起疑。」

「別的……可是，陛下，如果他們連您也瞞得住……」

「現在很多人都能做到這點，莫尼奧。他們在魚言士的軍事壓力下向各地逃散，伊克斯設備的祕密也就傳得愈來愈遠了。」

莫尼奧緊張地睜大眼睛。「陛下，假如有誰……」

「如果他們學聰明了，就不會留下蛛絲馬跡。」雷托說，「告訴我，莫尼奧，關於鄧肯，奈拉是怎麼說的？現在要向你直接彙報，她有沒有怨恨？」

「只要是陛下的命令……」莫尼奧清了清嗓子。他不明白神帝為什麼剛提到蛛絲馬跡，馬上又說起鄧肯和奈拉來了。

「是的，當然。」雷托說，「不管我下什麼命令，奈拉都會服從。她是怎麼說鄧肯的？」

「他沒有跟希歐娜育種的意思，如果這是陛下的……」

「他和我的傀儡耐巴加倫還有其他示範區弗瑞曼人相處得怎麼樣？」

「鄧肯和他們聊老傳統，聊跟哈肯能氏族的戰鬥，聊第一批定居厄拉科斯星的亞崔迪氏族。」

「沙丘星！」

「是，沙丘星。」

「正因為沙丘星不復存在，弗瑞曼人也就消失了。」雷托說，「你把我的訊息傳給奈拉了嗎？」

「陛下，您為什麼要冒險？」

「訊息傳了沒？」

「已派傳令兵去托諾村了，不過我還能把她召回來。」

「不得召回！」

「但是，陛下……」

「她會對奈拉說什麼？」

「說……說您命令奈拉繼續無條件絕對服從小女，除非……陛下！這太危險了！」

「危險？奈拉是魚言士，她會服從我。」

「但希歐娜……陛下，我擔心小女不能全心全意效忠於您。而奈拉……」

「奈拉不可動搖。」

「陛下，還是把您的婚禮安排在其他地方吧。」

「不！」

「陛下，我知道您已經預見到……」

「黃金之路在延續，莫尼奧。你和我一樣清楚。」

莫尼奧嘆了口氣。「您擁有無限，陛下。我沒有質疑……」他突然煞住話頭，一陣驚天動地的轟鳴使塔樓都搖撼了起來，聲音愈來愈響。

兩人一齊循聲望去——南邊不到一公里之處，一片發出藍橙色亮光的羽狀物伴著渦狀震盪波正往沙漠降落。

「啊，我的客人到了。」雷托說，「我派你搭我的車子去迎接，莫尼奧。只帶馬爾基回來。跟宇航公會的人說他們已經將功抵過了，打發他們走。」

「將功……喔，陛下。但要是他們知道了這個祕密……」

「他們遵照的是我的旨意，莫尼奧。你也必須如此。帶馬爾基來。」

莫尼奧依言走向停放在廳內遠方陰影裡的帝輿。他爬上車，注視著落在岩壁上的夜幕，高空廳堂的降落臺往夜空伸展。帝輿鴻毛般飄出塔外，朝泊在沙地裡的宇航公會接駁艦斜飛而去；矗立於沙漠中的接駁艦像一座變了形的微縮版小帝堡。

雷托從陽臺上遠望，為了獲得更佳視角，他稍稍抬起身體前節。敏銳的目力讓他辨出月光下莫尼奧立在帝輿上的白色身影。一名雙腿修長的宇航公會僕從抬出一副擔架，推上帝輿，又與莫尼奧交談了片刻。他們離開後，雷托用意念關閉帝輿的氣泡形艙罩，月光映在罩面上。他將帝輿喚回降落臺，停入室內的燈光下，關閉入口。與此同時，公會接駁艦伴著隆隆的噪音起飛了。雷托打開艙罩，朝擔架翻滾前進，身子底下發出碾壓沙粒的聲音。他抬高身體前節注視馬爾基，馬爾基似乎睡著了，身體被寬寬的灰色彈性繩捆牢在擔架上。他的頭髮暗灰，臉色蒼白。

他變得多老啊，雷托想。

莫尼奧走下帝輿，回頭看看擔架上的人。「他受傷了，陛下。他們想派醫……」

「他們想安插眼線。」

雷托端詳著馬爾基——黝黑起皺的皮膚，深陷的面頰，橢圓臉卻嵌著一個尖鼻子。兩道粗眉幾乎全白。要不是一輩子都在分泌睪固酮……的確。

馬爾基睜開眼睛，一雙雌鹿般的棕眼竟透出邪惡，多麼令人震驚的反差！馬爾基抽了抽嘴角代表微笑。

「陛下。」馬爾基發出沙啞的細語。他的目光往右一轉，盯著總管。「還有莫尼奧。原諒我不方便起身。」

「會痛嗎？」雷托問。

「有時候。」馬爾基環視周遭，「美女們呢？」

「恐怕這方面我無法讓你滿意了，馬爾基。」

「沒關係。」馬爾基啞著嗓子說，「說實話我也滿足不了她們。你派來抓我的那些可不是美女，雷托。」

「她們對我赤膽忠心。」雷托說。

「她們是殘忍的獵手！」

「安蒂克才是獵手。我的魚言士只是清潔工。」

莫尼奧輪流看著他們兩人。這場對話有一種令他不安的潛臺詞。馬爾基聲音粗啞，可語氣聽上去幾近輕佻……當然他一向如此。一個危險分子！

雷托說：「就在你來之前，莫尼奧和我正聊著無限。」

「可憐的莫尼奧。」馬爾基說。

雷托回以微笑。「還記得嗎，馬爾基？你曾要求我展示一下無限。」

「你說無限不可展示。」馬爾基掃了一眼莫尼奧，「雷托愛玩悖論。凡是有人耍過的語言把戲，他無不熟悉。」

莫尼奧強壓著怒氣。他覺得自己被這場對話排除在外，成了兩個更高級生命的取笑對象。馬爾基和神帝彷彿一對老友，正回憶過去的歡樂時光。

「莫尼奧怪我獨占無限。」雷托說，「他不願相信自己擁有的無限其實並不比我少。」

馬爾基抬眼盯著雷托。「看見沒有，莫尼奧？他多會耍語言的把戲？」

「說說你的侄女吧，赫薇．諾里。」雷托說。

「他們說的是真的嗎，雷托？你要和乖孩子赫薇結婚了？」

「是真的。」

馬爾基咯咯笑起來，隨即露出一臉痛苦狀。「她們下手太狠了，雷托。」他輕聲說，「告訴我，老蟲子……」

莫尼奧倒抽一口冷氣。

馬爾基等這陣痛苦稍緩過去，才繼續開口說道：「告訴我，老蟲子，你這個龐大的身體裡頭有沒有藏著一根大傢伙？我的乖赫薇要嚇死了！」

「很久以前我就跟你說過實話了。」雷托說。

「沒人說實話。」馬爾基嘶啞地說。

「你就經常對我說實話，」雷托說，「有時連你自己都沒意識到。」

「那是因為你比我們都聰明。」

「你要跟我談談赫薇的事嗎？」

「你想你已經知道了。」

「我想聽你說。」雷托說，「忒萊素人有沒有幫過你？」

「他們為我們提供專業知識，僅此而已。其餘都是我們自己做的。」

「我也覺得不是忒萊素人做的事。」

莫尼奧再也抑制不住好奇心。「陛下，赫薇和忒萊素人是怎麼回事？您為什麼……」

「問東問西的，莫尼奧老朋友。」馬爾基說著把目光移向總管，「你不知道他……」

「我從來不是你朋友！」莫尼奧打斷他。

「美女裡的老夥伴，總可以吧？」馬爾基說。

「陛下，」莫尼奧轉向雷托，「您為什麼說……」

「噓——莫尼奧，」雷托說，「我們讓你的老夥伴累壞了，我還有事要問他呢。」

「你有沒有感到奇怪，雷托，」馬爾基問，「為什麼莫尼奧從沒想過要搶走你這個攤子？」

「這個什麼？」莫尼奧問。

「這也是雷托的老話。」馬爾基說，「攤、子——攤子。完美的詞。你為什麼不給帝國改個名，雷托？大攤子帝國！」

雷托抬手示意莫尼奧別開口。「你要跟我說說嗎，馬爾基？關於赫薇？」

「只是從我身上取了幾個小小的細胞。」馬爾基說，「接下來就是小心翼翼的培養和教育——樣樣都和你的老朋友馬爾基相反。這一切都是在無現空間裡幹的，你看不到！」

「但我注意到有什麼東西消失了。」雷托說。

「無現空間？」莫尼奧問，接著漸漸明白了馬爾基的意思，「你？你和赫薇……」

「這就是我在陰影裡看到的東西。」雷托說。

莫尼奧直視著雷托的面孔。「陛下，我會取消婚禮。我會說……」

「不得如此！」

「可是陛下，如果她和馬爾基是……」

「莫尼奧，」馬爾基沙啞地說，「你的陛下有令在先，你必須服從！」

這嘲諷的口氣！莫尼奧狠狠瞪著馬爾基。

「樣樣都和馬爾基相反。」雷托說，「你沒聽他說嗎？」

「還能比這更好嗎？」馬爾基問。

「但毫無疑問，陛下，如果您現在知道……」

「莫尼奧，」雷托說，「你開始讓我煩躁了。」

莫尼奧窘迫地閉上嘴。

雷托說：「好多了。你知道，莫尼奧，幾萬年前，那時我還是另外一個人，我犯了個錯誤。」

「你，犯錯誤？」馬爾基奚落道。

雷托只是笑了笑。「我美妙的表達方式使我錯上加錯。」

「文字遊戲。」馬爾基繼續挖苦。

「的確！我是這麼說的：『當下是瞬間的分神，未來是一個夢，唯有記憶能解密生命的意義。』這句話不漂亮嗎，馬爾基？」

「完美，老蟲子。」

莫尼奧捂住嘴。

「然而我的話是愚蠢的謊言。」雷托說，「當時我就知道，但我受到漂亮語言的蠱惑。不——記憶無法解密意義。若是沒有經歷過無法用語言表達的精神痛苦，哪裡都不存在意義。」

「你那些心狠手辣的魚言士給我帶來的痛苦，我可看不出有什麼意義。」馬爾基說。

「你這個算不上痛苦。」雷托說。

「要是咱倆交換身體，你就……」

「這只是肉體上的疼痛，」雷托說，「馬上就會結束的。」

「那我什麼時候能體驗到痛苦呢？」馬爾基問。

「也許晚點。」

雷托弓起身體前節，從馬爾基之處轉向莫尼奧。「你真心實意地效命於黃金之路嗎，莫尼奧？」

「啊，黃金之路。」馬爾基語帶嘲弄。

「您知道我的忠心，陛下。」莫尼奧說。

「那麼你必須向我保證，」雷托說，「你在這裡耳聞目睹的一切必須守口如瓶，不許洩漏一丁點。」

「我保證，陛下。」

「他保證，陛下。」馬爾基冷笑著重複道。

雷托伸出一隻小手，指了指馬爾基，馬爾基仰頭注視隱藏在灰色兜帽狀皮膚裡那張輪廓模糊的臉。「出於我對馬爾基由來已久的欽佩以及……其他許多原因，我沒法親手解決他，甚至不能命令你……但他必須消失。」

「哦，你真聰明！」馬爾基說。

「陛下，如果您去大廳那頭稍等片刻，」莫尼奧說，「您回來的時候也許馬爾基這個問題已經解決了。」

「他要下手，」馬爾基嘶啞地說，「冥神啊！他要下手了。」

雷托蠕動到大廳的陰影裡，將注意力集中於一道微明的弧線上，只需發出一條意念指令，這道弧線就會變成向黑夜敞開的大門。從降落臺一翻而下——這是一段多麼長的垂直距離啊。他懷疑連自己的身體也禁不起這一摔，不過塔下的沙地裡沒有水。他感覺黃金之路開始忽明忽滅，僅僅因為自己想了想這種結局。

「雷托！」馬爾基在他身後喊道。

雷托聽到由風吹起而散落在高空廳堂裡的沙粒被擔架碾壓得咯吱作響。

馬爾基再次吶喊：「雷托，你是最了不起的！這個宇宙裡沒有一種邪惡能超過……」

一記溼漉漉的重擊截斷了馬爾基的喊叫。一擊封喉，雷托想。是的，莫尼奧精於此道。接著傳來陽臺透明罩滑動開啟的聲音，繼而是擔架摩擦欄杆的刺耳聲，最後歸於寂靜。

莫尼奧得把屍體埋在沙裡，雷托想。沙蟲重現的時候還沒到，無法吞屍滅跡。雷托轉過身，朝大廳另一頭看去。莫尼奧把身子探出欄杆，俯視著……俯視著……俯視著……

我無法為你祈禱，馬爾基，也不能為你，莫尼奧，雷托想，由於我真正孤獨，我也許是帝國中僅有的宗教意識……所以我無法祈禱。

49

假如不了解歷史的流動、潮湧以及領袖們在這些力量作用下的行動方式，你就無法了解歷史。領袖會竭力維持某些條件，使人們離不開他的領導，因此領袖需要局外人。我提醒你們慎重評價我的生平，我既是領袖又是局外人。別誤以為我只是簡單地把國家改造成了一個教會。這是我作為領袖的職責，而且我有許多歷史樣板可供借鑑。至於我局外人的一面，可以從我們時代的藝術作品看出端倪。這些作品以原始粗獷的風格為主導。最受歡迎的詩歌？史詩。流行的戲劇典範？英雄主義。舞蹈？基本失傳。莫尼奧認為舞蹈是危險的，他的觀點正確。舞蹈刺激想像，會讓人們感覺到我奪走了什麼。我奪走的是什麼呢？是參與歷史的權利。

——《失竊的日記》

•••

艾德侯伸展四肢，閉眼躺在他的小床上，聽見有東西落在另一張床上。他坐起來，下午過了一半的陽光從唯一一扇窗戶斜射進來，照在白瓷磚地板上，又反射到淡黃色的牆面。他看見希歐娜進房，平躺在自己的小床上。她隨身攜帶的綠布包裡有幾本書，她正讀著其中一本。

為什麼要帶書？他不解。

他將雙腳垂向地面，掃視了一圈房間。這間高而寬敞的「陋室」還有哪點跟弗瑞曼人沾得上邊？

兩床之間隔著一張本地塑膠製造的深棕色大桌子。屋內有兩扇門：一扇直通花園，另一扇通向一間豪華浴室，天窗寬大，淡藍色瓷磚閃閃發亮。浴室裡設施齊備，嵌入地面的浴缸和淋浴間至少都有兩平方公尺。這個享樂之處敞著門，艾德侯聽到浴缸在排水。希歐娜放的洗澡水似乎總是多過正常需要。

史帝加，古沙丘時代艾德侯的耐巴，要是看到這間屋子一定會嗤之以鼻。「可恥！」他會說，「墮落！軟弱！」史帝加會拋出一大堆貶義詞，來形容這座竟敢自比真正弗瑞曼穴地的村子。

希歐娜「唰」的一聲翻頁。她躺在床上，用兩個枕頭支撐腦袋，身上裹著薄薄的白袍，透著洗浴後的溼黏。

艾德侯搖搖頭。這些書本裡有什麼讓她這麼感興趣？自從來到托諾村，她就讀了又讀。書都不厚，但分許多冊，黑封皮上只標有編號。艾德侯見到數字九。

他腳踩地面站起身，走到窗邊。遠處有個老人正在掘土栽花。花園三面圍著房子。花朵很大——花瓣外側鮮紅，但盛開之後展露的花瓣內側雪白。老人的一頭灰髮也像是一種花，飄揚在白花和寶石般的花蕾中間。在濃郁的花香中，艾德侯還聞到了爛葉子味和新翻的泥土味。

一個弗瑞曼人在露天裡照顧花花草草！

希歐娜對於她讀的怪書沒主動提過一個字。她在拿我找樂子，艾德侯想。她要我先開口問。

他盡力不去想赫薇，只要一想就有被憤怒吞噬的危險。他想起弗瑞曼人專門有個詞來稱呼這種強烈的情緒，「卡納瓦」，嫉妒的鐵箍。赫薇在哪裡？這一刻她在幹什麼？

朝花園的門沒敲就開了，進來的是加倫的助手泰沙。他那張死氣沉沉的臉布滿深色皺紋，眼窩深陷，瞳孔四周呈淡黃色。他身穿一件棕色袍子，頭髮像一把等著腐爛的枯草。他的相貌過於醜陋了，活像一個黑不溜丟的元素精靈。泰沙關上門，站在原地看著他倆。

艾德侯身後傳來希歐娜的聲音：「嗯，有什麼事？」

艾德侯注意到泰沙似乎興奮得不尋常，身體微顫。

「神帝……」泰沙清了清嗓子繼續說，「神帝要駕臨托諾村！」

希歐娜在床上坐直，將白袍遮住膝蓋。艾德侯回頭瞥了她一眼，又轉過來看著泰沙。

「大婚地點定在這裡了，在托諾村！」泰沙說，「要按弗瑞曼的老規矩辦！神帝和他的新娘要來托諾村做客了！」

被「卡納瓦」攫住的艾德侯狠狠瞪著他，雙拳緊握。泰沙草草點了幾下頭，轉身離去，「砰」的一聲甩上門。

「我來唸點東西給你聽，鄧肯。」希歐娜說。

艾德侯過了一會兒才反應過來她在說什麼。他轉過身盯著她，拳頭仍緊握在身體兩側。希歐娜坐在床沿，大腿上攤著書。她把他的注視當作默許。

「有人認為，」她讀道，「你必須犧牲一部分人格去做幹點骯髒事，才能充分發揮天賦。他們說，當你為了實現理想而走出『神聖』，就邁出了第一步。莫尼奧說我的解決辦法是自己不離開『神聖』，而派別人去幹髒事。」

她抬頭看看艾德侯。「神帝──這是他說的。」

艾德侯慢慢鬆開了拳頭。他知道自己的注意力需要像這樣分散一下，而且希歐娜打破沉默也勾起了他的興致。

「這是什麼書？」他問。

她簡要說了說她和戰友竊取了帝堡平面圖和雷托日記副本的經過。

「當然你是知道這件事的。」她說，「我父親坦白，是奸細出賣了我們的行動。」

他看到她的眼裡盈著淚水。「有九個人死於狼口？」

她點點頭。

「妳這個隊長當得真爛！」他說。

她一怒之下正要反擊，他又問：「誰幫你們破譯的？」

「這是伊克斯人提供的譯本。據他們說是宇航公會找到了金鑰。」

「我們都知道神帝總以自己方便行事。」艾德侯說，「他要說的只有這些？」

「自己看。」她從床邊的背包裡翻出第一卷譯本，扔在他床上。艾德侯走到自己床邊時，她問：「你說我這個隊長當得真爛是什麼意思？」

「就這麼犧牲了九個戰友。」

「傻瓜！」她搖搖頭，「你顯然沒見過那些狼！」

他拿起書，覺得挺重，這才發現是用晶紙印的。「你們應該帶好對付狼群的武器。」他說著打開了書。

「什麼武器？我們能獲得的武器全都不管用！」

「雷射槍呢？」他問，同時翻了一頁。

「誰在厄拉科斯星一碰雷射槍，蟲子就會知道！」

他又翻一頁。「妳的朋友最終還是弄到了雷射槍。」

「看看他們的下場吧！」

艾德侯讀了一行，說：「可以下毒。」

她不由自主地嚥了口唾沫。

艾德侯抬頭看她。「你們最後還是把狼都毒死了，不是嗎？」

她的回答輕得像耳語：「是的。」

「為什麼一開始不這麼做？」他問。

「我們……不……知道……可以……這樣。」

「但妳也沒嘗試看看。」艾德侯說。他把頭扭回攤開的書冊。「這個隊長真爛！」

「他太奸詐！」希歐娜說。

艾德侯讀完一段文字才把目光轉向希歐娜。「這麼形容他太輕描淡寫了。這些妳都讀過了嗎？」

「一字不漏！有的讀過好幾遍。」

艾德侯看著書頁，大聲唸道：「我已經創造出了我想要的東西——蔓延於全帝國的精神高度緊張。極少有人能感覺到它的力量。我是靠什麼來創造這種條件的呢？我自己沒那麼大本事，我唯一的力量源於對個人成敗的掌控。簡而言之這就是我所做的一切。為什麼人們還要以其他理由來追尋我？在徒勞的追尋中是什麼將他們引向死路？他們想成為聖徒嗎？他們以為這樣就能獲得神的洞察力？」

「他極端憤世嫉俗。」希歐娜明顯帶著哭腔。

「他是怎麼考驗妳的？」艾德侯問。

「他給我看了一……他給我看了他的黃金之路。」

「這倒簡單……」

「那的確存在，鄧肯。」她抬頭看他，眼裡閃著淚光，「但是，即便這曾經是神帝存在的理由，我們也無法容忍他現在變成這副模樣！」

艾德侯深吸一口氣，說：「亞崔迪家的人必然會走到這一步！」

「蟲子必須消失！」希歐娜說。

「不知他什麼時候到？」艾德侯問。

「加倫那個賊頭賊腦的朋友沒說。」

「我們要問出來。」艾德侯說。

「我們沒有武器。」希歐娜說。

「奈拉有雷射槍。」他說，「我們有刀子……繩子。我看見加倫的一個倉庫裡有繩子。」

「對付蟲子？」她問，「就算我們能拿到奈拉的雷射槍，你也知道傷不了他。」

「但他的車子能防雷射槍嗎？」艾德侯問。

「我不信任奈拉。」希歐娜說。

「她聽你話嗎？」

「對，但……」

「我們一步一步來。」艾德侯說，「先問奈拉肯不肯用雷射槍打蟲子的車子。」

「要是她不肯呢？」

「殺了她。」

希歐娜站起來，把書扔到一邊。

「蟲子怎麼來托諾村？」艾德侯問，「他身體龐大又重，坐不了普通撲翼機。」

「加倫會告訴我們的。」她說，「不過我想他會採取往常的出行方式。」她抬頭瞧天花板，如果沒有這層天花板擋著，就能看到沙厲爾的圍牆。「應該是全體出巡。他會走皇家大道，然後靠懸浮器降落到這裡。」她轉向艾德侯，「加倫這人怎麼樣？」

「很怪。」艾德侯說，「他拚命想成為真正的弗瑞曼人。他知道自己沒一點像我那時候的弗瑞曼人。」

「你那時候的弗瑞曼人是什麼樣的，鄧肯？」

「他們有句老話。」艾德侯說，「不願與之共亡的人，亦不可為伍。」

「你跟加倫說了嗎？」她問。

「說了。」

「他怎麼反應？」

「他說，在遇過的人裡，我是唯一一個他願意共存亡的人。」

「加倫也許比我們都聰明。」她說。

50

你認為權力或許是人類最不穩固的成就了吧？既然容易得而復失，那麼那些明顯的例外又該怎麼說呢？基業長青的氏族確實存在，強大的宗教官僚組織也能長期緊握手中的權柄。想想信仰與權力的關係吧。當兩者相互依存時會不會又彼此排斥？貝尼·潔瑟睿德已在信仰的圍牆內太太平平過了幾千年，然而她們的權力哪裡去了？

——《失竊的日記》

• • •

莫尼奧莽撞地說：「陛下，我真希望您給我更多時間。」

帝堡外，他站在正午陽光下短短的陰影裡，面前是躺在帝輿裡的雷托，氣泡形艙罩已收起。在此之前，雷托一直陪著赫薇·諾里在附近觀光，在艙罩內雷托臉旁的位置已經裝好了她的座椅。對於四周愈來愈忙碌的人群，赫薇看起來只是有點好奇。

她多鎮定啊，莫尼奧想。回憶起馬爾基揭開的關於她的真相，莫尼奧險些發起抖來，但他克制住了。神帝是對的。赫薇是個表裡如一的人——一個極其和藹可親、通情達理的人。她真的會願意和我育種嗎？莫尼奧暗自發問。

雜事分散了莫尼奧對她的關注。雷托帶著赫薇乘懸浮帝輿在帝堡四周遊覽的時候，一大隊大臣和魚言士也在這裡集結完畢。大臣全都穿著節日盛裝，大部分披紅掛金。魚言士一律身著最高級的深藍色軍服，僅以不同顏色的滾邊和鷹徽區分軍銜。一座載有行李拖車的懸浮橇停在隊尾，有待魚言士牽引。空氣中滿是塵土，也充斥著興奮的聲音和氣味。先前，多數大臣聽聞婚禮地點都感到失望。有人立即購買了自用的帳篷和涼棚，與其他輜重一起先行發運，現已堆放在托諾村附近不影響視野的沙漠裡。隨行的魚言士並沒有用喜慶的情緒看待此事，在接到不許佩帶雷射槍的通知時，她們一個個都大聲抱怨起來。

「只要再一點時間就行，陛下。」莫尼奧還在說，「我還不知道我們怎麼……」

「解決各種各樣問題的時間是無法彌補的。」雷托說，「你可以過分謹慎，但我不同意再延期。」

「我們趕到那裡就得花上三天。」莫尼奧抱怨。

雷托算了算時間——疾行加小跑……一百八十公里。是的，確實要三天。

「我相信你都安排好補給站了吧？」雷托說，「預防抽筋的熱水備足了嗎？」

「補給站條件夠好，」莫尼奧說，「但我不希望在現階段離開帝堡！您知道是什麼原因！」

「我們有通信設備，還有忠心的部下。宇航公會也適當地懲戒過了。別緊張，莫尼奧。」

「我們可以在帝堡裡舉辦婚禮！」

雷托的回答是把氣泡形艙罩一關了事，將自己和赫薇與外界隔開。

「有危險嗎，雷托？」她問。

「危險總是有的。」

莫尼奧嘆了口氣，轉身小跑起來。前方，皇家大道有一段朝東的漫長上坡路，然後沿沙厲爾邊界向南拐。雷托在莫尼奧身後啟動了帝輿，隨即聽到這支五彩斑斕的隊伍跟上來的腳步聲。

「都動起來了嗎？」雷托問。

赫薇向後掃了一眼。「是的。」她望著他的臉問：「莫尼奧怎麼那麼難搞呢？」

「莫尼奧發現逝去的一瞬永遠追不回來了。」

「自從你從小帝堡回來，他就心煩意亂，像換了個人似的。」

「他是亞崔迪家的人，親愛的，妳生來就是為了取悅亞崔迪家的人的。」

「不是你說的那個原因，否則我會知道的。」

「唔……好吧，我想莫尼奧還發現了死亡的真相。」

「你和莫尼奧在小帝堡裡是什麼情況？」她問。

「那是整個帝國最孤獨的地方。」

「我覺得你在迴避我的問題。」她說。

「不，親愛的。我和妳一樣關心莫尼奧，但我現在說什麼也幫不了他。莫尼奧陷入了困境。他發現活在當下太艱難，活在未來無意義，活在過去又不可能。」

「我猜讓他陷入困境的正是你，雷托。」

「但他必須解放自己。」

「你為什麼不解放他？」

「因為他認為我的記憶是他獲得自由的鑰匙。他認為我是以過去為基礎構建未來的。」

「難道不是一直都這樣嗎，雷托？」

「不，親愛的赫薇。」

「不然是如何呢？」

「大部分人相信美好的未來就是重返過去的一個黃金時代，一個實際上從來不存在的時代。」

「所以你憑記憶知道這是無法實現的。」

雷托轉過嵌在兜帽狀皮膚裡的面孔凝視著她，探查著……回憶著。以內心的龐大人群為素材，他可以根據基因圖譜合成出赫薇的樣貌，但這根本不能與活生生的真人相提並論。當然如此。過去彷彿一排排喘息的魚向外瞪著眼睛，而赫薇是鮮活的生命。她的嘴型擁有希臘式線條，是天生用來吟唱神諭之歌的，但她沒有吐過一個預言的字。她對生活心滿意足，性情開朗，宛如一朵永遠飄香的鮮花。

「為什麼這樣看我？」她問。

「我沉浸在妳的愛裡。」

「愛，是的。」她笑道，「我想既然我們無法共用肉體的歡愉，就一定要分享靈魂之愛。你願意跟我分享嗎，雷托？」

他吃了一驚。「妳問我的靈魂？」

「別人肯定也問起過。」

他不客氣地說：「我的靈魂只消化它的經歷，別無其他。」

「我向你要求得太多了嗎？」她問。

「我想妳怎麼要求我都不過分。」

「我希望用我們的愛來反駁你。我叔叔馬爾基談起過你的靈魂。」

他發現自己無法回答。赫薇把他的沉默當作鼓勵。「他說你是探究靈魂的終極藝術家，你首先洞察的是自己的靈魂。」

「但妳叔叔馬爾基否認自己有靈魂！」

這句回答語氣嚴厲，但她並沒有結束這個話題。「我還是認為他說得沒錯。你是研究靈魂的天才，無與倫比。」

「只需要對枯燥的事物長期保持耐性就行，」他說，「並沒有什麼了不起。」

現在他們已經上了通往沙厲爾圍牆最高點的長坡。他放下帝輿的輪子，關閉了懸浮器。

赫薇說起話來柔聲細語，幾乎淹沒在車輪的吱嘎聲和四周人們奔跑的腳步聲中。「不管怎麼說，我可以叫你親愛的嗎？」

他的嗓子已經不完全是人類的了，但他記得以前也曾發出過這種緊繃的聲音：「可以。」

「我天生是伊克斯人，親愛的。」她說，「我為什麼不像他們一樣擁有伊克斯人的機械主義宇宙觀呢？你知道我是怎麼看這個宇宙的嗎，我親愛的雷托？」

他只是瞧著她。

「我總能感受到超自然現象。」她說。

雷托的話聲刺耳，連自己聽來都覺得怒氣沖沖：「人人都在創造自己的超自然。」

「別對我生氣，親愛的。」

可怕的刺耳嗓音再次響起：「我絕不會對妳生氣。」

「但你和馬爾基之間曾經發生過什麼事。」她說，「他絕不肯告訴我是什麼，不過他經常說不知道你為什麼要饒過他。」

「因為我從他那裡學到了東西。」

「你們兩個發生過什麼？親愛的。」

「我不想談馬爾基。」

「求你了，親愛的。我覺得這件事對我很重要。」

「我對馬爾基說，有些東西也許不該被人類發明出來。」

「就這樣？」

「不止。」他不情願地繼續說道，「我的話惹惱了他。他說：『你認為假如世界上沒有鳥，人類就不能發明飛機！你這個蠢貨！人類可以發明任何東西！』」

「他叫你蠢貨？」赫薇驚愕地問。

「他說對了。雖然他否認，但他說出了真話。他讓我醒悟到一個遠離發明的理由。」

「這麼說你害怕伊克斯人？」

「當然害怕！他們會發明出大災難來。」

「那你怎麼辦？」

「加速往前跑。歷史是發明與災難之間永不停歇的一場賽跑。教育能起點作用，但永遠不夠。妳也必須跑。」

「你在跟我分享靈魂，親愛的。你知道嗎？」

雷托的目光從她身上移開，轉而盯向莫尼奧的後背，盯著他的一舉一動，顯而易見，他在刻意掩飾著什麼。隊伍已走過第一道緩坡，正在轉向，開始攀上岩牆西段。莫尼奧邁著他特有的踏實步伐，很留心地面上的落腳點，但他身上出現了某些新特質。雷托覺得他疏遠了，不再滿足於伴行在陛下兜帽狀的臉旁邊，也不再以主人擔負的天命為己任。東方是沙厲爾，西方是河流和農場，但莫尼奧目不斜視。他另有目標。

「你還沒回答我呢。」赫薇說。

「妳已經知道答案了。」

「是的。我開始了解你了。」她說，「我可以看出你的一些恐懼。我想我已經知道你活在哪裡了。」

他心中一驚，扭頭瞧她，發現她正緊盯著自己。真令人驚訝，他無法從她臉上移開視線。一陣深深的恐懼傳遍全身，他感到雙手開始抽搐。

「你活在對存在的恐懼與對存在的愛的交界處，同時擁有這兩種感情。」她說。

他甚至無法眨眼。

「你是神祕主義者，」她說，「你把自己保護起來，只因為你處在宇宙中心向外觀望，看著其他人看不到的方向。你害怕與別人分享這點，但你又最渴望分享出來。」

「妳看到了什麼？」他輕聲說。

「我的內心既不能看也不能聽。」她說，「但我看見了我的雷托皇帝，我愛他的靈魂，我知道你真正理解的那唯一一件事。」

他避開她的目光，怕她繼續往下說。他發抖的雙手帶著整個身體前節顫動起來。

「愛，這就是你理解的東西。」她說，「愛，這就是全部。」

他的雙手止住了顫抖，兩頰流下清淚。淚水沾上他兜帽狀的皮膚，冒出縷縷青煙。他感覺灼痛，並為之慶幸。

「你對生命有信念。」赫薇說，「我知道愛的勇氣只能扎根在這種信念裡。」

她伸出左手，擦去他臉頰上的淚水。令他詫異的是，兜帽皮膚沒有像往常那樣對這種撫摸產生排斥反應。

「妳知道嗎？」他問，「自從我變成這個樣子，妳是第一個碰我臉頰的人。」

「我知道你現在是誰，過去又是誰。」她說。

「我過去是……啊，赫薇。過去的我只剩下這張臉，其餘部分全都遺失在記憶的陰影裡……藏了起來……消失了。」

「在我眼裡並沒有消失，親愛的。」

他望著她，不再害怕與她對視。「伊克斯人有可能知道他們在妳心裡創造了什麼嗎？」

「我保證，雷托，我的靈魂愛侶，他們不知道。你是第一個，也是唯一一個毫無保留地聽到我心聲的人。」

「那麼我也就無怨無悔了。」他說，「親愛的，我會與妳分享我的靈魂。」

51

你和你的同輩的心中存在一股力量，它如同具有可塑性的記憶，總想方設法要把你們拉回到古老形態，亦即部落社會。這股力量無處不在——采邑、教區、公司、軍隊裡的排、體育俱樂部、舞蹈團、反抗組織、計畫委員會、同禱會……每個單位都有主僕之分，都有宿主和寄生蟲。最終，為了重返「那些美好時代」，人們會用上數不清的離間手段（也包括這些文字！）。我完全不指望能教會你們走其他道路。你們的固有思維與新思想格格不入。

——《失竊的日記》

•••

艾德侯發現自己可以不需思考就掌握攀岩技巧。這具由忒萊素人培育的身體還記得他們連想都想不到的事情。艾德侯最初的青春年華也許早已遺失在了時間長河裡，但這身肌肉是忒萊素人新造的，他可以一面攀爬一面將童年埋葬於遺忘之中。兒時的他曾逃入母星的崇山峻嶺，學會了生存。眼前的山岩是由人工堆疊成的，但這無關緊要，它們同樣經歷了大自然的長年雕琢。

上午的陽光曬得艾德侯後背發燙。他能聽到希歐娜在費力攀登，她的目標是到一塊已被艾德侯遠遠甩在腳下的狹窄岩架上協助他，難度相對較低。她在那位置幫不上艾德侯什麼忙，但這個主意最終促成希歐娜同意執行攀岩行動。

共同執行。

她反對他單槍匹馬上陣。

奈拉帶著三名魚言士助手，加倫帶著三名得力的示範區弗瑞曼人，在沙厲爾圍牆底部的沙地裡等候。

艾德侯不去想岩壁的高度，他只想著下一步把手或腳放在哪裡。他想到了盤在肩上的細繩。繩子與岩壁等高。他在沙地裡直接用三角測量法算出了繩長，而沒有去數腳步。繩子算出來多長就是多長，肯定和岩壁一樣高。其他測算方法他的腦袋都難以接受。

艾德侯不斷摸索著看不見的手點，沿垂直的崖壁一路向上……嚴格來說，不能算完全垂直。三千多年來，風沙、有限的降雨及熱脹冷縮效應都對山崖造成侵蝕作用。艾德侯曾在岩壁下的沙地裡坐了一整天，研究時間如何塑造山體。他在心裡勾勒出幾種慣用的手法——這裡來一道斜影，那裡畫一條細線，這裡剝出一塊凸石，那裡再微微翹出一塊山岩。

他的手指向上蠕動著找到一條狹縫。他試了試能否吃重。可以。他稍事休息，把臉貼在溫熱的岩石上，上下都不看。他就在這裡。凡事講究節奏，不能讓肩膀過早疲勞，手臂和腿腳的負重要保持均衡。手指肯定會磨破，但只要不傷到骨骼和肌腱就無所謂。

他又往上爬。一小塊石頭在手中崩落，塵土和碎屑撒在右臉上，但他一點都沒有感覺。他的注意力全部集中在手腳上——手在摸索，而雙腳只踩著崖壁上最不起眼的凸出以保持平衡。他是一粒塵埃，一顆抵抗地心引力的微粒……這裡抓手，那裡踏足，時而憑著純粹的意志力掛在山岩上。

九枚將就堪用的登山釘把他的口袋撐得鼓脹，但他不想用。一根短繩一頭繫著腰帶，一頭晃著一把同樣是臨時找來的錘子，他的手指還記得怎麼打結。

奈拉不太合作，不肯交出雷射槍。不過希歐娜命令她跟著他們行動時，她倒是服從了。古怪的女人……古怪的服從原則。

「妳不是發過誓要服從我嗎？」希歐娜質問。

奈拉這才不再抗拒。

過後，希歐娜說：「她總是服從我的命令。」

「也許不必要她的命了。」艾德侯說。

「我可不願去做這事。我猜你對她的力量和速度還沒什麼概念吧。」

為他們的攀岩行動創造了條件的人是加倫——那位一心想成為「真正老派耐巴」的示範區弗瑞曼人。艾德侯發問：「神帝怎麼進托諾村？」加倫的答案恰成為行動的契機。

「跟我曾祖父時他來探訪的方式一樣。」

「那時他是怎麼進來的？」希歐娜追問。

宣布雷托皇帝將在托諾村舉辦婚禮的那天下午，他們坐在館舍外灰塵遍地的陰影裡躲太陽。希歐娜、艾德侯與加倫坐在臺階上，加倫的幾名助手蹲在他們面前，圍成半圓。兩名在附近閒晃的魚言士聽著他們談話。奈拉也快來了。

加倫指著村後高聳的岩壁，牆頂在陽光下隱約閃著金光。「皇家大道從那裡經過，神帝有一種裝置能從高處緩緩降落。」

「他的車子配備這種裝置。」艾德侯說。

「懸浮器，」希歐娜補充道，「我見過。」

「我曾祖父說他們沿皇家大道而來，是一支龐大的隊伍。神帝借助這種裝置滑翔到村廣場上，其他人都用繩子垂吊下來。」

艾德侯若有所思地說：「繩子。」

「他們來幹什麼？」希歐娜問。

「表明神帝沒有忘記他的弗瑞曼人民，我曾祖父是這麼說的。這是一個大榮譽，但比不上這次婚禮。」

艾德侯在加倫說話時站起身來。沿村中幹道直線往前，有個地方能近距離看清高牆——從直插沙地的牆根一覽無遺地望到陽光閃耀的牆頂。艾德侯走到館舍一角，進入村中幹道。他站定位置，轉頭望向岩壁。只看一眼就明白為什麼人人都說從這裡不可能爬得上去。即便當時，他也沒想過要量一量牆高。也許五百公尺，也許五千公尺。轉折發生在他觀察的過程中——牆體上有細橫縫和崩塌點，在飄著沙的牆根上方約二十公尺處甚至有一塊窄岩架……向上約三分之二距離又有一塊。

他發現腦中有塊古老而可信賴的無意識竟開始測量起來，以自己的身體作為尺規——牆高相當於一長串鄧肯的身高。意識中兩隻手這裡抓一把，那裡撐一下，彷彿正在攀登。

那是他第一次仔細察看岩壁，這時希歐娜的聲音從他右肩方向傳來：「你在幹什麼？」她已經悄無聲息地來到他身邊，順著他的視線望去。

「我能爬上岩壁。」艾德侯說，「我帶一根細繩，到了牆頂再拽一根粗繩上去，你們爬起來就方便了。」

加倫也過來了，剛好聽到這句話。「你為什麼要爬上去，鄧肯．艾德侯？」

希歐娜微笑著替他回答：「向神帝致上必要的歡迎。」

當時她對這事還滿有把握的，後來才漸漸產生疑慮，畢竟岩壁的高度擺在那裡，而自己又對這種難度的攀岩一無所知。

正在興頭上的艾德侯問道：「上頭的皇家大道有多寬？」

「我從來沒見過，」加倫說，「不過聽說很寬。大部隊在上頭行軍不用變隊形，他們是這麼說的。上頭還有橋，能看到河，而且……而且……喔，很壯觀。」

「你為什麼不上去看看？」艾德侯問。

加倫只是聳聳肩，又指了指岩壁。

奈拉也來了，眾人針對攀岩爭論不休。艾德侯一邊爬一邊回憶經過，奈拉和希歐娜的關係可真奇怪啊！她倆像一對共謀者……但又不是。奈拉唯希歐娜馬首是瞻，但她是魚言士，是奉雷托之命對新甦亡人執行初檢的那個「朋友」，她也承認自己是在皇家警隊長大的。她真是力大無窮！正因如此，她對希歐娜唯命是從才顯得可怕，似乎她接受了祕密聲音的指揮，然後才會聽命於希歐娜。

艾德侯向上摸索著下一個手點。他的手指順著岩石朝右上方蠕動，終於摸到了一條伸得進卻看不見的裂縫。他能記住天然形成的攀爬路線，但只有他的身體知道如何沿這條路前行。他的左腳找到了一個踩踏點……向上……向上……慢慢地，先試試牢不牢。現在換左手……沒有裂縫，只有一塊岩架。他在地面看過這一塊高掛半空的岩架，現在眼睛上去了，下巴也上去了。他用手肘撐住岩架爬上去，翻身仰躺歇一會兒，不仰望也不俯瞰，只是極目眺望。遠方是沙漠地平線，風中含有沙塵而遮擋了視線。在沙丘時代他經常見到這種景象。

片刻後，他把臉轉向岩壁，跪起身來，兩手向上摸索，繼續攀登。他在地面時默記的岩壁樣貌還留在腦子裡，只要一閉眼，就會自動浮現全貌，他自小躲避哈肯能獵奴者，這項本領就是從那時起練成的。指尖又找到一條能塞進去的細縫，他用雙手開闢著向上的路。

在牆下仰望的奈拉愈來愈傾慕這位攀爬者。隨著高度增加，艾德侯漸漸變成了岩壁上一個孤單的小點。他一定了解獨自作出重大決定是什麼感受。

我願意懷上他的孩子，她想。我們倆的孩子長大後一定智勇雙全。神帝希望他和希歐娜育種，是抱著什麼目的？

奈拉天沒亮就醒來，漫步到村子邊緣一座矮沙丘頂上，思索著艾德侯提出的計畫。破曉的天際現出石灰白，遠處揚起一條常見的彎彎曲曲的沙塵帶。隨著鋼青色天幕徐徐拉開，無邊無垠的沙厲爾也充分顯露出它的敵意。她明白了，這些事情無疑都在神的預料之中。什麼能瞞得過神呢？什麼都瞞不過，連鄧肯．艾德侯在高處奮力攀登天梯這件事也瞞不了他。

久久盯著艾德侯，奈拉的眼前出現了幻覺，岩壁似乎橫倒過來，而艾德侯變成了在坑坑窪窪的平地上爬行的小孩。他多小啊……愈來愈小。

一名助手遞水給奈拉，她喝下之後，岩壁才恢復直立狀態。

希歐娜蜷縮在第一塊岩架上探身仰望。「如果你摔下來，我會接手嘗試。」希歐娜之前向艾德侯如此承諾。奈拉覺得這個承諾很奇怪，他們為什麼明知不可為而為之？

艾德侯沒能說服希歐娜放棄這個不可為的承諾。

這是命中注定的，奈拉想。是神的意志。

兩者是同樣一件事。

艾德侯抓握的一小塊石頭掉了下來，這情形已經發生過幾次了。奈拉盯著往下掉的石塊。它花了很久時間才落到地上，中途在牆面上彈了又彈，說明岩壁並不像肉眼看來的那樣與地面完全垂直。

他要麼成功，要麼失敗，奈拉想。而無論結果如何，都是神的意志。

但她還是覺得心在怦怦跳。艾德侯的冒險行動真性感，她想。這不是被動接受的色情，而是緊緊攫住她的罕見魔法。她不得不一直提醒自己，艾德侯不屬於她。

他屬於希歐娜。如果他能活下來的話。

假如他失敗了，希歐娜就會上陣。希歐娜要麼成功，要麼失敗。奈拉在想，要是艾德侯爬上牆頂，自己會不會高潮。現在他離終點已經那麼近了。

扒掉那塊石頭之後，艾德侯深吸了幾口氣。太驚險了，他緊貼著牆面上的三個支撐點，等待自己鎮定下來。他空出來的手彷彿自動自發，再次向上摸索起來，蠕動著經過石塊鬆脫之處，探進一道狹縫中。慢慢地，他把重心移到這隻手上。慢慢地……慢慢地。他的左膝觸碰到一個能踩踏的腳點，他抬腳上去試了試。記憶告訴他快要到頂了，但他把記憶撇到一邊，一心只想著眼前的攀爬和雷托明天將要駕臨。

雷托和赫薇。

這個念頭他也不能想。但揮之不去。牆頂……赫薇……雷托……明天……

每一個念頭都在加重他的絕望，迫使他回想起兒時的攀爬經歷。他愈是有意識地去回憶，手腳動作就愈不俐落。他強令自己停下，深吸幾口氣，穩住心神，試圖恢復過去那種自然而然的動作。

然而那些動作真的是自然而然的嗎？

他思路阻滯。他覺得有干擾，還隱隱看到一個結局……原本可能降臨而現在絕對不會發生的宿命。

雷托明天就會來到上頭。

艾德侯感覺貼住岩石的這面臉頰淌著汗。

雷托。

我會打敗你的，雷托。我會打敗你，為我自己，不為赫薇，只為我自己。

一種淨化感油然而生。前一晚他在為這次攀牆行動作心理準備時，也有過類似的感覺。希歐娜發覺他睡不著，就和他攀談，詳細憶述自己怎麼在禁林裡狂奔，又怎麼在河邊發誓。

「我已經起誓擔任魚言士指揮官。」她說，「我會恪守誓言，但我希望自己不按他的意願來兌現。」

「他的意願是什麼？」艾德侯問。

「他有很多企圖，我不可能都知道。誰看得透他？我只知道我永遠不會饒恕他。」

想到這裡，艾德侯的意識又回到了當下，臉頰緊貼山岩，微風吹乾了汗水，他覺得冷，不過他已經穩住了心神。

永不饒恕。

艾德侯感覺到其他所有自我的亡魂的確存在，那些甦亡人全都殞命於為雷托效命的任內。他可以相信希歐娜所懷疑的事嗎？可以。雷托的身體和雙手都能殺人。希歐娜轉述的傳言有一定可信度，而且希歐娜也是亞崔迪家的人。雷托變了……不再是亞崔迪家的人，甚至不能算人。與其說他現在是一個生物，不如說是一種無法理解的非理性存在，他所有的經驗都封存在他體內。希歐娜反抗他，真正的亞崔迪家的人都背棄他。

就像我。

非理性的存在，別無其他。一如這岩壁。

艾德侯右手上探，摸到一塊尖尖的岩架。再往上摸不到東西，他試著回憶此處是否有一道寬縫。他不敢相信已經到頂了……還不敢。當他將全身重量吊在岩架上時，鋒利的邊緣切進了手指。他伸出左手，摸到一個手點，慢慢提起身子。他的眼睛抬升到與兩手齊平處，看見一片平地，向前鋪展開去……一直延伸到藍天。他雙手抓握的地面有一道道裂紋，顯然經過了長年累月的風吹日曬。他在平地上向前蠕動指尖，摸到一條縫就換一隻手，胸部上去了……接著是腰部……胯部。他就地一滾，連扭帶爬地盡量遠離牆邊，這才站起身來，看看四周究竟是什麼情況。

的確是牆頂。登山釘和錘子都沒用上。

一陣微弱的聲音傳到他耳邊。歡呼聲？

他走回牆邊俯瞰，朝底下的人揮手。是的，他們在歡呼。他轉身邁步來到路中央，讓欣喜之情漸漸止住肌肉的顫抖，撫慰雙肩的痠疼。他慢慢轉了一圈，環視周遭，這才憑記憶估算了攀爬高度。

九百公尺……至少這麼高。

這條皇家大道勾起了他的興趣。跟通往奧恩城的那條不同，這條路異常寬闊……起碼有五百公尺寬。路面呈光潔的灰色，連綿不絕，兩側路沿各距牆邊約一百公尺。兩旁路界均以一人高的石柱為標誌一字排開，彷彿為即將駕臨的雷托站崗放哨。

艾德侯走到沙厲爾對面的崖邊向下望去。在深深的山腳下，碧綠的激流拍擊凸岩，白沫翻飛。他轉頭向右，也就是雷托前來的方向，大道和岩壁朝右拐了個大弧度，彎道起點距艾德侯所在位置約三百公尺。艾德侯回到大道上，沿路邊順著彎道行走。他在一個S彎前停住腳步，前方路面收窄並微微下傾，他觀察著眼前呈現的新景象。

緩坡再往前約三公里，道路又一次收窄，經由一座大橋越過河谷。此橋恍若高架在仙境之中，從遠處望去其桁架如玩具般不真實。艾德侯想起通往奧恩城的路上也有一座相似的橋梁，腳底踏在橋面上的感覺依然印在腦海裡。他相信自己的記憶，並像其他軍隊將領那樣不由自主地思索起橋梁的兩面性來——既可以通行，又能充當陷阱。

他離開大道往左走，低頭望向聳立在大橋另一頭的岩壁。大道在對岸稍稍拐了個彎後，筆直向北延伸下去。有兩道岩壁呈平行狀將河流夾在中間。河谷是人工開鑿的，河水自北向南流，產生的水氣則導入一股由南往北吹的風。

艾德侯不再看河。它當下在那裡，明天也會在那裡。他把注意力集中到大橋上，用受過軍事訓練的目光審視。他點了點頭，轉身由來路返回，邊走邊舉起盤在肩上的細繩。

看見繩子扭動著從天而降，奈拉終於達到了高潮。

52

我在消滅什麼？我在消滅資產階級的一個執念，他們總是妄想以和平手段守住舊時代。這股約束力將人類限制在不堪一擊的單一群體裡，而罔顧人類幻想中的差距可達數十光年。既然我能發現這些分散的群體，別人自然也能。對於單一體而言，只要一場大災來臨，就無人得以倖免。因此，我向你們展示毫無激情的庸碌生活、沒有抱負和目標的慣性運動是多麼可怕。我向你們揭示整個文明是有可能陷入這種境地的。我讓你們世世代代無憂無慮、平平安安地悄然走向死亡，連「為什麼」都不問一聲。我擺在你們面前的是虛假的幸福和名為「雷托神帝」的大災難預演。現在，你們理解何謂真正的幸福了嗎？

——《失竊的日記》

• • •

雷托一整晚只打了個小盹，黎明時莫尼奧從驛館出來，雷托已經醒了。這是一個三面圍合的院子，帝輿停在靠近中央的位置。艙罩已設置為單面透光，看不見裡面的人，而且關得嚴嚴實實，以防水氣滲入。雷托能聽到一絲微弱的噪音，那是風扇正將除溼後的空氣送入艙罩。

莫尼奧走向帝輿，腳底摩擦地上的鵝卵石。在他上方，晨曦為驛館屋頂鑲上了一圈橙色的邊。

莫尼奧停在帝輿前方，雷托打開艙罩。空氣中瀰漫著一股發酵肥料的味道，微風中聚積的水氣讓他很難受。

「我們中午左右會到托諾村。」莫尼奧說，「真希望您允許我調撥撲翼機執行空中護衛。」

「我不想要撲翼機。」雷托說，「我們可以用懸浮器和繩子下到托諾村。」

雷托詫異於這短短對話所呈現的虛幻感。莫尼奧從來不喜歡這類出行，年輕時的反叛經歷使他對一切無法看見或歸類的東西都心存懷疑。他憋了一肚子意見沒說出口。

「您知道我不是要用撲翼機載人，」莫尼奧說，「而是保護……」

「我知道，莫尼奧。」

莫尼奧目光越過雷托朝院子開口望去，前面就是河谷。升自谷底的薄霧遇上晨光，彷彿結成了霜。他在想這峽谷有多深……一具身體旋轉墜落。昨晚，莫尼奧發現自己不敢走到懸崖邊往下看。縱身一躍的想法實在是太……太誘人了。

這個念頭並未躲過雷托那令人生畏的洞察力，他說：「每一種誘惑都伴隨著一個教訓，莫尼奧。」

莫尼奧無言以對，轉而直視雷托的眼睛。

「看看我這一生的教訓，莫尼奧。」

「陛下？」莫尼奧的聲音近乎耳語。

「他們先是誘惑我作惡，接著誘惑我行善。每一種誘惑都精心瞄準我的脆弱處。告訴我，莫尼奧，如果我選擇善，就能變善嗎？」

「當然，陛下。」

「你可能永遠丟不掉主觀判斷的習慣。」雷托說。

莫尼奧的目光再次離開他，又凝視起崖邊來。雷托滾動一下身軀，沿著莫尼奧的視線方向望去。

懸崖邊緣種著一排矮松，溼漉漉的松針上掛著露珠，每一滴都能給雷托帶來痛苦。他很想關上艙罩，然而這些晶瑩的水珠一方面讓他的肉體感到排斥，一面又直接吸引著他的記憶。兩股相反的力量讓他渾身躁動不安。

「我就是不喜歡走路。」莫尼奧說。

「這是弗瑞曼傳統。」雷托說。

莫尼奧嘆了口氣。「其他人過幾分鐘就準備好。我出來時赫薇在用早餐。」

雷托沒有回話。他陷入了關於夜晚的記憶之中，包括前一晚以及塞滿他過去記憶的成千上萬個夜晚——那些雲朵、星辰和雨絲，那茫茫黑暗和分散在宇宙各個角落的熠熠光點，他揮霍過那麼多夜晚，就像揮霍自己的心跳。

莫尼奧突然問道：「您的侍衛呢？」

「我讓她們去吃飯了。」

「我不希望看到她們把您一個人留下！」

莫尼奧澄澈的聲音在雷托的記憶中響起，暗示著言外之意。莫尼奧害怕面對失去神帝的宇宙，他寧願死也不願見到這樣的宇宙。

「今天會發生什麼事？」莫尼奧問。

這個問題不是問神帝，而是在問先知。

「今天風中的一顆種子可能成為明天的柳樹。」雷托說。

「您知道我們的未來！為什麼不告訴我們？」莫尼奧近乎歇斯底里……排斥一切不能直接感受的事物。

雷托轉頭瞪著莫尼奧，一股明顯壓抑著的情緒讓總管畏縮了。

「你的生命由你自己負責，莫尼奧！」

莫尼奧顫抖著深吸一口氣。「陛下，我無意冒犯。我只是想……」

「抬頭看，莫尼奧！」

莫尼奧不由得望向無雲的天空，晨光比先前更明亮了。「看什麼，陛下？」

「頭上沒有一塊保你安全的天花板，莫尼奧，只有一片充滿變數的開闊天空。迎接它吧，你的每一種感官都是應對變化的工具。這樣說你有沒有明白點？」

「陛下，我來只是想請示您什麼時候出發。」

「莫尼奧，請你對我說實話。」

「我說的是實話，陛下！」

「如果你活在自我欺騙裡，謊言對你而言就像是真話。」

「陛下，即便我說了假話……也是無心的。」

「聽起來有幾分道理。但我知道你沒說出口的恐懼是什麼。」

莫尼奧顫抖起來。神帝的心情糟糕到極點，每一個字都帶著十足的威脅。

「你害怕一個意識覺醒的帝國，」雷托說，「你有理由害怕。馬上叫赫薇過來！」

莫尼奧一個急轉身，逃跑似地進了驛館。他彷彿捅了一個蟲子窩，不一會兒魚言士就陸續出來了，圍著帝輿散開。大臣有的透過驛館窗戶向外張望，有的出門躲在深深的屋簷下，不敢靠近雷托。在騷動中，赫薇現身在寬大的正門裡。她沉穩地緩緩邁著腳步，從陰影裡向雷托走來，下巴高抬，目光尋找著他的臉龐。

一見赫薇，雷托的心情就開始平復了。她穿著一件他以前沒見過的金色禮服，頸部和長袖袖口處都鑲有銀色和翠綠色的花邊。深紅色齒狀下襬幾乎及地，綴著沉沉的綠穗帶。

赫薇含笑站定在他面前。

「早安，親愛的。」她柔聲說道，「你做了什麼，把可憐的莫尼奧搞得這麼煩躁？」

見其人聞其聲，雷托已經鎮靜下來，並露出微笑。「我做了一直想做的事，我施加了一種影響。」

「當然是這樣。他告訴魚言士你在發脾氣，非常可怕。我們該怕你嗎，親愛的？」

「只有拒絕自力更生的人該害怕。」

「啊，是的。」她踮起腳尖轉了一圈，展示新禮服，「你喜歡嗎？魚言士送給我的，她們親手做的裝飾。」

「親愛的，」他語帶警告，「裝飾！那是準備祭品時會做的事。」

她走上前倚著帝輿，從下方湊近他的臉，佯作正經地問道：「她們會拿我獻祭嗎？」

「有的人願意這麼做。」

「但你不會同意。」

「我們倆的命運緊緊相連。」他說。

「那我不用害怕囉。」她抬起手，碰到他銀色皮膚的手，她發現他的手指開始顫抖，便猛地將手抽回。

「對不起，親愛的。我忘了我們結合在一起的是靈魂而不是肉體。」她說。

剛才那一碰仍使他的沙鱒皮膚抖個不停。「潮溼的空氣讓我過度敏感了。」他說。慢慢地，顫抖才止息下來。

「我不會為不可能發生的事而後悔。」她輕聲說。

「堅強些，赫薇，妳的靈魂屬於我。」

驛館的方向傳來一個聲音，引得她回頭看了一眼。「莫尼奧回來了。」她說，「親愛的，請別再嚇唬他了。」

「莫尼奧也是你的朋友嗎？」

「我們是飲食之友，我們都喜歡優格。」

莫尼奧走到赫薇身邊停下時，雷托還在咯咯笑。莫尼奧壯起膽子露出微笑，同時不解地瞥了一眼赫薇。總管心懷感激，把一向對雷托專用的恭順態度分出了一點給赫薇。「您好嗎，赫薇小姐？」

「我很好。」

雷托說：「在民以食為天的時代，自然要多多結交飲食之友。開路吧，莫尼奧。托諾村在等我們。」

莫尼奧轉身向魚言士和百官大聲下達命令。

雷托朝赫薇咧嘴一笑。「我這豈不是在以某種方式扮演焦急的新郎官嗎？」

她手提裙襬，輕盈地跳上帝輿的床榻。他幫她翻下座椅，赫薇落了坐，視線與雷托齊平時，這才向他說了一句悄悄話：

「我的靈魂愛侶，我又發現你的一個祕密。」

「洗耳恭聽。」他用玩笑口吻回應這個親密的新話題。

「你很少需要語言。」她說，「你用自己的生命直接與感官對話。」

他的身體由頭至尾打了個顫。他頓了一頓才開始說話，在眾人的喧譁聲中，她必須高度集中注意力才能聽得清楚。

「在超人與非人之間，」他說，「只有極小一點空間允許我做一個人類。感謝妳，親愛的好赫薇，是妳給了我這個空間。」

53

在我的整個宇宙中，我從未見過有什麼一成不變、顛撲不破的「自然法則」。這個宇宙中會呈現的，只有不斷變化的關係，有時會被短命的意識當作法則。我們稱之為「自我」的肉體知覺僅僅是在熾烈的無限中萎亡的蜉蝣，能短暫感知到約束我們行為及隨行為而變的暫時環境。假如你一定要為這種「絕對」加上標籤，也要用一個確切的名稱：無常。

——《失竊的日記》

• • •

奈拉最早看見巡行隊伍。在正午的高溫下，她滿頭大汗地站在充當皇家大道路界的石柱旁。遠處突現的一道反光引起了她的注意。她瞇起眼睛朝那個方向遙望，在一陣激動中辨認出那是神帝帝輿艙罩反射過來的陽光。

「他們來啦！」她喊道。

她覺得餓了。人人都興奮地只想著一件事，誰都沒有帶乾糧，只有弗瑞曼人帶了水，那是因為「弗瑞曼人只要離開穴地就必須帶水」，他們只是在按教條辦事。

奈拉的腰間配有帶皮套的雷射槍，她用一根手指碰了碰槍柄。前方不超過二十公尺就是橫跨峽谷的仙境橋，如夢如幻地將兩片光禿禿的地界連接了起來。

太瘋狂了，她想。

但神帝三令五申，他的奈拉必須無條件服從希歐娜。

希歐娜的指令很明確，毫無規避的藉口，而奈拉現在又無法請示神帝。希歐娜下令：「他的帝輿一到大橋中間，就動手！」

「但為什麼呢？」

從寒冷的黎明起，他們就遠離眾人站在岩壁頂上，奈拉心裡不安，深感孤立無助。

希歐娜嚴肅的表情、緊張而低沉的聲音容不得拒絕。「妳覺得能傷到神帝嗎？」

「我……」奈拉只能聳聳肩。

「妳必須服從我！」

「我必須。」奈拉附和道。

奈拉細看從遠處漸漸走近的隊伍，身穿五顏六色華服的是百官，一大片藍色的是魚言士姊妹……閃閃發光的是神帝的帝輿。

這又是一次考驗，她下了個結論。神帝會知道的。他會知道「他的」奈拉有多麼忠心耿耿。這是考驗，神帝的命令必須無條件服從。作為一名魚言士，她兒時第一課學的就是這句話。神帝說過奈拉必須服從希歐娜，只能是考驗，還會是什麼呢？

她瞧了瞧四個弗瑞曼人。鄧肯．艾德侯把他們布置在這一側橋頭的中間，攔在隊伍下橋的必經之路上。他們背對著她席地而坐，凝望大橋對面，像四個褐色的土堆。奈拉剛才聽到了艾德侯對他們下的指令。

「別離開這裡，你們必須從這裡開始歡迎他。看他走近了就站起來，深鞠躬。」

歡迎，沒錯。

奈拉兀自點點頭。

還有三名跟她一起攀上岩壁的魚言士被安排在大橋的中間。她們只收到希歐娜當著奈拉的面下達的命令，要等到帝輿距身前僅幾步遠時才會轉身起舞，引領帝輿及整個隊伍朝托諾村上方的瞭望點前進。

如果我用雷射槍截斷大橋，那三個人會死，奈拉想，跟在神帝後面的人也都會死。

奈拉伸長脖子朝深谷望了一眼。從這個角度看不見河流，但能聽見從谷底傳來的咆哮聲，如巨石翻滾。

他們都會死！

除非「他」展示奇蹟。

必定如此。希歐娜已經為展現「神蹟」搭好了舞臺。既然希歐娜通過了考驗，既然她穿上了魚言士指揮官的軍服，她還會有別的想法嗎？希歐娜已經對神帝起過誓了。她受過神帝的考驗，是沙厲爾的一對一考驗。

奈拉轉動眼珠，向右注視著這場歡迎儀式的兩位策劃者。希歐娜和艾德侯肩並肩站在奈拉右側約二十公尺處的大道上。他們認真地交談，偶爾對視一眼，點點頭。

過了一會，艾德侯碰了碰希歐娜的手臂，這是宣示主權的奇怪動作。他點了一下頭，邁步朝大橋走來，停在奈拉前方的橋端支墩處，向下看了一眼，又穿過大道在對面的相同位置往下瞧了瞧，站了幾分鐘後，回到希歐娜身邊。

真是不同尋常，這個甦亡人，奈拉想。經過那番令人敬畏的攀爬，艾德侯在她心目中已經不能算凡人了，而是僅次於神的存在。而且他還能生育。

遠處的一陣呼喊喚起了奈拉的注意，她扭頭望向橋對面。那支隊伍先前採用皇家巡行慣用的小跑步前進，現在已經改為慢走，距離大橋只有幾分鐘路程了。奈拉認出領頭的是莫尼奧，他身穿亮眼的白制服，邁著沉穩而堅定的步伐，雙眼直視著前方。莫尼奧身後是以車輪模式行駛的帝輿，艙罩關著，光線透不進內部，如鏡面般閃閃發光。

這神祕的一切充盈奈拉的內心。

神蹟即將顯現！

奈拉向右瞥了眼希歐娜。希歐娜跟她對視一眼，點了點頭。奈拉從皮套裡拔出雷射槍，擱在石柱上瞄準了一番。先是橋梁的左側纜繩，接著是右側纜繩，然後是左側的塑鋼網格。奈拉感覺手裡的雷射槍冰涼而陌生，她顫抖著吸了口氣，想鎮定下來。

我必須服從。這是一次考驗。

她看見莫尼奧將目光從路面上抬起，腳下速度不變，轉頭向帝輿或其後眾人喊著什麼，奈拉沒有聽清。莫尼奧又把頭轉了回來。奈拉穩穩心神，將大部分身體藏在石柱後面。

一次考驗。

莫尼奧注意到橋上和橋另一頭都有人。他認出了魚言士軍服，當即想搞清是誰下令安排的歡迎儀式。他回頭大聲問了雷托一句話，但帝輿艙罩依然保持不透明，將神帝與赫薇隔絕在內。

莫尼奧上了橋，帝輿跟在身後，碾壓著被大風揚在路面上的沙粒。莫尼奧看見橋另一頭遠遠地站著希歐娜和艾德侯，還有四名示範區弗瑞曼人坐在路中央。莫尼奧心生疑竇，但他無力改變事態。他壯起膽子朝谷底的大河瞥了一眼——在正午的陽光下只見白晃晃一片。帝輿隆隆地行駛在身後。河流、人流，他是滾滾大潮中的一滴水珠，一種無可避免的感覺讓他頭暈目眩。

我們不是路過之人，他想，我們是將一個個時間點連綴起來的基本元素。當我們經過之後，身後的一切將盡數墮入無現之聲，就像伊克斯人的無現空間，再也不能恢復到我們來前的樣子。

莫尼奧記憶中閃過某個魯特琴樂手的一段歌詞，目光也隨之迷濛起來。這首歌讓他印象深刻，是因為唱出了他的願望，願一切永遠結束，願所有疑問煙消雲散，願世界復歸安寧。這曲哀歌在腦海裡飄蕩，彷彿一炷輕煙裊裊升起。

「蟲兒在蒲葦根下鳴叫。」

莫尼奧暗自哼唱：

「蟲鳴預示著終結。
深秋和我的歌
都帶著蒲葦根下
枯葉的顏色。」

哼到副歌部分莫尼奧不禁點頭打起拍子來：

「日子結束了，

客人離去了。
日子結束了。
在我們穴地，
日子結束了。
暴風嗚嗚響。
日子結束了。
客人離去了。」

這首魯特琴歌手所唱的曲子，莫尼奧斷定想必歷史悠久，是首弗瑞曼老歌，毫無疑問。這首歌唱的正是他自己。他希望客人真的離去，喧嚷結束，復歸平靜。平靜的日子就在眼前……然而他卸不下肩頭的重擔。他想起了那批輜重，堆放在正好處於托諾村視野之外的沙漠裡。他們不久就能見到這些東西了——帳篷、食品、桌子、金盤子、鑲寶石的佩刀、仿阿拉伯古燈的燈球……樣樣東西都奢華無比，充分顯示出來自截然不同的生活型態所抱的期望。

到了托諾村他們可過不了往常的日子。

莫尼奧曾在一次巡視中進托諾村住過兩夜。他還記得那裡的炊火氣味，是散發芳香的灌木在黑暗中燃燒的味道。他們不用太陽能爐，因為「那不是最古老的生活方式」。

最古老！

托諾村幾乎沒有美藍極的氣味，而是瀰漫著綠洲灌木的甜辣味和麝香油味。是的……還有一股化糞池和腐爛垃圾的臭氣。他想起神帝聽他彙報完巡視結果後說過的一番話。

「這些『弗瑞曼人』不知道他們的生活喪失了什麼。他們自以為保留了傳統的精華，這是所有示範區的失敗之處。總有一些東西會漸漸褪色，在展示中消失得無影無蹤。示範區的管理人，還有對著展品彎腰注目的觀眾——極少有人能感覺到那些缺失的東西。所缺之物正是維持舊時代生活的動力，早已隨著那種生活的遠逝一去不復返了。」

莫尼奧注視著橋上站在眼前的三名魚言士。她們抬高手臂舞蹈起來，在他前面幾步遠處旋轉跳躍。

真奇怪，他想，我見過在公開場合跳舞的人，但從沒看過魚言士這麼做。她們只在自己的住處跟自己的舞伴跳跳舞。

他正思考，突然聽見雷射槍令人恐懼的嗡鳴聲，隨即感到腳下的橋面傾斜起來。

這不是真的，他腦子裡有個聲音在說。

他聽見帝輿橫向滑動的刺耳摩擦聲，接著是艙罩掀開的哐噹聲。身後一片尖叫呼喊，但他無法轉身。橋面向莫尼奧右側大幅度傾斜，將他臉朝下甩在地上，往深谷滑去。他抓住一股斷裂的纜繩想止住下滑，但纜繩跟著他一起往下掉，所有東西都在橋面所覆的一層沙子上翻滾摩擦。他用兩隻手抓住纜繩，隨之轉起圈來。這時他看見了帝輿，艙罩大開，正傾斜滑向橋邊。赫薇一隻手抓著折椅平衡身軀，目光聚焦在莫尼奧身後。

橋面繼續傾斜，響起一陣可怕的金屬吱嘎聲。他看見隊伍裡有人掉了下去，在空中大張著嘴，手臂亂揮。莫尼奧抓握的那根纜繩被什麼東西掛住了，一下子將兩條手臂扯到了頭頂上，他的身子搖擺著又轉起圈來。他感到雙手沾滿了恐懼的汗水，正順著纜繩往下滑。

他再一次看見了帝輿。帝輿卡在斷梁的殘根處。神帝正伸出兩隻退化的手想抓住赫薇．諾里，但沒能搆著她。她無聲無息地從帝輿敞口的一端掉了出去，金色禮服猛地上翻，她的身軀筆直伸展如箭桿。

神帝悶聲發出深沉的哀嘆。

他為什麼不開啟懸浮器呢？莫尼奧心想。懸浮器能把他承托起來。

雷射槍還在嗡鳴，莫尼奧的雙手已從纜繩末端滑脫，這時他看見一道道焰光直射帝輿懸浮器的圓罩，打壞一個個懸浮器，揚起陣陣金色煙霧。莫尼奧兩手高舉過頭，向下墜去。

煙！金色的煙！

他的長袍上掀，身體翻轉，臉朝下直栽谷底。他凝視深淵，看到洶湧的湍流形成一個大漩渦，急流捲裹著一切陷入渦心，彷彿他一生的縮影。雷托的話像一股金色煙霧在他腦子裡迴蕩：「謹小慎微只能通向平庸。碌碌無為、毫無激情的平庸一生是大部分人對自己的期望。」莫尼奧在自由下墜中陡然生出一種頓悟的狂喜。宇宙如透明玻璃般在他眼前鋪展開來，萬事萬物盡歸無現時間。

金色的煙！

「雷托！」他高喊，「賽艾諾克！我相信！」

長袍從莫尼奧肩頭飛脫。他在峽谷的勁風中翻滾起來——最後瞥了一眼帝輿……帝輿正在碎裂的橋面上傾覆。神帝也從敞開處摔了出來。

有什麼硬物砸進了莫尼奧的後背，這是他最後的知覺。

雷托感覺自己正滑出帝輿。他的意識凝固在赫薇墜入河中的畫面——遠處激起一道珍珠般潔白閃亮的噴泉，顯示出她已栽入一切歸於終結的謎夢之中。赫薇鎮定地說出了臨終之語，這句話在他的記憶裡不停迴響：「我先走一步了，親愛的。」

他滑出了帝輿，看到底下的河段猶如一柄短彎刀，細窄的鋒刃在斑駁的陰影裡微光閃爍，這是一件在永恆中磨利的凶器，正恭候他投入痛苦的懷抱。

我不能哭，連喊叫也不行，他想，我早已不能流淚了，眼淚是水。我馬上就會有水，多得不得了。我只能在悲痛中呻吟。我很孤獨，比以往任何時候都要孤獨。

下墜中，龐大的分節身軀弓起來狠命扭動，直到他敏銳的目光發現站在斷橋邊緣的希歐娜，才放棄了掙扎。

妳將會有新的領悟！他想。

身體繼續翻轉。他看到愈來愈逼近的河面，這片水是一個魚影閃現的夢，他憶起古時候一場花崗岩池邊的宴席，粉紅色的肉讓飢餓的他看花了眼。

我來了，赫薇，共赴諸神的盛宴吧！

一瞬間他渾身裹滿氣泡，同時陷入劇痛。水，這惡毒的水流，從四面八方向他發起了進攻。他掙扎著往上穿過奔騰的急流，感覺遭到了岩石的噬咬，身體不自覺一陣狂扭亂拍，水花四濺，恍惚中他看到溼漉漉的黑色崖壁正在朝後急退。他的皮膚炸成了一團團亮晶晶的碎片，在他四周化作一場銀雨射入河中，轉瞬即逝的亮片環繞著他，形成一個不斷移動的耀目光環——如鱗片般閃亮的沙鱒離他而去，開始了自己的群聚生活。

劇痛仍在持續。雷托詫異於自己的意識還在，身體依然有感覺。

現在他只受本能的驅使。他隨波逐流，抓住了身邊的一塊岩石，頓時感覺手上硬生生扯下一根指頭，鬆手已經來不及了，不過這點痛跟全身此起彼落的疼痛相比算不上什麼。

大河繞過一處凸崖向左奔騰而去，似乎覺得已經把他折磨夠了，便甩了一把，讓他滾上一道斜斜的沙堤。他躺了片刻，體內香料萃取物的藍色素溶在水中愈漂愈遠。劇痛驅使他不停扭動，沙蟲軀體本能地試圖遠離水。身上披覆的沙鱒蕩然無存了，他感到周身上下的觸覺變得敏銳，喪失的知覺又恢復了，然而這只會增加他的痛苦。他看不到自己的身體，但能感覺到一個蟲狀物連滾帶爬地從水裡冒了出來。他抬眼仰望，只見所有東西都蒙著一片片火焰，影影綽綽難以辨認。終於，他認出了這個地方，水流把他捲上岸的這處河灣，正是大河與沙厲爾分道揚鑣之處。他的身後是托諾村，沿岩壁下去一段距離就是泰布穴地遺址——當年史帝加的領地，也是如今雷托藏匿全部香料的地方。

他那直冒藍煙、受盡摧殘的軀體蠕動著沿卵石河灘前行，一路發出嘩啦嘩啦的響聲，並在碎圓石上留下一道藍色印跡，最後鑽進了一個潮溼的洞窟，應該是原始穴地的一部分。現在這只是一個淺淺的洞穴，另一頭被塌落的岩石堵死了。他聞到了溼土和純淨香料萃取物的氣味。

他在痛楚中聽到一些聲響，便在狹小的洞穴裡轉過頭，只見洞口處垂下一條繩子，一個人影順繩滑下。他認出是奈拉。她落在石頭地裡，蹲伏著向躲在黑暗中的雷托望過來。接著，雷托眼前的焰光又一次分開，顯現出另一個沿繩而下的身影：希歐娜。隨著一陣石塊的咯咯響動，兩人朝雷托匍匐了一段距離，停下來盯著他看。繩子末端出現了第三個人影：艾德侯。他火冒三丈地衝向奈拉大喊：

「妳為什麼殺她！妳不應該殺赫薇！」

奈拉彷彿不經意地輕輕揮了一下左臂，把艾德侯掀翻在地。她在石頭地上又爬了幾步，四肢著地凝視著雷托。

「陛下？您還活著？」

艾德侯突然出現在她身後，一把從她的皮套裡奪過雷射槍。奈拉愕然轉身，他舉槍扣下扳機。灼燒切口自奈拉頭頂向下，將她一分為二，向兩邊塌落。從燃燒的軍服裡掉出一柄閃亮的晶刃匕，摔碎在石頭上。艾德侯沒留意晶刃匕。他滿臉怒容，不停地向奈拉的遺體射擊，直到能量耗盡，耀眼的弧光才停歇下來，溼淋淋冒著煙的屍塊和碎布四散在熾熱的石塊之間。

希歐娜一直等在旁邊，直到這時才爬過來，從艾德侯手裡抽出那把已經沒用了的雷射槍。艾德侯朝她猛轉過身，她擺好姿勢準備壓制他，但他的暴怒已經煙消雲散。

「為什麼？」他低聲問。

「結束了。」她說。

兩人轉身望向洞穴黑影裡的雷托。

雷托根本無法想像他倆看見了什麼。沙鱒皮膚已經消失了，他只知道這點。現在暴露在外的應該是布滿毛孔的裸肉。他無可奈何，只能從一個被悲傷鑿出深深溝壑的宇宙回視這兩個人影。透過火焰的幻象，他看到希歐娜呈現女魔的形象。這個魔鬼的名字自動閃現在他的腦子裡，他不由高聲喊了出來，經過洞穴的放大，響亮得連自己都沒料到：

「漢米亞！」[10]

「什麼？」希歐娜向他爬近一步。

艾德侯雙手掩住臉。

「瞧瞧妳對可憐的鄧肯都幹了什麼。」雷托說。

「他還會找到真愛的。」她的口氣聽上去多麼無情，活像他自己在激憤的青年時代說的話。

「妳不知道愛是怎麼一回事。」他說，「妳奉獻過什麼嗎？」他只能絞著雙手，或者說曾經是手的拙劣複製品。「冥神啊！看看我獻出的一切吧！」

她繼續朝他爬近一些，伸出手又縮了回去。

10 漢米亞，衍生自日本能樂中的「般若之面」，為因怨恨或忌妒而墮入鬼道的女子。——編注

「我是有血有肉的，希歐娜，看著我。我是真實存在的。妳膽子夠大的話還可以摸摸我。伸出手來，摸我！」

她慢慢伸手過去，觸碰到本該是身體前節的部位，在沙厲爾她曾躺在上頭睡過。她把手抽回來，手上沾了藍色。

「妳摸了我，感受到了我的肉體。」他說，「在宇宙中還有比這更奇怪的事嗎？」

她剛要別過身去。

「不！不許轉身！看看妳幹的好事，希歐娜。妳能觸摸我的身體，難道就不能觸摸自己的心嗎？」

她猛地轉身走開。

「這就是我們倆的區別。」他說，「妳是神的化身。妳遊走在宇宙最偉大的神蹟之間，卻拒絕去摸、去看、去感覺、去相信。」

雷托的意識飄蕩到一個黑漆漆的地方，在這裡他似乎聽到了那些藏在暗室裡的思錄機正在咔嗒咔嗒唱著金屬昆蟲之歌。這個伊克斯無現空間絕不會產生輻射，是一處充滿焦慮的精神流放之地，因為它與宇宙的其他部分沒有聯繫。

然而還是會有聯繫的。

他感覺到那些伊克斯思錄機已經開始記錄他的思想了，無須對它們下達特定的指令。

記下我做的一切！記住我！有朝一日世人會為我平反！

預象的火焰向兩側分開，剛才希歐娜的位置現在站著艾德侯。艾德侯身後模模糊糊有人在比手勢……啊，沒錯，是希歐娜在向岩壁頂上的人傳達指示。

「你還活著嗎？」艾德侯問。

雷托的聲音帶著嘶嘶的喘息聲：「讓他們各自逃命，鄧肯。他們想逃到哪個宇宙就快去那裡躲起來。」

「該死的！你在說什麼？我寧可讓她來忍受你的胡言亂語！」

「讓？我從來不會讓什麼事發生。」

「你為什麼讓赫薇死了？」艾德侯悲聲說道，「我們不知道她跟你在一起。」

艾德侯垂下腦袋。

「你會得到補償的。」雷托沙啞地說，「我的魚言士會選擇你而不是希歐娜。對她好一點，鄧肯。她不僅僅是亞崔迪家的人，她還攜帶著確保你們生存下去的種子。」

雷托再度陷入記憶之中。它們現在都成了縹緲的神話，在他的意識裡倏忽即逝。他感覺自己跌進了一段時間，而那時間本身改變了過去。有聲音傳來，他努力辨明其含意。有人在石頭地上爬動？火焰分開，顯現出站在艾德侯身邊的希歐娜。他們像兩個孩子似的手牽手站在那裡，在闖入未知領域前相互打氣。

「都這樣了他怎麼還沒斷氣？」希歐娜輕聲說。

雷托積攢了一會兒氣力才開口。「赫薇幫了我。」他說，「幾乎沒人有過我們這樣的經歷。我們是優勢相互加乘，而不是弱勢彼此取暖。」

「看看你現在的下場吧！」希歐娜不屑地說。

「是啊，祈禱妳也會有同樣下場。」他嘶啞地說，「或許香料會給妳時間。」

「你的香料呢？」她問。

「藏在泰布穴地深處。」他答，「鄧肯能找到。你知道那地方的，鄧肯。現在叫泰伯村。原先的地貌還在。」

「你為什麼要這麼做？」艾德侯低聲問。

「這是我的禮物。」雷托說，「沒人能找到希歐娜的後代。神諭看不見她。」

「什麼？」他倆異口同聲，同時身子前傾，因為雷托的聲音愈來愈細弱。

「我賜給你們一種不會旁生枝節的新時間。」他說，「它總在偏轉，但不會分岔。我交給你們黃金之路，這就是我的禮物。再也不會有以往那種平行時空了。」

火焰遮住了他的視線。痛楚漸漸消退了，但敏銳至極的嗅覺和聽覺卻仍未消失。艾德侯與希歐娜都在急促地呼吸著。雷托感覺渾身上下怪異地動彈起來——明明早已消失的骨骼和關節又在知覺上死灰復燃了。

「看！」希歐娜說。

「他在解體。」艾德侯說。

「不。」希歐娜說，「是外面那層在脫落。看！蟲子！」

雷托感到身體各部分正投入溫暖與柔軟之中。劇痛自行消失了。

「他身上那些洞是怎麼回事？」希歐娜問。

「裡面原來應該是沙鱒。看見它們的形狀了嗎？」

「我現在證明我的某個祖先說錯了。」雷托說（或是自以為在說，對於他的日記而言兩者沒有分別），「我生而為人，卻沒有作為人而死。」

「我看不下去了！」希歐娜說。

雷托聽到石塊一陣咯咯響，是她背轉過身。

「你還在嗎，鄧肯？」

這麼說我還能發出聲音。

「在。」

「看著我。」雷托說，「我是人類子宮裡的一小團血肉，頂多櫻桃那麼大。看著我，聽見沒有？」

「我在看。」艾德侯含糊應道。

「你們期盼一個巨人，卻找來一個侏儒。」雷托說，「現在你們要明白，做出什麼樣的行為，就得擔負什麼樣的責任。你打算怎麼運用新到手的權力？鄧肯。」

長時間的沉默後，希歐娜開口：「別聽他的！他瘋了！」

「沒錯。」雷托說，「瘋得有條理，就是天才。」

「希歐娜，妳明白這意思嗎？」艾德侯問。多麼哀傷的甦亡人口氣。

「她明白。」雷托說，「人性會把靈魂帶往你無法預料的危機，人類總是如此。莫尼奧最後也醒悟了。」

「希望他趕緊死吧！」希歐娜說。

「我是分裂的神，你將使我完整。」雷托說，「鄧肯？在所有鄧肯裡面，我認可你是最棒的。」

「認可？」鄧肯的話音裡又帶上了些許火氣。

「我的認可是有魔力的。」雷托說，「在一個神奇的宇宙中，任何事都有可能發生。神諭的宿命一直在擺布的是你，而不是我。現在你見識了命運的神祕莫測，難道要我把它一筆勾銷嗎？我只希望增加它的神祕性。」

雷托心裡的其他人開始重申各自的存在。這個聚居群體不再一致支持他的代言人身分，他也從高高在上的位置跌落到了他們中間。他們不停說著「假如」開頭的話。「假如你那時……假如我們那時……」他想大喝一聲讓他們都閉嘴。

「只有蠢貨才戀棧過去！」

雷托不知道自己是真的喊出了聲，還是僅僅閃過這麼個念頭。裡裡外外一下子都安靜了，他感覺原先的自我並未完全散盡。他試著開口說話，並覺察到這是真實的，因為艾德侯說：「聽，他想說什麼。」

「別害怕伊克斯人。」他說，同時聽到自己愈來愈細微的聲音，「他們能造機器，但再也造不出『阿拉弗爾』了。我知道。我就在那裡。」

他陷入沉默，想聚集一些力量，但即使他奮力掌握，都難以阻止元氣耗散。內心再度嘈雜起來，眾聲喧譁著告饒或呼喊。

「都別犯蠢了！」他喊，或是自以為在喊。

艾德侯與希歐娜只聽見「嘶」的一聲喘息。

片刻後，希歐娜說：「我覺得他死了。」

「但人人都以為他是不朽的。」艾德侯說。

「你知道『口述史』是怎麼說的嗎？」希歐娜問，「若要不朽，先捨棄形體。有形之物終將滅亡。只有超越形體才能擺脫形體，達到不朽。」

「這話像他說的。」艾德侯語帶輕蔑。

「好像就是。」她答。

「他說到妳的後代是什麼意思……什麼隱藏的，沒人找得到？」艾德侯問。

「他創造了一種新型擬態，」她說，「屬於生物擬態。他知道自己成功了。他在未來看不到我。」

「妳成了什麼？」艾德侯問。

「我是新一代亞崔迪家的人。」

「亞崔迪家的人！」這個詞從艾德侯口中說出來像一句咒罵。

希歐娜俯視著那個還在繼續解體的龐然大物，它曾經是雷托．亞崔迪二世……外加別的東西。這別的東西正徘徊在一縷縷細細的藍煙裡慢慢散去，四周瀰漫著濃郁的美藍極味。隨著這具軀體不斷縮小，石頭地裡聚起了一汪汪藍色液體。只能依稀分辨出它曾經具有的人類特徵——一堆癟陷的粉紅色泡沫，還有一些染有紅色的骨頭，應該是頰骨和眉骨……

希歐娜說：「我跟他不一樣，但說到底又一樣。」

艾德侯細聲說道：「那些祖先，所有……」

「那幫人還在，但我靜悄悄地在他們中間走動，沒人看得見我。舊影像消失了，只留下精華部分繼續照亮他的黃金之路。」

她轉身握住艾德侯冰冷的手，小心翼翼領著他走出洞穴，進入外頭的光亮之中。從牆頂垂下的繩子醒目地擺盪著，受驚的示範區弗瑞曼人還等在上面。

建設新宇宙的材料不算好，她想，但也只能將就了。艾德侯需要溫柔的誘惑與關愛，或許還能培養出愛情。

她俯視大河，看到水流從人造峽谷冒出，向蔥蘢的田野奔騰而去；她看到南面起了一陣風，將一團團烏雲催趕到這邊來。

艾德侯把手從她手中抽出，看上去鎮定些了。「氣候控制系統愈來愈不穩定了。」他說，「莫尼奧推測是宇航公會在搞鬼。」

「我父親在這方面很少犯錯。」她說，「這件事你調查一下。」

艾德侯突然想起銀色沙鱒從雷托軀體向河中疾馳而去的畫面。

「我聽見蟲子的話了。」希歐娜說，「魚言士會跟隨你，而不是我。」

艾德侯又一次感受到來自賽艾諾克儀式的誘惑。「晚點我們就知道是不是了。」他說，接著轉身面對希歐娜。「他說伊克斯人造不出『阿拉弗爾』是什麼意思？」

「你沒有讀完那些日記。」她說，「回托諾村我翻給你看。」

「『阿拉弗爾』——那是什麼意思？」

「意思是『神聖審判的陰雲』。出自一個老故事。你可以在那些日記裡找到。」

54

下文摘自哈迪．貝諾托關於達艾斯巴拉特考古發現的非公開總結：

茲附少數派報告如下：就達艾斯巴拉特出土之日記，多數派所提應予仔細審查和刪編的決議，我們自當遵從，但亦須表達我方意見。我們理解聖教會對上述材料的關切，同時並未忽視其政治隱患。我們與教會同樣希望拉科斯星及分裂神保護聖區不會淪為「吸引觀光客的景點」。

但另一方面，我們既已掌握全本日記且已完成真品鑑定及解譯工作，「亞崔迪規劃」的框架也就浮出水面了。作為一名在貝尼．潔瑟睿德教導下研究過祖先思維的女性，本人自然希望公開我們從中揭示出的某種規律——該規律遠較「沙丘星——厄拉科斯星——沙丘星——拉科斯星」這一演變路徑複雜。

史學與科學領域的需求應當予以滿足。對於研究由鄧肯時代私人回憶錄及傳記編纂而成的《守護聖經》，該日記具有珍貴的價值。我們無法忽略那些耳熟能詳的誓言：「以艾德侯千子之名！」和「以希歐娜九女之名！」經久不衰的綺諾伊女修崇拜現象因日記披露的內容而昭示出新的意義。無疑，對於猶大與奈拉之間的關係，教會也有必要進行審慎的重新評估。

作為少數派，我們必須提醒諸位政治審查官，拉科斯保護區寥寥幾條沙蟲不可能為我們提供伊克斯導航設備的替代品，教會掌握的少量美藍極也不會對忒萊素大批製造的產品構成實質性商業威脅。

不！我們的主張是，須將各種神話、「口述史」、《守護聖經》，甚至《分裂神之聖書》與達艾斯巴拉特出土之日記進行比對。涉及離散時代與饑荒時代的每一則史料都必須摘出來重新考察！我們何懼之有？我們身為鄧肯．艾德侯與希歐娜的後裔，所創下的偉業，任何伊克斯機器都無法勝任。我們擴散到了多少個宇宙？沒人猜得到。將來也不會有人知道。教會擔心偶爾出現的預言者嗎？我們知道預言者既看不見我們，也無從預知我們的決定。人類不可能滅絕。難道我們少數派只有加入「離散者」行列，才會有人聽見我們的籲求嗎？難道人類的原始核心群體只能這樣懵懂無知下去嗎？你們清楚，倘若遭到多數派的排擠，我們將永遠消失在世人的視野之外！

我們不願離開。是沙漠裡的珍珠把我們留在此地的。教會將這些「珍珠」奉為「啟迪之光」，此舉為我們所折服。就此而論，凡理智者絕無可能忽略這批日記所帶來的啟示。考古學誠然是一種權宜之計，然而又不可或缺，必須發揮其應有的作用！正如研究雷托二世用以藏匿其日記的原始設備有助於了解技術演進史，我們也必須能獲准聆聽古人的所思所想。放棄與這批日記所揭示的「意識之珠」建立交流，既嚴重違背史學嚴謹原則，也將在科學領域鑄成大錯。雷托二世是否墮入了一個無盡的夢，是否有可能喚醒他，使其帶著完整的意識和豐富的歷史細節重返我們的時代？聖教會怎能畏懼此等真相呢？

作為少數派代表，我們堅信歷史學家必須傾聽人類肇始之聲。倘若唯有日記，則必傾聽日記。這批日記過去掩埋了多久，未來就必須至少傾聽多久。我們不會試圖預測在字裡行間尚待發掘之物，我們只想說，發掘工作必須進行到底。我們怎能無視人類最重要的遺產呢？詩人朗．布拉姆利斯曾有言：「我們是驚奇之源泉！」

fiction 13

沙丘：神帝
GOD EMPEROR OF DUNE

作　　者　法蘭克・赫伯特（Frank Herbert）
譯　　者　劉未央
校　　對　魏秋綢
責任編輯　楊琇茹
編輯協力　賴淑玲、聞若婷
內頁排版　黃暐鵬
行銷企畫　陳詩韻
總 編 輯　賴淑玲

社　　長　郭重興
發行人暨出版總監　曾大福
出　　版　大家／遠足文化事業股份有限公司
發　　行　遠足文化事業股份有限公司
231新北市新店區民權路108-2號9樓
電　　話　(02) 2218-1417
傳　　真　(02) 8667-1065
劃撥帳號　19504465　戶名・遠足文化事業股份有限公司
法律顧問　華洋法律事務所　蘇文生律師
初版一刷　2021年9月
初版三刷　2021年9月

定　　價　600元
I S B N　9789865562144
I S B N　9789865562229（PDF）
I S B N　9789865562274（EPUB）

本簡體中文版翻譯由讀客文化股份有限公司授權

沙丘：神帝 / 法蘭克.赫伯特(Frank Herbert)著；劉未央譯. -- 初版. --
新北市：大家：遠足文化事業股份有限公司, 2021.09
面；　公分.－（fiction；13）
譯自：God Emperor of Dune.
ISBN 978-986-5562-14-4（平裝）

874.57　　110012031

God Emperor of Dune by Frank Herbert